奏鳴曲　北里と鷗外

海堂　尊

文藝春秋

奏鳴曲　北里と鷗外　●目次

第四部　玄冬

奏鳴曲

北里と鷗外

単行本　二〇二二年二月　文藝春秋刊
DTP組版　LUSH

序章　妖怪石黒、大いに騙る

昭和六年（一九三一）六月十三日

「北里《きたさと》が死んだ、か」

玄関先で、訃報を伝える新聞記者に囲まれた石黒忠悳子爵《いしぐろただのりししやく》は、呟いた。

「急な話だな。どんな風に亡くなったんだ？」

「大往生です。前々日に慶応病院の歯科で治療を受け、昨日は北里研究所に出勤したそうです。今朝、いつもの時間に起きてこないので様子を見に行った妹さんが、事切れている先生を見つけたそうでして。いつもにも増して穏やかなお顔だったそうです」

石黒はふ、と笑う。北里らしい死に様だ、と思う。

どこにいても何をしても、動じなかったヤツだ。大岩が大岩に還っただけのことか。

石黒は懐から手帳を取り出すと、記者から聞いたことをさらさらとメモした。

子爵に叙せられた今も、若い頃からのクセは変わらない。

「石黒子爵、ご感想をひと言、お願いします」

和服姿の石黒忠悳は、懐に手帳をしまうと、腕組みをして目を閉じた。

やがて、腹の底から絞り出すような、重々しい口調で言った。

「巨星、墜《お》つ。医学界は至宝を失った。ただ、無念である」

反応がないので目を開くと、新聞記者は鉛筆を握り、石黒をじっと見つめていた。

これでは不足か。石黒は、へちまのように長い顔をぞろりと撫でて、続けた。

「大日本帝国の土台である衛生行政の創始者は、内務省の長与専斎《ながよせんさい》・初代衛生局長だと言われるが、かく言う儂《わし》も陸軍で同様の組織を作り発展させてきた。その後、内務省で北里柴三郎《しばさぶろう》、陸軍で森林太郎《もりりんたろう》、今は森鷗外《おうがい》の方が通りがよいかもしれないが、その両名が更なる発展を遂げてくれたのだ。まあ二人には、多少の確執があったようだが」

「北里所長と森軍医総監《ぐんいそうかん》の確執と言いますと、例の脚気《かっけ》論争のことですか？」

石黒子爵は、かっと目を見開き、質問した若手記者を睨みつけた。先輩記者が振り返り、「バカ、止めろ」と小声で後輩を叱りつける。石黒は、さりげなく話を変える。

「彼らの確執は単純ではない。ふたりとも帝大医学部出身ながら、帝大とは距離があり、しかも内務省と陸軍は競争関係に入り、その波をもろにかぶった。伝研移管問題が二人の確執の頂点だったことは間違いない。今は落ち着き、伝研（伝染病研究所）と北研（北里研究所）は協調しておるのだが」

「北里所長と森軍医総監の相克《そうこく》は興味深いので、いずれ詳しくお話を聞かせてください。でもとりあえず今、どちらが勝ったか、結果だけでも教えていただけませんか」

物怖じせずに質問を重ねる若手記者に、石黒子爵は腕組みをして、黙然と考えた。

やがて、若手記者に言った。

「答えるのは吝《やぶさ》かではない。ただし記事にはしない、と約束してくれれば、だが」

若手記者はうなずいた。石黒子爵は目を閉じて、言った。

「勝ったのは北里だ。森は九年前、同じ季節に亡くなったが、九歳年上の北里は、森よりも九年長く生きた。世の中、生き残ったもん勝ちだよ」

石黒子爵は咳払いをして目を開けると、腕組みを解いた。

「さて、もういいだろう」と言い、玄関先を立ち去った。

家の中に入ると、縁側から空を見上げた。一片の雲もない、紺碧《こんぺき》の空だ。

ふいに、晴天の空に雷鳴が轟《とどろ》いた。

「は、儂が言いたい放題したものだから、空の上でドンネル（雷帝）が怒っておるわ」

石黒忠悳は、張りのあるへちまのような顔を撫で、にっと笑った。

第一部

青春

明治五年（一八七二）〜明治十八年（一八八五）

1章　阿蘇の大鷲

明治五年（一八七二）

柴三郎は悩んでいた。十九歳、立志の年頃である。

阿蘇五岳の連山の山間にある小村、北里村が生まれた土地だ。のんびりと牛や馬が放牧されている、青々とした牧草地帯が拡がる地域だ。寒村の庄屋の家の生まれで長子の柴三郎は、将来は村を背負って立たねばならない。だが彼の大柄な身体に、村は狭すぎた。ありあまるエネルギーは、古臭い漢籍の四書五経《ししょごきょう》の枠内に収まらない。

柴三郎は軍人志望だった。親分肌で兵書を読み、近所の子どもを集め模擬戦をした。庄屋の総領としての道を説く母の小言に鬱々とすると、山間の古刹《こさつ》、満願寺を訪れる。岩壁を穿《うが》つ参道の両脇に磨崖仏が並ぶ。鬱蒼《うっそう》とした小径をたどると、小さな滝が流れ落ちる傍らに、光輪を背に屹立する像がある。剣を立てまなじりを決し、虚空を睨む不動明王と差し向かいになると、次第に不動明王と自分の境界線がわからなくなる。

そして気がつくと、気分が晴れていた。

母は、「医者」になるという妥協案を出した。北里村は無医村で、幼い弟をふたり、流行病《はやりやまい》で失った。虎烈刺《コレラ》だった。

「人々を率いる庄屋は感情を表に出してはいけん」と気丈な母に躾けられた柴三郎は、弟が死んでも泣けなかった。その悲しみは、胸の内に漬物石のように残った。

漬物石は年ごとに大きくなり、それを体内に止めようとして身体が大きくなる。

開明藩主の細川護久《ほそかわもりひさ》は横井小楠《よこいしょうなん》の弟子を登用し、抜本的な藩政改革を始めた。創設百十年の再春館を廃し、西洋医学の古城《ふるしろ》医学校を創設し、長崎で医学教育をした蘭人軍医ゲオルゲ・ファン・マンスフェルトを破格の大枚、月給五百円で招いた。

古城医学校は皇漢医の攻撃に遭った。城内の医学校へ渡る橋を「冥土橋」と呼び、「一度渡れば二度と娑婆に戻れない」と囃し、患者は激減したが、身分の別なく対応するマンスフェルトの姿勢に評判はすぐに回復した。

明治三年十一月、古城医学校が開校し、緒方正規《おがたまさのり》と浜田玄達《はまだげんたつ》が入学した。二ヵ月後の明治四年一月、柴三郎も入学し、古城医学校の三羽烏と呼ばれるようになる。

「わたしと長崎で医学教育の仕組みを作った長与専斎が、新しい医学校を作りました。東京の医学校へ行くことを勧めます」というマンスフェルトに従い、士族で侍医の嫡男である緒方正規と浜田玄達は上京した。

柴三郎は東京に行かず、古城医学校で塾頭を務めた。授業が終わるとマンスフェルトは柴三郎を自宅に招き、地理学や政治学を教えた。

柴三郎とマンスフェルトはよく似ていた。

まっすぐな性格で思うことを口にするので、周囲と軋轢が生じる。そんな二人が一緒にいれば、考えていることは自ずと伝わってしまう。ある晩、柴三郎は言われた。

「キタサトさん、あなたはほんとうに医者になりたいと思っているのですか？」

滅多に他人に本心を見せない柴三郎だが、この時は正直に気持ちを伝えた。

「おいは、医者ではなく、軍人か政治家になろごたっとじゃ」

軍医のマンスフェルトは、適切な助言者だった。

「キタサトさんはやさしいひとですから軍人は向きません。キタサトさんは医者になるべきです。でもどうしても軍人になりたいなら、患者を治す医者ではなく、国を治す医者になりなさい。『医療の軍隊』を作ればいいのです」

「国を治す医者、医療の軍隊」という北里が復唱した言葉が、雷鳴のように響く。

マンスフェルトの書斎の書棚には本がぎっしり詰まっている。

「キタサトさん、明日からここの本を、好きなだけ読みなさい。わたしが教えていることは、医学のひとかけらです。それと特別に、いいものを見せてあげましょう」

マンスフェルトは机の上に置かれた、台座と筒が組み合わされた器械を動かし始める。

ランプを調節し光を当てると、筒を覗き込んだ柴三郎は、「美しか」と呟く。

「これは、顕微鏡です。キタサトさんが見ているのは、わたしたちの皮膚です」

柴三郎は顕微鏡を覗き続けた。やがて蠟燭の火が燃え尽き、顕微鏡の視界が暗くなり、顔を上げた。気がつけば彼は一時間以上、顕微鏡を覗き続けていた。

「ものごとには理があって、その理という煉瓦を積み上げて建物にする。それが医学です。今の日本には患者を治す医者は大勢いますが、国を治す医者はいません。キタサトさんは、そうなりなさい。それにはまず、医者にならなければなりません」

柴三郎は雷に打たれたように、細い目を見開いた。

ある日、県庁の少参事、山田《やまだ》武甫《たけとし》が古城医学校の寄宿舎に駆け込んできた。

「ぬしに大命ば下ったぞ。北里はマンスフェルト先生の通訳補助に任命されたと」

温厚篤実な彼は小楠の高弟で、勉学熱心な柴三郎に常々目を掛けてくれていた。

「そげんこつなら毎日、講義でやっちょっが」

「違う違う。近々、大君が熊本に巡幸なさるが、そん時にマンスフェルト先生に下問されることになった。その通訳に北里が推薦されたんじゃ」

「ばってん、役場に正式な通訳さんがおられると」

「マンスフェルト先生のお話は医学用語が出る可能性があるので塾頭のお前が、通訳補佐に選ばれたと。下々の者が大君にお目に掛かれることは滅多にない栄誉たい。そういえば、陛下はお前と同い年の嘉永五年生まれたい」

同じ年なのに、かたや大君と呼ばれ、かたや通訳補佐に任じられたことを身に余る光栄と思えとは、実にばかばかしい。

もちろん、そんなことは口にしなかったが。

「旧家の別荘を御座所に充てたが、大君が少年時代を過ごされた京都御所には二階がなく、階段に慣れておられないかもしれんので、綱をはしご段に垂らし階段につけ、西洋式ランプも取り寄せた。頼むから北里は余計な騒ぎを起こさんようにしてくれよ」

そう言い残すと、山田は入ってきた時と同じあわただしさで部屋を出て行った。

明治五年六月二十日。熊本港にスコットランド製の最新鋭・龍驤《りゅうじょう》が入港した。

当日、柴三郎が待機していると、困り顔をした山田武甫がやってきた。

「ジェーンズ先生がやらかしてくれたばい。ウエストポイント陸軍士官学校の卒業生で、南北戦争の北軍の大尉やったから将校の正装でお迎えしてくださるかと思いきや、黒フロックコートの礼装やったてばい。その上奥さまが、大君に花束を手渡したと。幸い、大君のご機嫌ば損なわずに済んだばってん、ぬしはくれぐれも粗相の無いようにしてくれんね」

柴三郎が山田の話を伝えると、マンスフェルトは微笑した。

「洋学校のジェーンズ先生は、貴人がお見えになったくらいで、学業を停止するのは望ましくない、と考えたのでしょうね。でも私には大きな目的があるのです」

それはどげなことですか、と聞こうとした時、またも山田が部屋に駆け込んできた。

「大君がお見えになった。急ぎ参れ」と言われ、さすがの柴三郎も緊張した。

柴三郎は明治天皇に拝謁した。浅黒い肌の大柄な明治天皇は、フランス式の軍服を着けていた。腰のサーベルは白銀の鞘に金模様で、凜々しい若武者の佇まいだ。

マンスフェルトの建言は、牧畜と肉食の導入の話だった。明治天皇が口を開いた。

「師は医学の教師とお聞きしている。医学や医学教育について、ご高説を伺いたい」

優しいお声で柔らかな京都弁と相俟って、春風のような穏やかさが周囲に漂った。

「医療についてはわたしの代わりに、ここにいる弟子のキタサトが後でご説明します」

天皇に耳打ちされたお側の者は「大儀であった」と言い、咳払いをした。御一行はこの後、熊本城の天守閣に上り、市中の行在所《あんざいじょ》へ向かう予定だという。

退出すると柴三郎はマンスフェルトに訊ねた。

「なして、おいに説明をさせるなどと、あげなことをおっしゃったと？」

「わたしはいずれ日本を去りますが、キタサトさんはこの国のいしずえになるひとです。この国で一番偉い人と知り合っておけば将来、必ず役に立つでしょう」

「ばってん、先生がくれたチャンスは、のうなってしまったとです」

柴三郎がそう言った時、山田武甫が今日三度目に、せかせかと駆け込んできた。

「北里、今宵、大君と夕餉を共にするようにとの思し召しである。直ちに支度せよ」

マンスフェルトは、驚いた柴三郎の顔を見て、にっこり笑った。

「キタサトさんが考える、『医療の軍隊』について思う存分、お話ししてきなさい」

柴三郎はうなずくと、部屋を飛び出して行った。

実はこの謁見は、文部少丞の長与専斎が、欧米視察に行く前に仕込んでおいたものだ。

長与は現在、欧米の視察旅行の最中で、ベルリンで彼が後に「衛生」と命名する行政機関と遭遇し、盟友マンスフェルトに長い手紙を書き送ってきた。

――特殊行政は生活に関わるものを網羅し一国の行政部を成す。国民の健康保護を担当する特殊行政組織を名付ける必要あり。近代国家にはこの仕組みが必須也。

熱情迸《ほとばし》る手紙を受け取った直後にマンスフェルトが思いついたのが、親しい日本人医師二人の願いを一度に叶える奇手だったのだ。


柴三郎がご行在所一階のお座敷に通されると、明治天皇・睦仁《むつひと》は浴衣姿で寛いでいた。平伏した柴三郎に、「苦しゅうない。共に晩餐を食せよ」と高い声で言う。

「お言葉に甘え、お供ばさせていただきます」

柴三郎はどかりと胡座をかくと、あっという間に膳を平らげた。

「天晴れな食べっぷりだな。それで足りたか？」

「満腹です」とうなずいた。柴三郎は正座し、背筋を伸ばした。

「マンスフェルト先生になりかわり不肖柴三郎、日本の医事について建言仕ります。日本では西洋医学の導入が盛んですが、足りんもんばかりですたい。『医療の軍隊』も足りんもののひとつですばい。欧米では、国が民の健康を守る仕組みを作っとるとです」

「なるほど、興味深い。もそっと詳しく話を聞かせよ」

「たとえば虎烈剌はドブ水の厄気が元と言われとります。さすればドブを綺麗にすれば病気は減る。それが『医療の軍隊』の仕事ですたい。以上、不肖柴三郎の建言ですばい」

「面白い。ついでに熊本の民情を知りたいので臆せず語るように」

するると、傍らに控えていた西郷が立ち上がる。

「本日、奏上者以外はお役御免とする。これ以後の大君のお介添えはこの西郷が執り行なう」

お付きの者は一礼して部屋を出て行き、部屋には睦仁と西郷、柴三郎が残った。

楽にするがよか、と西郷に言われ柴三郎は再び胡座をかいた。そうして、言いたい放題をした。

「明治のご治世になって世の中はギスギスしとります。なんでんかんでん東京に集め、東京もんばかりよか目に合うとると。ばってん民の生活はちっとも豊かになっとりません。今の政府にみんな、不満ば持っとりますたい」

辛抱強く耳を傾けていた睦仁だが、止まらない柴三郎の攻撃的な言葉に苛立ちを見せ始めた。やがて憤然と立ち上がる。

「朕は常々自らの驕奢を戒めている。そち如きに悪し様に言われる謂われはない」

そこで恐れ入るのが普通だが、熱した柴三郎は、抑えが利かなくなっていた。

「何でも申せと言われたけん、思ったことば、申し上げただけですたい。おいの言ったことが気にくわんからといって、黙れ、と言われるのは心外ですたい」

激した睦仁の表情が、しん、と鎮まった。

「そちの言は正しい。たとえ朕が不快に思っても、自由に話せと申したのは朕である。だが、そちの言は無礼であり、これでは気が晴れぬ。なので角力《すもう》を取って、勝った方が言い分を通す、というのはどうか」

そして睦仁が隣に侍る西郷に言う。

「山岡鉄舟《やまおかてっしゅう》と角力を取った時、こてんぱんにされて以後、控えるようにと言われた。だが、この者とはこうしないとどうにも気が収まらぬ。朕のわがままを見逃してくれい」

すると西郷は、畳にごろりと横になり腕枕をした。

「今日は陳情が多く、おいもくたびれ申した。大君のお好きになさるがよか」

「よし、中庭で角力を取るぞ。よいな」

柴三郎は我に返る。負ければ叱責。勝てば不敬。なんという畏れ多いことを。

「そちが望むなら不戦敗にしてもよいぞ。それは賢明である。朕は強いからな」

身体の震えが止まり、「お相手、仕りますたい」と言い、柴三郎は立ち上がる。

中天高く満月が、中庭を煌々と照らしている。

睦仁は浴衣をはだけ上半身裸になると、浴衣の帯を締め直し、回しにした。

中庭に裸足で下りると、睦仁は足を高々と上げ、四股《しこ》を踏んだ。

「朕は、日本を治めるため、地の神も従えねばならんのだ」

だが角力は柴三郎も得意とするところ、負けじと柴三郎も大地を踏みしめる。

「この一番を以て、互いの遺恨は水に流すこととする」

「承りもした」と答えた柴三郎は、にわか仕立ての土俵に両手を突く。

睦仁は、ゆったりと両拳を地に着ける。次の瞬間息が合い、立ち合いとなった。

互いの回しを摑む、がっぷりの右四つだ。中庭の中央、ふたりの動きが止まる。

ふたりの荒い息づかいが中庭に響く。

ぴくり、と睦仁の肩が動く。その瞬間を捉えて、柴三郎が投げを打った。

拍子がぴたりと合い、大柄な身体が、もんどり打って倒れた。

庭の真ん中にごろりと寝そべり、天を仰いだ睦仁は、荒い息で言う。

「今日、天守に上った。眼下には熊本平野、天際に阿蘇山が見えた。さすが天晴れ九州一、加藤清正が築城した天下の名城だけのことはあった」

「熊本城の石垣は武者返し、九州一の要害であいもす」

縁側に腰を下ろした西郷が言うと、睦仁は上半身を起こした。

「約束通り、この者の言を受け入れる。だが悔しいぞ、西郷」

「ならば、あんもろを無礼討ちにしもそか。命じてくだされば、おいがやりもんそ」

「ならぬ。朕から申し出た約を反故にはできぬ」

「そいでこそ大君じゃ。大君は負けておりもさん。大君には、こんものを百万遍、誅殺できる武勇の士が、万と控えておいもす。おいは大君に命じられればなんでん、やっとです。じゃっどん、もし主上が臣を討たねばならなくなった時には、温情は打ち捨て、臣ばお斬りくんしゃい」

「何を言う。朕が西郷を斬るなど、あり得ない」

「大君が臣を見捨てることはなくとも、国が臣を斬ることはあいもす」

「朕は日本国の天子である。国とは朕のことぞ」

「そうであれば臣は一生、忠義を尽くせもんそ。臣は大君に忠義を尽くすっとじゃで」

腑に落ちない様子の睦仁は、投げ遣りに言う。

「朕は疲れた。今夜は休む。今日の負けは借りだ。負け分を返すから御所に来い」

睦仁が姿を消すと、西郷がのっそり立ち上がり、柴三郎に言う。

「おもんさーのようなもっこすが大君に忠誠を尽くしてくれれば、おいも安心じゃが」

「おいには、そげな大役は無理たい。おいは軍人か、政治家になろうと思ったとです。ばってんマンスフェルト先生に、どちらも向いてないから医者になれ、と言われたと」

「よかがよかが。政治家は実が乏しい。おもんさーのような一刻者は、足を掬われてしまっで。おもんさーが医で名を成し政治と近づいたら、おいの信条を思い出すがよか」

西郷は腕組みをして、目を閉じると、遠く月影に視線を投げ、厳かに言った。

「国を信じるな、人を信ぜよ。よかか、おいの忠告を、忘るんなよ」

そう言い残した西郷の巨体は、黒い影となり、闇に消えた。

翌日、柴三郎に信書が届けられた。達筆で歌が一首、記されていた。

○　ものはみなおもふがままになればとて　身のつつしみを忘れざらなむ

明治天皇は「敷島の道」に親しまれ、五九年の生涯で九万三千余を歌われた。

柴三郎が睦仁の詠草を読んでいた頃、睦仁と西郷は、鹿児島に向かう船上にあった。

「それにしても破格の者がいたものだ。さすが、小楠が生まれし地であるな」

軍艦・龍驤の舳先に立ち、睦仁は空を見上げる。そして朗々と、詩を吟じた。

――なんぞ富国に止まらん。なんぞ強兵に止まらん。大義を四海に布くのみ。

「小楠先生の詩ですな」と背後に控えた西郷が言うと、睦仁は微笑した。

「この詩を口ずさめば、周囲の雑音もぴたりと鎮まる。朕の護符だ」

睦仁は西郷を振り返り「いよいよ、鹿児島だな」と言う。

「朕は旅が好きだ。西国を軍艦で巡り、肥後であのような者と出会えたからな」

その時、波を切って進む戦艦の舳先を鳥影がよぎり、まっしぐらに阿蘇へ飛び去った。

「阿蘇の大鷲、か。いつかあの者が、大空を駆けるのを見てみたいものじゃ」

海風に髪をなびかせながら青年天皇、睦仁は呟いた。

2章　津和野の胡蝶

明治五年（一八七二）

黄連《おうれん》、大黄《だいおう》、半夏《はんげ》、大棗《たいそう》、甘草《かんぞう》、当帰《とうき》、川芎《せんきゅう》、茴香《ういきょう》、枸杞《くこ》、桂皮《けいひ》、丁字《ちょうじ》、朱砂《しゅしゃ》……。

ぼくが最初に触れた言葉は、薬箪笥の抽斗《ひきだし》に書かれた漢方薬の名前だ。

花の名もあった。紅花《べにばな》、牡丹《ぼたん》、桃仁《とうにん》、蕃紅花《さふらん》。

ひとつを指し父上は「さふらんと読むんだ。皇漢医の秘薬だよ」と教えてくれた。

「花という字がついているから、お花なのですね」

父上は、黙って部屋を出て行くと、萎びた花を手に、戻ってきた。

「これがさふらんだ。薬になるのは枯れた花だが、元は大層美しい花だそうだ」

ぼくは、萎びた花には興味がなかった。でも「さ・ふ・ら・ん」という音の繋がりを、ぼくの中の標本箱に納めた。それは宝貝の貝殻のように、綺麗な光を放った。

夏、お祭りの鷺舞の頃、庭先には白い花が咲いた。ぼくは花の名を知らずに育った。

ぼくは書庫の本を片っ端から読み漁り、神童と呼ばれた。父上は、見慣れぬ小動物に新たな餌を与えるように、次々に書物を与えた。

五歳で論語を学び、四書五経の素読をした。六歳で藩校の養老館で孟子の素読を学び、七歳で四書を復読し、首席でご褒美に四書正文をいただいた。八歳で父に蘭語を学び、五経を復読し四書集註をいただいた。その時教わった言葉は今も覚えている。

——学に志すや、本を探りて隠れたるを顕し、乱れたるを収めてこれを正しきに返す。

ぼくは生涯、この律に縛られ、それに反発して生きた。まだ学校に通う年でもないのに首席になり、ご褒美を独り占めにしたぼくは、生意気だといじめられた。

危険が近づくと、雨が降る前の湿った匂いがする。その匂いを感じると一目散に逃げた。ぼくはおどおどしていたけれどある日、自分は特別なんだ、と気がついた。

津和野には鷺舞というお祭りがある。みんなは鷺だ。でもぼくだけは違った。

毛色が違う鳥は、群れから追われる。藩校がなくなり、首席のご褒美をいただけなかった九歳の春、そう思った。

授業が早く終わったある日、養老館の側の錦川の側の、紅色に染まる原っぱで、ひとりの女の子が花を摘み、紅色の花冠を編んでいた。

女の子は「座って」と命じ、ぼくが跪くと花冠をかぶせた。振り返るとおんなの人が立っていた。女の子はその人に抱きつき、ふたりは手を繫いで立ち去った。

その時おんなの人は、女の子の名前を呼んだ。でもぼくは、その名を聞き漏らしてしまった。言葉に貪欲なくせに、ぼくはいつも大切な言葉を聞き逃してしまう。

突然、村落の背後の山に登ろう、と思った。山腹にお寺があり、風に吹かれて綺麗な歌が聞こえてくるので、気になっていた。

橋を渡り、山道を辿ると、鬱蒼とした木立の間に、古いお寺が見えた。

お寺の前庭にお年寄りや子ども、男の人や女の人が集まって歌を歌っていた。

みんな、両手を縛られていた。ぼくは目を逸らした。

ひとりだけ腕組みをしていた男性と目が合った。顔なじみの村の巡査さんだった。

「森先生のとこの坊ちゃんじゃないか。こんなところへ来てはいかん。こん連中は罪人じゃき」

ぼくは山を下りた。家に帰ると、ぼくは花冠を外し、庭先に投げ捨てた。

「今までどこにいらしたのです」と母上が言った。

「乙女峠の光琳寺です」

ぼくの顔をじっと見た母上は、しばらくして言った。

「二度とあそこに行ってはなりません」

ぼくは父上に、なぜあそこに行ってはいけないのか、訊ねた。

「長崎の切支丹がいるんだよ。西洋の神さまを信じることは禁じられているんだ」

そしてあの人たちが歌っていたのは「賛美歌」だと教えてくれた。

ぼくは「切支丹」と「賛美歌」という言葉を、貝殻みたいに標本箱にしまい込んだ。

そうしてお寺のことや、そこにいた人たちのことは忘れた。

明治五年六月末、ぼくは、故郷の津和野を後にして、父上と上京した。

藩主の亀井さまが知事をお辞めになり、東京に移住された。清子お祖母さま、峰子母上、弟の篤次郎、妹の喜美子を津和野に残して、父上とぼくが二人でひとまず上京して、暮らしが立ち行くようなら家族を呼び寄せることになった。

ぼくは父上と二人、峠の上から、津和野の村を眺めた。

峠に立った父上は、つないでいた手をほどくと、大きく伸びをした。

「やれ、ほっとしたわい。リンや、これが津和野だ。小さな村だ。世界は広い。お前はこれから新しい世界に旅立つんだ。二度とこの村に帰ってきてはいけないよ」

びっくりして、父上を見上げると、父上は呟くようにして続けた。

「森家は、お祖父さまの代に、嗣子が家業を嫌い長州に出奔し断絶した。その後、白仙お祖父さまが長州から養子に入り嫁を迎えた。清子お祖母さまは学者肌のお祖父さまの面倒をみながら借財を返し、蓄財までした。そんなお祖母さまに育てられたお前の母上は幼い頃から、家を継ぐ旦那さまをお助けするのがお役目ですと言われたのだ。お祖父さまは森家を再興した。私は漢方を捨て、佐倉順天堂で学び蘭医になった。その時、そのまま出奔しようかと思ったが、赤子のお前がいて、お前の母上は私が戻ることを微塵も疑わなかった。しかもお前を育てるため、無学だった母上はいろはから学び始めた。私は、そんな彼女を見捨てることができなかった」

裁縫をしながら仮名手本を眺め、小声で呟く母上の後ろ姿を、ぼくは思い出した。

「文久元年霜月、お祖父さまは参勤交代の帰郷途上、脚気《かっけ》で東海道の宿場町で死んだ。だが二ヵ月後の新年、お前が生まれた。おんなたちはお祖父さまの生まれ変わりだ、と大喜びした。私は暗澹とした気持ちになった。お前の母上が、頼りない私の代わりに、お前を森家の人柱にしようとしているのがわかったからだ」

ぼくは改めて、峠から山間の小さな村を眺めた。初めて外から見た津和野は、ぼくを閉じ込めた檻に見えてきた。外から見ないと、本当の姿はわからない。

「東京には日本中からいろいろな人が集まっている。昔、亀井の殿様から、お前を東京に留学させよという御沙汰があった。その時私はお前を東京にやりたかったがお前の母上が拒否した。母上はお前を津和野に閉じ込めておきたかったのだ。だが津和野藩がなくなったので、その意味がなくなった。お前は自由になったのだよ」

道端の野の花と戯れて日々過ごしたぼくは、胡蝶だった。そして森家のおんなたちに、がんじがらめにされていた。でも、そのことに気がつかなかった。

父上は、遠くをぼんやり見つめた。

「東京の西周《にしあまね》さんの父上は、森家の次男で西家に養子に入った。だから私よりも森家の正統な血筋なのだ。その上、西周さんは私が昔修学した蘭学塾、順天堂とつながりもある。お前を立派な西洋医にしてくれるだろう。リンはこの大空を駆ける鷗のように、自由に生きなさい」

鷗という鳥は知らなかったけれど、ぼくはそんな風になりたい、と思った。

こうして父上と津和野を出たぼくは生涯、二度と津和野に戻らなかった。

津和野の家で最後に見たのは庭の沙羅（夏椿）の白い花だった。ふだんあまり咲かないのに、その年に限って満開で、庭に白い花びらが溢れかえるようだった。


上京の途中、立ち寄ったお寺で、仏さまを見た。三面の顔は怒り、哀しみ、微笑んでいた。八部衆に属する守護神で戦う鬼。帝釈天に勝ち目のない戦いを挑み続ける、五千年の寿命を持つ者。妄執に満ちた争いの世界で悶え続ける、悪行を背負った鬼神。

その時ぼくは母上の望みと父上の願いのふたつに引き裂かれていた。

ぼく自身はからっぽだったので痛みはなかった。父母の別々の希望を、ひとつの器に収めるためには、からっぽのぼくが必要だという声が、どこからか聞こえてきた。

――ぼくは阿修羅《あしゅら》だ。

ゆえもなく、そう思った。

＊

ぼくは、親戚の西周小父の家に預けられた。西周小父は政府の偉い人で、神田小川町広小路角の元大名屋敷にお宅があった。

子どものいない小父さんは三人の少年を書生として住まわせていた。他にも塾生や使用人、親類を大勢邸内に住まわせていて、賑やかだった。養子の紳六郎さんは年上で優しかった。紳六郎さんのご自慢は、お兄さんの林紀《はやしつな》さんだ。

「兄さまは軍医だ。僕はドイツ語が下手なので紀兄さまのお手伝いができない。だから姉さまの旦那さんの榎本《えのもと》少将や赤松《あかまつ》少将のいる海軍に入る。リンさんはドイツ語が出来るから、紀兄さまを助けてあげてほしい」

ぼくは医学校に入れと勧められた。ドイツ語を学ぶため、本郷元町の「進文学舎」という塾に通った。十人の少人数クラスで月曜から土曜まで毎日三時間、ドイツ人の先生からドイツ語、数学、地理を学んだ。成績は抜群だったけれど、西周小父さんは、ぼくの問題点に気がついた。

「リンの語学の才は凄いよ。進文学舎の先生も、今すぐ医学校に入れる、と太鼓判を押してくれた。でもその前にリンは、もっと世の中のことを知らなければいけないよ」

ぼくが「文鳥」と言うと、文鳥を飼っているご近所の家に連れて行き、文鳥に触らせた。言葉と手の中の小鳥が同じものだと知って、ぼくは驚いた。そんなぼくを見て、西周小父は、自分が書いた文を見せてくれた。

——人生に三宝あり。一に健、二に知、三に富。言葉には手で触れられる実体がある。

そして「その実感がないと、人生で大切な三宝を見失ってしまうんだ」と言った。

「でも三宝の『健』も『知』も『富』は、どれも手に触れることができないではありませんか」

「これは一本取られたな。口ではリンに敵わぬ」と言って、西周小父さんは掌で額をぴしゃっと叩いた。それから真顔になって、付け加えた。

「言葉には心に根ざしたものもある。それを疎かにすると、ひとは腐ってしまうのだ」

西周小父さんはそんな風に開けっぴろげで無邪気で、椋鳥《むくどり》みたいな人だった。

ぼくはその家で同年代の子どもと「子どもらしく」遊び、家の手伝いをした。

家事をしていると、「リンは手先が器用だねえ」と西周小父はしみじみと言う。

「リン」と呼ばれると「凜」という文字が浮かび、風鈴の音が、りん、と鳴った。


初めて東京で迎えた明治六年の正月は、明治五年十一月に太陽暦が採用され、正月が一月早く来て、慌ただしかった。街角には断髪の士族の姿が増え戯《ざ》れ歌《うた》が流行った。

——半髪頭を叩いてみれば、因循姑息の音がする。総髪頭を叩いてみれば、王政復古の音がする。ザンギリ頭を叩いてみれば、文明開化の音がする。

六月、お祖母さまと母上と弟と妹が上京してきたので、向島の家はいっぺんに賑やかになった。その夏、ぼくは両国の川開きの日にお呼ばれした。西周小父さんと一緒に屋形舟に乗り込むと、軍服の人が二人待ち構えていた。

「遅いぞ、西兄。もう先にやっておるわ」と、豪傑髭の人が手を上げた。

「待たせてすまなかったな、赤松。急に陸軍省からの呼び出しがあったものでな」

そう言うと、西周小父はどかりとあぐらを掻き、ぼくを隣に座らせた。なぜか、一升瓶を置いた空席がある。豪傑髭さんは、ぼくの顔をしげしげと見て、言う。

「そちらが西兄ご自慢の麒麟児か」

「いかにも。森家の本家筋の嫡男、森林太郎だ。リンや、紹介しよう。二人は私の義弟の赤松則良《のりよし》海軍少将と林紀陸軍一等軍医正だ。赤松は軍艦造りの専門家で、林は軍医、つまり軍隊の医者だ。二人とも新政府の偉い人だぞ」

「何を言う。去年二月、兵部省が陸軍省、海軍省に分かれた時に陸軍大丞、宮内省侍読に抜擢された西兄が一番の出世頭だ。今日の宴会は遅まきながら、西兄の昇進祝いだ」

「いや、出世頭は榎本だろう。今は蝦夷地なのでここにおらぬが、ヤツの分の酒を用意したから拗ねることもあるまい。我等は徳川家の禄を食んだ者、おいそれと変心せぬ。新政府の腸《はらわた》に食い込み、薩長土肥の連中にひと泡ふかせてやるべし」

「俺と林がオランダ留学から帰国したら幕府は亡びていたが、我等は七十万石の静岡藩知事、徳川家達侯の駿府に入り、俺と西兄で沼津兵学校を作り、林は静岡病院の院長になった。我らを召し上げた新政府は、徳川家の構想を丸ごと呑み込んだわけだ」

林さんは「紳六郎がお世話になっております」と西周小父さんに頭を下げた。

金モールの軍服姿は凜々しく、髭がない細面は上品な顔立ちだ。

「紳六郎は間もなく海軍兵学校に入れ、赤松に面倒を見てもらう。リンは陸軍にする。西家の嫡男紳六郎と森家の総領林太郎が両輪になって陸海両軍を率いるのが、私が描いた絵図なんだ」と言って西周小父はぼくの頭をぽん、と叩いた。

「その時は喜んで私がお引き受けします」と林紀さんがうなずく。

「一昨年、兵部省の軍医頭になった叔父・松本順は、私を次官に、緒方惟準《これよし》を一等軍医正に登用し、軍医学校を創設し、私を校長にしました。林太郎殿に助けてもらいます」

「それならいっそ、リンは一足飛びに軍医学校に入れてしまおうか」

「それはお勧めしません。先日石黒氏が、医学教育は大学に委託した方がいいと建言したので、軍医学校は廃止される可能性があります」

「石黒は医学校校長の相良《さがら》一派だから、大学の内情に詳しいんだろうな」

「ええ、相良さんは口が悪く、事務官に嫌われていますが、長崎精得館を立て直した長与専斎先生もいるので、うまく収めてくれるでしょう。それに林太郎殿を今すぐ大学に入れるのは無理です。入学に年齢制限ができたので」

「うむ、それは知っておる。リンは万延元年生まれということにして、十一月に入学試験を受けさせようと思う。七歳の頃から藩校で首席だったから多少サバを読んでも問題なかろう。私は山県公の指示で、軍人の精神的な支柱となる軍人勅諭《ぐんじんちょくゆ》を書く。その考えを今からリンに叩き込んでおけば、軍医になった時、林を助けてくれるさ」

「わかりました。では実務を仕切る石黒氏に仄めかしておきましょう」

「頼んだぞ。リンは希望の星だからな。ところで赤松のところの登志子ちゃんも二歳か。可愛いさかりだろう。せっかくだからここでリンと縁組みしてしまわぬか」

「俺に異存はない。俺と榎本は、林の妹を妻君にもらい、西兄は紳六郎君を養子にした。我等順天堂の一族にこの若君が加わるとはめでたい。今日は大いに飲もう」

赤松さんが杯を掲げると、三人は乾杯に唱和した。その時、花火が上がった。

ぼくは、自分のことが話題になったので、話の輪に入ってみた。

「小父さんたちは、どうしてこんなに仲良しなんですか？」

「俺たちは文久二年、一緒にオランダ留学した。俺は長崎の海軍伝習所で、林は長崎医学所で学び、そこに法律や制度を学ぶ西兄が加わったんだ。幕府が建造を依頼した、軍艦の受け取りと海軍伝習と回航目的で派遣されたんだよ」と赤松さんが言った。

「ぼくはその年に生まれました。それとお舟は大好きです」と言うと、赤松さんは笑う。

「船が好きとは気が合うな。あの時に生まれた赤子が、こんなに大きくなったのか。今となっては笑い話だが、出帆後インドネシア沖で座礁し、名もなき小島に漂着した時は、生きて日本に帰れないと覚悟したよ。あの時に我等は、生まれた時は違えど死ぬときは一緒と誓ったんだ。あの後、林はハーグで、ポンペ先生に学んだんだよな」

「ええ」と林さんがうなずく。

「こうなったらわが婿殿には、陸軍軍医の輝ける星になってもらい、陸軍の開祖の蘭学医、大村益次郎の再来の如く、新しい軍制を作ってもらおうか」

「いいですね。私は軍医部に特等席を作ってお待ちします。叔父の松本順も、順天堂が適塾に負けてはならぬと叱咤されるので、林太郎殿を頼りにしましょう」

「陸軍は私、海軍は赤松と榎本、軍医部は林が土台を作り、紳六郎とリンが発展させる。リンも外国に行くといい。我らはオランダだったが今、医学を学ぶならドイツだろうな。うん、それがいい。リンはドイツに行きなさい」

ドイツ。その言葉の響きは、沙羅の花の芳香のように周囲に漂った。

その時、大輪の花火が立て続けに上がった。

降り注ぐ光の中、まだ見ぬドイツの風景が浮かび上がる。林さんの金モールの軍服姿が、未来のぼくの姿と重なった。

花火が終わると、川岸をそぞろ歩きしながら家に帰った。

ぼくは身体の火照りが収まらず、その夜はなかなか寝付けなかった。

この日から、舟はぼくが一番好きな乗り物になった。

ぼくは、西周小父の書斎で小父の本や原稿を読み、小父の考え方を理解していった。

西周小父は十九歳の時、儒学修行を命じられたが安政元年（一八五四）、突然脱藩してしまう。だがお殿さまの温情で、寛大な処分で済んだ。二八歳で幕府の蕃書調所の教授になり、オランダ文典で砲術書の読解などに励み、三三歳でオランダに留学、慶応元年（一八六五）十二月、帰国後「開成学校」の教授に任じられた。そこで「オランダ政治学」を訳述し、「万国公法」を翻訳した。翌秋、京で慶喜公にフランス語を教え、幕府の外交文書を翻訳し、立憲政権の調査研究を命じられた。

その地では西周小父に学ぶ者が続出し、門弟五百を数えた。王政復古後、徳川幕府が開校した沼津兵学校の初代校長になった。

明治二年、津和野に戻り、「優秀な人材育成」の一環で藩費留学の貢進生を送る献策もした。その時、西周小父は親戚のぼくを推挙してくれたけれど、母上が断っている。

この時から西周小父は、養子の紳六郎さんを海軍に、ぼくを陸軍軍医部に入れようと考えていたようだ。西周小父は、外国語を習得するにはセンスのある者が幼い頃から学ぶしかないと考えた。それにぴったり当てはまる素材、それがぼくだったのだ。

陸軍を創始した山県公と親しく、明治三年九月、請われて明治新政府に出仕し、兵部省顧問になり、のちに軍隊の精神的な拠り所となる「軍人勅諭」を起草している。

西周小父が陸軍をどうしたいか、山県陸軍卿はどんな方向を目指しているのかを、ぼくは徐々に理解していった。

ぼくが把握した陸軍の姿は、巨大な伽藍に似ていた。

軍備政策では海軍は徳川幕府の鎖国政策のせいで、立ち遅れていた。

海軍は旧幕臣の榎本武揚がロシア派遣公使として海軍中将になり、帰国後海軍卿に就任した。つまりあの夜、屋形船に集った三人は、軍の中枢だったわけだ。

今上天皇の教育係である侍読も務めていた西周小父は、スケールの大きい文化人で、陸軍や政府に留まる人物ではなかった。陸軍省に出仕する傍ら、育英舎という私塾を開いて漢学、英語、数学などの諸学問を教え始めた。そこでは十八世紀のフランスの啓蒙家の「百科全書派」を模倣した講義を行い、書籍として刊行した。

明治七年二月、「佐賀の乱」が勃発した同じ月に、西周小父は福沢諭吉、津田真道、加藤弘之、箕作秋坪、田中不二麿と「明六社」を結成した。

日本最高の知識層集団だった彼らは皆、幕末に欧米に遊学し、西洋の近代文明を目の当たりにしていた。西周小父は翌月刊行の「明六雑誌」に「洋字を以て国語を書するの論」というローマ字論を発表した。「百一新論」という上下本を刊行し、日本の従来からの儒教精神と西洋の実証的近代思想を紹介するなど、啓蒙活動に関わった。

それまで「フィロソフィア」という用語を「生理学」や「理学」と訳していたが、西周小父は「哲学」という訳語を創出し、近代欧州の哲学思想を日本に紹介した。

国作りには政府や陸軍の形より、人々のこころを耕す方が重要だと考え、「哲学」という言葉を作った西周小父は、日本に文化を根付かせるべく活動を続けた。

明治七年一月、医学校予科に入学したぼくは、西家を出て医学校の寄宿舎に移った。でも十歳から十一歳まで西周小父の家に寄宿した影響は大きかった。

後年、ぼくが世界の森羅万象を伝える百科全書的な連載をした時に、「椋鳥通信」と名付けたのは、椋鳥みたいな西周小父の広い視野と大度量を見習いたかったからだ。

3章 柴三郎、医道を吠える

明治十一年（一八七八）

明治十年二月。西郷隆盛が鹿児島で挙兵した。二月十五日、雪を蹴って進軍、田原坂《たばるざか》の激戦で一万三千の士族が、四分の一の官軍四千の農民兵が守る熊本城を抜けず、司令官・谷干城《たにたてき》が天守閣を焼き五二日で囲みを解き九月二四日、挙兵から二二二日目に城山の麓で西郷が自決して終わる。こうして日本を二分した西南戦争は、士族が馬鹿にしていた、農民主体の官軍の勝利に終わった。

その最中「医学校」は「東京大学医学部」と改称し、本郷の旧加賀藩邸跡に移った。談論風発の寄宿舎の無頼集団をまとめあげたのが「阿蘇の大鷲」こと北里柴三郎である。

明治十一年。学舎の中庭、りんご箱の上に、久留米絣《くるめがすり》で破衣弊帽《はいへいぼう》の青年がのっそりと立つ。鍛え上げた身体は赤銅のようで、細い目は炯々と鋭い眼光を放っている。

今日は雄弁会「同盟社」の、第九回の演説会だ。柴三郎は空を見上げた。

聴衆に三つの塊を認めた柴三郎は、第一声を張り上げる。

「不肖柴三郎、申し上げるったい。古来、賢人は『医は仁術であり、大医は国を治す』と言う。医の使命は、民の健康を維持し安心して仕事に励み、国家を興起富強することたい。ばってん、皇漢医は自らの利ばかり貪っちょる。自分を管理できぬ者が、わが身を健康に保てるはずがなか。そんな者たちが口先で自由や権利を唱えても実が伴わん」

「その通り」と蛮声を上げ、盛大に拍手する一団は「同盟社」の構成員だ。

平民や農民出身で弊衣蓬髪、夜鳴き蕎麦の代金を踏み倒し、「虹かかり」と称して、二階の窓から放尿する、風流な名の下品な振る舞いをする連中だ。

彼らの拍手に乗って、柴三郎の演説は続く。

「今の医家、特に皇漢医は病を治すことには励むが、天下に病が減じるを望まず、むしろ増えるを望む。これを医賊と呼ばずして何とするか」

聴衆の右翼に陣取る軍服姿の集団から、野太い声の野次が飛んだ。

「そんなことはない。貴様の考えだと医者はみな、病気治療の研究を怠ってしまうぞ」

軍服姿の小池正直《こいけまさなお》は庄内藩鶴岡出身で、典医を務める開明派医家の嫡男だ。

陸軍官費生の頭目は蘭心竹生、博学能文で漢籍の造詣が深かった。

「ぬしは、おいの本意を理解しとらん。おいの論は、民を摂生させ健康を守り、病を未然に防ぐことにある。真の医道は医術を研究し、奥義を究めて初めて実践でくる。孔子さまも『人の訴えで正邪曲直を談ずるは予も他と変わらぬ。だが予は根本を正し、最初から訴えが起こらないようにする者である』と言いよらすばい」

昨年、陸軍は幹部候補生軍医として「陸軍官費生」を募った。定員は十名。谷口謙《たにぐちゆずる》、賀古鶴所《かこつるど》、菊池常三郎、江口襄《えぐちのぼる》など、優秀だが一癖ある連中が顔を揃え、小池は彼らのリーダーだと自任していた。ドイツ語は苦手だが漢文は優れていた小池正直が「論語」でやっつけられたのは失態だ。

青空を仰ぎ見ると、悠々と飛翔する大鷲が見えた。北里は、かっと目を見開く。

「今の学生は日々奢侈に走り、外面を飾り立てるのみ。そんな東大生の弊害は医学生に多か。おいもそうだが医学生は貧乏な家の出も多く、人民の税金から官費を申請し学費とする。勉学せず遊び回る連中は、人民の血税をドブに捨てているようなもんたい」

今度は聴衆の左翼から、無骨な声が上がる。

「失礼なことを言うな。寒村の庄屋出の田舎者と典医出身者を一緒に語ってはいかんぞ。俺たちは人民の税など一銭たりとも貪っておらんわ」

「おお、誰かと思ったら、口頭試問で『大腿骨《だいたいこつ》』が答えられず、おいが笑ったら、その骨で殴りかかり、シュルツェ教授にこっぴどく叱られた青山《あおやま》先輩やなかか」

周りの者はくすくす笑う。むっとした表情の青山胤通《たねみち》は美濃国の侍医の家の出だ。

聴衆の左翼に陣取る名家出身の秀才連の集団の中には、古城医学校の同期で、今は三年上級の緒方正規や浜田玄達の顔も見える。

「自費生は身内が労苦されとる。遊び回る官費生は穀潰し、自費生は脛齧りたい」

「異議あり。我等医師は殖産興業で富国強兵を体現する者である。優れた指導者は豊かな生活をして当然である。長い目でものを見ぬ民草は、我等が教導せねばならん」

拳を振り上げ、再び参戦してきた陸軍官費生軍団の頭目の小池を、北里は睨んだ。

「ならば問う。西南戦争で山県公が大君に西郷どんの助命をしなかったのはなんでね。征討軍が帰京した際、軒に国旗なく、万歳の声もなかったと。民草は西郷どんを、江戸を焦土にしなかった恩人と思うとるし、討伐隊の司令官はみな、西郷どんの薫陶を受けた者ばかりたい。そんな恩人を討ったのを凱旋と言うとね？」

柴三郎の胸に、月を見上げ呟いた西郷の言葉が蘇る。

——国を信じるな、人を信ぜよ。

「岩倉使節団が二年も外遊しよっても不平等条約を寸毫も変えられず、無能ば晒している間、日本で大隈参議と山県公が西郷どんと図り、徴兵制や太陽暦導入をやり遂げたと。廃藩置県も西郷どんが収めたばい。そんな大人を陸軍は草の露にしたと。それは大君の御心ではなか。そいは傍らの佞臣《ねいしん》がやったことばい」

「庄屋とはいえ所詮は百姓の小倅、天下の大論はわからんか」

小池正直が負け惜しみのように言い返すと、北里の細い目が更にすうっと細くなる。

「おいの家は阿蘇の小村の庄屋で西南戦争の時に、旧士族の連中に襲われたが、母さまがひとりで説き伏せて追い返したと。うらなり士族に後ればとったら、おいは母さまにどやしつけらるるわ」

またも次元を変えた発言についていけず小池が黙り込むと、甲高い声が響いた。

「おーい、陸軍官費生の頭目の小池兄が、書生っぽにやり込められてどうすんのさ」

現れたのは、振り分け髪の、稚児のような少年だった。両脇に、筋骨隆々とした青年と、着流し姿の洒落男を従えている。少年は笑う。

「こんな雑駁《ざつぱく》な論に言い負かされるなんて醜態だね、小池兄」

「ですが、リン坊ちゃん……」

「そんな風に呼ぶな、と言ってるだろ」と、少年は振り返り言い放つ。

「なんじゃ、いきなり。チビスケのくせに態度がでかかな」

そう言って北里は、少年の頭を押さえつけた。少年はその手を邪険に払いのける。

「人の頭を押さえつけるなよ。おい、賀古、ぼくを肩車しろ」

大柄な青年が「あいよ」と言って少年を肩に担ぎ上げ、少年は北里を見下ろした。

「これならあんたの方がチビスケだ。下から見上げても偉そうに言えるのかな。小父さんは偉そうに、今上天皇や西郷の気持ちを知っているみたいに言ってるけど、会ったこともない人たちの気持ちがなぜわかるのさ」

「おいは大君と西郷どんに直接拝謁し、真情を伺ったことがあるばい」

「ふうん、あんたが陛下にお目通りしていたとはね。でも西郷は愚かだよ。内戦で薩摩人が敵味方に分かれて争うことになったんだから」

「チビスケが西郷どんを批判するとは、世も末たい」

「チビスケと言うな。ぼくは元津和野藩侍医の森家の総領、森林太郎だ。でも確かに、西南戦争での西郷の挙動は今、ここで論ずることではないね。話を医道に戻そう。さっきの小父さんの論は、皇漢医が諸悪の根源みたいに聞こえたんだけど」

「そん通りたい。意外に人の話ば、ちゃんと聞いとるとばいね」

「相手の言い分を理解しなければ、叩き潰せないからね。それにしてもなぜ皇漢医をそこまで毛嫌いするのか、さっぱり理解できないんだけど」

「人民に健康を説き、病を未然に防ぐのが医道の基本なのに、皇漢医は言い伝えを積み上げるだけで論拠を示さず、秘伝を重視しとる。病気の事象を客観的に観察して分析するドイツ医学を土台に、徹底的に日本の医療を立て直すんが医学生の役目たい」

「それは間違ってる。予防医学では皇漢医にも、『未病』という考え方がある。荘子の『熊経鳥申《ゆうけいちょうしん》』や三国時代の名医華佗の唱える『五禽戯《ごきんぎ》』なんて理に適ってる」

「皇漢医には科学的対応はムリたい。兵士の健康に与る軍医殿は肝に銘じるべきたい」

林太郎少年は、ふう、とため息をついた。

「正直、小父さんの論は出来が悪いよ。今時、孔子を引っ張り出すなんて古臭すぎるし、言葉の選び方も雑すぎて説得力がない。試しに一度、自分の言いたいことを紙に書いてごらんよ。あんたの演説の問題点がわかるから」

「なんだと」と柴三郎が拳を振り上げると、陸軍官費生の面々が応じ騒然となった。

「貴様たち、演説会は許可したが、喧嘩は認めておらんぞ」

舎監の草郷清四郎《そうごうせいしろう》の一声で、演説会はお開きとなった。柴三郎は天に向かって吠えた。

「不肖柴三郎、衷心を以て民を誘導し、国家を興す大益を得る。医道に入らんとする者は奮起し、悪弊を捨て医道に邁進せよ。お、詩が浮かんだと。偶成、というヤツばい」

七言絶句を朗々と歌い上げた柴三郎は、立ち去る林太郎少年の背に向かって言う。

「チビスケが陸軍を率いるなら、おいの『医療の軍隊』の参謀になれや」


様子を眺めていた秀才集団の頭目、緒方正規は「ヤツは昔とちっとも変わらんのう」と苦笑した。

すると緒方と北里の同級生で古城三羽烏のひとり、浜田玄達が言う。

「北里の言は無用に人を刺激する。人を諭すならもっと穏やかにすべきだ」

謹厳実直が服を着ているような浜田は、なかなか手厳しい。

「中浜《なかはま》君、君はさっきの北里の論をどう思った？」

緒方に問われ、左隣のすらりとした長身の青年が答える。

「新政府の批判は新鮮だったかな。西南の役は米国における南北戦争に比するものだけど今、南軍のリー将軍にあたる西郷を、あそこまで堂々と擁護する者はいないからね。でもあんなことを言い続けていたら……いや、なんでもない」

「お前の親父は新政府の重職なのに、そんなことを言っていいのかよ」と青山が言う。

「父は父、僕は僕さ。それよりもうひとりの風流子の方が気になるね。噂の森君を初めて間近で見たけど、優秀さが匂い立つような才子だね。彼とは仲良くなれそうだ」

幕末に土佐沖で遭難し、渡米したジョン万次郎は、幕府と明治新政府に通詞として重用された。その青年、中浜東一郎《とういちろう》は彼の長男で新世代の貴公子の一人だ。

秀才集団は寄宿舎に戻っていく。彼らはこれから来週の授業の予習をするのだろう。


柴三郎が投げつけた七言絶句を反芻している林太郎の肩を、小池がぽん、と叩く。

「助かりましたが、どうせならもっと徹底的にやっつけてほしかったです」

「そんな義理はないよ。そもそも相手の論に振り回され、自分から死地に飛び込むなんて失態だよ。ぼくがやったのは小池兄だってよく知っている孫子の戦略、『囲魏救趙《いぎきゅうちょう》』の計の応用だ。そんなだから小池兄の漢籍の理解は表層的で、真義に届いていないと言われちゃうんだよね」

小池正直はむっとした表情になるが、すぐに気を取り直して言う。

「それより今からでも陸軍官費生になったらいかがです？　なんなら俺が話をつけてあげますよ」

「そうだなあ、陸軍の山県公が頭を下げて頼んできたら、考えてもいいかな」

「ばかな。そんなこと、あるわけないでしょう」

「でも初代軍医頭の松本順もぼくの小父の西周元大丞も、山県公が頭を下げて出仕を請うた。確か石黒教官も、だよね」と次々に飛び出す高官の名に、小池は黙り込む。

「あ、寄席が始まっちまう。円朝の枕を聞き逃したら大損だ。賀古、収二郎《しゅうじろう》、急ごう」

林太郎がはっとして、左右に侍る青年に言うと、小池正直が怒った口調で言う。

「賀古、陸軍官費生の貴様まで、軟弱に振る舞うことは許さんぞ」

大柄で角張った顔をした青年が立ち止まり、振り返る。

林太郎の馬を務めた青年だ。

「小池さん、俺は最低限の勉強で医者になり、食うに困らない程度に稼げればいいんだ。勉学やお国への忠誠心は必要最小限で、浮いた時間で人生を目一杯楽しみたい。ここにおわす森先生は、そんな生き方のお師匠さんなのさ」

すると小池の陰からしゃくれた顎であばた面の青年が、ひょっこり顔を出した。

「『きんされえ』は、いつまでたっても、お世話をしてくれる乳母が必要なんだな」

「黙れ、谷口。森を侮辱するな」と賀古に一喝され、谷口謙は肩をすくめた。

「日曜は家にきんされえ《きなさい》」とは林太郎の父・静男の口癖だ。二年前、寄宿舎で同室だった谷口は毎土曜に寮を訪れる、林太郎の父親の津和野訛りをからかった。

林太郎は、当時の首席で六歳年上の谷口が恐しくて、何も言い返せなかった。

だが彼は、尊敬する父を馬鹿にされた恨みを終生忘れなかった。

柴三郎が森少年の素性を訊ねると、忠実な副将の伊東重が答えた。

「北里主将の二学年上で、賀古鶴所、緒方収二郎の三人組で『三角同盟』と称し夜な夜な、芝居だ歌舞伎だ寄席だと遊び歩いています。ドイツ語の能力は教授たちも舌を巻くほどで、本気で勉強したら首席間違いなし、とも言われております。あと年齢が足らず、二歳上ということにして受験した、という噂もありまして」

「チビスケやけん、竹馬に乗ったんか。年齢をかさ増しするなんてイケすかんたい」

柴三郎も入学時、年をごまかしたが、四歳下にしたので余計にムカついたのだ。

＊

中庭での演説会の一部始終を、本館二階の窓から二つの人影が見下ろしていた。

「『医学生は人民が納めた税を学資とし、国が資金を与えるを当然と考え不埒三昧。その悪弊を洗い去れ』とはなかなか聞かせるものだ」

軍服姿の陸軍一等軍医正・石黒忠悳は手帳を取り出し文言をメモした。隣のフロックコートの正装姿の長与専斎が苦笑する。

「学生たちは熱心だな。これも明治二年、医学取調御用掛の相良知安《ちあん》先生と岩佐純先生が、医学教育の基幹を世界最高峰のドイツ医学に転向してくれたおかげだ。結構結構」

そう言って石黒は、面長の頰を右手でぞろりと撫でる。

「ミュルレル教官が三百人の医学生を三五名に減らした時、相良親分は僕と長谷川《はせがわ》泰《たい》を手足の如く使い協力した。明治五年十月に医学校校長になり翌年、文部省医務局の初代局長になった頃が相良親分の絶頂かな」と言うと、長与は目を伏せた。

「そして田中不二麿理事官に粛清され、私は文部省の二代目医務局長になった。だが初代は相良さんだし、東京医学校長も相良さんの後任、『医制七六条』制定も相良さんの『医制略則八五条』が下敷きだ。そう思うと申し訳ない気持ちになるよ。権力闘争ばかりの文部省にはうんざりだ。長崎から戻った長谷川泰さんは、本郷元町に西洋医養成の医学私塾を開いたそうだから、大学に復帰してほしいものだ」

「それは無理だろうな。長谷川は文部省に恨み骨髄だからな」と石黒は首を横に振る。

「だが内務省衛生局初代局長、長与勅任局長としては、今の言は当然か。新たな業務に『荘子』から『衛生』という語を当てたのはお見事だった」

「古典から見つけてきただけだ。明治二年に『虎烈剌』という当て字を考え出した君には及ばないよ。だが大学の中枢にいた君が突然陸軍に転身したのには驚かされたよ」

「書記官に楯突いて文部省を罷免された儂を、松本の殿さまが拾ってくれたんだ。『坊主と医者の世界には手を出さない方が賢い』と山県公に即断させた、破格のお方だよ。軍医を減らす時も当てずっぽうで半分にして抗議にきた連中に、『石黒が決めた』と、竹とんぼを削りながら済ませてしまうんだからな。さすがの儂もたまげたよ。あれから軍医部も変わり、甥御の林紀殿を二代軍医総監に任じ、洪庵先生の次子の緒方惟準、ドイツ帰りの佐藤進と橋本綱常《つなつね》の三羽烏を軍医監に登用し、大胆な若返りを図ったんだ」

「林と佐藤は順天堂閥の精鋭、緒方惟準と橋本綱常は適塾系と、松本先生のバランス感覚は素晴らしい。だが本音は順天堂閥を中心に据えたいのだろう」

「儂は順天堂閥の番頭だからな。そういえば橋本綱常はどうしておる？」

「優秀で、学生たちの評判もすこぶるよいよ」と長与はぼんやりした言い方をした。

「そうか。あれはなかなか目端の利くヤツだからな」

石黒の言葉には刺がある。現在、林紀が軍医総監、佐藤進が陸軍病院の院長と、順天堂の二枚看板が陸軍軍医部のツートップだ。陸軍軍医部の三羽烏と言われながら、橋本綱常が医学校の別課の教授にされたのはどうみても冷や飯だ。

だが石黒から見れば橋本は優遇されていた。明治四年、石黒が八等出仕で軍医寮に入ると橋本が七等出仕で入ってきた。橋本が五年の欧州遊学を優雅に楽しんでいる間、石黒は日本で地べたを這いずるように雑務をこなしていた。西南戦争に一等軍医正・石黒が出征すると、橋本は欧州から急遽呼び戻され軍医監に任じられた。

橋本は日の当たる場所を歩き、石黒は日陰に沈み、常に橋本が一枚上を行く。

それはドイツ語ができないせいだ、と思うと石黒は悔しかった。学がない分、努力で差を埋めようとした。見聞したことを全てメモに取り、家で日記に残した。人とのつながりを大切にし、その維持に全精力を注いだ。長与は中庭に目を遣る。

「君が陸軍軍医学校を廃して教育は大学に任せ、卒後に陸軍軍医に任用すると言い出した時は、正直驚いたよ。何しろ陸軍には立派な軍医学校があったからな」

「ぬしが作った内務省官費生制度を真似させてもらったのよ。初めは内務省のおこぼれだったが、次は成績順に採用でき、有望な学生を得られて儂の株も上がったよ」

「だが手当が良すぎて、官費生は勉強しなくなる。徐々に成績が落ちているぞ」

「固いことは言いっこなし。ぬしは長崎の御典医の出、儂は江戸の小役人の小倅、閨閥なく雄藩の出自でもない二人、共に手を取り衛生を確立し、富国強兵に励もうぞ」

石黒は長い顔をぞろりと撫でて笑う。二人の話が途切れた。

学生弁士の朗々とした声が二階にまで届いてくる。

――医学が賤業と見られるのは、医者が自ら招いた天罰である。自らの繁盛や栄達ばかり望み、金持ちに媚びへつらえば、識者に軽蔑され、大志を抱く者に馬鹿にされる。

夢から覚めたような顔をして、長与が言う。

「ところで先日、脚気病院を作るようにと御沙汰があった。陛下は脚気の大家、皇漢医の遠田澄庵《とおだちょうあん》を登用したいようだ。先日『脚気論』を出版した君も委員になってほしい」

「皇漢医叩きか。喜んで引き受ける。遠田澄庵は評判がよく、陸軍武官の寺内正毅《てらうちまさたけ》など、遠田の秘伝のおかげで脚気が軽快したと吹聴している。だが陸軍は銀シャリを腹一杯食べさせるのがウリだから、遠田の脚気米因説が広がるのは困りものなんだ」

「東大のベルツ教授は、脚気は原因菌が不明の伝染病だと主張しているが、京都療病院のショイベ医師は遠田の脚気米因説をドイツ語の論文で紹介しようとしてるようだ」

「それはちとまずいな。儂の『脚気論』は大気毒《ベルツ》が飲み水に入り、体内に入るのが原因とした。だから、兵営内を清潔に保つため改修しようと思っているのだが」

「今回の脚気病院は世界初の官立の脚気研究病院で、漢洋医学の協同研究という画期的なものだ。五年間、報告書を出せば、西洋医学が優勢なことを明白にできる。では早速、君を内務省御用掛兼務で、脚気病院設立委員にする手筈を整えよう」

長与は皇漢医を憎んでいた。大村藩の侍医だった祖父が西洋医学を修めると、誹謗され罷免され父は早逝し、長与少年が赤貧洗うが如き生活を支えることになったのだ。

中庭では西南戦争についての論争になっていた。石黒が言う。

「西南の役の防疫は、ぬしと共同戦線を張ったが、あれは失敗だったなあ」

「失敗ではない。あれは国辱だった。長崎・横浜で外国船検疫をしようとしたら英公使が拒否したんだ。以後は感染症の流行時に衛生局から、衛生司令官を派遣する仕組みを作ったんだ」

「悔しさでは儂も同じじよ。帰還兵を制御できず、発病者千、死者五百と大蔓延させてしまった。フィラデルフィア万博の視察で『重症者は後方の巨大病院で対応すべし』、八千人の傷病者を収容する臨時病院を建設するという発想を応用したのに残念だった」

明治九年七月、三八歳の長与と三一歳の石黒は三ヵ月間、フィラデルフィア、ニューヨーク、ワシントン、サンフランシスコを視察し、そこで意気投合したのだ。

「ところで西南戦争の政府対応を批判している、学生弁士の名はなんという？」

「熊本出身の北里柴三郎という。雄弁会を立ち上げ、毎土曜に演説会を開いている。政治、外交、軍事問題を取り上げ『志を天下に有する者は雄弁たるべし』などと憂国の士気取りで、同盟休校を呼びかけるなど、学内の揉め事の震源地だ」

「面白そうだな。なぜアイツを陸軍に推薦してくれなかったのだ？」

「アレはとんでもない奴だぞ。福沢さんに頼んだ寄宿舎の舎監が着任早々『思い込みで対応されたら冤罪の温床になるゆえあなた方を拒否する』という一分の隙もない正論でガツンとやられ、維新の剛の者の草郷も顔色なしで萎れていたよ」

「そんな物騒なヤツは要らん。正論を振りかざされたら軍の秩序が壊れてしまう」

「本人が聞いたらさぞ悔しがるだろうな。幼い頃は軍人か政治家志望だったそうだ」

「そっちを先に言え。相変わらずぬしは意地が悪い。だがやはり遠慮しておくか。人材と言えば、そろそろ名古屋の大魚と会ってみぬか。会えば儂が勧めた理由がわかるぞ」

「近々名古屋に行く仕事があるから会ってみよう。ところで官費生の現状はどうだ？」

「とりあえず小池は気に入った。ことある毎に私信を寄越し、達筆で漢文体の文言はキレがよく読み惚れる。小池がいれば陸軍は今後二十年は安泰だな。おい、小柄な坊やが肩車に乗って、馬鈴薯《ばれいしょ》弁士に反論し始めたぞ。アレは何者だ？」

「森林太郎、元兵部大丞の西先生の親戚だ。幼く見えるが小池と同学年だ」

「あれが西大丞の秘蔵っ子か。確かにややこしそうな坊ちゃまだな。官費生の小池に目を掛けておくよう指示してあるんだが。森林太郎とは、森と林で名は木だらけだな」

「森は北里に輪を掛けてひねくれている。軍に入ったら駄目になるか、軍を駄目にするかのいずれかだ。天才肌でドイツ語は抜群。父親は津和野藩の侍医で順天堂で修学したそうだ。左右は陸軍官費生の賀古鶴所と、適塾の緒方洪庵先生の末子、緒方収二郎だ」

長与は遠い目をして、学生弁士が演説の最後に発した言葉を反芻した。

「『慈悲の心で人民を導けば国家発展の大益になる。これぞ英雄の仕事である。嗚呼』か。君が不要だと言うのなら、彼は衛生局が頂戴するとするか」

「やむを得ん。しかし改めて聞くと、ぬしの選択は堅実だな。ぬしが成し遂げる仕事のようで、儂の仕事ぶりとは全く別物だな」

「それは違う。私の仕事が堅実なのではなく、君の仕事が八方破れなだけだ」

「違いない」と石黒が言うと、二人は顔を見合わせて破顔した。

柔らかい陽射しは、二人が佇む窓辺にも、滔々と医道を論じる学生弁士が立つ中庭にも、等しくのどかに降り注いでいた。


長与と石黒は、内務省と陸軍で衛生行政を推進する、合わせ鏡のような存在だ。

長崎の侍医の家に生まれた長与専斎は十六の夏、大坂に出て緒方洪庵の蘭学塾・適塾に学ぶ。万延元年（一八六〇）、洪庵の勧めで長崎伝習所に修学し、御典医・松本良順と共に蘭軍医ポンペ・ファン・メールデルフォルトに医学伝習を受けた。

明治元年、長崎精得館の幕臣が逃亡すると、学生投票で長与が臨時頭取に選ばれ、蘭軍医マンスフェルト教頭と共に医学教育改革に邁進する。

その功を認められ明治四年七月、中央政府に招聘され、欧米各国派遣団に潜り込んで、ベルリンで「衛生」の概念を知る。

帰国後の明治七年九月、東京医学校長に任命された。明治八年、内務省衛生局が創設されると初代衛生局長になった長与は衛生行政の祖、「ミスター衛生局」である。

片や陸軍一等軍医正・石黒忠悳は、叩き上げの苦労人だ。

越後の貧農、石黒家の養子で同郷の長谷川泰と刎頸《ふんけい》の友。

二十歳で江戸の「医学所」に入り「大学東校」の教官になるが事務官と揉めて罷免、軍医寮に拾われた。これに懲りて以後、保身の達人になる。佐賀の乱で山県公の信を得て、西南戦争では大阪陸軍臨時病院長に抜擢された。学術的業績はないが事務系の業務で頭角を現す。足軽出身の山県公と気脈が通じるところがあった。

*

百三十名の学生がいる寄宿舎は無法地帯だった。手を焼いた長与校長は二年前、盟友・福沢諭吉に舎監の派遣を依頼し、草郷清四郎と三輪光五郎がやってきた。

草郷は気性が激しく、規則違反者には厳格な姿勢で営むと宣言した。

「当事者に内実を聞かず他人の話を鵜呑みにして、学生が乱暴三昧と一方的に断罪するとは、最高学府の舎監としては失格たい」と柴三郎は真っ向から反撃した。

「生意気を申すな。学生は勉学に励んでおればよいのだ」

「福沢先生のお弟子さんが、『黙って上に従えばよい』とはがっかりさせてくるるたい。

それでは『天は人の上に人を作った』ことになってしまうと」ぐうの音も出ず、草郷は柴三郎の軍門に降り、「学生代表との合議で事を処す」と約した。言い分を通すと柴三郎は、ルールを決め新秩序を作り出し、問題を解消した。

ドイツ人教師シュルツェは授業で教えていない部分から出題し、学生に恨まれていた。そこでそんな出題には全員で「未習ナリ」と解答するよう差配した。シュルツェは激怒し、侮辱されたので帰国すると言い出した。温厚な同僚ベルツに慰留され、柴三郎の言い分を聞く羽目になった。

柴三郎は「問題児」扱いされたが、実相は「風雲児」だった。

和紙八枚の文の表題に墨痕黒々と「医道論」と書き、末尾の七言絶句を読み上げた柴三郎は顔を上げた。「辛苦に耐えることこそ男子なり」という一節は二度、読み返す。論争の最中、天から降ってきた詩句は、彼の人生を象徴する言葉となった。

だが改めて紙に記すと、演説にはアラが多かった。

「チビスケが言ったことは、もっともやった」と柴三郎は呟いた。

蒲団にごろりと横になると、黒々とした窓から、春のおぼろ月が見えた。

向かいの部屋では、賀古鶴所が蒲団から手足をはみ出し豪快な往復鼾を立てていた。

隣の蒲団に寝そべり林太郎が読み耽るのは、実家からくすねてきた「傷寒論」だ。漢方は医学と見做さない、というのが長与校長の方針だった。

だが林太郎は、皇漢書の簡潔な漢文体に魅せられ、文言の美しさに惹かれていた。このような美しい文が、科学的でないなんてあり得ない、と思う。

枕元に授業ノートを揃えて並べる。なんでも二冊、用意するのが彼のクセだった。

その脇にドイツ語の外科学の教科書と、林太郎の翻訳文がある。

昨年、思い立って翻訳して、我ながらいい出来と思い、池田謙斎医学部綜理に見せたところ、「学生は本分の医学修得に励みなさい」とたしなめられたことを思い出した。

世の中、鼎の軽重もわからない愚か者ばかりだ、と呟いた。

山のように積み重ねられた貸本に手を伸ばす。林太郎はこの世にある全ての本を読破し、「不朽」をめざそうと決意していた。すると自ずと漢籍や洒落本の山東京伝の類いに手を伸ばす羽目になった。特に読本の曲亭馬琴はお気に入りで、「椿説弓張月《ちんせつゆみはりづき》」のように物語を歌舞伎にしてみたい、という気持ちを持っていた。

腕枕で天井を見上げた林太郎は、「同盟社」の頭領が謳った七言絶句を復唱した。

奏功一世豈無時　奮闘由来吾所期
休説人間窮達事　苦辛克耐是男児

「一所懸命がんばれば成功する。他人を批判せず苦労に耐えるのこそ男子だ、か。幼稚な詩だなあ」と林太郎は呟き、「医療の軍隊」という言葉を幾度か反芻した。

蠟燭が燃え尽きると、おぼろ月が部屋を淡く照らし出す。
やがて、林太郎の寝息と賀古の高いびきの二重奏が聞こえてきた。

4章　貴公子、雌伏す

明治十四年（一八八一）〜明治十七年（一八八四）

隅田川の河畔、柳橋の花街は夕闇に活気づく。通りからは両国橋も見える。

着物姿の女性がいそいそと歩く脇を、大声で会話を交わしながら、羽織袴に角帽姿の青年の一団が闊歩する。彼らに混じり、ぼくも木造の建物に入っていく。

亀清楼《かめせいろう》は安政元年創業の老舗料亭だ。豪勢な木造建築は、柳橋と隅田川に挟まれた遊郭の一角にある料亭群の中では別格で、学生には敷居が高い。

隣を歩く賀古鶴所が、ぼくを慰めるように言う。

「気落ちするなよ。八席は立派なもんだぞ」

「気落ちなんてしてないさ。おかしなことは言わないでくれ」

そう言い返しながら料亭に入った。そしてふと思い出して言う。

「そう言えば、結婚したんだってね。おめでとう」

「まあ、俺はお前より七つ年上の二六だし、先月は陸軍省に出仕したしな」

賀古は、照れたように微笑する。下足場で靴を脱ぐと、背後から声を掛けられた。

「自分も出仕しましたよ。陸軍省で序列一位です。リン坊ちゃんもそろそろ陸軍軍医部に出仕を決めたらいかがですか」

そう言われたぼくは、吐息をついて振り返る。

「ご配慮ありがとう。卒試後の四月、小池兄が石黒次長宛てに書いてくれた推薦文には感激したよ。『万卒を得るは容易也、一将を得るは困難也。森は千里の才也』なんて、軍師を求める蜀の劉備玄徳に、臥竜を推挙するかの如き格調高い一文だけど、頼みもしないのに、なんでわざわざあんなことをしてくれたのかなあ」

「それは……」と小池兄は口ごもる。頼みもしない推薦文を書いたのは誰かに頼まれたからで、その相手が石黒次長なのは丸わかりだ。

石黒次長はぼくを推挙して、林紀軍医総監に忠義立てをしたという噂が聞こえていた。

「でもよかっただろう。軍医部の序列は大学の成績順らしいから、ぼくが入局していたら小池兄は序列二位になるところだったんだから」

二月中旬から三月下旬の卒業試験は、成績順の四人一組になる。ぼくは小池兄と同じ組だった。一昨日、最終成績が発表されたがぼくは八席、小池兄は九席だった。

謝恩会の会場には今回、医学士の学位を受けた二八名が顔を揃えた。教員や病院の医員の人たちが出席する立食パーティは賑やかだ。シャンパンの乾杯で式が始まり、卒業生代表で首席の三浦守治が挨拶をした。

彼とぼくは二乳（乳臭い二人）とバカにされ、成績も並んでいた。

それなのにどうしてこんな差がついてしまったのだろう。

三浦守治の次の挨拶は、三宅秀《みやけひいず》・医学部長だった。

「卒業生の諸君に報告がある。首席の三浦君と次席の高橋順太郎君は来年二月、ドイツへの官費留学生に内定した。東大の名を上げていただきたい」

拍手が起こり、挨拶が一段落した。

すると、背後から声を掛けられた。

「あれ？『きんされえ』がドイツ留学に行くんじゃなかったのか？」

今、一番見たくないあばた面。父上の津和野弁の方言でぼくをバカにする谷口謙だ。

ぼくが言い返せずにいると、隣にいた賀古鶴所が言った。

「森は試験中に下宿が火事になり、ノートが全部焼けてしまったんだよ」

「かく言う貴様は、俺より席次がひとつ下の賀古大先生ではないか。陸軍軍医部の序列では俺の下位なんだから、口の利き方に気をつけろよ」

「確かにお前は二十席、俺は二一席で、オレが下だが、こういうのを目くそ鼻くそというんだぜ。それにしても初年度の首席が、ここまで落ちぶれるとはなあ」

谷口は何も言わず、ひねこびた笑いを浮かべて、その場を立ち去った。

「ありがとう、賀古。ぼくはああいう下劣な輩に、とっさに言い返す、みたいなことが下手でさ」

「どうせお前のことだ。欧州留学の初心を貫くのだろう？　お、ライバル登場だ。おい、中浜、森は八席なのに官費留学を諦めていない。三席のお前が諦めれば優先順位が上がるから、協力してやれ」

「バカなことを言うな」とぼくは動揺した。

賀古の言葉は、全然ジョークに聞こえない。

「僕は森君の邪魔にはならないよ。福島県医学校の校長に就職を決めたからね」

「ほう、さすがは三席の秀才殿、余裕綽々だな。さぞかし給料がいいんだろうな」

「まあ、月給百二十円は悪くないだろうね」

「ふざけるな。俺の月給の四倍じゃないか。新政府の重臣の御曹司は嫌味だなあ」

「去年は首席の浜田さんが熊本の医学校を選択し、二席と三席の小金井さんと緒方さんの親友コンビがドイツに行けた。僕も粘れば留学できたかもしれないけど、父さんの、今後、留学生を増やす方針だから地方で財を蓄え機会を窺う方が賢いという忠言に従ったんだ。森君は外科のシュルツェ教授に目を付けられ悪い点にされたのが痛かったね」

治療法の解釈でぼくが漢方の証を根拠にしたらシュルツェ教授と論戦になった。それが原因だという学友もいた。でも成績が悪かった原因は明確だ。お祖母さまのせいだ。

卒試前に肋膜炎になり、お祖母さまが泊まり込みで看病してくれた。お祖母さまは根を詰めさせなかったので、存分に勉強できなかった。次に教授を代表してベルツ教授が挨拶をした。その次の挨拶は北里柴三郎だった。ぼくはびっくりして賀古に訊ねる。

「なんでアイツが、謝恩会で挨拶するんだよ」

「謝恩会では恒例で下級生の代表が挨拶するんだ。ヤツは学内行事の大半に関わる『同盟社』の親玉だからな。そう言えば、シュルツェが授業していないところから問題を出すので困り、北里の仕切りで習っていない問題は『未習ナリ』とみんなで答えたんだ。森は北里の側杖《そばづえ》を食ったのかもな。北里への鬱憤が溜まったところに、森が口頭試問で漢方の効能なんぞ言い立てたもんだから、八つ当たりされたのかもしれん」

北里が疫病神だったのかと腹を立てていると、ベルツ教授がやってきた。

「私はてっきり森君がドイツ留学するものと思っていたよ。学生時代にドイツの外科教科書を全訳するなんて普通できないからね。ところで君に頼みがある。『洪水熱論』という論文を来月の『東京医事新誌』に掲載する。三年前、学生の小金井君と新潟で研究したツツガムシ病の論文だが、翻訳を卒業生にお願いしたら陸軍の小池君になってしまった。しかし彼のドイツ語は今ひとつなので、森君に手伝ってもらいたいのだ」

時間はたっぷりあるし、小池兄への恩返しにもなるので、二つ返事で依頼を引き受けた。謝恩会がお開きになり、店を出る。夏の夜風に吹かれ、小粋な芸妓が身なりのいい男性とそぞろ歩きをしている。でも、ぼくの隣は無骨な賀古だった。

「いつかこの亀清楼で宴席を設けたいものだな。ところで森は就職はどうするんだ？」

「ギリギリまで欧州留学の道を模索してみる。それまでは父上の医院を手伝うよ」

「『橘井堂医院《きつせいどう》』は評判がよく羽振りがよさそうだな。医院を継ぐという道もあるのか」

「いや、それはない。父上もそんなことは望んでいないし……」

そう言って、ぼくは雑踏に身を投じた。背中から賀古鶴所の声が掛かる。

「粘ってもいいが、今年中にはケリをつけろよ。その頃までグズグズしていたら、俺が引導を渡しに行ってやる。俺は、お前のお袋さんに頼まれているんだよ」

ぼくは振り返らず、右手を挙げて賀古の言葉に答えた。

この頃、ぼくの分身の弟・篤次郎は十四歳で医学部予科生になった。ぼくは篤次郎と二人で滝沢馬琴の伝奇小説や英雄譚を買いまくり、「参木之舎《みきのや》」という屋号で蔵書を蓄えた。篤次郎は「参木之舎」の次男として「三木竹二」というペンネームを用いた。

二年前、篤次郎が男爵家に養子入りする話をぼくが断った。そして同じ年、三男の潤三郎が生まれ、「牽舟」の号を名乗った時、ぼくは森家を率いる覚悟を決めた。

天皇陛下が東北巡幸から帰京した翌日の十月十一日、大隈重信参議が政権から追放された。世に言う「明治十四年の政変」だ。翌十二日、明治二三年に国会を開設する詔勅が発せられた。伊藤公が中心となり、プロシアをモデルとした憲法を制定することになるらしい。日本はドイツに近づき、官費留学生になれないぼくの焦燥は深まる。

そんな十一月のある日、賀古がぼくを訪問した。

「森よ、下の学年にも首席と次席がいるんだぞ。仲よしの青山胤通や佐藤三吉に追い抜かれたら辛いぞ。素直に陸軍軍医部に入局しろ。陸軍は居心地がいいぜ。本も買ってくれるし馬も乗り放題、軍服で町を歩けばメッチェン（女の子）の注目の的だ。あと大きな声では言えんが、戦争がなければ軍医部は暇だから、論文も翻訳も書き放題だぜ」

ぼくは山口や熊本、長崎から病院長に招聘され、陸軍からも意向を訊ねる書状が届いたけれど全部、無視していた。だがしばらく考えて言った。

「わかった。明日、医学部長に直談判して、ダメならお前のアドバイスに従うよ」

翌日、久々に大学の学部長室を訪れた。結果は玉砕、とりつく島もなかった。

「席次八位では国費留学は無理です。でも朗報があります。文部省に倣い陸軍や内務省でも国費留学生の派遣を考えています。そちらを考えてみてはいかがですか」

その言葉を聞いた時、ぼくは陸軍の骨格を作った西小父の親族で、現在の軍医のトップ林軍医総監に嘱望されていたことを思い出した。なのでその足で陸軍省へ出向き軍医総監の林紀さんに面会し、入省の意向を伝えた。

久しぶりにお目に掛かった林紀さんは、ぼくの決意を喜んでくれた。

「首を長くして待っていたよ、なにしろ林太郎殿は私の後継者なんだから」

そして傍らに佇んでいた、馬面の男性に言った。

「石黒、彼が以前話した西先生ご自慢の麒麟児、森林太郎殿だ。よろしく頼むぞ」

「もちろん、存じております。医学部でも神童の誉れが高い坊ちゃまは、同級生の小池も激賞しており、陸軍軍医部に登用するよう、推薦文まで寄越したくらいですから」

それは手放しの賞賛のようでいて、どこか引っ掛かる言葉だった。

陸軍の対応は異例の速さだった。三十日に大山陸軍卿から任官上申書が提出され、天皇の裁可を得て十二月十六日、陸軍軍医副に任じられ、東京陸軍病院課僚に就任した。

林紀軍医総監は三七歳で軍医本部長。東京陸軍病院院長は順天堂の次期当主、佐藤進軍医監で、軍医部のツートップを仕切る順天堂閥体制は盤石に見えた。

この時、ぼくの前途は洋々に思われた。

陸軍軍医部に同期は七名いた。谷口、賀古他二名の四名は東京陸軍病院で、菊池、江口、小池の三名は東京憲兵本部に配属されていた。

ぼくの業務は二種類。ひとつは下級軍医として病院に通い病兵の治療をすること、もうひとつは全国各地をめぐる徴兵検査だった。

軍医一年目、第一軍管徴兵副医官に任じられた。最初の仕事は地方のドサ回りだ。

徴兵検査に出向く三日前、同級生の官費留学生の三浦守治と高橋順太郎がメンザレエ号で横浜港を出港し、ドイツへ出発した。三日後、ぼくは真冬の上信越へ向かう。栃木、群馬、長野、新潟を巡視し、徴兵業務に当たり「北游日乗」という日記を綴った。

宿の破れ窓から月明かりが差し、三浦の洋行を思うと目が冴えて眠れず悶々とした。

同行した上司の緒方惟準・軍医部次長は大学時代の親友、緒方収二郎のお兄さんで、いろいろ話を聞けた。緒方惟準、林紀、堀内利国《ほりうちとしくに》が大阪で陸軍学校の運営に当たったが、陸軍の中心が東京に移ると石黒忠悳が軍医学校を廃止したこと。「医学所」出身の「松本＝石黒」コンビと、適塾出身の「大阪軍医学校」グループの間に確執があることなど。

ぼくは徴兵の業務監査を淡々とこなした。一ヵ月後、長野の須坂で一週間の休暇をもらった。山奥の温泉場に二晩滞在したが、公務外なので「日乗」には記さなかった。

三月、地方巡視から戻ると、五月に陸軍軍医本部の庶務課に転じ、軍医本部課僚に昇進した。そこは林軍医総監がぼくのために用意してくれた特等席だった。

下積み生活は四ヵ月で終わった。庶務課でプラアゲルの「陸軍衛生制度書」を訳し、「医政全書稿本」全十二巻を編述した。本部への異動は軍医総監の意向だが、その業務をこなせるのはぼくしかいないのだから、依怙贔屓ではないだろう。

ぼくは自宅から陸軍病院まで人力車で通い始めた。就職祝いに父上が人力車を買い、車夫を雇ってくれたのだ。おかげで通勤の車中で書を読めるようになり、その習慣は終生続いた。同僚はそんなぼくを「坊ちゃん」と呼んだ。

そんな風に呼び始めたのは石黒さんだった。

六月、林軍医総監が有栖川宮の欧州視察に随行することになり、軍医部の送別会に出席した。それが衰運の始まりだった。翌七月、順天堂の当主・佐《さ》藤《とう》尚《たか》中《なか》が死去し、八月には林軍医総監がパリで客死してしまう。佐藤進軍医監は順天堂を継ぐため、軍医部を去った。盤石に見えた順天堂の二枚看板体制は、たちまち消え失せた。林・佐藤の二本柱を失った軍医部は混乱し、引退していた松本順・元軍医総監を軍医本部長に復帰させた。それは明らかに当座しのぎだ。

次の軍医総監候補は三人の軍医監、緒方惟準、橋本綱常、石黒忠悳だ。緒方さんは松本順のライバル、緒方洪庵の次男で、松本門下で固めた軍医部で孤立していた。石黒さんは後ろ盾も閨閥もなく留学経験もない。

なので橋本綱常軍医監の一択だと周囲は見た。橋本さんは福井藩の藩医の三男で、安政の大獄に連座した橋本左内の弟だ。明治四年に軍医寮に入り、明治五年にヴュルツブルク、ベルリンで学んで学位を取り、明治十年に帰国した。だが適塾系列と見做され、出世ラインから外れ、東大医学部に出向し、別課通学生に日本語で医学を教えていた。

同い年の三七歳の石黒さんは、常に橋本さんの後塵を拝してきた。明治四年、石黒さんが八等出仕で軍医寮に入ると、橋本さんは七等出仕し、橋本さんが五年の優雅な欧州遊学をしている間、石黒さんは日本で雑務に奔走していた。西南戦争に石黒さんが一等軍医正で出征すると、橋本さんは欧州から急遽呼び戻され軍医監に任じられた。

でも松本翁が復帰している間は順天堂閥の支配は揺るぎなく、林さんの後継者と目されるぼくの立場も安泰だった。ぼくは九月から十一月、東部監軍部長率いる監軍旅行に緒方次長と加わり八週間、北海道、東北、上信越、関東を視察旅行した。

これは半年前の徴兵検査出張とは違って、陸軍エリートの大名旅行だった。

たった半年でぼくの立場は劇的に好転していた。

それは今は亡き林軍医総監のおかげだろう。でもぼくは、強力な後ろ盾を失った。

軍医二年目の明治十六年三月、ぼくはプラアゲルの大著を訳了した。すると「医療の軍隊」という言葉がふわり、と浮かんだ。「軍隊の医療」は気乗りがしないが、言葉をひっくり返した「医療の軍隊」の前には未開の原野が広がっていた。

突然、かつて北里が演説でその言葉を口にしていたことを思い出した。

ぼくが二千頁に及ぶドイツ語の衛生学の教科書を訳し終え達した境地に、あの馬鈴薯親父は学生時代に到達していたなど、信じられないし、信じたくもなかった。

なのでぼくは「医療の軍隊」という言葉は、自分が生んだものだと思い込もうとした。

その頃、一級下の青山胤通と佐藤三吉が、内科と外科で官費留学することになった。青山は壮行会の席でいかにして官費留学の座を得たか、得々と語った。

彼の言葉は胸に苦かった。そんな五月、陸軍二等軍医に昇進し、私立医学校出の軍医に軍陣衛生学の講義をすることになった。ぼくが編纂した「医政全書稿本」が教科書だ。講義のため自著を繰り返し精読しているうちに、ふつふつと留学熱が再燃してきた。六月、軍医本部は「軍医官一名独逸留学に付上申書」を提出した。林紀軍医総監の置き土産だったが上申書は差し戻され、ぼくの留学は遠のいた。

明治十七年、陸軍三年目。年始に伺った西周小父のお宅で極秘情報を聞いた。欧州視察する大山陸軍卿を団長とする総勢十六名の使節団は欧州を歴訪するという。西周小父はぼくなら使節団に潜り込めるはずだと囁いた。だが橋本綱常軍医監に随行を頼んだらあっさり拒否された。失意のぼくに突風が吹く。味方にすれば心強いが嫌われたらややこしいぞ、と林紀さんに忠告された要注意人物、石黒忠悳次長に、声を掛けられたのだ。

「坊ちゃまは脚気という病気はご存じですか？」

「ええ、概略は。『江戸患い』、京では短期間で死亡するので『三日坊』と呼ばれ、十四代将軍家茂も脚気でなくなったかと。脚がむくみ手足がしびれ動悸がして食欲減退、歩行困難や視力障害が出て、最後は心臓麻痺で死亡します。その状態を脚気衝心と言います。東大内科のベルツ教授は脚気を『地方病性多発性神経炎』としていたはずです」

「さすが完璧です。これは儂が明治十一年に出した本で、ベルツ先生と同意見で脚気は体内有機体が病因だと考えています。今のところこの説を覆す論文はありません」

「脚気論」という和綴じの本を、ぼくは、ぱらぱら見ながら言う。

「病因となる有機体が大気に満ちあふれると、体内から排出できず蓄積し発症するという説は、現在の状況と矛盾はしませんね」

石黒説は矛盾せず破綻もしていないが、裏付けもない。つまり著作は「サイエンス」とは言い難かった。まあ、そんなことは、あえて口にしなかったけれど。

「そんな流し読みで論旨を把握するとは、噂に違わず大したものですな。この本を出した明治十一年、一ツ橋に脚気施療病院が設立され、『洋漢の脚気角力』なる西洋医と皇漢医の腕比べで西洋医二名、皇漢医二名で治療成績を競い、脚気の名医として名高い皇漢医の遠田澄庵の秘伝薬療法が勝ちました。でも遠田は『秘法』公開を拒んだため脚気病院は閉院し、脚気研究は大学医学部へ移され細々と続いています。昨年は大阪鎮台で千人中四二八人、海軍で四百人の脚気患者が発生しているのです」

「大阪と海軍で大流行しているのに、東京の近衛師団では発生していないんですか？」

「近衛師団でも脚気は大発生しています。ただ、集計していないだけですよ」

なぜ集計しないのですか、と聞こうとしたぼくは、石黒さんの渋面を見てやめた。気位の高そうなこの人が「都合の悪いデータは取らない」などと答えるはずがない。地雷を回避したぼくは改めて、気をつけなければ、と自分に言い聞かせる。

だが次の石黒さんの言葉に、ぼくは思わず狂喜する。

「儂は坊ちゃまを陸軍省の留学生に推薦したいと思っているのです。ドイツで『脚気論』の学問的裏付けをして、陸軍の糧食に問題がないことを証明していただきたい。儂は脚気を環境病だと考えます。一の矢で坊ちゃまに糧食について解析していただき、二の矢として小池に建築物について研究させるつもりです」

「それならやれます。いつ、ドイツに行かせてもらえますか？」

「可能な限り早急に。なんなら今夜の船便でも」と言い、石黒さんはうっすら笑う。

さすがにそれはジョークだったが、ドイツ留学の辞令は三ヵ月後の六月六日に降りた。

ぼくの目に、長年夢に見た欧州大陸、そしてドイツの街並みがくっきり浮かんでいた。

*

明治十七年十月七日の午後二時、ぼくはフランスのマルセイユに到着した。

秋雨がそぼ降る中、万千のガス灯が煌めき、濡れた石畳の馬車道を照らしていた。

総勢十名の日本人留学生、「航西学徒」は「ホテル・ジュネーブ」に泊まり翌朝、全員で記念撮影をした。各々が目的地に向かう中、ぼくはひとり、午後六時のパリ行きの汽車に乗り、翌九日朝パリに着いた。そして劇場で二幕のオペラを観た。

汽車の速度と光の煌びやかさに酔いしれつつ汽車でパリを発ち、十月十一日朝七時、ケルン着。二十時三十分、ベルリンに到着した。

ぼくは「航西日記」を閉じ翌十二日、新たな手帳に「在徳記」と書き付けた。

こうしてぼくは幼い頃から憧れの地、ドイツ帝国の大地に立ったのだった。

5章　北里、衛生局に出仕す

明治十六年（一八八三）～明治十七年（一八八四）

明治十六年四月。北里柴三郎は大手町の内務省の衛生局長室を訪れた。

馬鈴薯のような顔をした北里は、「肥後もっこす」という言葉がぴったりだった。

長与専斎・衛生局長は、内務省の勅任局長だ。内務省予算の三分の一の二十万円が配分され、関連施設も衛生試験所、牛痘種継所、薬品試験所、中央衛生会、統計課などを展開している。無趣味な長与にはひとつだけ、度し難い癖があった。人材蒐集癖だ。彼は自分の人物鑑定眼に自信を持っていたが、北里の評価は揺れていた。

それは北里が手渡した東大医学部長・三宅秀からの推薦状が原因だった。

「これはどういう意味かね。君は私が直接、勧誘したはずだが」

「そるはおいにとって必要不可欠な手続き、と考えてほしかです」

「もともと衛生領域は『トロッケネ・ヴィッセンシャフト（干からびた学問）』だ。この領域は患者がいないので開業できず、儲けがない。内務省御用掛は月給七十円だが、地方の医学校なら二百円出すところもある。悩んで当然だ」

北里は、丸眼鏡の奥で小さい目をぎょろりと剝いた。

「月給は普通の大卒は三十円で、大学に残っても四十円そこそこばってん、七十円ももらいよるけん、文句はなかです。おいの実家は肥後の山奥の村の庄屋で木こりが半分、農夫が半分の寒村で、弟二人をコレラで亡くしたとです。医師は男子一生の仕事と思えんかったばってん、マンスフェルト先生に『医学は男子が一生を捧げる価値がある学問だ』と諭されたとです。そして将来は東京の医学校で学び、ドイツに留学しなさい、とアドバイスされ、東京に出てきたとです」

「マンスフェルト先生か。懐かしい名だな」と長与は窓の外に目を遣る。

大阪の蘭学塾「適塾」の塾頭を務め、長崎の医学校「精得館」で修学した長与は、幕府が倒れ教官が逃散した時、学生たちの自主投票で責任者に選ばれた。そして教官として残った蘭医・マンスフェルトと相談しながら、医学校を建て直したのである。

長与はマンスフェルトから北里のことは聞いていた。

「おいも局長に質問があるとです。局長はなぜ給費制度をやめたとです？」

「陸軍に美味しいところを攫われてしまったからだ。軍医学校がある陸軍は、土台が違ったのだ」と苦虫を嚙み潰すような顔をして、長与は答えた。

長与が内務省給費生の制度を立ち上げたのを見て、陸軍軍医部の石黒忠悳はぬけぬけと陸軍でも官費生制度を立ち上げた。二年前、陸軍官費一期生が入省し、小池正直を筆頭に谷口謙、江口襄、賀古鶴所らの粒揃いの連中に加え、俊英の森林太郎も入省した。

森はプラアゲルの「陸軍衛生制度書」を底本にして「医政全書稿本」全十二巻の編述を終え、近々衛生学の教科書として上梓するという。聞けば学生時代、ドイツ語の外科学の教科書を翻訳したが、前任の池田謙斎校長はすげなく対応した。そのことを知っていれば、と長与は切歯扼腕したものだ。だが北里は別方面から問題点を指摘した。

「そんなら官費留学生の緒方正規に留学延長の費用ば出したんは、文部省の支援の上に内務省の援助を加えた、屋上屋を架すような愚挙ではなかとですか」

「なぜ君は、そんなことまで知っているのかね？」と長与はぎょっとする。

「緒方は古城医学校の同級生で時々、おいに便りば寄越しとります」

俊英・緒方正規の留学延長希望を文部省は認めなかった。そこで長与が内務省で留学費を援助し、あわよくば緒方を衛生局に引っ張ろうと東京試験所所長の席も用意した。

いつでも就任可能なように後藤新平という新人を、仮の所長に当ててある。

「緒方洪庵先生は『治療法は全ての人々に施されるべき』として、除痘館を作られた。当時、新規に牛痘接種する子どもの確保のため先生は自ら資金を出し、利が出ると『世に新しい種痘法を広めるため、利は術を行なう資金とする』と全て種痘継続に注ぎ込んだ。私は洪庵先生の教えに忠実なだけだ」

「局長のお気持ちはよくわかりましたと。おいの夢は環境や制度の全てにわたる衛生学を確立することで、そのため近代化に重要な『医療の軍隊』ば、作りたいとです」

「『医療の軍隊』か。まさしく衛生局の仕事だな」

「おいはマンスフェルト先生の教えに従い東京医学校に入ったので、次は留学ですばい。月給はどうでもよかばってん、内務省の官費留学生の第一号にして欲しかです」

採用面接でそこまで要求するとは図々しいヤツめ、と長与は苦笑した。

内務省衛生局には「保健」「医事」「報告」「照査」「庶務」の五課がある。

コイツは外国の文献を調査、翻訳する「照査」で用いるしかないな、と決めた。

――するとアレとぶつかることになるが、やむをえまい。

脳裏をよぎった懸念を払い、威儀を正し長与は厳かに言った。

「北里柴三郎殿、貴殿を正式に、内務省衛生局照査課詰として採用する」

「しかと承ったとです。不肖柴三郎、衛生局にいざ参るったい」

直立不動の北里に、長与は右手を差し出した。北里は服の袖でごしごしと拭い、ぴかぴかになった右手で長与の手を握った。

内務省を辞した北里は、建物を振り返り呟いた。

「長与局長は思ったより純な人やったばい。これなら好都合たい」

北里は庄屋の跡取り息子で、軍人になることは猛反対された。だから本心は隠した。

医学校でも蘭学から軍隊へという気持ちは残った。だが「医療の軍隊」という言葉と出会い、軍人と医師という二つの希望の折り合いをつけることができた。北里にあったのは大望であり、個人的な夢や希望ではない。北里はたとえれば、鎧のような固い殻に包まれた甲虫、カブトムシに似ていた。

その身中には燃えたぎるような正義感と、滅私奉公の気持ちが溢れていた。

北里は、学生時代のアルバイト先の牛乳店「長養軒」の店主の兄の娘を伴侶に選んだ。岳父の松尾臣善《まつおしげよし》は維新後、大蔵省に入省した政府高官で、後に第六代日銀総裁になり八年弱同職に就き、男爵を授爵した。その次女で、北里の十二歳年下の乕《とら》が結婚相手だ。卒業試験を終えた四月、二人は結婚した。

結婚後、北里は弟の裟袈男を東京に呼んだ。裟袈男は東京帝国大学法学部を卒後、乕の妹の千代と結婚し、帝国生命保険会社の専務・副社長になる。両親は北里がいずれ村に戻ると信じていたが、北里は密かに、家族を東京に呼び寄せる計画を立てていた。

内務省の出仕を決めた北里が真っ先に向かったのは、大恩ある人の家だった。

「山田先生、衛生局への出仕が決まったとです」

木戸に飛び込むと、飛び出して来た中年男性が北里に抱きついた。

「よかったよかった、本当によかった。北里はすごかヤツばい」

「全部、山田先生のおかげですたい」と言った北里は、絶望した日のことを思い出した。

古城医学校の舎監だった山田武甫は、マンスフェルト退任後、新政府に出仕し内務書記官を務めた。上京した北里は山田の家に寄寓し、医学校の受験準備をしていた。

明治七年のあの日、山田が血相を変えて帰宅した。

「北里、大変たい。知らん間にこげな規則が決まってたと」

長与専斎が「東京医学校」の校長になったその年に発布された「医制七六条」では、「医学校の入学条件は十五歳から十八歳までとし、暫定的に二十歳まで猶予する」という一項が加えられていた。それを聞いた二一歳の北里は、嗚咽し始めた。

「緒方や浜田は入学できたのに、おいができんのは、士族やなくて百姓やからばい」

腕組みをして考え込んでいた山田は、やがて晴れやかな顔になった。

「そういえば昔、役場で戸籍を見たが北里は確か、安政三年生まれやったばい」

「そげなこと、無理たい。医学校には同級の緒方と浜田もおるからごまかしきれんて」

「あん連中は入学規則なんぞ知らんし、興味もなかろうから、入学してしまえばどげんでんなる。そもそも政府が突然、勝手に決めた新しい規則なんぞに従う義理はなか」

この年、嘉永五年十二月二十日生まれで二一歳の北里は、安政三年十二月二十日生まれと四つ年下になり「東京医学校」に入学したのだった。

首尾よく入学したが、北里の心中には黒雲のようにこの詐術の不安があった。

三宅秀学部長の推薦状は山田の入れ知恵だ。学部長の推薦状があれば、卒業は確定したも同然。そして内務省出仕が内定したこの日、北里は長年の後ろ暗さから解放された。その時に真っ先に山田のところに報告に駆けつけたのは、当然だろう。

山田に報告を終えた北里は、別れ際に長与局長が言ったことを思い出す。

——来月、「大日本私立衛生会」という組織が発足する。私が副会頭を務め、学会誌を毎月発行する予定だが、そこに掲載するドイツの論文を翻訳してみないか。

それは願ってもないチャンスだ。出仕までに仕上げれば同期に差を付けられ、悲願のドイツ留学も見えてくる。北里の脳裏に、先日読んだばかりの衛生学の論文が浮かんだ。

――あれなら、局長の依頼にぴったりばい。

だがその目論見は、強力なライバルの出現により、あっけなく打ち砕かれてしまった。


明治十六年四月十三日、北里柴三郎は内務省衛生局に初出仕した。

十八歳の新妻は玄関で、「行ってらっしゃいまし」と三つ指をついた。しとやかな妻の名が乕というのも、妙におかしい。北里は、鼻歌交じりで歩きながら、しみじみ思う。

学生時代、悪所に通う学友はいたが北里は避けた。貧乏だし、その程度を自制できなくては大事は成せないと思ったのだ。だからこの年になって初めて接した女体の玄妙さに魅惑された。だが溺れなかった。彼の前には新たな戦場が広がっていたからだ。

局長室に着くと目の前で勢いよく扉が開き、小柄な青年が飛び出してきた。

「長与局長、この件については早急にご検討願います。新潟、長野、群馬といった地方の衛生状態はまだ相当に酷いのです」

北里とぶつかりそうになった小柄な青年は顔を上げた。

きりりとした眉、通った鼻筋。役者絵から抜け出たような美青年だが、横真一文字に飛び出た槍のような虎髭と、首筋の大きな瘤が目障りだ。北里が見下ろすと、青年は負けじと、ぐい、と胸を反らす。長与局長が、青年の肩に手を掛けて言う。

「ちょうどいい。紹介しよう。一月に衛生局照査係になった照査課副長の後藤新平君だ。当座は君の上司になる。二人とも衛生局のホープだから仲良くやりなさい」

後藤は鼻の上に載ったロイド眼鏡を、人差し指で持ち上げ微笑した。それが冷笑に思われたのは、発言が傲岸不遜だったせいだろう。

「『衛生局のホープ』の肩書きは彼に譲ります。吾輩は『衛生局のエース』ですから」

後藤はオペラのアリアを口ずさみながら、軽やかな足取りで階段を降りて行った。

「あん人はどういうお方ですと？」と、局長室に招き入れられた北里は訊ねた。

「蛮社の獄で捕縛された高野長英の又甥だ。神童の誉れ高く岩手県の水沢三秀才と言われ、県令の安場保和が目を掛けていた。愛知県病院で外人教師ローレッツに可愛がられ、西南戦争の際、大阪臨時病院に馳せ参じ、佐藤進の手ほどきを受け外科の腕を磨いた。石黒が陸軍省の傭医にしようとしたがローレッツが返還を強く求めたため、泣く泣く諦めた逸材だ。その後、石黒の勧めで二年前に会うと次々に衛生施策の建言を送りつけて来た。中でも『愛知県に於いて衛生警察を設けんとする概略』という昨年の建言書は出色だったので衛生局に招聘したのだ。身辺整理をつけ今年になってようやく出仕した。言っておくが後藤の月給は百円だ。彼は名古屋で三百円の高給取りだったのだ」

「衛生警察」は「医療の軍隊」と似ていると思った北里は、動揺した。

安場は後見人の山田と同門だ。そう思うと苛立ちは収まったが現時点では完敗だ。北里は風呂敷包みの書類を握りしめる。今さらこんなものを提出するのは気恥ずかしい。

だが北里は、自分を叱咤した。これが今、自分にできる最善の仕事なのだ。

「これば、お受け取りください。衛生学に役立ちそうな独語の論文を捜して、訳してみたとです」

論文を受け取った長与は、一気に読み終えると顔を上げた。

「素晴らしい。こういう論文が欲しかったんだ。早速、『大日本私立衛生会雑誌』に掲載する手配をしよう。これは君の卒業論文になるわけだな」

こうして「蒼蠅《あおばえ》ハ病毒伝染ノ一媒介者」という独論文の訳は「大日本私立衛生会雑誌」第七号に掲載された。衛生学の土台になる論文で、翻訳の堅実さもさりながら数ある中からその論文を選び出した北里の選択眼に、長与は感心した。

けれども北里の初出仕は、同期の怪物の登場で無残に終わったのである。


遠雷が鳴った。間もなく大粒の雨が窓ガラスを打ち始める。北里は訳文を書きつけた紙を整える。妊娠を鑑識する新しい方法の論文だ。手元には未訳の「肝臓ジストマ」の論文もある。衛生局照査課は桃源郷だ。自分は医者に向いていない。医学者は衛生や病気の由縁を解き明かすのが役割で、治療は他者の仕事だ。そう考えると肩が軽くなる。

扉を開くと、後藤新平が立っていた。目が据わっている。相当、呑んでいるようだ。

「お、蒼蠅クン、精が出るな。感心感心」とにっと笑い、酒臭い息を吹きかける。

「真っ昼間から呑むとは、結構なご身分たい」

「一番下っ端だから、酒は断れん。だが仕事もしてるぞ。大日本私立衛生会の理事会で四月から二ヵ月間、吾輩の新潟、長野、群馬の衛生巡視の報告をしてきたのよ」

　そう言って後藤はひとつ、しゃっくりをした。

「おい蒼蠅、同期の吾輩が委員になった経緯を聞かせてやろうか。この会は内務省の一機関としては駄目だと吾輩は進言した。衛生は庶民が我がものとすべきで、私立の衛生会で衛生について話し合い、中央から講師を派遣し巷に衛生の概念を浸透させる。長与局長は吾輩の言を容れたから、発案者の吾輩が委員になるのは当然なのだよ。わかったかね、蒼蠅クン」

「なるほど、確かに衛生の概念を根付かせるには、よか方策たい」

　後藤は、どかり、と向かいに腰を下ろすと、呂律の回らない口調で言う。

「そりゃあそうさ。吾輩の論はオーストリア公使館付医官ローレッツ先生直伝だ。明治十一年に『健康警察医官を設ける建議』を愛知県令に提出なさった、凄いお方よ」

「健康警察」に「医療の軍隊」と相通じるものを感じた北里は、論じたいと思ったが、酔っ払い頭をぐらぐらさせた後藤は、たちまち話を変えてしまう。

「今から築地の精養軒だが、蒼蠅論文の評判がよかったので伝えてやろうと、わざわざ戻ってきてやったんだぞ。『凡ソ宇宙間ニ棲息スル下等動物』とは蒼蠅のクセに吹いたもんだ。おい蒼蠅、上司の吾輩がお前を使い倒してやるから、言うことを聞け」

「お断りたい。なぜ甲種の医学士のおいが、乙種のぬしの命令を聞かねばならんと」

「確かに吾輩は乙種の須賀川医学校の出だが、吾輩は愛知県医学校に東京医学校卒の学士さまを招聘し甲種にした。つまり吾輩は学士さまの上よ」

後藤は得意げに続ける。

「世の中、先を見通す目が大事だ。今回理事になった『大日本私立衛生会』は、五月末に発足し、会頭が佐野常民、副会頭が長与局長で幹事に衛生局から永井久一郎、後藤新平が参加し、海軍医務局長の高木兼寛、陸軍軍医監の石黒忠悳、東京大学医学部長の三宅秀、済生学舎校長の長谷川泰など錚々たるメンバーを集めた。だがそれは愛知で吾輩が作った愛衆社の真似事だ。吾輩は長与局長の懐刀だと言われるが、実は逆で長与局長が俺の操り人形なのよ」

「まあ、理屈はわかるたい。大したもんたい」

「お？　意外に頭は柔らかいんだな。まあ、最高学府を卒業した学士さまなら当然か。確かに吾輩は乙種だが、語学の手ほどきを受けたのは天下の司馬凌海先生だしな」

「司馬先生とは、そげん偉か先生なんか？」

「東大卒の学士のくせに、司馬凌海先生を知らんのか。松本順先生に見出された語学の大天才でドイツ語、英語、支那語、ロシア語なんでもござれ、英人ウィリスが教鞭を執った時や独人ミュルレルが来日した時、会話できた唯一のお方よ。吾輩はローレッツ先生の通訳兼教師を務めた司馬先生のお宅に寄宿し、医術開業試験を優等で合格したが、学問以外にもいろいろなことを教わった一番弟子よ」

「ならばドイツ語は達者だな。『ヴァス・イスト・デイネ・シュペツィアリテト？』」

「お前の専門は何科だ？」北里はドイツ語で質問したが、後藤は戸惑いの表情を浮かべるばかりで、答えない。その代わり、肩をそびやかして言う。

「ドイツ語なんぞ話せなくても一向に差し支えない。通訳を雇えば済むことだ」

ははあ、コイツはドイツ語はからきしだな、と北里はほくそ笑む。後藤は話を変えた。

「司馬先生の話では、北の大国ロシアにはマトリョーシカという、入れ子細工のこけしがあるという。こけしの中に一回り小さなこけしがあり、それを開けると更に小さいこけしが出てきて、最後は小指くらいの小さなこけしで終わる。さしずめ一番大きなこけしが長与局長で次のこけしが吾輩、その中に小さな蒼蠅が入っているわけだ」

「おいは、ぬしの腹の中におるんか」と北里が言うと、後藤はしゃっくりをした。

「そんな風に言われると、気色が悪いな。じゃあやめとくか。吾輩が言いたかったのは、腹の中にいる者が、外側の者を操れるということだ。だから蒼蠅、お前は吾輩の部下になれ。そうすれば、お前は吾輩を自由に操れるようになるかもしれんぞ」

やなこった、と思った北里は、話題を変えた。

「ところでぬしは、板垣公が暴漢に襲われた時、治療に当たったそうやな」

「ん？　ああ、アレか。あの話はあちこちで聞かれすぎて、もう、うんざりだよ」

「診察した時に、『ご本望でしょう』と言った真意は何ね。かりそめにも医者ならば、怪我人に『ご本望』などと言えるはずがなか」

うふ、と後藤新平は笑う。

「だよな。つまり板垣公は、俺が軽口が言える程度のかすり傷だった、ということだろうな」

「ならば『板垣死すとも自由は死せず』という、あの名台詞も作り事か」

後藤新平はにやにやして答えない。それが答えなのだろう。

「なのに仰々しく呼び出されたもんだから、へらず口のひとつも叩きたくなるさ。おまけに県令は絶対に行ってはいかんと言っていたクセに、戻ったら、よくぞ行ってくれた、と大絶賛だ。ばかばかしい。医者ならば怪我人のもとに駆けつけて当然だし、軽傷なら冗談のひとつも言う。板垣総帥が、後藤は政治家として大成すると言ったというのも嘘だが、風聞も世に広まれば力を持つ。その風に乗って位階頂点を極める、それが吾輩の宿命よ。亡き高野長英の英霊が、吾輩の肩の上で笑うておるわ」

ついでに外科処置の適切さを問うてみるか、と思ったがやめた。そんなあら探しをするよりも、ここは素直に後藤の侠気を褒めるべきだろう。

明治十五年四月六日、板垣退助は岐阜で暴漢に襲撃され、左胸と右手を怪我した。当時板垣は謀反人と思われ、官命を待たずに治療に行けば、どんな後難があるかわからない。それを躊躇いもせず診察に行ったのは立派な医師の行為だ。

後藤は腕組みをして、すうすうと寝息を立て始めた。

北里は音を立てないように立ち上がり、部屋を出た。

虫が好かん、と思っていた後藤が、少しだけ、イヤでなくなっていた。

だがそんな北里にもあの大仰な髭は我慢できない。山賊髭め、と思うが局内では関羽髭と呼ばれていた。

その年の九月、後藤はパトロンの元愛知県令の安場保和の次女、和子と結婚した。憧れの令嬢を娶った後藤は、いよいよ意気盛んだった。


明治十六年八月から十一月の三ヵ月、北里は全国衛生巡視で東北、北海道地方に出張した。四月から六月に後藤が上信越地方に派遣された、例の巡視だ。後藤は巡視隊の隊長だったが、北里は七等奏任官・永井久一郎、準奏任御用掛・太田実書記官の下っ端の随行員だ。一歳上の永井久一郎は米国留学帰りのエリートで、太田実はかつて帝政党の党員だった。二人は北里に宿や食事の手配、日程確認等の雑用をさせた。北里は傲慢な上司に一泡吹かせようと狙っていたが、機会はほどなくやってきた。

「秋田日報」主筆が巡視一行に、衛生学の市民講義をお願いしたい、それを記事にしたいと言う。永井が、「この視察はそうした任にない」と断ると、主筆は牙を剝いた。

「秋田の衛生状況を視察にきた中央政府のお役人が、市民に講演ひとつできないとは、如何なる料簡か。それではこの視察は、税金を使った物見遊山ではないか」

その主筆は福沢門下生で民権運動の中心人物、犬養毅《いぬかいつよし》だ。西南戦争で二二歳の犬養は戦地に飛び込み、田原坂の激戦で「戦地直報」をものにする。

派手なデビューから六年、犬養は「秋田日報」主筆に招かれ、秋田に自由民権の拠点を築き八ヵ月で郵便報知新聞に復帰した。永井には災難、北里には僥倖の遭遇は奇跡のタイミングだった。

焦った永井の目に、傍らで黙々と事務作業をしている北里の姿が映った。

「北里君、私の代わりに秋田市民に、衛生学のなんたるかを講義してくれないか」

「それはできまっせん。上官の命でも、筋に外れた命には従えんとです。お二人はおいを雑用係として扱いました。急に、医官の仕事をしろと言われても無理ですばい」

「北里君の言い分はもっともだが、民衆の依頼に対応できないのは衛生局の名折れだ。だから急遽その任に命じたい。受けてもらえないだろうか」

筋の通った懇願を受け、北里はしばし考え、うなずいた。

「わかりもした。ただし今後は、自分のことは自身でしてほしか。それとここではおいを上席者としてくんしゃい。上司を差し置いて部下が講演するなど、許されんとです」

永井は条件を呑んだ。翌晩の講演会は好評で、講演後の宴席で犬養は、北里を上座に座らせて褒めそやした。太田は不機嫌な顔をしたが、永井は下座で淡々と杯を重ねた。

帰り際、犬養は北里の袖を引いた。

「まことに素晴らしい講演でした。帰朝されたら、くれぐれも後藤さんによろしく」

板垣公の治療をして民権派の支持を得た後藤なら、これくらいの差配は朝飯前だろう。帝政党の太田への牽制もあったに違いない。北里は後藤を見直した。気にくわない相手も使いこなそうという貪欲な意思を感じ、政治的な手腕では敵わないと感じた。

「それもよか、お互い好都合たい」と北里は微笑した。

その後は、行く先々で北里の講演を実施し、北里と永井は信頼関係を結んだのだった。


明治十六年十二月、「医術開業試験規則」が公布された。明治七年の「医制」で設置され明治十二年に始まったが、これによって正式に全国一律に実施されることになった。明治十七年、北里は医術開業試験の対応に忙殺された。試験は年二回、主要都市で実施され、試験監督も担当したため、入局二年目の北里は、内務省医務局から派遣された試験主事の書記官と協議しつつ、大阪、名古屋、岡山に出張した。

そんな風に諸事に奔走していた九月、北里は衛生局に正式任官された。

翌明治十八年の正月早々、大きな転機が訪れた。世界最先端の衛生学と細菌学を習得した俊英がドイツから帰国し、北里は直接指導を受けることになったのだった。

6章　東京試験所の旧友

明治十八年（一八八五）

明治十八年の新年、北里は大手町の内務省ではなく、下谷和泉橋へ向かった。大学の寄宿舎がある懐かしい界隈にある衛生局東京試験所に出向を命じられたのだ。

狭い部屋で顕微鏡を覗いていた男性は顔を上げ、北里を迎え入れた。

「よう来たな、北里。首を長くして待っとったぞ」

「おう、うらなり、来てやったばい」と北里も、手荒い歓迎をやり返す。

「その呼び方はやめや」と男性は、イヤそうな声を出す。

郷里の熊本・古城医学校の同期で東京医学校の三年先輩の旧友、緒方正規は嘉永六年（一八五三）、西暦では北里と同年の生まれだ。浦賀にペリーが来航した年である。

侍医の子で十三歳まで漢医学を学び、東校に入学。明治十三年の第二回卒業生十九名の首席は浜田玄達、次席は小金井良精《よしきよ》、緒方は三席だった。通常、上位二名が官費留学するが、浜田が熊本医学校への就職を選択したため、小金井と緒方が渡独した。

明治十三年から二年半、緒方はライプチヒで修学し、衛生学をホフマン教授に学んだ。

「中性脂肪の胃中分解」など二本の論文を書いた後、ミュンヘンのペッテンコーフェルに師事、半年で「亜硫酸ガスの毒性」という論文を仕上げた。その後、ベルリンに移るがコッホはインドに出張中で高弟レフレルに半年間、細菌学を学ぶ。明治十七年一月、帰国の途に就いた緒方に、内務省から留学の一年延長を許可するという朗報が届く。

急遽ミュンヘンに戻り「アルコール等嗜好品の胃の消化に及ぼす作用」という論文を仕上げ、またもペッテンコーフェルを驚かせた。

長与局長は、緒方が帰国後すぐに実験に取りかかれるよう、衛生局員の柴田承桂をドイツに派遣し、細菌学研究に必要な器具、機械、薬品を緒方と相談し買い揃えさせた。明治十七年十二月、四年の留学を終え帰国した緒方は、翌年一月一日付で衛生局東京試験所の所長に就任した。それは長与局長が緒方のために用意したポジションだ。

「浜田は今、ライプチヒにおる。私費留学やったが、産婦人科を勉強するという条件で、官費留学生になったと」と緒方は、もうひとりの古城三羽烏の消息を伝えた。

熊本医学校は浜田が校長に就任したため甲種医学校に認定され、その後浜田は私費でドイツに留学し産婦人科に転科し、東大の産婦人科教授となる。

古城三羽烏で自分だけが留学に行けていないのか、と北里は焦りを感じた。

「そういえば去年の夏、万国衛生会議に日本政府代表として出席した時、オランダのハーグでマンスフェルト先生にお目に掛かったと」

「羨ましか。先生はお元気やったか？」

「ああ。北里を気に掛けとったぞ。ところで君は私の下で働くことに抵抗はないんか?」

「うらなりは相変わらず、細かことば気にするね。おいはいずれドイツに留学するけん、細菌学の基礎は日本で済ませておけば好都合たい。おまけにうらなりの技術はコッホ研究所直伝、それを留学前に習得できたらいいことずくめばい」

呵々大笑した北里を見て、そうだ、こういうヤツだったな、と思い出す。

緒方と浜田が古城医学校を離れる時、「ひとり熊本に残るんは悔しくないんか?」と訊ねると「二人がいなくなれば、マンスフェルト先生を独り占めたい。なして悔しいと?」と北里は大笑いしたのだった。

「わかった。ならば私は、君を使い倒してやるたい」という緒方に、北里は胸を張る。

「望むところばい。不肖柴三郎、細菌学にいざ参るったい」


帰国した緒方が挨拶に行くと、長与局長は言った。

——文部省は衛生学教室を大学に開設しないかもしれない。だが内務省が君を厚遇すれば、文部省もあわてる。思惑通りに行かなかったら、衛生試験所所長でいればいい。

そう言われた時、緒方には旧友の顔が浮かんだ。そして北里を助手にしたいと告げた。北里を鍛えて一人前にすることで、長与の恩義に応えようと考えたのだ。

北里は欣喜雀躍した。事務仕事から解放された上、ドイツの研究所の最先端の知識と技術の持ち主が指導者。しかもドイツで買い付けた最新式の実験器具で、細菌学実験の手ほどきを受けられる。願ったり叶ったりとはこのことだった。

一ヵ月後、緒方は東京大学医学部講師に任じられ、東大に衛生学の講座を開設した。

だが部下はいなかったので、衛生局東京試験所で過ごす時間が増えた。

他からも助手が派遣されてきた。中には見覚えのある顔もあった。北里の二級上、寄宿舎では硬骨漢で通っていた四角い顔の大男、陸軍軍医・賀古鶴所だ。

「おお、誰かと思ったら、チビスケの馬ではないか。軍服がよう似合うとるぞ」

「ああ、自分でもそう思うよ」と賀古は短髪の頭を撫でながら、照れ笑いを浮かべた。

「俺は石黒閣下に推薦されたんだ。本当は軍陣衛生学の教科書を執筆し、教鞭も執った森が来るべきだが、森は昨夏、陸軍の官費でドイツに留学してしまったからな」

「ほう、チビスケはそんなに威張っとっとか」と言う北里の声はかすかに震えた。

森に先を越されたと知ってショックを受けたのだ。賀古は続ける。

「森は卒業試験が八席と成績が悪く、卒後に官費留学する計画が狂ったんだ」

「おいも八席たい。成績が悪くて悪かったな」と北里はむっとして言うと賀古は笑う。

「俺は二一席だ。卒業時の成績なんぞ、社会に出たら屁のつっぱりにもならんよ」

この時、北里と緒方は三二歳、賀古三十歳。そして二三歳の森はドイツにいた。

北里や賀古の指導をしつつ自身の実験にも取り組み始めた緒方は、帰国から四ヵ月経った四月、一大センセーションを巻き起こす。「脚気菌を発見」と発表したのだ。

四月十四日、小雨がそぼ降る午後、千人近い聴衆が東大理学部講堂に集った。

松本順、橋本綱常、石黒忠悳、三宅秀、高木兼寛、長谷川泰など当代の名医が顔を揃える中、フロックコート姿の緒方は堂々と講演し、助手の北里は脚気菌を注射したモルモットの尻尾をつまんで見せた。

「脚気は病原菌が原因と考えている」と陸軍軍医部の石黒忠悳が発言すると、海軍軍医総監・高木兼寛が「病原菌を発見したといっても、脚気の予防治療上で何ら効果がない」と異を唱え、食物の重要性を指摘した。

その二週間前、高木は「大日本私立衛生会」の講演会で、ある疫学的研究結果を発表していた。それは大規模な疫学的実験による、画期的な研究結果だった。

明治十六年、軍艦「龍驤」の演習航海で乗組員三七六名中、一六九名が脚気を発病し二十五名が死亡した。米食が原因だと見当をつけた高木は「食料改良之義」を明治天皇に上奏、翌年、軍艦「筑波」に「龍驤」と同じ航路を取らせた。食事を洋食に変えると、明治十七年十一月、乗員三三三名の「筑波」が半年の航海から戻った時、脚気患者は僅か十四名、死者はゼロだった。この前代未聞の疫学実験の結果を、陸軍は黙殺した。

この日も石黒は、「学理に符合しない説は採らない」と高木説を真っ向から否定し、緒方の脚気菌発見を持ち上げた。実はそれは一理あった。高木は蛋白と炭水化物の比率が崩れた時に脚気になると考えたが、それは間違いだった。

たまたま麦食は効果があったが、高木は正しい学説を打ち立てられなかったのだ。

この日の緒方の演説会は以後、陸軍と海軍の間で長く続く脚気論争の始まりとなった。

演説会後、築地の精養軒の打ち上げの席で、北里は石黒忠悳と初めて顔を合わせた。

「北里君、今日の助手ぶりは実に見事だった。実は儂は大学時代の君の演説を拝聴したことがある。『辛苦に耐えることこそ男子なり』とは、なかなか立派な心がけだ。ところで今、君は将来、どんな展望を持っているのかね」

「緒方先生のように、ドイツに留学ば、したかです」

「そげなことを石黒閣下に申し上げても、困らせるだけやぞ」と緒方がたしなめる。

「よいよい。そうした気概こそ大日本帝国には望ましい。いずれにしても緒方君と北里君が、わが陸軍の脚気論の一翼を担ってくれたことに深謝する」

「おっしゃる意味がわからんとです。緒方の脚気菌発見と高木先生の脚気病予防策は、両立するかもしれませんばい。つまり緒方が発見した脚気菌による病気は、麦飯中心の食事療法で改善される可能性が考えられるとです」

「何を寝ぼけたことを言っておる。脚気菌が見つかったら、次は菌の駆除法の探索しかなかろうが。高木の栄養説なぞ、検討の余地など全くない」

石黒は、顔を真っ赤にして北里を怒鳴りつけた。だが北里は平然と答えた。

「ばってん、『龍驤』と『筑波』の比較実験の結果はあまりにも画期的で……」

言いかけた北里の言葉を片手を挙げて制した石黒は、背後の人物を振り返る。

「この小生意気な若僧をどう思いますか、殿さま」

羽織袴姿の男性はぎょろりと目を剝いて北里を見た。瓢簞顔の、禿頭の男性だ。

「沈着にして果断、思いを述べるに逡巡なし。拗ね者の森を選ぶとは、石黒は人を見る目がない。こんな大物を見過ごし、まさに武人の性でウチに引っ張るべき人材だな。」

「殿さまこそ、相変わらずお口が悪い。自分ほど殿さまに忠義な者はいないのに」

「四角四面なのは変わらんなあ。口では石黒には敵わんよ。いやあ、参った参った」

男性は禿頭をぴしゃぴしゃと叩きながら、宴席の人混みに姿を消した。

「今の方は、どなたですと」と北里が訊ねると、石黒は威儀を正して言った。

「なんだ、知らんのか。あのお方こそ、初代陸軍軍医総監、松本順先生であるぞ」

北里は人混みに視線を彷徨わせたが、羽織袴姿の瓢簞侍の姿は、もう見えなかった。

松本良順は天保三年（一八三二）江戸で生まれた。父は佐倉順天堂の始祖・佐藤泰然。泰然は世襲を嫌い実子を養子に出し、自分の家は養子の佐藤尚中に継がせた。

良順は嘉永二年、幕府直参の松本良甫の養子となり松本姓を名乗る。

安政四年、長崎海軍伝習所の蘭軍医ポンペに医学伝習を受けようとした。蘭学禁止令は解かれたが、蘭医学は禁制のままだったため、医学修学は許されなかった。そこで松本が海軍伝修生になり、他の医師を弟子にするという奇策で修学を果たす。

文久二年、江戸に戻り「西洋医学所」の副頭取を兼任する。翌年、「医学所」と改称したが、初代頭取の緒方洪庵が急逝し、松本順は二代目の医学所頭取に就任した。

慶応四年十月、大政奉還後に賊軍に身を投じ奥羽の戦闘に従軍した。旧幕府軍が敗勢になると仏船で横浜に戻り、外国事務局御用掛・陸奥宗光邸に潜伏後、自首した。蟄居一年、明治二年十二月に恩赦にて自由の身となる。赦免後は浅草で開業した。毎夕、吉原の妓楼に泊まり、そこから駕籠で出勤したという。

明治四年、西郷隆盛は良順を兵部省軍医に推挙した。参議の西郷が一度、陸軍大輔・山県有朋が二度、邸に足を運び、三顧の礼で陸軍に軍医寮を作るよう懇請した。

従五位に叙せられた後、松本順と改名し、軍医頭として、石黒忠悳らと共に陸軍軍医寮を統括し、軍医を選別した。豪放磊落で「殿さま」と呼ばれたこの男なくして、日本の近代医学と軍医制度は語れない。順天堂閥の象徴的存在である松本順は、明治四十年に七五歳で亡くなるまで、医学界において絶大な影響力を持ち続けた。

この時の北里は細菌学の基礎を習得しておらず、緒方の発表を手伝っただけだった。緒方は「中外医事新報」で三号にわたり「脚気病発見説」を掲載、「大日本私立衛生会雑誌」に「脚気予防説」を投稿し、四月の三四号に「脚気病原菌発見の儀」を発表した。この時が脚気菌説の頂点だった。

この直後、北里の元に、さまざまな伝染病の調査業務が押し寄せてくる。

明治十八年四月下旬、麴町のお屋敷で、家鴨が大量に死んだとの報が入る。北里が家鴨の死体を調べると、六年前にパスツールがワクチンを開発したニワトリコレラ菌が検出され、培養菌をニワトリに接種すると感染症状が出た。

——決まりたい。コッホの三原則ば、満たしとる。

コッホ三原則とは、細菌学の始祖ロベルト・コッホが提唱した、感染症の病原菌を決定する基本原則で、①病気の時、常にその菌の存在が証明され、②その菌が生体外で培養され、③その菌の純培養を接種すると動物に症状が再現される、というものだ。

北里の報告は五月の官報に掲載された。この頃から厄介な感染症が次々に出現する。八月、徳島と長崎で赤痢が流行し、北里は現地の病院長の協力で患者の糞便、血液、顕微鏡検査、解剖をした。北里は長崎の街を巡視した。長崎は旧師マンスフェルトと今の上司、長与が医学教育の基礎を構築した、北里にとって二重の意味で縁深い土地だ。だがその下見がすぐに役立つとは、さすがの北里も思いもしなかった。

調査から帰京した八月末、長崎にコレラが上陸したのだ。その直後、またも北里は、長与局長から呼び出された。

「長崎は私の故郷だが、幾度もコレラに襲われているので、住民のコレラに対する意識は高い。だからコレラの実相を解き明かす方向で調べてきてほしい」

うなずいた北里には勝算があった。二年前、ドイツ調査隊がカルカッタでコレラ菌を発見した時のローベルト・コッホの記念碑的論文を、緒方から入手していたのだ。

拝命後、北里は久々に照査課に顔を出した。「お、珍しくおったつか」と北里が歩み寄ると、椅子にもたれ、天井を睨んでいた関羽髭が、ぴくりと動いた。

「なんだ、東京試験所に飛ばされた蒼蠅ではないか。久しぶりだな。吾輩に何か用か？」

「用がなければそげん顔、見とうもなか」と憎まれ口を叩いた後で北里は真顔になる。

「ぬしは、西南の役の時、コレラに関する仕事ば、しとったな」

「む、さては長崎行きを命じられたな」

「ご明察たい。できるだけ詳しく、そん時の対策ば教えてくれんね」

「ちょっと待て」と言うと、後藤新平は机の引き出しをひっくり返し、手帳を取り出す。

「当時のメモだ。貸してやるから道中読め。それが、吾輩が教えられる全てだ」

「恩に着るたい」と拝むようにして手帳を受け取った北里に、後藤がぽつりと言う。

「ところで蒼蠅は、中浜東一郎という人物は知っているか？」

「ああ、知っとるよ。あのジョン万次郎の息子で、東大では二級上で成績優秀で性格円満、誰にでも好かれる、よかヤツばい。その中浜がどうかしたと？」

「いや、今言ってもどうもならん。お前は長崎で手柄を挙げてこい。話はそれからだ」

もったいをつけおって、と思うが、心は長崎でのコレラ流行対応でいっぱいだった。礼もそこそこに部屋を出て行った北里を見遣った後藤は、椅子にもたれて目を閉じた。


帰宅した北里は、妻の乕に長崎出張を告げ、支度をさせた。

「長崎にはこの前、行ったばかりですのに。私は、あなたのお身体が心配です」

珍しく新妻が不満を漏らす。

「心配は無用たい。おいは幼い頃から鍛錬ば重ねてきたと」

北里は荷物を手に家を飛び出した。八月半ばに長崎にいたから、まさにとんぼ返りだ。あの時、長崎の街角にかけらもなかったコレラが今、長崎の街を跋扈している。これが急性伝染病の恐ろしいところだ、と改めて思う。

九月二十日、北里は長崎に到着した。八月二五日からの四日間で百十八人のコレラ患者が発生し、九五人が死亡していた。北里は長崎港の避病院に行き、患者の便を培養すると、コッホがコンマ菌と名づけた細菌が顕微鏡で確認できた。

——コレラ菌たい。コッホ論文のまんまたい。

インドで発見された病原菌を、長崎で観察できたことに、北里は感動した。

この時の長崎の流行では四千三百人の患者のうち、七割近い二千九百人が死亡した。

調査に協力した山根正次《やまねまさつぐ》は東大の一年上の先輩で、長崎医学校教諭だ。山根はコレラ患者の病理解剖をした日本最初の医師となり、「虎列刺病汎論」という書籍を出版する。

北里は「コレラ菌発見」という戦果を手に四日後、帰京した。わずか四日で、日本の医学史に残る偉大な業績を成し遂げた北里は、調査結果を「長崎県下虎列刺病因ノ談」と題する論文にし「大日本私立衛生会雑誌」に掲載した。前後して「中外医事新報」に「痰中ニ在ルコグ氏結核黴菌《ばいきん》試験法」というコッホ論文を訳出した。

北里が衛生局に入局した明治十六年当時の三大疾病は脚気、コレラ、結核だった。

コレラはインド土着の風土病で十八世紀まで他では見られなかったが、航海術が進歩し人の移動が激しくなると世界中で流行するようになった。激しい下痢と嘔吐を繰り返し、米のとぎ汁状の無臭の便になるため、脱水で電解質バランスが崩れて死亡する。転帰が早く、「三日コロリ」とも呼ばれた。

日本も幾度か流行に襲われた。最初は文政五年（一八二二）、次が安政三年（一八五六）、三度目は安政五年（一八五八）五月で、米軍艦ミシシッピ号が長崎にもたらしたコレラが江戸に及び、死者は十万人に達した。熊本で北里の二人の弟も死んでいる。

明治十年（一八七七）には西南戦争の最中の七月、清の厦門で発生し長崎に伝播した。これが明治期で初のコレラ禍で、衛生局は船舶検査手続き、避病院設置を外務省に照会し「検疫停船規則」を制定したが、英国公使の猛反対に遭い、不平等条約のため外国船を取り締まれず、大流行となった。長与専斎、痛恨の極みだった。

この時に応急措置的に「中央衛生会」を創設し、検疫停船他を審議するため内外の医師を集めて会議を開いた。そして各府県に地方衛生会、衛生課を設置した。

明治十二年の東京のコレラ大流行は患者十六万人、死者は十万六千人に達したわが国最大のコレラ流行だ。医学生の緒方正規も調査に参加し、アルバイト代を稼いでいる。内務省のコレラ対策が結実したのが明治十三年七月の「伝染病予防規則」だ。

そして明治十六年、コッホがカルカッタで再発見したコレラ波が、明治十八年に日本に到達した時、長崎に上陸したコレラを迎撃したのが北里だった。

遠く洋の東西に離れた師弟の運命が交わる時が、徐々に近づきつつあった。

帰京した北里が、照査課に顔出しすると事務員に祝福された。衛生局は大した業績もない金食い虫だと酷評される中、コレラ菌を日本で初めて確認した北里は、衛生局の英雄になったのだ。その歓待ぶりを眺めていた関羽髭が、やおら立ち上がる。

「いつまでもはしゃいでいるなよ。ちと顔を貸せ」

部員の視線を背に受ながら、二人は部屋を出て行く。屋上で後藤新平は懐から葉巻を取り出し一本勧めると、自分も火を点け、宙に向かって煙を吐いた。

「ご苦労。なかなか見事な仕事っぷりだったぞ、蒼蠅」

上から目線の物言いにむっとしたが、北里は借りていた手帳を返し、礼を言う。

「役に立っただろう。なにせ日本で有数の医学者が、渾身で書き上げた力作だからな」

「おっしゃる通りばい。ところでこげな場所に引っ張ってきて、何の用ね」

「今年の暮れ、内務省からドイツ留学に派遣される人物が決まった」

後藤の言葉に、北里は震え声で「誰が留学すると？」と訊ねる。

「中浜東一郎だ。だからこの前、どんな人物か、訊ねたんだよ」

「なして？　ヤツが今どこにおるかは知らんが、内務省と関係なかろうに」

「長与局長の悪い癖だよ。あの人はおなごには綺麗身だが、男に惚れっぽい。月給二百円の高給取りの中浜を、官費留学をエサにして内務省に引っ張ったんだ」

北里は肩をしょんぼりと落としてうつむいてしまった。

「せやったんか。今、本決まりということは、打診したんはたぶん、今年の初め頃やろ。

おいはその頃、緒方の助手になったばかりだったと」

「お前は新参者に留学という油揚をさらわれて、悔しくないのか」

「悔しかばってん、仕方なか」

後藤は天を仰いだ。

「くあー、情けない。自分を留学させろと局長に直談判するような気概はないのかよ」

「なか。ぬしは悔しいんか？」

「吾輩は悔しいというより、まずい、という感じだな。蒼蠅は吾輩の部下だから、どんどん力をつけて構わんが、ぽっと出の東大卒の学士の下につくのは真っ平御免だ。だから吾輩は、蒼蠅が留学生に選ばれるようにしたいと思うんだが、どう思う？」

「そりゃあ、ありがたいが、本当にそぎゃんこつができると？」

「あたぼうよ。その程度がお茶の子さいさいでなければ、国のトップにはなれん」

コイツは日本の総理大臣になろうと思っているのか、と北里は仰天した。

「わかった。ぬしに任せるたい。ばってん、無理はせんでよかよ」

「よし、これで契約成立だ。うまくいったら蒼蠅は今後、吾輩の舎弟だぞ」と言って、後藤は右手を差し出す。北里はしぶしぶ、その手を握り返した。

実は後藤はドイツ語が苦手だった。愛知県医学校で語学の天才の司馬凌海に師事したので、堪能だと思われているが、司馬凌海が原書を日本語に語り下ろすのを書き留める役でドイツ語力はない。だから一番槍は北里に譲ってもいい、と思っていた。

だが今、中浜がドイツに行くのはまずい。ならば新参者を蹴落とし、北里を留学の一番手に押し上げよう、というのが後藤の魂胆だった。

「機会があれば、ドイツに行きたいと言いまくれ。本心だから造作なかろう」

「もちろん簡単ばってん、女々しくてみっともなか」

「ならば止めてもいいぞ。だがドイツ留学の内務省一番乗りは諦めるんだな」

「わかった。やる。やったるばい」と北里は、珍しく激した口調で言った。

「そうしたら吾輩が、外部の人間を留学させるより、内部で成果を上げた人物を先にするのが当然だ、という声を衛生局内で盛り上げる。あとはイチコロだ」

「そげに簡単にいくかな」と北里は懐疑的だ。局内の蟹のあぶくみたいなたわ言くらいで、鉄の意志を持つ長与局長が翻意するとは考えにくい。だが後藤には秘策があった。

それからしばらくして、衛生局内に奇妙な噂が流れ始めた。衛生局には北里という逸材がいるのに、長与局長は外部から知り合いを連れてきて、留学させるつもりらしい。おかしいではないか、という声は日に日に大きくなり、長与の耳にも入った。

長与は意外に「気にしい」だった。

そんなある日、後藤は、陸軍軍医監で衛生局次長を兼任する石黒忠悳を訪ねた。この頃、石黒は陸軍軍医部内の権力闘争に敗れ、内務省に出向して捲土重来を期していた。

後藤は石黒のお気に入りだった。西南の役の時、経綸の雄大な後藤を気に入って陸軍に引き抜こうとしたが叶わず、やむなく盟友・長与に紹介した。だから後藤が訪れると引き留め、なかなか帰そうとしない。その日も茶を出すわ、菓子を山盛りにして持って来させるわと、盛大に歓待した。やがて後藤が居住まいを正した。

「ところで、山県公はお元気か」

「元気も元気、民権運動家の駆逐のため、朝から晩まで奔走されておるよ」

「へちまも内務省の業務に大分慣れたようだな」と後藤は上役のように言う。

「何か、頼み事か」と石黒の細い眉が、ぴくり、と上がる。

「頼み事というより、へちまの知略を拝聴したい」

「ほ、知恵者の後藤殿下にお知恵拝借などと言われたら、肝が冷えるわ」

「衛生局の将来に関わる重大事だから、やむを得んのだ」

「衛生局の話ならば、局長の長与に言えばよかろう、などと言うても詮ないことよの。それができるくらいなら、お前はここに来ないだろうからな。わかった。話してみろ」

後藤が事情をかいつまんで説明すると、腕組みをして黙って聞いていた石黒は言う。

「緒方君の講演会から僅か半年足らずで、あの肥後もっこすがそこまでご活躍とは大したものだ。確かにお前の言う通り、伸び盛りの者を見過ごしたら衛生局の名折れだな」

「だが長与さんは、自分が招聘した中浜を欧州に派遣することに拘泥すると思う」

「そこで衛生局次長の儂の出番、というわけか。念押しせずともわかっておるわ」

後藤は、話題を変えて、石黒をちくりと一刺しする。

「へちまは人を見る目がない。お気に入りの森一等軍医殿の軟弱ぶりは酷いぞ」

「それはない。森は留学一年目からライプチヒ大で高い評価を得ているぞ」

「確かにライプチヒでは精勤されていたらしいが、その後、軍医部の許可を得ずに勝手にドレスデンに行き修学するなど、いささか図に乗っているようだ」

「なぜお前が、そんなことを……」と言ったきり石黒は黙り込む。

確かにそうした話は、ベルリンの公使館から漏れ伝わってきていた。しかも肝心の森本人からの報告は途絶えていた。讒言が奏効し疑心暗鬼になった石黒の表情を確認した後藤は立ち上がる。そして胸中で温めていた、とっておきの秘策を伝えた。

石黒は、直ちに長与と面会し、衛生局のドイツ留学制度で国費留学する第一号は北里が相応《ふさわ》しい、と滔々と語った。

長与は仰天した。これは高給取りの中浜を招聘する手で、北里が優れた業績を挙げても、候補にできない。長与は頭を抱えた。

「心配するな。儂にいい考えがある。派遣する留学生を二名にすればよいのだ」

石黒が、にっと笑いかけて告げた案こそが、後藤がひねり出した奇手だった。

「確かに妙案だが果たして事務方が、うんと言うかな。売薬税は年間百万増なのに、内務省には三十万しか増額されないと文句を言ったら、逆に説教されたからな」

「とりあえずダメモトで、儂と一緒に事務方に談判してみようではないか」

案の定、会計担当官は「前例のない留学案件を二件も重ねるなど、無理です」とにべもない。一歩も引かない担当者に、石黒は言い放つ。

「貴殿の業務への誠忠は天晴れである。しかしながら本件は国家の大事である。ここは最高責任者である、内務卿の山県公にご処断を仰ぐしかなかろう」

山県有朋は、西南の役で軍医として同行した石黒を厚く信頼していた。石黒の口利きなら山県公が同意する可能性は高い。しかも後藤は、文部省の留学生派遣事業が一段落し、留学枠に空きが出るという極秘情報を知っていた。

実際、狙い通りにコトは運び、石黒から顛末を聞いた後藤は会心の笑みを浮かべた。

だが神算鬼謀の後藤も、山県公がこの件を奏上した時、北里の名を聞いた明治天皇が微笑して、即座に裁可を下したということまでは、さすがに想像もしなかった。

秋も深まった十一月四日、本省に呼ばれた北里は、長与局長から辞令を渡された。

——内務省御用掛北里柴三郎　衛生学術上取調トシテ独逸国へ差遣候事　内務省。

「派遣期間ハ三年」という文言を目にした北里は、雄叫びを上げそうになる。

その足で照査課に行くと、北里は後藤を引っ張って屋上に行った。

「信じられんばい。一体、ぬしはどげん手品を使ったと？」

「手品ではない。これが政治というものだ」

「ようわからんが、恩に着るばい。この恩は必ず返すばい」

「恩返しは必要ない。それより時間があったらへちまに、石黒閣下と敬称をつけ小まめに衛生に関する調査報告でも送るといい」

なぜそこで石黒の名が出てくるのか理解できなかったが、北里は素直にうなずく。すっかり従順になった北里の巨軀を眺めながら、後藤新平は言う。

「お前は、ブレーキの壊れた蒸気機関車だ。放っておくとどこへすっ飛んでいくか、見当もつかん。だから吾輩が運転手になり、相応しい場所に連れて行ってやるよ」

後藤新平の上から目線の発言に、北里にはもう反感はない。

この時から後藤新平と北里柴三郎は固い絆で結ばれた盟友となり、その関係は終生続いたのだった。


辞令が降りたのは十一月四日、出発は十一月十四日と準備期間は十日しかなかった。

そんな慌ただしい中でも、北里は黙々と論文を執筆した。

「衛生上飲料水簡易試験法」はアンモニア検出法について、現在の水質検査法と大差ない立派なもので、コッホの「痰中ニ在ルコグ氏結核黴菌試験法」も重要な論文だった。

北里は就学先をコッホの研究所の一ヵ所に絞った。当時の留学は一年ずつ三ヵ所に留学するのが定番だった。先輩の緒方にも勧められたが、彼は頑として拒否した。

「コッホ博士が当代一の医学者たい。他の教授に師事する意味はなか」

「だがコッホに固執しすぎては危険だ。コッホの評価は相当割れているからな」

緒方がコッホに反感を持つのは、恩師ペッテンコーフェルが大のコッホ嫌いのせいもある。加えてコッホへの反感が増した理由が、パスツールに対するコッホの態度だ。

「明治十四年八月、第七回万国医学会でパスツールが炭疽菌の発表を避けたのはコッホへの気遣いだったのにコッホは、パスツールと握手しなかった。酷い話だ。去夏、コペンハーゲンの万国医学会に列席した時、パスツールの総会演説『病原微生物とワクチン』を聴いた。狂犬病ワクチンという最先端研究の講演を格調高く締めくくったパスツールの言葉は忘れられない。『科学に国境はないが、科学者に祖国あり。学術を研究し、自身の名と共に国の名誉を世界に輝かせる学者は真の愛国者なり』。そんな大度量のパスツールに反発し続けるコッホは、人格に難ありと評価せざるを得ない」

「ばってん、コッホ博士の『王立保健庁報告　第一巻』は、細菌学の聖書たい。聖書を書いた人だけん、おいにとって神さまたい」

麹町の家鴨が大量死した原因がニワトリコレラだと解明できたのは、パスツール論文の恩恵で、長崎のコレラ調査ではコッホのコレラ菌の発見論文を参考にした。

二人の医の巨人は、北里にとって開運の恩人だった。いくら忠告してもコイツは翻意しないな、と悟った緒方は吐息をつき、コッホ研究所宛に紹介状を書くことにした。

「恩に着るたい。不肖柴三郎、いざドイツに参るったい」と言い北里は呵々大笑した。

コイツがこんな風に腹の底から笑うのを見たのは、これが初めてかもしれない、と緒方はふと思った。


明治十八年十一月十四日、北里を乗せた仏船メンザレエ号は横浜を出航した。

その日、岸壁に佇み手を振る若妻の姿に目を凝らす北里の隣には、同行者がいた。衛生局の同僚となった中浜東一郎だ。

一ヵ月後、北里が洋上にある頃、日本では内閣制度が採用された。これにより日本の初代総理大臣に伊藤博文が任命された。日本は大変貌を遂げつつあった。

第二部

朱夏

明治十九年（一八八六）～明治二五年（一八九二）

7章　エトランゼの舟歌

明治十九年（一八八六）

湖上に浮かべた小舟に寝転び、流れる雲を眺めて、ため息をつく。

あの雲のように、しがらみもなく生きられたら、どんなにいいだろう。

ぼくは展翅板《てんしばん》の上の胡蝶だ。けれどもここ、ミュンヘンで、ぼくを貼り付けていた虫ピンが外れた。ぼくはおそるおそる、羽ばたき始めた。

船は吉祥の乗り物だ。初めて漢詩を書いた時、実家が向島の曳舟《ひきふね》近くだったので、雅号を「牽舟」とした。ぼくをドイツに連れてきてくれたのも船だった。

今はウルム湖の湖面の、小舟の上にいる。陽が西に傾きかけ、ぼくは身を起こす。

岸辺で手を振る友に手を振り返すと、小舟が揺れた。

留学期間の三年の年限の半ばが、過ぎようとしていた。

ぼくは、お気に入りのウルム湖畔の宿で、仕事を三つ片付けてしまおう、と考えた。

第一は「日本家屋論」の第二稿を仕上げることだ。陸軍軍医部のために必要だった。

第二は「ナウマン反駁論」を書くこと。日本を貶める講演を繰り返すナウマンを見過ごしたら、日本男子の名がすたる。この二つを湖畔の宿で避暑も兼ねて片付けよう。

そう思いついた時、もう一つ考えが浮かんだ。知人の洋画家・原田直次郎の恋愛模様に、ルートヴィヒ二世の溺死事件を絡める作品の想が浮かんだ。ざっくり物語を書き、「湖上の小記」と題をつけた。それは南部バイエルン王国のミュンヘンの物語になった。

その時、中部ザクセン王国のドレスデン、北部プロシア王国のベルリンを舞台にしたドイツ三部作の構想を思いついた。

九月中旬、論文「日本家屋論」とナウマン駁文、そして初めての小説「湖上の小記」を携えミュンヘンに戻った。この時ぼくは軍医、評者、作家の三面の顔を持った。

それはぼくの生涯に通底したことだけど、この時のぼくは無自覚だった。

明治十九年は、激動の日々だった。六月五日、日本はジュネーブ条約を締結し、国際赤十字に加盟した。八日後、驚愕のスキャンダルが起きた。バイエルン国王ルートヴィヒ二世が侍医グッデンと、ウルム湖で溺死したのだ。プロシアとの戦争に二度敗れ、家臣団に廃位された翌日のことだ。彼はワグナーを保護し、リンダーホフ城やノイシュバンシュタイン城を建設した、芸術の庇護者だった。

七月下旬、品川弥二郎《しながわやじろう》公使と近衛篤麿《このえあつまろ》公と晩餐を共にした。品川公使は、海軍が麦食を推進し脚気を激減させたことに感心していた。陸軍の劣勢を感じた。

八月上旬には、軍医部の雑務でベルリンへ行き、哲学者・井上哲次郎《いのうえてつじろう》と詩文を談じた。彼と語り合い、「ファウスト」の漢文訳は面白かろうと意気投合した。二日目の午後は北里と学事について話したが、凄まじい実験三昧ぶりを聞いて愕然とした。

半年前、ベルリンに到着直後の酒宴で、暴言を吐きまくった彼とは別人だった。

北里が上げ潮に乗れば、ぼくは引き潮になる。

そんな数々の告知に導かれ、湖畔の宿に滞在し仕事を片付けようと思いついたのだ。

その頃、ぼくの周りには「脚気」の暗雲が垂れ込めていた。ドイツに旅立った翌年三月、海軍軍医総監・高木兼寛の画期的な疫学研究が発表された。直後の四月、緒方正規が脚気菌を発見したと大々的に報じられた。その報告は官報に掲載され、弟の篤次郎が全文筆写して、手紙で送ってくれた。だが逆風はそれだけではなかった。

先年、堀内利国・大阪陸軍病院長は、監獄の主食を麦飯にしたら脚気が激減した事実を知り「軍食を麦飯にすべし」という建議書を提出した。明治十七年には千人中三五五名の脚気患者がいたが、麦食を導入した翌年は十三人に激減、数年後にゼロになった。

高島鞆之助・大阪鎮台司令官が「麦飯で予防効果を挙げ、軍隊の脚気病はなくなった」と奏上した。ほぼ全師団に麦食が普及し、陸軍に脚気はなくなった。

ただこれは各師団の判断で、脚気問題の根本的解決に至らず禍根は残されていた。

けれども留学目的は今さら変更できず、ドイツで石黒さんの米食至上主義を支持する論文作成に励んだ。

今のぼくは自分勝手な行動で窮地に陥っている。到着後に書き始めた「在徳記」にはぼくの無茶な行動がありのまま書き綴られていて、読み返すと冷や汗が出る。

でもぼくの行動には「道理」があった。いや、「あった」はずだ。


二年前の明治十七年、ドイツ留学一年目。プラアゲルの衛生学の書を編著したぼくは、「衛生学を修め、陸軍衛生制度を学ぶ」ことが留学目的だったので、本でわからない実地を学びたいと意気込んでいた。だが当時、ドイツに滞在中だった橋本綱常・軍医監はぼくに「衛生学の習得」に専心するようにと言い渡した。なのでぼくは必死に訴えた。

「軍陣衛生の確立のため、軍の実務も見学したいのです」

「軍陣衛生制度の調査は私がドイツ滞在中にやります。それと、ドイツで脚気の研究をするのは無理筋です。私は留学時に脚気研究をまとめましたが以後、新たな知見はありません。学術的な新事実がなければ論文は書けません」

そこまではっきり言われては、ライプチヒに向かうしかない。

ザクセンの商工都市ライプチヒは工場が多く、煤煙が空を掩い白壁は煤けていた。

工業都市で労働者の健康を考えた衛生学が発展した。

ぼくは到着五日後に実験を始めた。ぼくの前の官費留学生の緒方正規は評価が高く、ぼくも早く成果を上げたかった。

食品衛生学が専門のホフマン教授は、「瘦軀長身、意態沈重」な堅実な学者だった。

十二月になると、一時帰国したベルツ教授がホフマン教授宅を訪問した。東大時代から目を掛けてくれたベルツ教授との再会は心強かった。ベルツ教授は大著「脚気病」で、脚気は退行変性する神経炎で地方病性（伝染性）多発神経炎としていた。

同席したショイベ先生はライプチヒ大でベルツ教授の後輩で、五年前まで京都療病院に勤務し医学校で指導し、脚気を研究し日本人の妻を娶ったという経歴まで、ベルツ先生をそっくりそのままなぞっていた。

「独逸臨床医学雑誌」に掲載された論文「日本の脚気」は京都療病院で六百例の脚気患者を解析した力作で、これに手を加えればぼくの仕事は終わると思い、使用許可をもらった。ただし脚気米因説を紹介した部分は気になった。ベルツ教授もショイベ先生も日本食の強力な擁護者なので不思議に思い訊ねると、ショイベ先生は言った。

「米因説は遠田澄庵の説で『脚気病院』で好成績だったため紹介したのです。でも内務省の長与局長と文部省の石黒担当官に『脚気病院』を実地見学したいと頼んだところ、断られてしまいました。あれは残念でした」

修学二年目の明治十八年、本格的に実験に取り掛かり、一月にはレエマン助手に日本茶の成分分析を、二月には栄養学の研究を命じられた。

「モリは手先が器用で、手技がエレガントだ」と褒められた。

朝九時から午後四時まで実験し帰宅後は下宿で復習しつつ、夜は古本屋で買い込んだ古書を片っ端から読破した。二月にショイベ先生の著作を借り、論文をまとめた。

ライプチヒは製本、印刷が発展した別名「本の街」で、ぼくにぴったりだった。ダンテを読みリルケに涙し、ハルトマンに溺れショーペンハウエルに論戦を挑む。アンデルセンの「即興詩人」とゲーテの「ファウスト」は何度も読み返した。世の全ての本を読み尽くしたファウスト博士の姿に、「不朽」を目指した学生時代の自分の姿を重ね見た。「血液は霊妙な液体である」という「ファウスト」の一節は特に印象に残った。そんな風に夜、ぼくは文学の世界をひとり逍遥した。

広大な沃野に、目眩い自由だけがある。こうなると書痴のぼくは止まらない。半年後、ドレスデンに百七十冊超の蔵書を持って行くことになった。

ボート遊びに誘われ、見ているだけでは臆病だと挑発されたので漕いでみた。大笑いされているうちに、やがてうまく漕げるようになった。こうしてぼくはライプチヒで舟の漕ぎ方も会得した。船は吉祥の乗り物だ。

翌日、ホフマン教授に船遊びに誘われ、そこで願いを叶えてくれる魔法使いと出会う。髭と眉が白い巨軀の老人が両手を広げ、いきなりぼくを抱擁した。

「君がハヤシが絶賛していたリンタロウか。噂に違わぬ好青年だな」と言ったザクセン軍団医長のロオトは、ぼくをザクセン軍団の演習の見学に誘ってくれた。

五月十二日、列車で菜の花、蕎麦の花、林檎の花が咲き乱れる平原を通り過ぎる。春に一斉に花開く雪国、津和野を思い出した。宮廷の街ドレスデンでは、憧れの女性にもお目通りが叶った。ラファエロの「マドンナ」を絵画館で見ることができたのだ。

ロオト軍医監は、賓客のようにして軍の重要人物を紹介してくれた。更に八月末から二週間、ザクセン軍団の秋期演習にも招待してくれた。その時、驚愕の事実を聞いた。

ロオト軍医監の元に松本軍医総監と橋本軍医監から異なった指示が来たのだという。

「ライプチヒ、ドレスデン、ミュンヘン」の三ヵ所での修学が松本軍医総監の指示だが、橋本軍医監は「ライプチヒ、ミュンヘン、ベルリン」だという。軍令ではあり得ないと憤慨し、上位の松本軍医総監の指示に従い、ぼくをドレスデンに招いたのだという。

「リンタロウが見たいなら、秋期演習だけじゃなく、冬期軍医学講習会にも招待するぞ。五ヵ月の長丁場だから、ザクセン軍団の真髄を見学できる。どうするかね」

願ってもないことだ。ぼくは五月末に三日間ベルリンに出張し、全権公使と学課を議そうとしたが、公使は不在で会えず、担当官に諸事を託した。その時、吉報と凶報を聞いた。吉報はぼくが陸軍一等軍医に昇進したこと。凶報は、橋本軍医監が帰国し第四代軍医総監に就任したこと。剣が峰に立たされたぼくは肚をくくり、ライプチヒに戻った。

八月、谷口謙が手紙をくれた。嫌なヤツだが時流や人間関係の察知能力は高い。

「同期の消息」では「江口は風車、賀古は無頓着、小池は帰朝し旧来通り傲慢」と報せてきた。「官署組織の変」では橋本・新軍医総監が軍医本部長を医務局長と改称し、石黒次長は内務省衛生局次長に転じ、その下に第一部長・長谷川泰、第二部長・後藤新平がついたと伝えた。石黒次長は権力争いに敗れたのだ。だが軍医本部次長兼任で居残り、かろうじて徳俵に足を残した、と谷口は評した。

その頃、五百マルクの大枚をはたいてツァイスの顕微鏡を衝動買いした。下宿では山のような古書に埋もれながら、ショイベ先生の書を自分の論文に移し替える作業に没頭した。そして八月二七日から二週間、ザクセン軍第十二軍団の秋期演習に参加した。

娘を連れて演習を参観していた老貴族の古城がこの晩の宿だった。そこで見たイイダ姫を主人公にして物語「文づかひ」を、帰国後に書いた。

ライプチヒでは、ホフマン教授とベルツ教授、ショイベ博士の助言を得ながら論文、「日本兵食論大意」を仕上げ、十月十日に石黒さんに送りつけた。過去の脚気論文を寄せ集めた総説は、華々しいが目新しさはない。だが「海軍五千と違い、陸軍五万の食を洋食へ変更するのは困難」という趣旨は、石黒さんが望む内容だろう。

翌日、ライプチヒを離れドレスデンに着いた。五ヵ月間、ぼくは「冬期軍医学講習会」で解剖学、細菌学、軍陣衛生学の講義を聞き、兵器庫、監獄、病院など施設を見学した。十一月十九日に軍医学講習の衛生将校会の集会で行なった、「日本陸軍衛生部の編制」というぼくの客員演説がハイライトだった。

十月末、田村怡与造大尉が視察に訪れた。陸軍サロンに出入りし、大元帥モルトケに可愛がられているという。俊英で名高い木越安綱大尉も一緒だった。

ぼくが百冊を超える本を読んだと言うと、田村大尉は一冊の本を取り出した。

「私もドイツ語で新聞を読み、会話も不自由しないのですが、この本だけはどうしても読みこなせません。でもこれは理解しなくてはならない、最重要の書籍なのです」

それがクラウゼヴィッツの「兵書」との出会いだった。田村大尉の言葉を聞いて、それならぼくが読み解いてやる、という野心がふつふつと芽生えてきた。

修学三年目。明治十九年元旦、王宮での新年祝賀会で水晶宮に招かれた。ぼくは軍服姿で国王に謁見し、王女とワルツを踊った。天にも昇る心地だった年明け早々、石黒さんからドレスデン行きを咎める私信が届いた。

――軍事を学ばんとて日を費やすこと勿れ。普通衛生の一科を専修すべし。

叱責とはいえ、石黒さんがぼくにこんな高圧的に対するのは初めてだった。

ロオトは一月二九日、「日本家屋論」の講演をさせてくれた。二月十九日にベルリンでのプロシア軍医会に同行させたのは陸軍のお目付役、福島中尉に対する箔付けのつもりだろう。その際ぼくは、ベルリン滞留中の日本人留学生に粗餐を供した。

昨年の納涼会は楽しかったが、今回は様子が違った。北里柴三郎という異分子が混入したせいだ。一月末にドレスデンで中浜東一郎から、北里の噂は聞いた。内務省から中浜と北里の二人が国費留学生として派遣されたのは石黒さんの後押しだという。

酒席に東大の同窓の官費留学生を誘った。同期の首席の三浦守治、一学年下の青山胤通、加藤照麿、河本重次郎、生真面目な隈川宗雄と物理学者の田中正平、そして北里だ。

和やかだった宴は、北里が田中に絡んで不穏な雰囲気になった。ベルリンに来て一ヵ月、念願のコッホ教授に師事できた北里は、気持ちが高ぶっていたのだろう。

石黒さんの叱責をやり過ごすため、ぼくは早々にミュンヘンに移ることにした。

ドレスデンを去る前日、地学協会の年会で不快な目に遭った。地質学者ナウマンが講演で、「日本人は文化度が低い」と断じたのだ。会場の笑い声に怒りが湧いた。

見かねたロオトは講演が終わると壇上に上がった。

「素晴らしいナウマン氏の講演に対し、日本人として、前回の総会で特別講演された日本陸軍軍医部医官・モリ氏にコメントを頂戴したいのですが、いかがでしょう」

拍手に迎えられて壇上に上がったぼくは、ナウマンを徹底的に無視して話し始めた。

「短期間しか日本に滞在されない方は、日本の真髄を理解できません。仏教の最高ステージの『覚者』はどんな時も謙虚に学びます。この一年半、ザクセンを代表する二都市、ライプチヒとドレスデンに滞在した私には、なぜザクセン王国が野卑なプロシアに従属しているのか、と思いますが、帰国してもそんなことは言いません。わが日本帝国はドイツ帝国と共に歩んでいくことを望んでいるからです」

ナウマンは青ざめ、壇上に立ち尽くす。ロオト軍医監と軍医に見送られたぼくは翌三月七日夜九時、ドレスデンを去り、三月八日朝十一時、輝けるミュンヘンに到着した。

吹雪で夜行列車の車窓は凍り、朝日に輝く景色を見るためナイフで氷を削った。国境の山岳地帯を越え、バイエルン領内に入ると、北独の暗鬱な平野は南独の陽光溢れる豊かな森林の丘陵に、がらりと変わった。

ミュンヘン行きには素晴らしい道連れがいた。

五十代のフィンランドの軍医、ワルベルヒは前日のナウマンへの反論に感銘し、急遽ミュンヘン行きに同行したのだ。夜行列車の中で夜通し、ワルベルヒと語り合った。ワルベルヒは軍医で、数冊の詩集を刊行している詩人でもあった。ぼくは、文学の魅力に取り憑かれ、軍医としての業務との板挟みに苦しんでいる、と胸の内を打ち明けた。

するとワルベルヒは神託を告げてくれた。

「詩人とは、言葉で武装する兵士なのですよ」

――軍人が、詩を書いてもいいんだ。

その考えが生まれ落ちたあの時、作家・鷗外が胚胎《はいたい》したのだ。

ぼくが到着した三月八日、バイエルンの国都・ミュンヘンは「狂瀾の月曜日《ラーゼンモンターク》」と呼ばれる謝肉祭《カルネ・ワレ》の最終日だった。街角は仮面を被った人々で溢れていた。

人の流れに身を任せ、中央会堂にたどり着いた。会場で大鼻の仮面を買い、葡萄酒を口にした。すると黄色の胡蝶の紋のドレスを着た、黒仮面の少女が近づいてきた。

「ねえ、大鼻の軍人さん、ダンスのお相手をしてくださらない？」

白粉の匂いをふりまく少女は、パペッテと名乗った。「操り人形」とは意味深だ。

腕の中の肉体の柔らかい感触に、眠っていた欲望が目を覚ます。

ライプチヒでは黒衣の佳人、ルチウスに淡い恋情を抱いたが何もなかった。

ドレスデンではプリンセスと踊ったが、身分が違いすぎた。

ミュンヘンでいきなり腕に抱ける、等身大の女性が現れたのは暗示的だった。

円舞曲を数曲踊り、赤葡萄酒を奢ると、少女はしなだれかかってきた。

「軍人さん、今夜の宿はお決まり？　葡萄酒のお礼に、家に泊めてあげてもよくてよ」

ぼくは、手元の杯を飲み干すと、パペッテを家まで送った。


翌三月九日、朝一番でミュンヘン大学の衛生学教室へ行くと、ペッテンコーフェル教授は自宅の研究室にいた。ぼくと会うなり朗らかに言う。

「オガタの後輩のモリがくるのを楽しみにしていた。ロオトの紹介状もあるから完璧だ。あと私の名前は長いから、『ペッテン』と呼んでくれ」

ぼろ衣で本の山に埋もれたペッテンは、顔が大きく福耳で白髪の翁だが、衛生学の聖人だ。生命自然発生説の首魁リービッヒに生化学を学び、学位を取得した。クレアチニンの発見と尿中胆汁酸の証明は優れた業績だ。一八六五年、世界初の衛生学教室を創設し衛生学を実証科学に作り変えた。花や木も人間の美的憧れを満足させるので衛生学の対象になるという、スケールの大きい哲学を語るロマンチストだ。

戦後の復興に沸くミュンヘンで、ペッテンは上下水道を整備し、泥濘の街を近代的で清潔な都市に作り替えた。彼の誕生日は街を挙げての祝日だ。コレラとチフスを研究し瘴気《ミアスマ》説と接触感染《コンタギオン》説の折衷論の「土壌学説」を主張、コッホが発見したコンマ菌を特異的原因と認めつつ、飲用水より地下水に問題があるとした。隔離や消毒は無益とするペッテンは「南派」で、「北派」のコッホとは真っ向から対立していた。

ペッテン説では脚気菌は一因で、発症には家屋や環境が影響するという。石黒さんの「脚気論」と相性がよく、ぼくの「日本家屋論」とも親和性が高い。だがペッテンの旗色は悪く、激情家のペッテンは六年後の一八九二年十月には自説を証明するため、自らコレラ生菌を飲むという無謀な人体実験もしている。

ペッテンには同じ話を繰り返す癖があり、特に緒方正規を口を極めて褒めちぎった。「オガタは留学が延長されると、ここに戻った。あんな優秀な人物は見たことがない」繰り返しそう言って相好を崩す姿はまるで、孫自慢する好々爺だ。

春が来て、街は華やいだ。人々は開放的で見知らぬ東洋人にも親しげに話しかける。迷い込んだ「カフェ・ミネルバ」で、可愛い女給に話しかけられた。

会話を交わしていると「日本の方ですか」と声がして、すらりとした美男子が立っていた。ひとつ年下の洋画家、原田直次郎は画学校に通いながらここの二階に下宿し、女給のマリイと同棲していた。ぼくがドレスデンでラファエロを見たと話すと、身を乗り出してきた。気がつくとぼくたちは半日、話し込んでいた。

路地を一本、隔てただけで、こんなにも世界が違うのか、と愕然とした。同年代の原田は眩しかった。ぼくは当時、袋小路に嵌まっていた。

勝手にドレスデンに修学したので残り一年半。いっそこの一年は自由に生きてやろうか、とも思った。当時のミュンヘンの留学生社会は、大侍医の子息の古株、岩佐新が仕切っていた。五月には帝大総長の子息の加藤照麿も加わった。毛並みのいい連中は実家が裕福で、自由奔放に過ごしていた。ドイツには遊郭がなく、その類いの女性はカフェにいた。行きつけのカフェの女給クララは愛嬌があり、色白の加藤を「美学士」、悪戯好きの岩佐を「悪学士」、生真面目なぼくを「正直学士」と呼んでからかった。ぼくは悪所に出入りすると持病の労咳が悪化すると怖れ、「正直学士」にされた。

名家出身の岩佐と加藤、洋画家・原田直次郎の「三銃士」を前にしたぼくは、垢抜けない田舎貴族の「ダルタニアン」だった。彼らと野放図な毎日を過ごし、会食や散策、舞踏会に出掛けた。ウルム湖の湖畔は、昔の実家がある向島と雰囲気が似たお気に入りの場所だ。湖に小舟を浮かべ、湖畔の酒家に艫綱《ともづな》を繋ぎ、友と一献を酌み交わす。

ミュンヘン滞在は、一年と一ヵ月になった。衛生学にも励み、フォイト教授の栄養学に拠りつぎはぎで数編の論文も書いた。ライプチヒで「日本家屋論」の下書きを書き終えたぼくにはゆとりがあった。だから八月、湖畔の宿で、諸事を済ませた。

ペッテンに成果を見せると「日本家屋論」は「オガタと同じくらい優秀だ」と絶賛された。「駁ナウマン論」は「日本の実情」と改題され十二月末に新聞に掲載された。すると翌年一月、ナウマンの反論が掲載された。それに対し二月一日、ぼくは反駁文を発表した。その後、ナウマンは沈黙した。ぼくの完全勝利だった。

ぼくは口喧嘩では負けたことがない。勝つまで相手に執拗に嚙みつき続けるからだ。公的、私的な雑事を処理し、晴れやかな気分になった。でも学術領域で新しい理論を構築できず、文学領域でも長編は苦手で、短編で一瞬を切り取ることしかできなかった。

ぼくの本質は「創出者《クレアトウール》」ではなく、詩人ランボオが言う「傍観者《ボワイヤン》」だった。

九月、谷口謙が「ベルリンに到着した」という便りを寄越した。

浜田玄達がストラスブルクからミュンヘンに移ってきた。浜田は緒方、北里と並ぶ古城医学校の「三羽烏」で、東大医科を首席で卒業し、故郷の熊本医学校の校長になった。その後、熊本医学校を甲種にし、私費でドイツ留学した。帝大では産婦人科教授が急死し、代役の外科のスクリバが八例連続で手術を失敗し、産婦人科の診療を止めていた。浜田が産婦人科を履修するなら官費留学生にしてやると言われ、それを受けたのだ。

十一月、中浜東一郎が加わった。中浜は、湖面にさざ波ひとつ立てず自然に溶け込んだ。ぼくは留学の年限が残り一年を切ったというのに、軍医部から次の指示がない。こうなったら辻褄を合わせるため、ベルリンに行くしかない、とペッテンに告げた。するとペッテンは不機嫌になり以後、一度も話が出来ず、お別れの挨拶もできなかった。

ライプチヒからドレスデンに移った時は、ホフマン教授とロオト軍医監が旧知の仲だったので紹介状は不要だった。ロオト軍医監はペッテンに紹介状を書いてくれた。そうした紹介者の連鎖がぶつりと切れ、ぼくは途方に暮れた。ベルリンは鬼門だ。学生時代からぼくをバカにしていた谷口謙も待ち構えている。同じ陸軍だから、ヤツに頼むのが本筋だけど、それは嫌だった。蛇のような谷口に弱みを見せたら、どんな目に遭わされるかわからない。思い余って中浜東一郎に相談すると、彼はあっさり答えた。

「それなら北里君に頼むしかないね。彼は親分肌だから、困った者には『不肖柴三郎』とか言ってなんとかしてくれるんじゃないかな。ただ北里と君は……いや、何でもない」

後から思えばぼくもとっくに同じ答えにたどり着いていて、そう言ってくれそうな中浜に相談しただけだったのかもしれない。でも、おかげで気持ちは固まった。

ぼくは「軍医学新著の要領」という、バイエルン従軍医の携帯本について紹介した小文を石黒さんに送りつけ、ベルリンへの移動を事後通告的な私信で報告した。

それから北里に、コッホ研究所に修学する仲介を頼む手紙を送り、返事を待たずに、ベルリンに向け出発した。中浜に見送られ、夜七時発の列車に乗り込んだ。

客車はドブ川のような悪臭がした。席を移るとそちらは満員で立錐の余地もない。一睡もできないまま朝十時半、駅舎に降り立ったぼくはヘトヘトになっていた。

かつてミュンヘンに到着した時、世界は光り輝いていた。今、陰鬱なベルリンには、灰色の汚泥が沈殿している。快晴のミュンヘンから、曇天のベルリンへ。

たとえ暗転するとわかっていても、ぼくはここに来るしかなかったのだ。

8章　北里、ベルリン見参

明治十九年（一八八六）

暗い藍色の海面は鏡のように、ぎらつく太陽を映している。船旅も一ヵ月を過ぎると、陸地が見えない景色も珍しくなくなり、甲板に出て海を眺める者もいなくなった。

しかし、北里が甲板にひとり佇んでいる姿は、しばしば目撃された。

それにしても、暑い。明治十八年十一月中旬、木枯らしが吹き始めた頃に横浜港を出発して台湾、香港、シンガポール、インド洋と航行すると、季節は真夏に逆戻りした。

だがスエズを通過して、マルセイユに到着すればまた冬だ。

北里は船尾に立ち、去りゆく夏を見送った。明日、スエズ運河に入渠する。

以前はインド洋から紅海を遡航し、スエズ海の突き当たりで陸路でポートサイドに至り、別便に乗り換えたが、乗船したまま欧州へ行けるとは便利になったものだ。

「いよいよドイツですね。なにか面白いものでも見えますか？」と温和な声がした。

「別に。海ば、見とるだけです」と北里は振り返らずに答える。

声の主、中浜東一郎は船中で、幾度か親しく話しかけてきた。十月、衛生局に出仕してきた中浜は柔らかい人当たりで、たちまち事務員の気持ちを摑んだ。

北里は衛生試験所にいたので乗船後、初めて言葉を交わした。

「私はドイツでは、ライプチヒのホフマン教授、ミュンヘンのペッテンコーフェル教授、ベルリンのコッホ教授の順に学ぶ予定ですが、北里さんはどんなご予定ですか」

「おいはコッホ教授一筋ですたい」と、北里は振り向いて言った。

「私は一年前に留学した陸軍の森氏と同じコースです。今はドレスデンにいるそうなので、ライプチヒに行く途中で立ち寄ろうと思います」

「ほう、チビスケと今も連絡ば、取っとるとですか」

「森氏は今や陸軍の期待の星ですから、そんなあだ名で呼ぶのは控えた方がいいかもしれませんね。あなたの言葉遣いは医者というより、まるで……。いえ、なんでもありません。そういえば日本では下馬評通り、伊藤博文公が総理大臣になったそうです」

北里が無反応なので中浜は姿を消した。今の北里の関心は母国よりプロイセンにある。

諸王国が統一されドイツ帝国になり、中心のプロイセン王国でヴィルヘルム一世を補佐する鉄血宰相ビスマルクが富国強兵政策に邁進している。

ドイツは衛生学の勃興期で、中浜の留学先はトップスリーだ。ホフマンは堅実だが面白味がない。ペッテンコーフェルは叙情的で、学問の師として格が落ちる。

やはりナンバーワンのコッホ博士と肩を並べるのは、パスツール博士だけだ、と北里は確信していた。緒方から聞いたパスツールの言葉は、今も胸に残っている。

――科学に国境はないが科学者に祖国あり。国の名誉を世界に輝かせる学者は真の愛国者なり。

化学者のパスツールは治療センスがいい。今年、パスツールは狂犬病ワクチンを患者の少年に接種した。医療者としてはパスツールの方がコッホより上かもしれない。

船尾の北里の胸の内には、錯綜した思いが白い航跡のように渦巻いていた。

明治十九年の新年早々、マルセイユに到着した一行はパリに車中泊し、翌日ベルリンに着いた。真冬のベルリンには黒雲が立ちこめ、霏々として粉雪が舞っている。古代ローマの馬車を御す女神の銅像がブランデンブルク門の上に聳える。ウンター・デン・リンデン、「菩提樹の下」と呼ばれる目抜き通りを歩いていると気持ちが高揚してくる。

フォス街の日本公使館に在留届を出した後、クロスター街に向かった。

ベルリン大学衛生研究所は煉瓦造りの三階建ての建物で、軍隊の前線本部のようだ。

コッホの最古参の高弟・レフレルは突然の訪問客を温かく迎えてくれた。

「ドクトル・キタサト、コッホ所長は本日は休暇ですが、明日は来所します」

こうして翌朝、北里はついに、念願のコッホ博士と面会を果たしたのだった。

＊

ローベルト・コッホは一八四三年十二月十一日、炭坑の町クラウスタールに生まれた。

十三人兄弟の第三子。父ヘルマンは炭坑管理人で後に炭坑主となる。顕微鏡を改良し、培養法を開発して、コッホは細菌学の基礎を一人で確立した。

最初の勝利は一八七五年十二月二三日に始まる。炭疽病の家畜の血液を家兎に接種し、二日後に死んだ家兎を解剖し炭疽菌を発見、二九日に炭疽菌芽胞を家兎の角膜に感染させた。一月三日、死んだ家兎を見て眼房水培養法を思いつく。スライド培養で光を屈折する小球と長い繊維状体になり、それが壊れ小球が列を成すのを確認した。それを「ダウエルスポレン」(永久芽胞)と命名したコッホは、一ヵ月弱で炭疽菌の全生活環を解明し、炭疽病は微生物によって起こされることを証明した。その結果を供覧すると、ブレスラウ大学のコーンハイム教授が公表に尽力してくれた。

その頃、公衆衛生の中央官庁となる王立保健庁が設立され、化学、衛生学のふたつの研究所が設置された。一八八〇年七月、コッホは新設の細菌研究所所長に就任し、王立医療団のゲオルグ・ガフキーと、陸軍省のフリードリッヒ・レフレルを助手とした。

一年後の一八八一年夏、ロンドンの第七回万国医学会に招かれたコッホは、細菌培養に関する新技術の平板法や他の諸法を供覧し、旋風を巻き起こした。講演後、五九歳のパスツールは三八歳のコッホの手を取り「大進歩ですね、コッホ博士」と言った。

それは二人の巨星が友好的に接した、最初で最後の機会となった。二人は熱烈な愛国者で、普仏戦争からの国家同士の確執の中では相容れなかった。

パスツールに接し、焦燥感にかられたコッホは人類最大の宿痾、結核を標的にした。

最初の実験は帰国直後の八月十三日で、結核菌培養に成功し、結果をベルリン生理学会で公表したのは七ヵ月後の一八八二年三月二四日。三週間後の四月十日に「ベルリン臨床週報」に講演内容を記した論文が掲載されるという電光石火の早業だった。

重鎮ウィルヒョウやペッテンコーフェルへの忖度から、内科学会でなく生理学会で発表した。二人の大家は頑なに病原菌説を拒絶し続けた。根底には弱冠三七歳で衛生局医官に就任したコッホに対する、老大家の嫉視がある。だが一八八二年六月二七日、コッホの発見は公式に承認され、皇帝ヴィルヘルム一世は彼を王立顧問官に任命した。

この日が、「ヒトの細菌学」が始まった記念日とされる。

飽くなき細菌の狩人コッホは、次なる獲物を求めて東方へ向かう。

一八八三年十二月十一日、コッホ四十歳の誕生日に調査隊はカルカッタに上陸。数日後、コレラ菌を発見し純培養に成功、翌八四年二月二日に報告書を本国に送る。

そして四月、調査団は凱旋帰国の途上、ミュンヘンのペッテンコーフェルを表敬訪問した。それは大家への勝利宣言だった。コッホは政治的で戦闘的だった。五月、コッホは皇帝ヴィルヘルム一世に謁見し、宰相ビスマルクから勲章を授与された。

七月、ベルリンで「コレラ大会議」が開催され、ウィルヒョウも病原菌説を容認した。ペッテンコーフェルが世界初の衛生学教室を創設した二十年後の一八八五年、ベルリン大に衛生学講座が新設され、コッホは初代の衛生学教授に就任した。

炭疽菌、結核菌、コレラ菌という三大感染病の病原菌を短期間で確定した、前代未聞の偉業を成し遂げたコッホは、近代医学の三傑と認められた。

コッホは生涯で、ベルリン市内の四つの研究所に関与している。
①　王立保健庁細菌研究所（ルイゼン通り・一八八〇〜八四）
②　衛生研究所、ベルリン大学教授（クロスター通り・一八八五〜九一）
③　伝染病研究所（フェラー通り・一八九一〜一九〇〇）
④　コッホ研究所（フェラー通り・一九〇〇〜一〇）
北里が面談したのは、二番目の衛生研究所の所長のコッホだった。

＊

石炭ストーブの炎が赤々と燃える所長室に入った北里は、勧められたソファに座る。

「ようこそ、はるばるベルリンへ。日本からの長旅は大変だっただろうね」

「コッホ先生にお目にかかるためなら、万里の海原も一瀉千里《いっしゃせんり》ですたい」

北里は威勢良く答えたが、彼は船は大の苦手で、出航直後の台湾近辺では激しい船酔いに苦しみ、船室に籠もりきりだった。だが、そんなことはおくびにも出さない。

「君はドイツ語が流暢だね。これなら留学の研究生活も充実したものになるだろう」

「それは先生がおいに何を命じるかに掛かっとるとです。おいは細菌学の真髄ば学びたかとです。日本で先生の培養実験を再現できた時は、感激したとです」

「素晴らしい《グート》。世界のどこでも通用する、それが『医学』だ。だが勘違いしてはいけない。病原菌を見つけるだけでは解決にならない。我々には国民を健康な生活に導くため、やらねばならないことがある。それが何か、わかるかね」

一瞬、黙り込んだ北里は、小さく息を吸い込んで一息で言う。

「『医療の軍隊』を作ることですたい。学生時代に『医道論』という論文にしたとです」

「『医療の軍隊』は、具体的にどのような展開を考えているのかな」

「上下水道の完備と民衆教育という城砦の整備が先決ですたい」

北里を凝視したコッホは、視線をレフレルに転じた。

「彼は準備ができている。君が指導し、戦力になりそうなら私の実験を手伝わせよう」

コッホの早口の言葉を、北里は一句漏らさず聞き取った。彼のドイツ語は日常会話に難がなく、多数の論文を翻訳し学術用語にも通じている。実験手技は東京試験所で緒方正規から直接手ほどきを受けた。つまり北里は完璧に準備ができていたのだ。

コッホは立ち上がると、右手を差し出した。師弟が固い握手を交わしたその時、北里の新しい時代が幕を開けた。コッホ四三歳、北里三三歳の冬である。

北里はアパートを決めた。若い未亡人モニカがやっていた下宿で、亡夫はコッホ研究所の写真助手だった。北里は、基礎実験を開始した。実験室に泊まり込み二、三日の徹夜は当たり前だ。北里は試験管やビーカー等の器具を自分で徹底的に洗浄した。

清潔を徹底することが、細菌という見えない敵から身を守る確実な方法だ。

当時のコッホはベルリン大教授に就任した直後で、衛生学を週三回、細菌学研究法を土曜に一時間、講義していた。月に一度、月末の土曜に上水道、病院、排水処理場など衛生関連施設の実地見学も行なった。授業は実践的で、北里は可能な限り聴講した。

ドイツのライン川沿岸のコレラは迅速に終息したが、隣国のオーストリアで流行が続くのは上下水道の整備度の違いだ。北里は折に触れ石黒忠悳に、日本も上下水道整備を急ぐべきで、患者の隔離、発生地の消毒等、コレラ防疫の基本を書き送った。石黒に手紙を送る時、後藤にも同じ内容の手紙を出し、論文が掲載されると別刷りも送った。

長与局長には送らなかったのは、後藤から進言させた方が効果的だと考えたからだ。後藤からは「貴殿の手紙は論理的でわかりやすいが、いささか情緒に欠ける。願わくば実験結果だけではなく、ベルリンの世情なども書き送っていただきたく候」という返信が届いた。なので北里は、図らずも国際感覚を身につけることになった。

研究室では週一回、抄読会が開かれた。研究員が輪番で最新論文を読み議論した。参加自由だったが北里は皆勤した。最新の細菌学情報を獲得するには有意義な会だ。

当時ベルリンにいた日本人留学生は月に一度、「大和会」という懇親会を開いた。北里が来独した一ヵ月後、ドレスデンの森林太郎がベルリンに来たので参加してみた。「チビスケ」は二本の大著をものにしていた。北里は不愉快になり物理の留学生に絡み、鼻つまみ者になった。だが半年後、森がベルリンを再訪した時、北里はコッホに与えられた研究課題に没頭していて、その凄まじい集中ぶりは森を驚かせた。

互いに相容れないはずの二人の運命は、次第に距離を縮めつつあった。

三ヵ月後、北里はコッホ所長に呼ばれた。コッホは手にした書類を置くと顔を上げた。

「レフレルが『キタサトはどこにも遊びに行かず、熱心に実験に励んでいる』と感心していた。そんな君に新たな研究課題を与えよう。『チフス菌とコレラ菌の、酸性またはアルカリ性培地における関係』というものだ。どうだね？」

コッホが告げた、とんでもない難題に北里は身震いした。コッホは部下に疾病研究を任せる。レフレルにはジフテリア菌、ガフキーにはチフス、プファイフェルはインフルエンザを課題に与えた。コッホ自身は、コレラと結核を研究課題にしていた。

コレラ菌の基礎研究を任せたということは、北里を助手として認めたということだ。

こうした場合、代表的な酸とアルカリを二、三、チフスとコレラの二種類で四通り実験すれば十分だが、北里は全種を網羅しようとした。

塩酸、硝酸、燐酸、硫酸、亜硫酸、乳酸、酢酸、蟻酸、クエン酸、酒石酸、リンゴ酸、石炭酸、蓚酸、タンニン酸、硼酸の十五種、水酸化カルシウム、水酸化ナトリウム、水酸化カリウム、炭酸アンモニウム、炭酸カリウム、炭酸リチウム、炭酸ナトリウム、水酸化バリウム、アンモニアのアルカリ九種と、入手可能な物質を網羅した。塩類はヨードカリ、ブロムカリ、塩化カリの三種を加え二七種の試薬を用いた。

培養時間は十時間まで一時間毎でその後十五時間、二四時間、三六時間で調べた。

ペスト菌も三株で併せて二三四皿が一種の物質における基本検体数だ。これを二七種の酸・アルカリの試薬でやり遂げたのだ。

数週間後、所長室で報告書を熟読したコッホは、北里の顔をしげしげと見た。

「ドクトル・キタサト、予想以上の出来だ。大分根を詰めたから、少し休むかね？」

「とんでもなか。次の実験課題ば与えてほしかです。『しばしも怠るな』ですたい」

「いい心がけだ」と言ってコッホはまたも、コレラ菌に関する耐熱、乾燥、薬品耐性など壮大な課題を提示した。この課題でも、北里は偏執狂的な実験計画を立てた。

絹糸と硝子に塗布した二検体を作製する。シャーレでの室温乾燥、硫酸乾燥機内での乾燥、湿ったガーゼで覆った対照シャーレの三組だ。それぞれブイヨンと寒天培地に植え、十時間まで一時間毎で、一五、二四、三六時間と経時観察し、二日から十日まで一日一回。

これで一系統の検体は二二、十二を乗じ検体総数は二六四になる。

これを十五種のコレラ菌株で実施した。次は人糞中のコレラ菌の挙動、乳汁中での挙動など、矢継ぎ早に次の課題が降ってくる。北里は黙々と課題をこなし、やり遂げた。

だが一連の実験が一段落すると、さすがに北里も虚脱した。

「この頃、お疲れですね。亡くなった夫もある日、がっくり疲れた表情になり、一月も経たないうちに風邪をこじらせ亡くなってしまいました。コッホ先生には部下の命を吸い取るようなところがあるので、側で見ていて辛いです」

モニカに言われた北里はいきなり、途方もない疲労を感じた。

「おっしゃる通りですばい。しばらくは実験の予定がないので、少し休むとです」

「それなら今夜はご馳走を作りますね。これまで味なんて全然わからなかったでしょうから」

以来、北里はモニカとゆっくり食事を摂るようになった。論文をまとめるため一日中部屋に籠る北里に、モニカが珈琲を運んできてくれたりもした。

ある日、激しい夕立の中、びしょ濡れの北里が部屋に飛び込んできた。

モニカがタオルで濡れた髪や服を拭くと、北里は神妙な顔でじっとしていた。

「ドクトルの身体って大岩みたい」と北里の厚い胸板に触れたモニカの手が止まる。

「幼い頃から武芸で鍛えとったけん、頑丈さには自信がありますたい」

モニカは北里を、濡れた目で見つめた。

「ドクトルのことを、シバ、と縮めて呼んでもいいですか？」

「おいは構わんとです」

「嬉しい。シバというのは、インドの破壊神の名で、シバが実験に出掛ける時はいつも、人々を苦しめる細菌が築いた城壁を打ち破る将軍みたい、と思っていたの」

その時、一条の稲妻が窓を照らし、追いかけるように雷鳴が轟いた。小さな悲鳴を上げたモニカに抱きつかれ、北里は身を固くした。ごろごろと雷鳴が鳴る中、はっと身体を離したモニカは、手にしたタオルを押しつけた。北里は彼女の後ろ姿を目で追った。

不思議なことにモニカが北里を「シバ」と呼び始めた頃から、研究室でもそう呼ばれるようになった。ドクトル・キタサトは他人行儀だがシバは短くて呼びやすく、モニカが語った名の由来は、お気に入りのエピソードになった。

コレラとチフスの怒濤の基礎実験を終えると、コッホは北里に論文にまとめるようにと指示した。だが北里は素直に従えなかった。こんなオリジナリティのない実験の論文で、新たな道が拓けるだろうか。そんな疑念を抱いているうちに時が過ぎていく。

一八八七年四月。論文執筆に集中できずにいた北里の元を、ある人物が訪れた。

東大でも留学生としても先輩になる陸軍軍医、森林太郎だ。九歳年下だが大学では二級上の森は、留学生の定番コースをそつなくこなし、何編か論文をものにしていた。

ミュンヘンで中浜東一郎と一緒にペッテンコーフェルに師事していると聞いていた森が突然、コッホ所長の下で研究したいという手紙を北里に送りつけてきた。

北里がその手紙を受け取ったのは、森がベルリンに到着した後だった。

それは終生続く、複雑に絡み合う、北里と森の宿命が始まった日になった。

9章 ベルリンのふたり

明治二十年（一八八七）

一八八七年四月、ぼくは光溢れるミュンヘンから、陰鬱な国都ベルリンに移った。独断で五ヵ月、ドレスデンに滞在したため、三年間の留学期間の残りは半年を切っている。命令違反を石黒軍医監に手紙で叱責されて以来、音沙汰がない。

焦ったぼくは、またも独断で動き、ベルリンに来てコッホ研究所に修学しようとした。ぼくが手紙の返事を待たずに電撃訪問したのには北里も驚いたようだが、コッホ研究所入りの仲介を快く引き受けてくれた。ただしいくつか条件がついた。

「コッホ先生は、森がミュンヘンにいたことば気にしとらす。ペッテンコーフェルの意ば汲んで、研究所に潜入しようとしている攪乱分子やなかかと疑心暗鬼になるばい」

そんなバカな、と思ったが、ぼくがコッホ研究所に行くと告げたらペッテンに避けられたことを思えば、あり得るのかもしれない。ペッテンは今もコレラは地下水脈が主因だと主張し、病原菌説に反対しているから、コッホも面白くないだろう。

四日後、面談したコッホは表情が乏しく、灰色の瞳は硝子玉のようだ。どことなく北里と雰囲気が似ていた。これまでの研究課題について、ぼくは仕上げた論文を挙げた。

「『ビールの利尿作用』と『アニリン蒸気の有毒作用に関する実験的研究』です」

「どちらも細菌学とは無関係だね。なぜ私の研究所で研究したいと思ったのかね」

「ぼくは細菌学を学びたいのです。ライプチヒのホフマン教授の細菌学の授業が始まった後、五百マルクをはたいてツァイスの最新式の顕微鏡を自前で購入したんです」

「それは熱心なことだ。それでその顕微鏡は持ってきたのかね」

「その後ザクセンで隊付勤務に就いたので、同僚に譲ってしまいました。ぼくは改めて、ここで細菌学を修めたいのです」

ぼくは必死だ。ここでハシゴを外されたら一巻の終わりだ。上層部は変わり一昨年、第四代軍医総監の橋本綱常が誕生した。石黒さんは権力闘争に敗れていた。

ぼくを見かねて、北里が助け船を出してくれた。

「森は陸軍で将来を嘱望され、ドレスデンの軍医監の知遇も得たとです」

途端にコッホの表情が和らいだ。灰色の口髭を撫でながら言った。

「シバが言うなら、ドクトル・モリを受け入れよう。実験の基礎をシバに学び、五月中はフランクとフレンケルの細菌学の講義を受けなさい。その後に研究課題を与える」

コッホは愛国者で、軍人には格別の敬意を払うということを後で北里から聞いた。

ぼくは北里に細菌学の手ほどきを受けながら週三日、細菌学の授業に出た。北里と、コッホ研究所の生化学部門に在籍中の隈川宗雄と三人でビヤホールで杯を挙げた。

だがぼくの留学期間は八月までなので焦りを感じた。

一八八四年にベルリンに来た時、衛生研究所はまだ開所しておらず、コッホは王立保健庁の正員だった。研究所は細菌学科の定員九五名、化学科に二五名、合わせて百二十名だ。学費は聴講生が一学期六十マルク、北里の口添えで学費は免除してもらえた。

翌々日は谷口謙と一緒に、川上操六・乃木希典の両少将に面会した。二人は皇帝ヴィルヘルム一世、皇太子フリードリヒ三世、皇太孫ヴィルヘルム二世に謁見していた。

六月一日、一ヵ月の講習を終えると「ベルリンの下水道の細菌検査研究」という課題を与えられた。「もっと細菌学の本道の課題がいい」と愚痴ると北里が慰めてくれた。

「コッホ先生がコレラ菌ば発見した時、汚染水が原因だから上下水道が必要だと強調しとらす。石黒軍医監に書いた最初の手紙もドイツの下水道整備についてだったと。日本の衛生行政の主流は都市計画と下水道整備になるからチビスケの研究は重要たい」

「こんな大掛かりな研究、残り二ヵ月で終わるのかな」

「やる気次第たい。間に合わんかったら、おいが仕上げば、引き受けるばい」

北里の言葉に安心し、ぼくは「血液は霊妙な液体である、か」とぽつんと呟いた。

「チビスケは、相変わらず洒落たことば、言うな」と北里の表情が緩んだ。

「これはゲーテの『ファウスト』の、メフィスト博士の言葉だ。読んでみるかい?」

「小説に興味はなか。ばってんさっきの言葉は胸に響いたばい」と言い、メモを取る。

ぼくが実験の基礎トレーニングをしていると、北里が言う。

「チビスケは手先が器用やね。最初からそんな風に試験管を扱える者はおらんばい。そう言えば寄宿舎の頃もはしこくて、男色の先輩に追い回されても逃げおおせとったな」

「昔のくだらない話を持ち出すな。あと、ぼくのことをチビスケと呼ぶのはやめろ」

そう言ったものの、手技の手際の良さを褒められて、悪い気はしなかった。

実験の指導を仰げば当然、一緒に過ごす時間が増える。雑談で北里の舌鋒は、ベルリンの日本人留学生を容赦なく斬りまくった。その月旦は興味深い。

「山根は実績があるばってん、江口は勉学に興味ないし、谷口は女衒《ぜげん》が本職たい。そんな連中のせいで福島大尉ば、お目付役になったんは、よからんことが起こる前触れたい」

山根正次は一級下で、司法相に裁判医学の必要性を直訴し、裁判医学確立のため留学を命じられた。ぼくと同じ船で渡独した片山国嘉も同じ目的だ。ぼくは北里の早耳と分析力に舌を巻く。実はぼくは先日、その福島大尉と会っていた。

乃木・川上両少将の招待で武官に麦酒や葡萄酒が振る舞われ、最終日曜に将校の「大和会」をすると決まった。そこに四月より公使館付武官として在独陸軍留学生取締役に着任した福島安正大尉も出席していたのだ。司法省の下級官吏を経て陸軍省参謀局に勤務したという変わり種で、卓抜した語学力と高度な地理把握力の異能が評価されていた。

飛び抜けた情報収集能力が留学生の取り締まりに向けられ、後に騒動が勃発する。

この頃北里は、コレラ菌関連の膨大な研究課題を怒濤の勢いで終え、小休止していた。

そのせいか息抜きにも対応してくれた。週一回のコッホ教授の講義の後は郊外に遊びに行き、月一回の「大和会」の例会にも出てビアホールで気炎を上げた。

一級下の青山胤通と佐藤三吉が帰国するので送別会をしたら、一気に淋しくなった。なのでダメモトで「舞踏会に行きたい」と言うと北里が「心当たりに聞いてみるたい」と答えたのは意外だった。研究一筋の朴念仁に、舞踏会のお相手になる知り合いなんているのか、と思ったが、数日後、北里はお相手を見つけたと報告した。

北里の自信満々の笑顔を見て、ぼくは逆に不安になった。

＊

森に舞踏会の相手探しを依頼された日、北里はモニカにおそるおそる訊ねた。

「舞踏会のお相手をしてくれるような女性ばご存じなかですか」

「よろしければ、姪のエリスをご紹介します。小説を読むのが大好きな、二十歳の娘です。洋品店で刺繡や帽子のデザインのお仕事をしているの」

「ほう、本好きのフロイライン（お嬢さん）なら、チビスケと話が合いそうですたい。差し支えなければ是非、その姪御さんば紹介してくんしゃい」

「構いませんが、ひとつだけ条件があります。その殿方とエリスが舞踏会に行く時は、私もご一緒させていただきたいの」

「保護者ですけん、当然ですたい。チビスケにも文句は言わせせんとです」

「まさか私を舞踏会に一人で行かせるおつもり？」

「どげん意味ですか？」と北里は首をひねった。

「シバが舞踏会で私をエスコートしてくださらないと」

　こうして北里とモニカ、彼女の姪のエリスと森のダブルデートが成立したのだった。


　舞踏会には軍服で出掛けた。夕闇の中、着飾った人々が次々に馬車から降り立つ。歩み寄ってきた粗末な背広の北里と、軍服姿のぼくが並ぶと、主人と従者みたいだ。北里のお相手は下宿屋の女主人と聞いたので勝手に、でっぷり肥えた年配の女性だと思い込んでいた。だが、北里に寄り添っていたのは楚々とした佳人だった。次の瞬間、彼女の背後から現れた女性を見て息が止まる。巻き毛の金髪の前髪の下から、海原のような碧い瞳がのぞく。白いドレス姿の少女は故郷の庭に咲く沙羅の花に見えた。

　ぼくは少女の華奢な手を取り、会場に誘なう。北里とモニカが、ぼくたちに続く。シャンデリアが輝く大広間に、弦楽四重奏が響いている。ぼくは少女と大広間に歩み出て、ワルツを踊り始めた。彼女の身体は羽毛のように軽い。踊りながら耳元で囁いた。

「小説がお好きだそうですね。どんな作品を読むのですか」

「ハイネやシラー、それとプーシキンも少しだけ……」と少女は小声で答えた。

「プーシキンですか。ぼくもあなたを守るためなら、決闘で死ぬことも厭いません」

夢見心地で囁くと、少女の頰が、ぱあっと赤らむ。彼女は、決闘で妻の名誉を守ったプーシキンのことを知っている。こんなところで文学を語り合える同志と巡り会えるなんて。しかもそれが可憐な少女だなんて、何という天恵だろう。

曲が途切れると、少女はぼくの手を離し、女主人の元に駆け寄って行った。

少女と入れ替わりに、鼻の頭の汗をぬぐいながら北里がぼくの傍にやってきた。

「チビスケはダンスが上手《うま》かね。どこで教わったと？」

「去年の正月、ドレスデン王宮の舞踏会に招かれ、王女さまに教えてもらったんだ」

ぼくは得意げに言ったが北里は全く反応しなかったので、拍子抜けした。

「あのフロイライン（お嬢さん）ば、気に入ったと？」

「ああ、悪くない」と素っ気なく答えたぼくは、血のような葡萄酒を飲み干した。

音楽が再開するとエリスの手を取り、王宮仕込みのステップでフロアに歩み出る。

細い腰に手を回し、身体をくるくる回す。曲の切れ間にエリスは、きらきら光る軍服の金モールのエポレットに触れた。音楽が止み、舞踏会は終わった。

その後、四人でディナーをした。エリスも打ち解けて、プーシキンの「大尉の娘」について少しだけ話をした。帰り道、ぼくはエリスと肩を並べて歩いて、来週も会いたい、と小声で囁いた。顔を上げた彼女の表情がぱあっと輝き、小さくうなずく。

エリスを家に送り届けると、ぼくは北里たちと別れ、下宿に向かった。

ひとりになると宵闇の中、花の香りが強く匂った。突然、胸が激しく動悸した。

路傍にぼうっと浮かび上がったのは、白い沙羅の花だった。

下宿に戻るとモニカは、二階の部屋に上がろうとした北里を呼び止めた。
「シバ、よろしければもう一曲、踊ってくださらない？」
北里はうなずき、階段を下りてきた。
モニカの蓄音機から、雑音と共に円舞曲が流れ出す。
「これはわたしが一番好きな曲なの」
北里はモニカの手を取った。ふたりは身を寄せ合い、優雅な旋律に身を委ねた。
北里が細い身体を抱きしめると、モニカは力を抜いた。
もつれあうように寝室に入ると、北里はモニカの唇を吸い、着飾った服をむしり取る。
大理石のような裸身が月の光に照らされ、闇の中に白々と浮かび上がる。
滑らかな肌に触れた北里は、モニカをベッドに押し倒した。
翌朝、モニカが目を覚ますと、北里は隣にいなかった。
「ほんとうにシバは、仕事の虫ね」と、乱れた髪を繕いながら、モニカは呟いた。

エリスがぼくの名を呼ぶ声は風鈴の音のようで、聞く度に胸に甘酸っぱい痛みが走る。
「リンタロは何を研究なさっているの」と聞かれて、「下水道の黴菌を調べてる」と小声で答えた。するとエリスは目を輝かせた。

「みんなが病気にならないようにするご研究なのね、素敵だわ」

現金なものでその日を境に、研究に対する心持ちが、がらりと変わった。

エリスの言葉は、灰色の研究生活を、鮮やかな色彩に塗り替えてくれた。

相変わらずコッホは何も指導してくれない。周囲を見ると、与えた課題をクリアしたら次の課題を与えるだけだ。コッホは弟子を自分と同等の研究者と見做しているのだろう。だから自発的に研究に取り組む北里は、どんどん先に進んでいく。

そして研究に積極的になれないぼくは、北里との距離が次第に広がっていく。

ぼくは徒労感に囚われ、エリスへの思慕に溺れた。

読みかけの本を持って、エリスの部屋に入り浸り、何時間も本を読んだ。

三冊に一冊は、エリスも読んでいて、物語について語り合った。読んでない二冊のうち一冊は読んでみたい、というので貸すと、次に会うまでに読み終えていた。

そうして他の読んでいない本をねだるのだった。小説について話していると、時を忘れた。そんな時、エリスはぼくの傍に座り、そっと手を重ねてきた。

「リンタロの指は、細くてきれい」と指を絡めたエリスは言う。

ぼくの指への賛辞は、そのままエリスの指への賞賛になった。

二人の指を重ねると、鏡映しのようにそっくりだったのだ。

ベルリンのパッサージュを並んで歩いた夜、真昼のように明るく、お祭りのように賑やかな街路に並ぶ露店の店先で、エリスは立ち止まる。

銀の星と金の月が刻まれた、丸いカフスボタンを手に取ると、ぼくの袖口に当てて、矯《た》めつ眇《すが》めつしていたが、意を決したようにそれを買い、ぼくに差し出した。

「金の月がわたし、銀の星がリンタロよ。これを身に着けていれば、わたしはいつも一緒にいられるわ」

人混みの中、エリスを抱きしめた。口づけをしたいという衝動に駆られた。

でも自分が結核なのを思い出し思いとどまった。エリスは不思議そうにぼくを見た。

「どうしてリンタロはわたしにキスをしてくれないの？」

「ぼくは結核なんだ」

とうとう意を決して、告白した。それがぼくの、精一杯の誠意だった。

エリスは、背伸びして首に腕を巻き付け、ぼくの唇を奪った。

「リンタロの病気なら、怖くない」と言ってエリスは微笑した。

雑踏のざわめきが消えた。ぼくの目には、彼女の青い瞳しか映らなかった。

その晩、エリスと結ばれた。出会って一ヵ月目の夜だった。

一緒に日本にきてほしい、と言うと、裸身のエリスは目を潤ませてうなずいた。

天使を得たぼくは、天にも昇る心地だった。

六月二九日、第一回の実験を行なった。

午後二時、ベルリン市第五下水系統のポンプ場から採取した試験材料を午後四時、マウス六匹に接種した。下水中に病原菌三種を発見し純培養に成功した。第一がコッホの鼠敗血症菌、第二がぼくが莢膜下水菌と命名した肺炎菌、第三はぼくが短形下水菌と称した分類不明の細菌だ。死んだマウスは解剖して、病原菌の存在を証明した。

「最初からこんなにきちんと結果を出せる研究員は珍しい」と指導教官のフランク講師に絶賛され、あと五回、同じ実験をすれば論文になるだろう、と太鼓判を押してくれた。

それなら一ヵ月少々でケリがつく。実験さえ済めば帰国しても論文は書ける。

見通しが立ってほっとしたぼくは、可憐なエリスと細菌学の研究論文を両腕に抱き、祖国に凱旋する自分の姿を思い浮かべた。ところが六月末、親友の賀古から届いた一通の電信が、ぼくの運命の転変を告げた。

――本日、石氏渡欧セリ。

石黒忠悳・軍医監が七月にベルリンに来る。しかも一年近い長期出張だという。石黒さんはバーデン大公国の国都カルルスルーエで開催される、第四回赤十字国際会議に政府委員として出席するため、渡欧を命じられたのだという。

その報せを聞いた谷口謙のしゃくれ顎がひしゃげ、青ざめたのが不思議だった。

その日から、谷口謙が妙に下手に出て、気持ちが悪かった。会議は九月で、ぼくの留学は八月までだ。実際、国際会議の随員に指名されたのは谷口謙なので、これならほとんど影響はないだろう、と胸を撫で下ろした。

七月十七日、ミュンヘンの中浜東一郎からついに、運命の電報が届いた。
——本夕、石氏、ミュンヘンを発し、ベルリンに向かう。
ぼくは谷口謙に連絡して翌日、駅舎に迎えに行く手筈を整えた。
石黒さんがお見えになっても大して影響はないだろうと、ぼくは高をくっていた。
けれどもそれは、とんでもない思い違いだった。

10章　妖怪石黒、独逸を徘徊す

明治二十年（一八八七）

一八八七年七月十七日、ぼくと谷口謙は、石黒閣下の一行を駅舎で出迎えた。

事情通の谷口によれば、石黒次長が第四回赤十字国際会議に日本代表として出席するのは、次期医務局長に内定したためだと言う。どん底からの復活とは、実にしぶとい。

石黒さん一行をホテルに案内すると、ぼくと谷口は部屋に呼ばれ、紙の束を渡された。

「儂が希望する諸事である。両君には、儂の業務遂行を最優先に対応してもらいたい」

谷口は「かしこまりました」と即答したが、紙の束を流し読みしたぼくは青ざめた。

兵営、病院、学校、監獄、兵器製造所などの施設見学に練兵や新兵仕込み、看護卒教育、選兵実見も含まれ、ドイツ語教師の手配、日本政府の公式報告書作成など、これでは石黒次長のお世話で、留学の残りの大半の時間が取られてしまう。

「ぼくの留学は残り一ヵ月ですので、こうした業務は谷口に依頼していただけますか」

おそるおそる言うと、石黒さんは細い目を一層細めて、じろりとぼくを睨んだ。

「森は自分勝手にものごとを進めるクセがあるな。そうした判断は儂がする。語学の才は森の方がある。今回の会議は日本の国威発揚の場だから最優先で尽力せよ」

ぼくは呆然とした。石黒さんにこんな風な居丈高な口をきかれたのは初めてだ。

「閣下のお世話をする、若く美しい女性の手配はいかがいたしましょう」

すかさず谷口が、もみ手をするようにして言うと、石黒さんは渋面を作った。

「些事は任せる。よろしくやれ」

急転直下の展開に驚いたぼくは、事情を北里に報告した。

「石黒次長の雑用のせいで、研究計画がガタガタになってしまう。どうしよう」

すると北里は、思いがけない質問をした。

「チビスケは、フロイライン（お嬢さん）のことは、どうするつもりたい」

一瞬ぎょっとしたが、ここはきちんと答えるべきだと肚を括った。

「エリスのことは大切に思っている。日本に連れて帰るつもりだ」

まじまじとぼくを見た北里は、豁然《かつぜん》と微笑した。

「よか。そんならおいはできる限り、チビスケに協力してやるったい」

社交辞令かと思ったが北里は、凄まじい政治力でぼくを救ってくれたのだった。

石黒次長がドイツに来て二日後、最初の大事件が起きた。

七月十九日、石黒次長は北里を呼び出すと、こう告げた。

「長与衛生局長の命である。北里は中浜と交代し、残り一年をミュンヘンで修学せよ」

北里の顔が青ざめた。コイツはモノが違う。あと一年あれば凄い研究を成し遂げるだろう。だが官命は絶対だ。気の毒に思いつつもぼくは、北里が意気消沈する様を見てみたいという、意地悪な気持ちになる。恩義はあるが好悪の情は如何ともしがたい。

北里は激怒した。いや、激怒しているように見えただけかもしれない。

すぐに冷静に戻り「今、おいと中浜を交代させるんは、愚策ですたい」と言った。

「貴様、何を言う。これは官命であるぞ」

反駁など寸毫も予想していなかったであろう石黒さんの顔が、憤怒で赤みを帯びる。

石黒さんは変わった。愛想がよくて腰の低い番頭は、もはやどこにもいない。

だが北里は意に介さず、続けた。

「おいは一年半、細菌学を修学し、研究の入口に到達したとです。ここで交代すれば今までの実績は失われ、中浜もおいのレベルに達せず、虻蜂取らずになるとです」

「官命に背けば、日本に戻っても貴様の居所はないぞ」

「百も承知ですたい。こん願いば聞き遂げられなくば、内務省を辞める覚悟ですたい」

「き、貴様、よくもそのような恩知らずなことをぬけぬけと……」

見かねたぼくは、北里の頭を机に押しつけながら言う。

「石黒閣下、北里は頭に血が上ると自分を見失う性質があります。突然の命令に混乱しているのです。自分が言って聞かせますので、お時間をください」

そう言って北里を隣室へ引っ張って行き、隣に聞こえないような小声で詰る。

「何を考えているんだ。石黒閣下に逆らったら、内務省を首になってしまうぞ」

「そん時はドイツに残り、私費で細菌学を習得し日本に持ち帰るたい」

それは困る。ぼくには今後も北里の協力が必要だ。ここは何とか穏便に済ませたい。

「わかった。でも石黒閣下も頭に血が上っていて冷静な議論はできない。この場は返事を保留しろ。後で石黒閣下を説得する。ここはぼくに任せて一旦引け」

「おいの決意は変わらんばい」と北里はごねたが、結局はぼくの提案を受け入れた。

隣室に戻ると「一晩考えさせてほしかとです」と告げた。

だが翌日、閣下を再訪した時も当然ながら、北里の意志は変わっていなかった。

「一晩考えたとですが、やはり自分はベルリンに残るとです」と毅然と言った。

すると石黒閣下はぼそりと、思いがけない言葉を言った。

「北里君に頼みがある。コッホ所長との面談を手配してもらえないだろうか」

「お安い御用ですたい。いつ頃がご希望ですと？」

「急いでいないが、できれば先方から儂に会いたいと依頼された形にしてもらいたい」

「わかりもした。そうした申し出を、コッホ所長から閣下に出してもらいますばい」

会話を聞いて啞然とした。理由はわからないが北里は虎口を脱したかのようだ。

翌日、ぼくは北里経由でコッホ所長からの依頼を聞き、ドイツ軍参謀本部に出頭した。

陸軍軍医部トップのフォン・コーレル軍医監を始め、プロシア軍の中枢の人たちが顔を揃えていた。石黒閣下に随行することになったシャイベ一等軍医が言う。

「イシグロ氏の要望は対応できないこともある。波風を立てずに伝えるには双方の事情に詳しく、ドイツ語が堪能な人物の仲介が必要です。それをモリさんにお願いしたい」

「お役に立ちたいのは山々ですが、ぼくの留学期間は八月いっぱいなのです」

「では他を当たるしかないですね」とシャイベ一等軍医が答えた。

するとコーレル軍医監が、「あるいは別の搦め手を考えるか、だ」とぼそりと言う。

数日後、石黒閣下とコッホ所長の会見が行なわれ、ぼくが通訳に指名された。

「コレラ防疫ではドイツが世界一です。日本も見習いたいので、ご教導願いたい」

石黒閣下の言葉にコッホは、にこりともせずにうなずいた。

「日本のコレラ防疫は、キタサトの論文で把握しています。彼の論文を読む限り、日本では上下水道の整備を急ぐべきで、ナガサキから始めるのがいいでしょう」

「北里は先生のコレラに関する論文を翻訳し、ドイツの衛生政策や牛痘法についても詳細に報告してくれました。北里は頑張っているようですが、森はいかがですか」

「モリはベルリン生活を満喫しています。ところでモリはここにくる前に三ヵ所で修学したそうですが、短期での異動は日本の留学生の通例なのですか？」

「慣例です。見聞を広げるのも、留学生の大切な任務ですので」

「なるほど。でもキタサトはこの一年半で、今や研究所になくてはならない存在になっています。キタサトにはこの先も、ここで頑張っていただきたいものですね」

ここまで言われたら、北里の残留を認めるしかない。石黒閣下は平然を装って言う。

「北里には、今後もコッホ博士の研究をお手伝いするよう、申しつけておきます」

その声がかすかに震えているのを、ぼくは聞き逃がさなかった。

会談した双方に笑みが浮かぶ。コッホは右腕の北里の残留を確定できたことで、石黒閣下は第一人者のコッホと対等な立場で会談できたことで、お互い満足したようだ。

翌日、石黒閣下はぼくに、北里のベルリン残留が決定したと伝えた。電信で長与局長の承諾を得たと言う。ぼくはその足で北里のところに行き、閣下の言葉を伝えた。

北里は「チビスケのおかげたい」とぼくの手を握った。

でも実際は、ぼくは何もしていなかった。


森が去ると北里は、便箋を取り出し、手紙を書き始めた。宛先は盟友・後藤新平だ。

四月末、北里は後藤からの私信で石黒の渡独と北里のミュンヘン異動の辞令を知らされた。学問が道半ばで終わるのかと絶望した北里に、「諦めるな、吾輩が援護する」と後藤が書いてきた。北里は、後藤の提案に身を委ねてみようと決意した。

書状に曰く、この交代は前例踏襲で石氏は伝書鳩にすぎぬ。北は石氏の部下ではないので強く対すれば辞令は撤回できる。ただし面と向かって刃向かえば気位の高い石氏は激怒する。そこは風見鶏の森を緩衝材とせよ。吾輩は渡欧前の石氏に、コッホに直々にコレラ対策を教示してもらえば石氏の声価も上がり、次の軍医総監は確実也と吹きこんでおく。北はコッホ所長に、面談の際に北を褒めちぎるように頼んでおけ。

面子を立てれば石氏は長氏の裁断を仰ぐ。長氏は吾輩が説得しておく。結果この辞令は撤回されるであろう。うまくすれば風見鶏の留学延長も成るかも知れぬ。

後藤の書状を読み返した北里は、改めて舌を巻く。

事はまさに後藤の予期した通りに動いた。だがそれは、石黒にも好都合だったため、あっさり実現したのだということは、北里にはわからなかった。

谷口謙は、橋本綱常がカルルスルーエの赤十字国際会議に出席するために送り込まれていた。石黒は谷口が橋本に媚びを売り、自分を軽視していることを感じ、信用できないと思っていた。だから使い勝手がよく、自分に忠実に振る舞う可能性が高い森を会議に同行したい、と考えていた。

つまり後藤の画策は、石黒にとっても渡りに舟だったのだ。

コーレル軍医監は石黒閣下の依頼を尽《ことごと》く先送りにすると、話題を変えウィーンの衛生学会議も赤十字会議と負けず劣らず重要だと力説し始めた。今回の洋行はカルルスルーエでの第四回赤十字国際会議出席が主目的で、ウィーンの第六回万国衛生会議はついでだった。なのでそちらには内務省から北里と中浜が派遣されることになっていた。

石黒閣下はやむなく、ウィーンに谷口謙も同行させると言った。

するとシャイベ一等軍医が、「モリは同行しないのですか?」とさりげなく訊ねた。

「森は会議が開催される九月には、留学期間が終わっているので、無理なのです」

「それはもったいない。我々が貴国の事情に口を差し挟むべきではありませんが、ほんの一ヵ月、滞在期間を延長すれば国際会議の空気に触れられ、優秀な人材にとって飛躍の機運になるでしょう」

翌日、ドイツ軍参謀本部からカルルスルーエ行きとウィーン行きの人数分の割引乗車券が送られてきた。むろん、ぼくの分もだ。石黒閣下は萎びたへちま顔になった。

「こうなったらやむを得ん。いっそのこと、留学をもう一年延長するか、森？」

頭の中が真っ白になった。疫病神だと思っていた石黒閣下は、実は福の神だったのか。

「留学の一年延長が許されたら粉骨砕身、閣下のご用命を実現すべく邁進します」

「では本国にはその線で打診してみる。『コーレル勧告』ならば本部も容認せざるを得ないだろう。かくなる上は森には、儂と陸軍の発揚のため大いに働いてもらうからな」

ぼくと谷口謙は一礼して、石黒閣下の部屋を退出した。

ぼくと二人きりになると、谷口謙は濁ったまなざしを向けてきた。

「森、貴様まさか、留学を延長するため、小細工を弄したわけじゃなかろうな」

それから首を横に振りながら、自分に言い聞かせるように言った。

「いや、さすがにそれはないか。だが気をつけろよ。森はメッチェン（娘っ子）に夢中で、学業が疎かになっているという評判だぞ。福島武官は厳しいお方だからな」

大きなお世話だ。そんなことは女衒のお前にだけには言われたくない。

事態の急変を聞いた北里が言った言葉を耳にして、ぼくは唖然とした。

「先日石黒閣下に、通訳は誰がいいかと問われたので、陸軍では森が一番です、と推薦したと。それだけでは難しいばってん、コーレルとの合わせ技で一本ばい」

こうしてぼくは赤十字国際会議の正式な通訳に任じられた。内実は閣下の雑用係だ。石黒閣下は貪欲で兵営、病院、監獄、練兵、選兵を実見し、夜はシャイベ軍医を質問攻めにし、明治四年に医学校に在籍していたミュルレルに独語や普通礼式を学んだ。ぼくは毎日、施設訪問の事務手続きや学会発表原稿の作成などの雑事に追われた。

その頃、武島務が大変な目に遭った。故郷からの送金が届かず病気で家賃滞納し、大家が公使館に押しかけた。陸軍の一員が借金取りに追われるなど恥ずべきことと、公使館付武官の福島大尉が免官処分にした。窮乏した武島は結核に罹り三年後、ドレスデンで客死する。ぼくは高潔な武島が大好きだったけれど、何もできなかった。

それは谷口謙の告げ口のせいだったけれども、他人事ではない。谷口の通訳仕事をぼくが横取りしたせいで、ぼくも谷口の標的になっていたのだ。けれども無防備なぼくは、谷口が張り巡らした策謀に気がつかなかった。

そんな九月中旬、ついにカルルスルーエの赤十字国際会議の日がやってきた。

一八八七年九月十六日、石黒忠悳閣下一行は、バーデン大公国の国都カルルスルーエに向け出発した。赤十字国際会議は九月二二日から二七日までの六日間だ。

国際赤十字は一八五九年、ソルフェリノの戦いで衝撃を受けたアンリ・デュナンが、一八六三年に呼びかけ十六ヵ国で発足した。日本では普仏戦争の観戦武官で渡仏した大山巌大将が、その活動に感銘を受けた。ウィーン万博に派遣された佐野常民が赤十字の意義を説き松本順、林紀、橋本綱常、石黒閣下のメンバーが一八七二年、軍医の肩章に赤十字をつけることにした。だがバテレンを連想させると却下され、「横一文字の赤字」という奇手をひねり出すと「舌出し軍医」と揶揄され、物笑いの種になった。

　ようやく昨年、日本の赤十字社への参加が決定し、明治十年創立の博愛社は日本赤十字社と社名を変更し、石黒閣下夫妻は活人画幻燈演説で宣伝し、語り草になった。

　九月二二日の開会式で、バーデン大公に最高の待遇で迎えられた石黒閣下は上機嫌だったが二日目、「赤十字の負傷者相互庇護の原則は欧州のみにすべし」とある委員が発言し、石黒閣下は激怒した。「日本蔑視は許せん。叩き潰せ。なんなら赤十字大会をぶっ壊してもよいぞ」と言われればぼくは挙手し、議長の指名を待たずに立ち上がる。

「戦場の負傷者対応は欧米人に限定すべしというご発言は赤十字の理念に反しています。日本が世界本部を設置し、分け隔てなく救護に当たることをお約束します」

　着座すると拍手が起こり、「ブラボー」の声が上がる。会議後、大勢の人が握手を求めてきた。創設二十年余、赤十字の堕落を苦々しく思っていた古参委員だ。

　最後にでっぷり太った、頬髭を豊かに蓄えた赤ら顔の老人が、流暢な日本語で言った。

「すばらしかったです。日本の医学もおとなになりました。わたしはポンペです」

　その名を聞いた石黒閣下は、直立不動の姿勢になる。

「ポンペ先生、初めまして。私は松本順先生の弟子の石黒忠悳と申します」

ポンペさんは穏やかな微笑を浮かべて、うなずいた。

「マツモトさんは利発な方で、ほこりです。かれはおげんきですか？」

「ええ、相変わらず、斗酒を辞さない酒豪ぶりです」

「それはよかった。リョウカイはげんきですか？」

「司馬凌海は大学を辞め名古屋の病院に勤めましたが、八年前に亡くなりました」

「かれもすぐれたひとですが、おさけとおんなのひとにおぼれました。ざんねんです」

大会三日目はオーストリア赤十字社の演題「防腐療法」に対し、日本は三年前に導入済みと発言した。英国のリスター卿が石炭酸消毒法を公表した翌年の慶応四年一月、欧州から帰国した函館病院頭取・高松凌雲が戦傷者治療に石炭酸水を用いた史実を述べた。

適塾出身で元一橋家の侍医の高松凌雲は、今も医療現場で活躍している。

九月二五日の日曜はローマ時代の古市で、鉱泉で有名なバーデンバーデンを観光した。帰りの馬車でポンペと相席となり、幼い頃憧れた林紀さんと似ていると言われた。

九月二六日に原案を修正、全ての大陸の負傷兵に対し治療を行なう決議をした。バイエルン軍医総監が、奨学教育を通じ青少年に赤十字精神を普及すべしと発表したのでぼくは「日本では本年四月、ジュネーブ盟約に注を加えた『陸軍省訓令乙第六号』を士卒全員に配布するという試みを実施しています」と追加発言をした。

今回の欧州訪問に先立ち石黒閣下が思いつき実施し、大いに面目を施した。

閣下は「日本赤十字前記」なる文を起草しぼくに翻訳させせ、会議最終日に配布した。

大成果を収めた第四回赤十字国際会議は終わった。ぼくのドイツ留学の頂点だった。

九月二八日夕、オリエント急行でウィーン入りしたが、車中で艶話になった。閣下は仏人娼婦のスザンヌ嬢を絶賛し、谷口は女性は金でどうとでもなる、と下司な持論を開陳した。ぼくは、ドイツにも気立てのいい貞女がいると言い、エリスのことを話した。気がつくと谷口も石黒閣下も、黙ってぼくの話を聞いていた。

やがて汽車はウィーン駅に到着した。石黒閣下は立ち上がると、ぼくを見下ろした。

「ドイツ女性とつき合うのはよいが、路傍の花だと思わないと、別れが辛くなるぞ」

「閣下は別れることを前提にスザンヌ嬢とお付き合いしているのですか？」と聞き返す。

「当たり前だろう。何を言っているのだ、貴様は」と石黒閣下は答えた。

翌朝、朝の陽射しで目が覚めた。列車の中で飲み過ぎたせいか、何も覚えていない。おまけに着替えもせずに床に入っていた。朝食を食べていたら中浜がやってきた。中浜はミュンヘンからベルリンに移り二週間前にウィーン入りしていた。ぼくが国際会議での武勇伝を語ると、わがことのように喜んでくれた。

石黒閣下は、内務省の北里と中浜が、自分の面倒を優先しないことを怒り、説教した。北里は憮然としていた。石黒閣下が今や物見遊山で参加していることは明らかだ。万国衛生会議でペッテンと再会した。石黒閣下は講演後、ペッテンと語り合った。その様子を、部屋の隅で北里が白けた顔で眺めていた。

北里は「日本のコレラと対策」という演題で講演をしたが、コッホが直ちに論文を書くようにと命じたものだった。

北里の発表は大絶賛で、それを見てぼくは発奮し、ベルリンに戻ったら実験を再開しようと思った。そんなぼくの意気込みに閣下が水を差す。学会終了後の十月四日に陸軍病院、五日に歩兵営、七日に化学試験場と視察を重ね、夜な夜な街角で娼婦とよろしくやっていた。ぼくの目には、そちらの方が主目的に見えた。はた迷惑な話だ。


十一日間、ウィーンに滞在後、ベルリンに戻ったぼくは、一ヵ月ぶりに研究所に出勤し、実験準備に取りかかる。十二日午前十時、第五下水系統ポンプ場から採取した試験材をマウス七匹に皮下接種。二匹は短形下水菌感染で死亡。三匹は鼠敗血症菌で死亡。

第三群はモルモットを使い、鼠敗血症菌、莢膜下水菌はモルモットに病原性を持たないことが判明した。第四群は二七日、中央食肉処理場の排水溝から得た採取材料をマウス六匹に皮下接種した。すると一匹以外は莢膜下水菌で三日以内に死んだ。

留学四年目で初めて学問に真剣に取り組めたのは、北里の熱気に当てられたせいだ。

自分の関心事に没頭する北里は、虫眼鏡で集光するように周囲を焼け野原にしてしまうような集中力を発揮する。すると周囲の磁場はねじ曲がり、北里の前に道ができる。

実験をほぼ終えて、残り一回となった十一月十四日、またも雑事が降りかかってきた。

ぼくが「ドイツ医事週報」の編集長を訪問したのは、横浜在住のシモンズという医家が書いた日本の疫学に関する論文への反駁文を掲載してもらうためだ。日本の脚気とコレラ流行について書かれたその論文は酷いデタラメだらけだった。なのでぼくは六頁の反駁文「日本における脚気とコレラ」を書いた。

　それは北里論文や長与報告を引用した総説だ。ぼくは騒動が寄ってくる体質なのか、はたまた火蛾のように、論争を求めて炎に飛び込んでいってしまうのか。

　宿舎に戻ると、待ち構えていた石黒閣下が、驚くべきことを言い渡した。

「喜べ、森。お前の希望が叶い、プロシア陸軍の隊付勤務の申請が認められたぞ」

　ぼくは呆然として、無邪気に宣告した閣下の口元を見つめた。


　二日後。中央処理場の排水溝から下水検体を採取している時に突然、悪臭が体中を包み、道端で嘔吐した。悪い体調を押して第五群の実験にかかり一週間後、五匹のマウスの死を確認した。中央処理場の排水溝はベルリン市第五下水系統のポンプ場に流入し、そこで繁殖した莢膜下水菌の起源は処理場であることを、一連の実験で証明した。

　これでぼくの論文の完成は確約された。

　でもあの日以来、ぼくは、生ものは煮沸しないと食べられなくなった。

　あの日、生臭い石黒閣下に対する蕁麻疹《じんましん》が発症したのかもしれない。

11章　プロシア慕情

明治二十年（一八八七）

国際会議後も石黒閣下は当然のように、ぼくに膨大な雑事を命じた。でも閣下のおかげで得た、おまけの一年だから仕方ない。閣下は思いつく限り、練兵や新兵仕込みも実見し外出時は家屋、上下水道、消防、辻便所などあらゆるものに興味を示した。

駅舎で線路を眺め、軍陣学の講義みたいな蘊蓄を語るのでうんざりさせられる。

「陸軍の車輪は同一寸法だ。以前の車輪は別だが普墺戦争以後、規格を統一したのだ」

という閣下の話を聞き、コーレル軍医監が意気投合したのも、不思議な強運だ。

石黒閣下は女遊びもお盛んで、仏人娼婦スザンヌ嬢と毎土曜に逢い引きするマメさだ。

酒保でエリスを連れたぼくと、スザンヌ嬢と一緒の閣下が出くわしたこともある。

昼は閣下の雑事に追われ、夜はエリスと情事を重ねては、研究が進むはずがない。

そんな中で突然、ぼくのプロシア軍の隊付勤務が決まった。青天の霹靂だった。

橋本軍医総監が、帰国前に隊付医官の事務を執るようにと命じたのだという。当人が
「衛生学の修学に専念すべし」と命じ、石黒閣下はドレスデンで軍務研修していた時は

「衛生学に集中すべし」と手紙で責めたのに。上層部のいい加減さには呆れてしまう。

その頃、石黒閣下と谷口がひそひそ話をして、ぼくの姿を見ると話を止めたことが、幾度かあった。ぼくを軍隊に付けようという陰謀がある、と小池兄が手紙で忠告してくれた時は手遅れだった。ぼくは谷口の悪意に対し無防備すぎた。隊付勤務は来年三月から三ヵ月間、その後英仏を視察し帰国せよと申し渡された。細菌学を極めたかったぼくにとって、隊付勤務は余計だった。実家に愚痴の手紙を書いたら、「陸軍を辞めてでも修学を続けるべき」と弟の篤次郎が返事をくれた。橋本軍医総監の悪代官ぶりや、谷口の奸物ぶりを小説に書けば面白かろうとも言ってきた。

でもぼくは国費留学生の身分を擲《す》てられなかった。北里の凄さを思い知らされた。

北里はぼくとは人種が違う。尊敬はするが、好きにはなれない理由は一語に尽きた。

アイツは美しくない。

でも北里には「靭《つよ》さ」と「熱」がある。ぼくは胡蝶の薄い翅で、風に飛ばされてどこに行くかわからない。北里は大鷲の強靭な翼で、風を切り裂き、目的地まで一直線に翔けて行く。その違いは、どうにもならない劣等感となり、胸の内に沈殿していく。

ある晩、研究室で久しぶりに北里と一緒になった。

「チビスケ、最近、研究態度が雑やぞ」

「まあね」と投げ遣りに答えると、北里は隣の椅子にどかりと腰を下ろす。

「チビスケ、フロイラインのことば、どげんするつもりね」

「そんなこと、お前に言う必要はない」

「必要はあるたい。モニカに時々聞かれるばい。フロイラインは身内やぞ」

「ぼくなりに考えているさ。それよりお前はモニカさんをどうするつもりだ？」

北里は一瞬、戸惑いを浮かべた。だがすぐに、いつもの表情に戻る。

「あん人は、ベルリンの朿たい。ベルリンの朿は、ベルリンに置いて行くたい」

「そんなムシのいいことを言うヤツに、ぼくのことをとやかく言われたくない」

「とやかくは言わん。質問に答えればよか。チビスケはフロイラインをどうするね」

「日本に連れて帰り、妻に娶《めと》るつもりだ」

ぼくが、決然と言うと、北里は黙り込んだ。やがてぽつんと言った。

「チビスケは大した男ね。尊敬するばい。チビスケの留学が延長されたのは、目出たか。おいもベルリンに残れたし、お互い万々歳たい」

「だけどお前の留学は残り半年だろ。その時は素直に帰国するのか？」

「バカこくな。ようやく自分の研究を始められそうな時に、なして帰らねばならんと？」

コイツはまたわがままを押し通すつもりだな、と思った。コイツは周りの磁場をねじ曲げても我が道を行くヤツだ。わが身を振り返り、ぼくは落ち込んだ。

ドイツの国情は揺れていた。

皇帝ヴィルヘルム一世に衰えが見え、齢五十半ばの明君、皇太子フリードリヒ三世の喉頭癌が発覚した。皇太孫のヴィルヘルム二世は世間知らずで、ドイツの柱石・鉄血宰相ビスマルクへの反感を隠そうともしない。毀誉褒貶はあるが、ビスマルクの緻密な外交がドイツを守ってきたのは確かだ。老皇帝の衰えと壮年の皇太子の死病、驕慢な皇太孫という並びは、ドイツ帝国の衰運を予見させた。

十二月十日、新任の特命全権公使の西園寺《さいおんじ》公望《きんもち》公を駅舎に迎えに行った。明治三年に仏留学に出発し翌年、普仏戦争後のパリ・コミューンに居合わせ、ソルボンヌ大を卒後、伊藤公の憲法取り調べに同行し、その後も欧州で顕職を歴任。日本が誇る国際人《コスモポリタン》だ。

年が明けて一八八八年一月二日の「大和会」には、例年より大勢の人が集まった。西園寺公のご指名で、ぼくが挨拶をした。ぼくは立ち上がり、石黒閣下と谷口を見下ろし、朗々とドイツ語で挨拶を始めた。場が静まり返った。無言の反感が溢れ返る。演説を終えたぼくは一礼した。すると無骨な拍手が響き「立派なもんたい」と声がした。

大和会の鼻つまみ者、北里の言葉に、柔らかく上品な声が応じた。

「私は欧州に長く滞在しましたが、ここまで流暢なドイツ語を話す日本人には初めてお目に掛かりました。内容もご立派、大和男子の心意気ここにあり、ですね」

西園寺公の賞賛の言葉を聞いて、石黒閣下が追従の拍手をしながら言った。

「森軍医正は西周先生の親族で、陸軍の出色の人材であり、留学生の誉れです」

「ほう、ではご立派な業績を挙げて、故郷に錦を飾れますね」

ぼくは深々と一礼した。この時のドイツ語の演説は、ぼくの新たな道を切り拓いた。

二週間後、ぼくは田村怡与造大尉の訪問を受けた。

「大和会でのご挨拶はご立派でした。一段とドイツ語の腕を上げられたようですね」

「ええ、まあ」と答えた。今は読破した書籍は四百五十冊に達していた。

「単刀直入に申し上げます。在独の将校にクラウゼヴィッツの『兵書』の講義をしていただきたいのです。私は川上操六少将にドイツ陸軍の真髄を学び取れと命じられ、大モルトケ元帥の知遇も得ました。しかし在独五年、あの本だけはどうしても読み解けません。先日の挨拶を聞き、森先生なら読みこなせるのではないかと思うのです」

「確かにあの書は難物で、歴史の造詣が深く修辞は難解で読解は困難です。単なる兵学者ではなく哲学者で歴史家でもあるクラウゼヴィッツの書は、ドイツの哲人ニーチェやショウペンハウエルの中に読み解く鍵があるんです」

「聞いたか、山根？　森先生はあの書を読破なさったようだ」

「驚きました。是非、ご教示していただきたいです」と同行した山根武亮大尉が言う。

かくしてぼくは、将校に「兵書」を談じることになった。全八篇のうち第一篇の前半を講演したところで講義は終わったが、それは後のぼくの人生に大きな意味を持った。

その頃北里は、脚気菌の研究でオランダの医学者に論争を挑むつもりだ、と告げた。

聞けば、その蘭医の研究は、緒方の研究と同じ図式だという。

「お前、まさか、緒方まで批判するつもりじゃないだろうな」

ぼくの言葉に、北里は「そげんこつ……」と言葉を濁して黙り込んだ。

イヤな予感がしたけれど、ぼくはそれ以上追及しなかった。

一八八八年三月十日から七月二日までの四ヵ月弱、ぼくはプロシア近衛兵第二連隊・第一大隊に隊付医務官として参加した。勤務が始まる前日の三月九日、二七年にわたりプロシア王国・ドイツ帝国を率いてきた九一歳の大帝ヴィルヘルム一世が逝去した。

皇太子のフリードリヒ三世が皇位を継承したが、喉頭癌で余命わずかだった。皇帝が亡くなれば軍隊も喪に服するので、その間に論文を仕上げようと考えた。

北里はいくつか問題点を指摘してくれた。まだ指導教官のつもりでいるらしい。

三月十日、プロシア近衛歩兵第二連隊の医官に着任し、その日から「隊務日記」をつけ始めた。隊務に就いた百十五日、事務的に毎日綴った「隊務日記」には診療と文書報告についてあまさず記載した。三月末、日本で妹の喜美子が小金井良精に嫁いだ。

翌日の四月一日、ベルリンで最後の下宿となる大首座街十号に転居した。目の前の駅から鉄道馬車に乗れば三十分でプロシア近衛歩兵第二連隊の兵営に着いた。

でも引っ越した本当の理由は、全然関係のないことだった。室内の柱に天使の浮き彫りがあり、出窓の下に花の植木鉢が置かれていた。ぼくらしからぬ部屋の内装だ。

それはエリスの好みだった。ぼくはこの部屋でエリスと一緒に暮らし始めたのだ。

大家の夫人は裁縫の工房を営み、針子の女性が出入りし、エリスの存在が目立たない。ぼくは毎朝六時に起床し、七時に朝食を食べ八時に出勤、午前の勤務後に、近くのホテルで石黒閣下と昼食を摂るという、判で押したような生活を繰り返した。

石黒閣下の関心事は、情婦のスザンヌ嬢に関わる情報だ。ぼくは医務業務の些事は余さず記録し、単調な隊付業務も調べ上げた。閣下の家庭教師役のミュルレルが備忘日誌の最初に月例の医務について詳しく書いていたので、借用して灯火の下で筆写もした。

そんなぼくの傍で、エリスはひとり静かにプーシキンを読んでいた。


五月二一日、小池兄がベルリンに到着した。翌日、石黒閣下宅で歓迎会を開き、中浜、隈川、河本、そして北里が馳せ参じた。学問に不真面目と評判の谷口や江口が招かれていないことが、石黒閣下の留学生に対する評価を雄弁に物語っている。

「すっかり、リン坊ちゃんには遅れを取ってしまいました。それは仕方がないとしても、谷口の後塵を拝することになったのは心外ですね」と小池兄が言う。

確かにぼくが陸軍軍医部最初の留学生になったのはともかく、次が谷口だったのは、不本意だっただろう。石黒閣下はへちまのように長い顔の頰をぞろりと撫でて言う。

「谷口はあれで、なかなか気が利くヤツだが学業に関しては失望した。だから今日は呼ばなかったのだ。小池が谷口の風に染まったらまずいからな」

「自分が性根を叩き直してやりますよ。あ、でもすぐにミュンヘンに行くから無理かな。ミュンヘンではリン坊ちゃんも『日本家屋論』をまとめて活躍されたとか。自分の留学目的は『建築と土壌気象』で、同じ家屋関係なのでプレッシャーを感じています」

「うん、あれは自信作だよ。一週間前、先帝の剖検業務で多忙なウィルヒョウ学長に依頼したら自ら校閲してくださり、来週のベルリン人類学会で紹介してくれるそうだ」

「衛生学だけじゃなか。細菌学でもチビスケは、コッホ所長の下で下水道中の細菌に関する最先端の論文を執筆中たい」と北里が褒めてくれた。珍しいこともあるものだ。

石黒閣下は顔をしかめた。どうやらぼくが賞賛されるのがお気に召さないらしい。

コッホに修学中の中浜は、九月に英仏諸国を視察して帰国し衛生局に復命するという。

「中浜もペッテンの弟子だったんだ」と言うと、中浜は照れたように微笑する。

「私は成果を出せませんでした。壁湿の研究だとレエマン先生に教わるのでしょうね」

ぼくは、意欲満々な小池兄の姿を、四年前の自分の姿と重ね見た。

小池兄と話したかったが時間がなかった。翌日から閣下のガイド役でザクセンとバイエルンの二王国の首都を訪問し、陸軍衛生施設見学に同行することになっていたのだ。

五月二三日、汽車でドレスデンに着くと翌日、衛戍《えいじゅ》病院を視察し、ロオト軍医監や他の軍医と病院会堂で昼食を取った。ロオトは「森軍医はわがザクセン軍医団のひとりだ」と言った。石黒閣下は「儂は森を誤解していたようだ」とぼそりと言った。

二七日朝、ドレスデンを離れて夜、ミュンヘンに着いた。ミュンヘンは二泊三日の強行軍でペッテンにはお目に掛かれなかった。小池兄が修学するので挨拶をしたかった。

それは石黒閣下も同じ気持ちだったはずだ。コッホ研究所へ移籍を強行したぼくを、未だに許してくれていないのかもしれない、とふと思う。

五月三十日、視察旅行から戻ったぼくは、小池兄を駅舎に見送った。

ミュンヘンに向かう小池兄に、二年前の自分の姿を重ね見て、切なくなる。

四日前、ぼくと閣下がドレスデンで酒宴をしていた頃、ベルリンで人類学会が開催された。「日本家屋論」が出席者に配布され、ウィルヒョウ会長自ら「日本陸軍一等軍医医学士森林太郎氏による『日本家屋論』である」と紹介してくれたと小池兄に聞いた。

ぼくのドイツ留学の集大成の「日本家屋論」が発表される晴れ舞台、しかも小池兄がいる時に視察旅行を設定したことに、石黒閣下の底意地の悪さを感じた。

あるいは谷口謙が仕組んだのかな、とふと思う。まあ、ぼくに反感を持つ二人の合作の陰謀あたりだろう。

だが、ウィルヒョウ学長自らのご紹介は光栄で、「在徳記」を清書した「独逸日記」の最後は、ウィルヒョウ学長に「日本家屋論」の校閲をお願いし、先帝の剖検業務で多忙の中、快諾され人類学会での紹介も引き受けてくれたという記述で閉じた。

六月三日、石黒閣下の呼びかけで、日本人留学生たちが写真館で記念撮影をした。隊付医官のぼくは軍服姿で写真に収まった。北里は、ぶすっとして口を利かず、いつの間にか姿を消した。谷口が閣下のご機嫌を取り、写真撮影の後に「大和会」での送別会を企画したが、ぼくが多忙を理由に断ったために流れた。

この時、「大和会」が開かれなくて本当によかった、と後で心底思った。北里は恩師である緒方の脚気菌論文の批判を準備していたのだ。

その「脚気論争」はぼくが帰国した翌年一月、日本で炸裂することになる。

六月十五日、在位三ヵ月でフリードリヒ三世が死去し、全軍六週間の服喪となる。その日はぼく、石黒閣下、片山国嘉の三名の送別会に、日本人留学生十数名が集った。そこに片山に大学教授の内定書が届き、送別会は一転、祝賀会となった。

六月某日、多くの人の助力により、ぼくの留学中、最も学術的な論文が完成した。「暗渠水中の病原菌有機小体説」という表題を見ると、下水道の腐臭とへちま閣下の意地悪な笑顔、上目遣いにぼくを窺う谷口の蛇のような視線、大岩の如く揺るぎない北里の立ち姿、そして沙羅の花のようなエリスの容《かんばせ》が、ごちゃ混ぜに蘇ってくる。

六月三十日、ぼくは隊付勤務を解かれた。

七月二日、役所や外交官、将校に告別し隊付勤務関係の用務を終えて「隊務日記」を閉じた。それは帰国後の十二月、「陸軍軍医学会雑誌」の二四号付録として発刊される。

そして新たに書き始めた「還東日乗」の七月四日に、冒頭の一行「理行李」と書いた。

一八八八年七月五日夜九時、ぼくは石黒閣下と一緒にベルリンを離れた。

四年近いドイツ留学は慌ただしく幕を閉じた。その後ぼくは、二度とドイツの地を踏むことはなかった。

二六歳のぼくは母国に向けて船出した。でも胸の内には希望の一燈が灯っていた。

この時、ぼくを追いかけて、エリスは日本に向けて旅立っていたのだ。

12章　北里、覚醒す

明治二一年（一八八八）〜明治二二年（一八八九）

一八八七年晩秋、森は翌年三月からプロシア陸軍の隊付勤務を命じられ、帰国も七月に決まった。それは彼の望みとかけ離れたものだった。赤十字国際会議での森のスピーチは感動的で評判がよかった。それで陰謀家の谷口謙が石黒閣下の嫉みを煽ったに違いないと北里は察した。

北里とて他人事ではない。彼の留学期限も来年一杯、実質一年もない。論文四、五本分のデータはあるが筆が進まない。コレラ菌とチフス菌の培養条件をここまで包括した研究はこれまでない。だがコッホが成し遂げた炭疽菌、結核菌、コレラ菌の発見と比べると見劣りがする。北里は留学延長を考えた。森がヒントをくれた。

留学延長は上役の胸三寸で決まるのだ。

北里は盟友・後藤に手紙を書いた。

「日本は開国して日が浅く、世界的に評価される学者もいない。自分はそうなるべく日夜研鑽している」と、珍しく本音を包み隠さず伝えた。返信はなかった。

一年前に帰国した、青山胤通と佐藤三吉は帝国大学医科大学の教授に就任した。

だが医学の真髄を会得したとは言い難いことを裏付ける資料を王立公文書館で見つけた。ミュルレルの政府宛の報告書に「学生の代表が、シュルツェが教えていないところを試験するのは困ると主張したのは一理ある」との一文があった。ドイツの公文書館で、過去の自分の所業と遭遇した北里は赤面した。

「留学生はつまらぬ業績を褒めそやされ、慎ましさは帰国の船上で慢心に変わる。日本の教養を忘れ欧州の教養は学ばず、無教養人となり帰国する」と呵責なき批判は続く。

それは今の北里の苛立ちと重なる。そのミュルレルは今、ベルリン滞在中の石黒忠悳のドイツ語教師で、森は石黒の使い走りをしている。縁とは不思議なものだ。

北里はそうしたドイツ人お抱え教師の報告書を抄訳し、後藤新平に送った。

そんなある日、北里はコッホに呼ばれた。

「シバは論文執筆が停滞しているが、このままではデータが持ち腐れになってしまう。シバが書かないのなら、代わりに私が書くが、それでもいいのかね」

それは死刑宣告に等しかった。だがそれでも北里の蒸気機関には点火しない。

北里は、自分に寄り添っているモニカの裸の肩に手を回して言う。

「留学延長願いを日本に送ったばってん、返事がなか。このままだと来年には帰国せんといかん。そうなったらろくな研究をできずに終わってしまう。それが悔しか」

「心配ないわ。シバの前には必ず道が出来るわ」

「モニカがそう言ってくれると、何だかそんな気がしてきたばい。おいは弱気になっとった。一から立て直ししたる。不肖柴三郎、いざ参るったい」

一八八八年新年、北里は突然復活した。抄読会で一篇の論文を読んだのがきっかけだ。

バタビアのオランダ人勤務医ペーケルハーリングが、現地の風土病「べリべリ」の病原菌を発見したと発表したのだ。それは「コッホ三原則」を満たしていない論文だった。レフレルに批判論文を書くべきだと勧められ、俄然やる気になった。

「緒方の論文も同じ間違いをしとると気づいたと」と北里に聞かされた森は、仰天した。

「まさかお前、緒方の論文も批判するつもりか？　緒方論文は陸軍の脚気対策の土台だから影響が大きすぎる。お前だってあの実験を手伝ったんだろ？」

「当時、おいは緒方に細菌学の手ほどきば受けとったばってん、脚気菌の研究には関わらんかったと」と、珍しく歯切れ悪く、言葉を濁した。北里はペーケルハーリングに対する反駁論文を書き上げ、指導教官のレフレルに見せた。レフレルは即座に、緒方の論文も批判すべきだと言う。ぐずぐずと言い訳している北里を、レフレルは一喝した。

「シバ、君は私情で、医学の真実をねじ曲げるのか」

北里ははっとした。やるしかないのだ。「細菌学中央雑誌」でペーケルハーリングと緒方の実験には穴があり原因菌と断定できないと批判した。ペーケルハーリングが反論の手紙を送ってきたので、北里は彼が使用した細菌株で再試した。その結果、ブドウ球菌と判明し、ペーケルハーリングは後日、北里に対して謝意を伝えてきた。

五月四日、北里が待ち望んだ朗報が届いた。留学の二年延長が許可されたのだ。

一ヵ月後の六月三日。ベルリン在住の日本人留学生十八名が集まり、石黒と共に写真館で記念撮影をした。そして石黒と森はベルリンを去った。

数日後、北里は驚くべき話を聞いた。エリスが森を追いかけて日本へ行ったのだという。北里はペーケルハーリングと同時に、緒方の実験を批判したドイツ語論文を書き、別刷りを「中外医事新報」に送付した。

だがペーケルハーリング批判はすぐ掲載されたが、緒方の批判論文は掲載されなかった。北里が抗議すると翌年一月「中外医事新報」に「緒方氏ノ『脚気バチルレン』説ヲ読ム」が掲載された。これが端緒で翌年ドイツと日本の間で「脚気論争」が勃発する。

帰国した森が「東京医事新誌」の編集長を務めていた。けれども日本で論争になった頃、北里は次の「破傷風菌の純粋培養」の結果を論文で発表していたのである。

森がベルリンから姿を消すと、北里は開運した。コッホに破傷風菌の純培養の研究をせよ、と指示されたのは六月末の抄読会での発言がきっかけだった。

破傷風は、菌が産生する毒素による急性疾患で、咬筋や頸部筋の疼痛を伴う痙攣が主徴だ。刺激にのけぞる後弓反張や、笑顔に見える痙攣が特徴だ。だが菌培養では別の菌が混在し、コッホの盟友フリュッゲ博士は「破傷風菌は分離培養できず、他菌との混在で発育する特殊菌」とし「ジンビオーシス（共生）」なる新概念を提唱した。

だが北里は「純培養できない細菌はない」とし実験の失敗だと主張した。すると陸軍軍医学校から派遣された新人ベーリングが「天下のフリュッゲ先生が基礎的な誤謬を犯すはずがない」と言い張る。レフレルの下でジフテリア研究を始めた彼には年上の兄弟子・北里への対抗心が透けて見えた。「強情なヤッたい」と内心思いつつ、北里は言う。

「コッホ三原則は絶対ばい。合わん結果が出たなら、実験の方が間違っとるたい」

これでは水掛け論だ。コッホにすれば長年の盟友フリュッゲは信頼していたが、自分が打ち立てた原則を堅守する部下も可愛い。そこで北里に命じた。

「シバがそこまで言うのなら、破傷風菌の純粋培養をして、フリュッゲの実験が間違いだと証明しなさい。成功したら、細菌学最高の栄誉になるだろう」

コッホの高弟は研究課題とする病原菌を与えられた。

レフレルはジフテリア、ガフキーはチフス、プファイフェルはインフルエンザの発見や純粋培養に成功していた。

破傷風菌を課題に与えられた北里は、ついにコッホの高弟たる資格を得たのだ。

目標が明確になると抜群の集中力を発揮するのが、破壊神シバの特性だ。

北里は破傷風菌の培養実験を始めた。死亡した兵士の創傷から得た材料をマウスに接種すると、一日後に典型的症状を呈し二日後に死んだ。培養するとフリュッゲの報告通り他菌の中に破傷風菌を認めた。十五種前後の菌と共に増殖した混在培養液を八〇℃で一時間温浴すると、太鼓の撥《ばち》のような破傷風菌芽胞だけが生き残った。だが次の培地でも雑菌が生え、温浴一時間で雑菌は死滅する。

試験管に寒天培地を固め白金耳の先に破傷風菌を付けて穿刺すると、先端部に破傷風菌芽胞が確認され表面に雑菌が生えた。これが嫌気性のガス壊疽菌と同じ性質だと気づいた北里は、水素発生装置と接続した「北里式亀の子コルベン（フラスコ）」を開発した。検体を八〇℃で一時間温浴後、マウスに注射し発症を確認し、水素で満たす嫌気環境の培地に生育した菌を再びマウスに接種する、地道な作業を丹念に繰り返した。

水素ガスの発生時に酸素が混じると大爆発する。北里は三度、大失敗した。

一度目は、爆音が研究室中に響き、所員全員が部屋に駆けつけた。白煙がもうもうと上がる中、ガラス片で血塗れになった北里を見て、事務員は悲鳴を上げた。だが北里は「かすり傷たい」と言い、平然と後片付けを始めた。この時、北里の用心深さが彼を救った。同じ嫌気性だがヒトに感染しないガス壊疽菌を使用していたのだ。いきなり破傷風菌で実施していたら、北里は破傷風に感染し落命していたかもしれない。

二度目の爆発では北里は無傷だった。前回の失敗から肌を布で覆い防御していた。

三度目の爆発では事務員の女性が「あら、シバのドンネル（雷）ね」と言って笑った。

北里のあだ名の「ドンネル」は、この破傷風菌純粋培養実験の時についたものだ。

やがて一八八八年の後半、北里はついに破傷風菌の純粋培養に成功した。

一八八九年四月二七日、「第十八回ドイツ外科学会」で「破傷風菌の純粋培養成功」を発表した北里の研究は、翌日のベルリン日日新聞が一面で大々的に報じた。

「学問を深く究めるため当地で勉強中の若き日本人医師・北里柴三郎氏が、破傷風菌の純粋培養に世界で初めて成功した」

かくして北里はコッホ門下の四天王に昇格した。

北里はこの発表を「破傷風の病原菌」という論文にし「衛生学雑誌」第十五号に掲載、「東京医事新誌」に転載した。「破傷風病毒菌及其『デモンスタラチオン』(第十八回独逸外科学大集会ニ於テ　一八八九年四月二七日)」と題した報告は、日本人留学生の業績としては破格だった。この時「東京医事新誌」の編集長だった森林太郎の筆が、北里のこの快挙に触れることはなかった。北里は一八八七年十月から、細菌学の本格論文を二年で十二本発表するという離れ業を演じた。

「ドイツ医事週報」四二号に発表したドイツ語の原著「日本のコレラ」は、ウィーンの国際学会での発表を論文にしたものだ。以後が再点火後の快進撃だ。

一八八八年に二本目「腐敗血中の螺旋菌の純粋培養と重層螺旋菌」を「細菌学中央雑誌」に、「チフス及びコレラ菌の酸、アルカリ培地での様態」を「衛生学雑誌」に掲載した。翌一八八九年は未曾有の論文ラッシュとなる。「衛生学雑誌」に「コレラ菌の乾燥及び熱に対する抵抗性」「人糞中コレラ菌の様態」「乳汁中コレラ菌の様態」の三本、次の号に「人工培地での他種の病原及び非病原菌に対するコレラ菌の様態」「コレラ菌の乾燥及び熱に対する抵抗性・追加論文」「気腫疽菌培養試験」、そして「破傷風菌」と「チフス類似菌に対比し、チフス菌でのインドール反応は陰性」の二本が掲載され、「細菌学寄生虫学中央雑誌」に「麝香菌」を掲載した。留学延長が決まった後に与えられた気腫疽菌はガス壊疽菌と呼ばれ、破傷風の類縁菌で挙動が似ていた。それを土台にして北里は、破傷風菌研究で師コッホに比肩する、革新的な新発見をものにした。

怒濤の論文発表の殿軍《しんがり》は、破傷風の純粋培養に成功した「破傷風の病原菌」という論文で、「ドイツ医事週報」に発表した。

だが一八八九年前半のこの時期、既に北里はその一歩先を行く、画期的な研究に取り組んでいたのである。

13章　メランコリア

明治二一年（一八八八）

石黒閣下と一緒の帰国の旅は憂鬱だった。パリではパスツール研究所を訪れたが、パスツール所長は不在で会えなかった。

七月二六日、林紀さんが眠るモンパルナスの墓地を詣でた。昔、「林太郎殿は私の後継者だから、留守中は頼んだよ」と言われたことを思い出し、想いは千々に乱れた。

七月二八日、投宿したマルセイユの「ホテル・ジュネーブ」には四年前、欧州に到着した晩に泊まった時の「航西学徒十名」の記念写真が壁に貼られていた。

往路の「航西日記」は希望に満ち、復路の「還東日乗」は悲哀に溢れた。その間に「在徳記」と「隊務日記」で四年のドイツの日々を綴っている。

実はその頃、ぼくはエリスと間接的に連絡を取っていた。所持品を別送便にしエリスにその便の乗船切符を渡したのだ。

だからぼくはエリスの居場所を、把握していた。まさに特別な「別送品」だ。

寄港地のコロンボでは、同じホテルに投宿する予定のエリスに読み終えた本を言付け、

「つまらない物語だから読まなくていい」というメッセージをつけた。

「こんな本は読まず、ぼくのことを考えてほしい」という謎かけのつもりだった。

袖口のカフスに触れながら、エリスに真意が伝わっただろうかと案じた。

セイロンの港で美しい青い鳥を買ったが、横浜に着く前に死んでしまった。その夜、ぼくは石黒閣下にエリスが後を追い来日すると告げた。すると閣下の顔色が変わった。

「現地の色事は現地で収めよ、と申し置いただろうが」と大声を上げた。

ご自身はスザンヌ嬢と別れたのでぼくの未練ぶりに苛立ったのだろう。

いよいよ横浜に上陸する前日、船旅最後の晩餐の席で石黒閣下に叱責された。

「森、お前は赤松中将のご令嬢との縁談は、どうするつもりなのだ」

石黒閣下が言うには、帰国と同時にぼくの婚約の手筈が整えられているという。相手は西周小父が我が娘のように可愛がっていた赤松登志子だ。

「赤松中将のご令嬢ほどの良縁が、他にあると思うか？」

順天堂閥の番頭の石黒閣下なら当然の発言だ。順天堂の祖、佐藤泰然には息子が三人、養子が二人、娘が四人いて、養子の尚中が順天堂を継ぎ、実子の佐藤良順は松本家の養子になり維新後、順と改名し陸軍初代軍医総監になった。良順の姉つるが林洞海に嫁ぎ、その子が林紀で、林紀の二人の妹は榎本武揚海軍中将と赤松則良海軍中将に嫁いだ。

その赤松中将の娘が登志子だ。複雑に錯綜した順天堂閨閥は日本の医学者、特に陸軍軍医部では比類なき名門一族だ。

赤松中将は隅田川の花火の日、戯れでぼくと登志子の縁組みに同意していた。その縁談は親族一の実力者、西周小父の強い希望だった。

「真面目な小金井も現地で問題を起こすわ、中浜はウィーンで地元の女性と懇ろになるわ、長与の令息の称吉殿はミュンヘンで所帯を持つわ、谷口は女衒になるわ。どいつもこいつも色に溺れおって。日本男子はどうなっておるのだ」と閣下は吐き捨てた。

「そういう閣下だって毎週土曜にスザンヌ嬢と逢い引きなさっていたではないですか」

「色事が悪いとは言わんぞ。のめり込むのがいかんのだ。一年の交情に愛惜の念断ち難かったが、スザンヌが一生暮らしていけるだけの手当を出したので問題ない」

石黒閣下はぼくと別人種だ、と思った。そのときふと、北里のことが浮かんだ。ヤツもこんな風に割り切るのだろうかと思うと、なぜか裏切られた気持ちになる。

「ぼくはエリスと結婚しようと思っています」

石黒閣下はワインを飲み干すと、深々と息を吐いた。

「お前のお相手の父親は昔、軍人だったそうだ。外国の軍人の親族との結婚は禁じられているんだぞ。森は知っていたか？」

ぼくは突然、断崖絶壁に立たされた。エリスを取れば父母や親族を失望させることになる。親族が勧める結婚相手を受け入れたらエリスを裏切ることになる。

行くも地獄、退くも地獄だ。

ぼくは胡蝶がひらひらと漂うようにして、エリスと二人で生きたかった。

下を見れば、すり鉢の底に、不気味な牙を光らせた蟻地獄が待ち構えている。飛び続ければ蟻地獄には捕まらないが、ひ弱な翅で飛び続ける自信はない。

九月八日、四年ぶりに日本の地を踏んだ。久々に家に着くと歓迎する家族を横目に布団に潜り込んだ。悪夢にうなされたけれど、目覚めたらかけらも覚えていなかった。

四日後の九月十二日、陸軍軍医学会会員主催の帰朝歓迎会があった。ぼくは石黒閣下と一緒に出席した。台風で大荒れの天候は、ぼくの心情と重なった。

閣下はぼくを「士官の風ではなく、風流子の風とみる」と皮肉たっぷりに紹介した。ぼくは負けじと「上官の許可を得ていないので意見を言うのは差し控える」と言い、土産話を拒否した。この時のことは後に士官の間で「森の語らざるの弁」としてすこぶる悪評だったと聞かされた。

ぼくは早々にサロンを辞し、一目散に横浜港へ向かった。前日、エリスの乗った客船が横浜港に到着したが、嵐で上陸できず、船中泊になった。ぼくは横浜に泊まり翌朝、陸軍サロンの歓迎会のため東京へ向かった。とんぼ返りで横浜に戻ったぼくは、小雨がそぼ降る中、桟橋で客船を眺めている弟の篤次郎の隣に立つ。

汽笛が鳴り下船が始まった。灰色の埠頭に降り立った女性は、ぼくの姿を認めて泣き笑いの顔になる。ひとりぼっちの船旅、ようやく日本に着いたと思ったら嵐の中の船中泊。さぞ心細かっただろうと思うと、愛しさがこみ上げてきた。

震える細い肩を抱きしめた時、ベルリンでの日々が蘇った。

エリスは築地の精養軒に宿泊した。彼女が帰国するまでの一ヵ月間の記憶はぼんやりしている。次々に現れるぼくの親族や友人の雰囲気から、自分が歓迎されていないと感じたエリスは、時と共にしおれていく沙羅の花の風情を見せた。

ある日、ぼくは「軍人のぼくは、日本では君とは結婚できない」とエリスに告げた。エリスの顔が驚きで歪む。目を背けたぼくは、思いがけない言葉を口にしていた。

「軍人を辞めてドイツに行く。ベルリンで結婚しよう」

口に出して初めて、自分の本心を知った。

その日からぼくはエリスの宿に泊まり、そこから出勤した。森家のおんなたちは泣き喚いた。立ちはだかったのは母上だった。

森の家をどうするのだ、と詰る母上は、ぼくの気持ちより家の方が大切だったのだ。妹の夫に泣きつき、小金井は精養軒に日参し、ぼくを翻意させようとした。

ぼくが断固拒否すると、賀古に援軍を頼んだ。賀古の説得は的を射ていた。

「軍人を辞めるのは無茶だ。ここはひとまず、エリスさんをドイツに帰せ。このままエリスさんが日本に居続けたら、辛いことになるぞ。二人の気持ちが本物なら一年くらい離れても耐えられるはず。その一年で森は諸事に始末をつけ、綺麗な身になってドイツに行けばいい。俺は来月、山県公の通訳として一年間欧州に行くことになった。その間にドイツに来い。どうだ、妙案だろ？」

確かにこれ以上ない、素晴らしいアイディアのように思われた。

ぼくは「お前に任せる」と答えた。

賀古がエリスを説得し、来日して一ヵ月後の十月十七日、来た時と同じ船で帰国することになった。別れ際、デッキで手を振る表情に憂いがなかったのは、ぼくを信じきっていたからだろう。寄港地で受け取ったメッセージ入りの本を返した。

「つまらないから読むな、と書いてあったから読まなかった。その代わり、リンタロのことを考えてた」とエリスは言った。そしてぽつんとつけ加えた。

「リンタロはわたしのプーシキンよ」

ぼくが袖口のカフスの片方を外して手渡すと、エリスはぼくの指に自分の指を絡めた。

「リンタロの細い指が好き」と言って、心細げに微笑んだ。

五日後、上野の精養軒で帰国祝賀会が開かれた。主賓の西周小父夫妻が、登志子との縁談を勧めた。

ぼくが「両親の気持ち次第で」と答えると、すかさず賀古が言う。

「私は来月、山県公の視察に随行しドイツに参りますので、よろしく処理してきます」

裏切りだ、と思った。後で詰ると賀古はしゃあしゃあと言った。

「俺は森のいいように対応できる。俺は言われるがままの伝書鳩だよ」

でも腫れ物に触るような態度で接する母上や祖母に、この家を出てドイツに行くなどと、言えるはずがない。ぼくは登志子と婚約した。

ぼくはプーシキンになれなかった。

賀古は、ぼくに内緒で石黒閣下やぼくの直接の上司の石阪惟寛・軍医監と相談を重ねていた。

結局は金で解決するしかないだろう、というのが彼らの出した結論だった。

何と浅ましく陳腐で、そして情ない話だろう。ぼくは絶望した。

十二月二日、内務大臣山県有朋公の一行が横浜を出発した。体調を崩していたぼくは見送りに行かなかった。一週間、病気と称して出仕せず、自室に籠もった。

留学中に記した「在徳記」から、エリスの記述を削り、北里に関する記述も最小限にして「独逸日記」を清書した。

数日後、西周小父が家にやってきた。

「してほしいことがあったら言いなさい。遠慮はいらないよ」

エリスを失った今のぼくに、欲しいものなどなかった。なげやりな気持ちになったその時、ひとひらの詩篇が胡蝶のように、脳裏をよぎった。

〇　柩をおほふきぬの色は　高ねの雪とみまがひぬ
　　涙やどせる花の環は　ぬれたるままに葬りぬ

悲恋に散った「オフエリヤの歌」の詩句が、ぼくを待つエリスの姿と重なる。

「お願いがあります。ささやかな個人的な楽しみを発表する場がほしいのです」

「個人的な楽しみ？　なんだい、それは？」

「文学です。ドイツでたくさん読んだ小説や詩を、日本に紹介したいのです」

西周小父は「心当たりに聞いてみよう」と言い残して帰った。

数日後、西周小父が再び家を訪れた。

「リンの望みを叶えてやれそうだ。新聞社の知り合いに話したら是非、新聞で翻訳小説を連載してほしいと依頼された。なんと天下の読売新聞だぞ」

ぼくは呆然として西周小父の顔を見た。

「なんだ、読売新聞の連載では不服かい？」と小父は不安そうに言う。

「とんでもない。夢のようです。それで連載はいつからですか？」

「早ければ早いほどありがたいそうだ。先方は新年からお願いしたい、と言っているのだが……」

「いつでも大丈夫です、とお伝えください」

あまりにも前のめりなぼくに、不安になった西周小父は心配そうに言う。

「リンや、お前の本業は軍医だよ。こんなことが上に知れたら悪い評判が立つかもしれないよ。あくまでも、手すさびでやっておくれ」

「大丈夫です。筆名を使いますし、弟の篤次郎と妹の喜美子も動員しますので」

西周小父が帰ると弟の部屋に駆け込んだ。帝大医学生で「三木竹二」の筆名で文筆活動をしている篤次郎は喜んで同意し、嫁いだ妹の喜美子からも異議は出なかった。

こうして森家総動員で、新聞小説連載という新しい大事業が立ち上がった。

西周小父はもうひとつ、贈り物をしてくれた。

なんと医学週刊誌「東京医事新誌」の編集長の座を用意してくれたのだ。

明治十年創刊の「東京医事新誌」は医療界の大御所や精鋭がこぞって寄稿する、権威ある雑誌だ。雑誌を仕切る大老・松本順に頼み込み、新年号から誌面も自由に変えていいと言われた。

これも順天堂閥の一員になったおかげだと思うと、胸中は複雑だ。

ぼくは雑誌の誌面を刷新する作業に熱中した。留学から帰国した明治二一年の師走、二つの新たな舞台を得たぼくは、軍医の業務にも励んだ。陸軍軍医学校教官に任命され、陸軍大学校教官を兼任した。ぼくは「医療の軍隊」創設に向けて動き出した。

石黒閣下は、軍医学校長と陸軍衛生会議長を兼任し、ぼくの上司になった。どこまでもつきまとう、鬱陶しい御仁だ。

賀古が山県公の欧州行きに随行したのも、機転が利きドイツ語ができる者を所望され、閣下が推薦したのだ。学術業績がない分、事務業務と雑事対応で上役に取り入る。部下を引き立て恩を売り、自分の地位を不動のものにする。

それが石黒流だ。

ならばぼくもそんな上役に適応するしか、生き残る術はない。

十一月二四日、ぼくは大日本私立衛生会で帰朝講演をした。その翌月「医学士森林太郎演説・非日本食論将失其根拠」として自費出版した。それは海軍の高木兼寛が推奨する麦食やパン食に反駁し、石黒閣下の米食採用の強力な理論的根拠となる論文だった。

ぼくは昼は本業に全力を投じ、夜は連載小説の翻訳と医療雑誌の誌面刷新に熱中し、胸に咲く純白の沙羅の花を、他の色で塗り潰そうとした。気がつけばぼくは軍陣衛生学を担う軍医、医事評論家、翻訳小説の連載作家という、三面の顔を持っていた。

エリスを捨てたぼくは、阿修羅になった。

その頃は大学も転換期で九月に浜田玄達、十月に片山国嘉が帰国し、帝大医科大の教授に任じられた。エリート留学生が着々と、ドイツ人お抱え教師と入れ替えられていく。

留学から帰国した年、ぼくも新しい世界へ引き立てられていった。

だが、その先のぼくの人生に、エリスの姿はなかった。

14章　血清学の金字塔

明治二二年（一八八九）

一八八九年四月二七日、「第十八回ドイツ外科学会」で、北里は破傷風菌の純培養法を発表したが、その成功に安住しなかった。「私は現在、あることを研究中である」と論文に謎めかして書いた時、彼は血清学と免疫学の土台となる研究に着手していた。

北里は破傷風菌の培養と動物感染実験を繰り返すうち、奇妙なことに気づいた。たとえばコレラに罹患すると、コレラ菌が全身至るところで増殖する。だが破傷風菌は感染局所にしか見られない。理由を考え続けた北里は、ドンネルのようにある考えが閃いた。

——破傷風菌は菌体ではなく、菌の分泌物が症状を起こすのではないか。

培養濾過液をマウスに注射すると破傷風が発症するがその後、生き残る個体が出た。その個体に濾過液を注射しても症状は出ない。毒素を希釈し増量していくと、致死量でも発症しなくなる。「耐性」を獲得した動物の血清と毒素を混じて注射しても無症状だ。

血清中に毒素を無毒化する「抗毒素」が確認されたのだ。

それは「免疫血清療法」が樹立された瞬間だった。

北里の報告を受けたコッホは、ベーリングに同じ実験を命じ、ジフテリアでも同様の抗毒素が得られた。だが細菌には菌体自身が毒になる「菌体毒」と、毒素を産生する「分泌毒」があり、「菌体毒」では血清はできない。そして偶然にも破傷風とジフテリアの二種だけが「分泌毒」だった。北里は後年、腸チフスやコレラの血清療法を試みたが、「菌体毒」だったので尽く失敗する。

コッホは、北里の手法で結核治療薬を開発しようと考え、一八八九年後半から、結核治療薬ツベルクリンの開発を始めた。北里は破傷風菌と結核菌の血清実験を実施した。

そんな中、一八九〇年五月十一日に盟友・後藤新平がベルリンに到着した。

「事実上の衛生局長」と呼ばれた後藤のおかげで、北里は留学を延長できたのだ。

北里の留学延長を訴えた後藤が、「北里は世界的な学者になるべく日夜、黙々と研究に励んでいます。北里を今帰国させ、意欲も気概も劣る新参者と入れ替えるなど愚の骨頂です」と熱意を込めて語ると、こころを動かされた長与局長が言った。

「北里君と交替させようとしていた『新参者』とは後藤、君のことなのだが。北里君の留学を延長したら君の留学がなくなるかもしれないが、それでもいいのかね」

さすがの後藤も一瞬、言葉に詰まったが次の瞬間、きっぱり言う。

「それで結構です。今は、北里の留学を延長した方が日本のためになりますから」

そんな後藤は一八八七年九月に「普通生理衛生学」、八九年八月に「国家衛生原理」、九〇年に「衛生制度論」の「衛生三部作」を刊行し、私費留学に踏み切った。

だが勇躍、ドイツに着いてみると、周囲は大嫌いな帝大卒の官費留学生ばかりで、頼みの綱の北里も面倒見が悪い。けれども私費留学生の金杉英五郎と出会い、状況が好転した。東大別課出身の反骨家、金杉は実家が素封家で後藤に和食を供してくれたのだ。これでようやく落ち着きを取り戻した後藤がコッホと面談すると、北里に細菌学の初歩を学ぶよう指示された。当時の北里は破傷風の血清実験の真っ最中だった。

「後藤は、おいの弟子になるんは悔しくなかかと？」と北里は、訊ねた。

「未熟者が優れた者に学ぶのは当然だろう。吾輩の留学は箔付けだから、学を究めるのは蒼蠅に任せる。蒼蠅の業績は日本の国威発揚につながるから一意専心、励むように」

弟子になると言いながら上司のような物言いをする後藤に、北里は苦笑した。

「大和会」でも後藤旋風が吹き荒れ、反感と共感が渦巻いた。

後藤が「今すぐ役人なんぞ辞めてやる」と口走ると、北里は「無学の田舎医者が、横文字を振り回す若造書生の手助けでドイツで名を成し、日本の国威を発揚するなんて痛快の極みたい」と笑い飛ばす。

後藤は元気を取り戻し、渡独前に遭遇した、とんでもない出来事を語った。

「精神病で幽閉された相馬藩の殿さまを奪還した忠義の士を匿ってやったんだ。その後警視庁に出向き、殿さまは家にいると言ったら、非常線を張った警視は泡を食ったよ」

「それで、お咎めもなかったと？」

「あるわけがなかろう。道理は俺にあるんだから、そもそも東大出の学士さまが診察もせずに癲狂と診断したのが問題なんだ。日本の裁判医学は未熟すぎるんだよ」

その相馬事件で、後に後藤は大いなる災難を蒙ることになる。

北里と後藤が宮殿の庭を散歩中に新帝ヴィルヘルム二世と遭遇し、北里はドイツ語で挨拶した。「黄口の書生は撤回する。ドイツ皇帝と直接話せたら天下の外交官だ」と後藤は全面降伏した。後藤はビスマルクに私淑し、政策を徹底的に研究した。鉄血宰相の信条は「アウデンマス（目分量）」が肝要で、杓子定規が最悪だとする後藤の心情に嵌まった。ビスマルクは一八八三年に「疾病保険法」、八四年に「傷害保険法」、八九年に「養老・廃疾保険法」という、保険三法を成立させた。国民に徴兵や徴税などの負担を強いる分、豊かに暮せるよう安全網を張るプロイセンの憲法に、後藤は痺れた。

後藤新平は留学中、三つの国際会議に出席した。九〇年八月の第十回万国医学会（ベルリン）、九一年八月の第七回万国衛生会議（ロンドン）、九二年四月の第五回赤十字国際会議（ローマ）だ。そしてローマでの会議に出席後、帰国した。

第一のベルリンの第十回万国医学会で、コッホは結核治療薬ツベルクリンを発表し、世界に衝撃を与えた。参加者は総勢七千人。日本からは欧州滞在中の留学生二一人のみが出席した。北里は、日本人懇親会で政府の非を鳴らし大学の無能さを罵倒した。

帝大出のエリート参加者の我慢が臨界点に達した時、大柄な男が立ち上がった。

「北里先生は言い過ぎです。某《それがし》のような私費留学生ならともかく、先生のような内務省の官費留学生が政府批判をなさるならば、まずは官費を返上してからにすべきです」

私費留学生の金杉英五郎の正論の前に、さすがの雄弁会主将・北里も沈黙した。

懇親会後、周りで快哉《かいさい》を叫ぶ連中を金杉は一喝した。

「某は北里先生のお話の一部に非を感じたので意見を申し上げたまで。北里先生が達成された偉業と比すれば、某も含めみなさん如きは足下にも及びませんよ」

その後、北里は金杉の顔を見ると仏頂面をした。だが後藤の仲立ちで杯を交わし赤心をぶつけ合うと以後、肝胆相照らす仲となる。

金杉は日本の耳鼻咽喉科の開祖となり、帰国後は衆議院議員、のち貴族院議員に勅選され、晩年は慈恵医大の学長を務めた。生涯北里を支援し、彼の死後に家事整理の世話役を務めた。

「人の死後、思ったより少ないのはカネで、思ったより多いのは厄介事だ」という意味深な感想を残している。

東大別課出身の医学士の荒木《あらき》寅三郎《とらさぶろう》も、ベルリンで出会った盟友だった。生化学を修学した荒木はベルリンに旅して北里と識り合った。「世の中は熱と誠があれば何ごとも成就する」と北里は力づけた。帰国後、荒木は岡山医専の教授を経て京都大教授、更に京都大学総長となる。島根の俊英・秦佐《はたさ》八郎《はちろう》を北里に紹介し、北里が慶応大学医学部を設立した時も多数の俊英を送り込んだ。

金杉といい荒木といい、北里が肝胆相照らす相手は、本科ではなく別課出身者だった。北里の心情は別課生に近かったのかもしれない。

十月のある日、ミュンヘンに向かう予定の後藤がこぼした。

「長与さんからは、留学を切り上げて帰国しろ、と矢のような催促が来る。だがミュンヘンのペッテンコーフェル教授は下水道整備の大家だからどうしても外したくない。研究に未練はないが、留学してドイツ語を喋れないというのは、ちと恰好が悪いな」

「そんなら今から覚えればよか。『スリーピング・ディクショナリー』が一番たい」

「何なんだ、『眠る辞書』とは？」

「寝床で言葉を教えてくれる、メッチェン（娘っ子）のことたい」

「ははあ、お前にとってのモニカさんみたいなものか」

「それは違うばい。あん人はベルリンの希たい」

後藤は唖然とした。コイツはドイツの正妻だとぬけぬけと言ったわけだ。

だがそれで吹っ切れた。

どうやら自分はドイツに来て萎縮していたようだ。

「わかった。では早速、そういう下宿、というより女主人を探してくれ」

「それはミュンヘンでやればよか。きっと岩佐新がうまくやってくれるたい」

「岩佐新か。あまり好かんが、中浜よりはマシかな。中浜はどうも肌が合わん」

「それは思い込みばい。虫が好かん、と言っとったおいにも頼み事ばしとるやなかか」

「北里は虫が好かないが、肌は合うんだ」

「なんば言いよると」と言いながら、北里もまんざらでもない顔をした。

「これで留学帰りの箔がつく。あとは論文か学位だが、さすがに無理だろうな」

「手はあるたい。ぬしの『衛生論』は、よか出来たい。あれを抄訳すればよか」

「いいアイディアだが、吾輩はドイツ語が苦手だから無理だよ」

「読み書きなら司馬凌海先生仕込みだけん、かなりの腕だと豪語しとっただろうに」

「あれはハッタリだ。女との別れ話の交渉を、筆談でやれる程度さ」

「ならばぬしのいつもの得意技、他人をコキ使い、ドイツ語ができる人間にやらせればよか。おいが訳してやるたい。留学の件で借りがあるでな」

「恩に着る必要はない。留学を勝ち取ったのは蒼蠅の実力だ」

「それでもおいにとっては恩義たい。二週間でおいが訳してやっから、それば持ってミュンヘンに行けばよか。後藤殿下は望みがはっきりしとるからラクたい。その点、チビスケには難儀ばさせられたと」

「チビスケって誰のことだ？」

「今や陸軍軍医の出世頭の、森林太郎閣下たい。我執の塊で、思うように生きられんのを人のせいばしちょる。どんだけ偉くなっても、根っこはチビスケのままじゃ」

「よくわからんが、それなら吾輩は今からお前の実験を手伝わせてもらうよ」

「遠慮しとく。雑菌が入ると実験がメチャクチャになるけんね」

「えらい言われようだな。試験管洗いの下仕事くらいならいいだろ」

「バカこくな。試験管洗いは一番大切な部分たい。そこをぬしみたいないい加減なヤツに頼むなんて自殺行為たい。これはおいの恩返しだから、任せておけばよか」

後藤は気圧《けお》され、「お、おう」と口ごもる。そこへ眼光鋭く額が秀でた男が現れた。

北里は実験の手を止め、引き出しから書類を取り出し手渡した。青い目をした青年は「ダンケ（ありがとう）」と言うと、後藤に目もくれず姿を消した。

「今のは誰だ？　ただ者ではない雰囲気だったが」

「共同研究者のベーリングたい。陸軍出身の秀才で、ひとつ年下たい」

「気をつけろよ。あれは周りを潰しまくるタイプだぞ。ところで蒼蠅は延長した留学も期限が切れるだろう。のんびり構えているが、再々延長は諦めたのか」

「バカこくな。コッホ先生は、ツベルクリン研究の中心のおいを手放さんよ」

すっかり一人前の研究者の風格を纏った北里を、後藤は眩しげに見遣った。

北里が約束通り、後藤の「衛生論」を抄訳し終えた十二月、留学生界隈に衝撃が走る。「目下ベルリン在留の北里医学士に肺労治療法を研究せしむる御沙汰」が出たのだ。

これで北里の留学がまた一年延長された。ツベルクリン研究の右腕の北里の残留を、コッホ自ら西園寺公使に直談判した結果だ。日本政府は長与衛生局長が宮内省と交渉し、恩賜金の請願という離れ業を決めた。

それはかつての内務省上層部が集結した成果だ。

御手元金一千円が下賜され、一年留学延長となった北里は十二月四日、ベーリングとの二頁の共著論文「動物におけるジフテリア免疫及び破傷風免疫の成立」を発表する。

免疫学の扉を開くこの記念碑的論文は「ファウスト」の、「血液は霊妙な液体である」という荘厳な一節で締めくくられた。この論文にはジフテリアのデータはなかった。だが翌週号の、べーリング単独名の論文にはジフテリアの実験データが記載されていた。

べーリングは、北里が発見した原理の名誉を横取りしたのだ。

十九世紀後半、近代医学の基礎を成す「細菌学」と「免疫学」の二本柱が確立した。

「細菌学」は、一八七六年にコッホが成した炭疽菌の病原研究が序章で、八二年の結核菌、八三年のコレラ菌の発見へ続く。「免疫学」は八〇年頃、パスツールの弱毒ニワトリコレラ菌の接種実験から九〇年十二月、「動物におけるジフテリア免疫及び破傷風免疫の成立」という北里とべーリングの共著論文に結実した。

この年、コッホ研究所は後の血清学の基礎となる二大発見を遂げた。ひとつは液性免疫の嚆矢となる北里の発表、もうひとつはコッホが発表したツベルクリン反応である。

ここに後の「免疫学」の二大領域「細胞性免疫」と「液性免疫」の業績が同時に発表されるという、コッホ研究所の快挙となった。

十二月下旬、後藤新平はミュンヘンへ移動し、二ヵ月で論文を提出、学位を取得した。ペッテンコーフェル教授は感激し、緒方正規、森林太郎に並ぶお気に入りとなったため、家屋衛生を研究していた小池正直を悔しがらせた。

けれども後藤にしては珍しく吹聴しなかった。すると面白いもので却って話は広がり、ミュンヘンに来て後藤殿下は人柄が成熟した、と留学生界隈で話題になった。

それは下宿のうら若い女主人の、身も心も捧げた献身の影響だと見る者もいたが、真偽の程は、誰にもわからなかった。

15章　鷗外誕生

明治二二年（一八八九）

明治二二年、作家・鷗外が誕生し、ぼくは三面の阿修羅となり暴れ始めた。

一月三日、読売新聞紙上にぼくは医学士・森林太郎名で「小説は空想で書くべき」とする「小説論」で反自然主義を主張した。同日、翻訳小説「音調高洋箏一曲」の連載を、文人・鷗外漁史として始めた。文芸評論家と翻訳小説家としてデビューしたぼくは、直後に二七歳になった。連載小説は好評でその後、「緑葉の歎」「玉を懐《いだ》いて罪あり」と立て続けに連載した。

二月十一日の大日本帝国憲法の発布式は雪が霏々と降りしきる中、黒田清隆総理大臣が国会開設を表明した。

二週間後の二月二四日、ぼくは赤松登志子と祝言を挙げた。

仲人は揉めた。西周小父が石黒閣下にお願いしたら「森に秘事あり」と断られた。

三月十三日、両国橋際の中村楼での登志子との披露宴の出席者は林洞海・つる（順天堂の祖・佐藤泰然の長女）夫妻、順天堂当主佐藤進・志津（佐藤尚中長女）夫妻、元老院

議官西周（洞海六男・紳六郎養父）・升子夫妻、逓信大臣榎本武揚・多津（洞海次女）夫妻、海軍中将赤松則良・貞（洞海三女）夫妻、三宅秀・藤（佐藤尚中次女）夫妻と、順天堂閥の中核・林一族が顔を揃えた。

早世した林紀・二代軍医総監が託した役割に、すっぽり嵌まり込んだぼくは、この結婚で順天堂閥の一員として認知された。

上野花園町の赤松の持ち家に入ると、入り婿の気分になった。不忍池のほとりの新居では、動物園から獣の吠え声が聞こえ、陰鬱な気分になる。

登志子が連れてきた老女中は、なにごとも大時代めかし鬱陶しい。大柄で色白の無垢な登志子は漢籍を朗々と素読し、ぼくが翻訳したドイツの詩を一読すると「荘子の胡蝶のようなお話ですね」と、どきりとするようなことを口にした。

ぼくは登志子を愛さなかった。だが、それは彼女の罪ではない。

帰国後、矢継ぎ早に衛生学の著作を出版した。退屈な隊付勤務を記した「隊務日記」は軍医学会雑誌の付録として刊行され、軍医部のバイブルになった。

三月、日本人が執筆した初の衛生学教科書「陸軍衛生教程」を陸軍軍医学校から刊行し、学校長の石黒閣下の序文を頂戴した。衛生学の創始者ペッテンコーフェルと細菌学の始祖コッホに指導を仰ぎ、留学時代の研究論文が三本あるぼくに匹敵する医学者は、国内にいない。

ぼくは軍陣衛生学の分野に、光背を纏って登場した超新星だった。

石黒閣下も「日本兵食論」と「日本家屋論」という二本の総説で米食をサポートしているぼくを拒絶できないだろう。

妖怪の喉元につきつけた合口のような存在。柄を持てば強力な武器、扱いを間違えたら自分に刺さる刃。それがぼくだ。

七月一日、佐世保鎮守府が開庁し、岳父の赤松則良中将が司令長官に就任した。そしてその同じ月、ぼくは米食、麦食、パン食の比較研究の「陸軍兵食試験委員」の責任者に任命された。脚気は陸軍の宿痾だった。

陸軍の売りは、銀シャリを腹一杯食べさせることだった。

海軍では麦食を採用し、脚気は激減したが、学理的に証明できていない。

ここで兵食に米食を採用する正当性を証明し、一気にケリをつける、という石黒閣下の意気込みを感じ、ぼくも全力を傾注した。

第一師団から六名を借兵し八日間ずつ米、麦、パンを食べさせ八月十二日から米食、十月十五日から麦食、十二月十三日から洋食の比較研究を実施した。

蛋白、脂肪、炭水化物を計量し大小便から窒素量計測、摂取蛋白と排泄窒素から窒素の出納を計算、尿中の硫酸と硫黄を秤量する実験手法はカロリー主体のフォイト栄養学を骨格に据え、手技はライプチヒ大のホフマン教授の指導の賜物だ。

この研究はぼくのドイツ留学の総決算にして集大成となった。検兵の屎尿分析値という、膨大な数値表の虚仮威《こけおど》しは効果抜群だった。米食と麦食を蛋白比率と熱量で比較したのは、蛋白・炭水化物比の不均衡が病因とする高木説を粉砕するためだ。

兵食試験の間は真夜中まで研究し、休日出勤も厭わなかった。

十一月に帰国した谷口謙に、体内酸化作用の研究で胃液、唾液及び糞尿の分析検査をやらせたのはなかなか痛快だった。

ぼくは陸軍軍医部で、軍陣衛生学の中心的存在になった。

文学界は筆名デビューなので、ぼくの名を高めたのは、医事評論の方面だろう。

「東京医事新誌」主筆への抜擢は、周囲も度肝を抜かれたようだ。

一月五日の五六二号は編集長としての初号だった。「緒論」「原著」「抄録」「漫録」「批評」「史伝」の各欄を設け誌面を刷新、「緒論」欄で「市区改正ハ果シテ衛生上ノ問題ニ非ザルカ」を掲載し、荒廃したミュンヘンを衛生都市に作り変えた師・ペッテンの業績を、新帝都の都市計画が進行中の東京と対比させた。

二月九日の五六七号で「千載ノ一遇」という主筆就任の挨拶をしつつ、三月末には衛生学雑誌「衛生新誌」を創刊し、「衛生新誌の真面目」という巻頭言を寄稿した。

ぼくは「東京医事新誌」を追われる未来を予見していたのかもしれない。

ぼくの前にラディカルな反逆児として登壇したのは、想定外の北里だった。

「緒方氏ノ脚気『バチルレン説』ヲ読ム」なる論文で、緒方の脚気菌は病因と考えられないと正面切って旧師を批判したのだ。

「緒方教授の脚気菌発見は、細菌学の基本を無視した間違いだ」という北里の批判に対し、緒方は「脚気バチルレンに就て北里君の評を読む」と反論後、沈黙する。帝大の加藤弘之総長は「旧師を土足で踏みつける文は師弟の道を解せざるもの」と激怒した。

ここに日本初の医事論争の「脚気論争」が勃発した。

北里の批判はぼくの業績も破壊しかねないので、ぼくも北里攻撃に参戦した。

「北里が先輩の緒方博士に憚らず自説を述べるのは、識を重んずる余り情を忘れただけだ」と攻撃すると、北里は「与　森林太郎君」なる書簡を送りつけてきた。曰く「情を忘れたのではなく、私情を制したものだ。情には公情と私情あり。学術の世界では公情を以て私情を制さなければ真理を究めることができぬ」

東大時代、雄弁部「同盟社」の主将として鳴らした、北里の面目躍如たる一撃で、ぼくはあっけなく轟沈した。完敗だ。口喧嘩では負けたことがなかったのに……。

勇躍、医事論争に名乗りを上げたぼくはすごすごと退散した。北里が絡むとろくなことがない。ただしぼくは北里の批判を見誤った。北里は緒方の菌同定の過程に瑕疵《かし》があり、原因菌を否定しただけで、脚気病原菌説は否定していなかったのだ。

なのに北里を敵と誤認したのは当時、海軍軍医総監の高木兼寛の脚気栄養論が圧倒的な優位にあり、緒方の論に反対した北里が高木一派に見えたせいだ。

この直後ぼくは、「炭水化物と蛋白比のバランスの悪さが脚気の原因」とする高木説に反駁するため、半年かけた「兵食試験」で細密な実験を開始したのだ。

脚気論争で火が点いたぼくは、論陣の矛先を本筋の敵、医学界の長老に転じた。

こうして「戦闘的啓蒙活動」と称する、ぼくの本格的な闘争が始まった。

春、新聞連載の僥倖に恵まれたぼくに、更なる好機が訪れた。ひとつ年下の徳富蘇峰《とくとみそほう》が主筆を務める硬派の評論誌「国民之友」に詩歌韻律論を掲載したのだ。「独逸文学の隆運」は留学時代に耽溺したドイツ文学研究の総決算だが、当時の詩壇に不満を抱いていた蘇峰は「新日本の詩人」という論説で詩歌改革を切望し、ぼくに協力を要請してきたのだ。

それは天から降りてきた、一条の蜘蛛の糸に見えた。

その時、胸の内に鳴り響いていた、ゲーテやハイネの詩の一節が浮かんだ。

あれらの韻律は日本にない。その提示こそ蘇峰が望むものだろう。

だがその斬新さを伝えるには一篇の論説ではとても足りない。そこでぼくは「ならば実際の詩歌を見せてしまえばいい」と思いついた。ぼくは弟の篤次郎や妹の喜美子、花園町の家に出入りする同志を集めて架空の著者「S. S. S.」を形成して「新声社」を設立、「国民之友」にドイツ詩人やバイロン、シェークスピア、漢人の詩を混じた翻訳詩集を発表した。

更に、今や画壇の第一人者となっていた原田直次郎画伯に扉絵を描いてもらった。

持てる全勢力を投入した「於母影《おもかげ》」が八月、「国民之友」第五八号の夏期文芸付録として出版されると、爆発的な人気を博し雑誌には異例の重版がかかった。

その後、雑誌から切り離され、単行本として発売された。「新声社」の代表者のぼくは、人気作家として不動の地位を確立した。

文学青年は「於母影」の詩句を愛誦し、「オフエリヤの歌」は少女の涙を誘った。所収の「花薔薇」は日本で最初に、薔薇のロマンチシズムを定着させた詩句だ。

ある日街角ですれ違った少女が、その詩句を口ずさんでいた。

○　ふみくだかれしはなさうび　よはなれのみのうきよかは

少女にエリスの於母影を見て振り返ったが、もうそこに少女の姿はなかった。


「於母影」の出版で五十円の大枚を手にしたぼくは十月、文学評論誌「しがらみ草紙」を創刊した。だが尾崎紅葉に参加を断られ、坪内逍遥の「小説神髄」を批判したら翌年「没理想論争」になってしまった。

まったく、ぼくってヤツは……。

ぼくは、軍医業務と執筆の掛け持ちで超多忙になった。「第一回日本医学会」の企画公表と共に「戦闘的啓蒙活動」なる一連の闘争を開始した。天保時代生まれの医家集団「天保組」の頭領・松本順、切り込み隊長・石黒閣下が知識交換の場として創設した「日本医学会」には、旧来の序列を維持したいという生臭い意図が匂う。

六月に「第一回創立事務所」を局内に仮設した時は賛同したが、内容が明らかになると批判が噴出した。九月、ぼくは「日本医学会論」で「学会会員は実験医学、臨床観察の論文の発表実績がある医学者に限り、実験医学研究の成果を発表、討議する場であるべき」と本格的批判を始めた。ぼくの言説は無視され、十一月に編集長を解任された。

松本翁はぼくの釈明を聞こうとしなかった。戊辰の役での賊軍が新政府の軍医部の中枢に座るという離れ業を演じた怪物にとって、雑誌編集長の更迭如きは些事だったのだ。

任期十ヵ月の短命編集長で終わったが、三月に自前の「衛生新誌」を創刊し、自陣を構築していたぼくは、戦闘意欲がふつふつと湧いてきた。

十一月末「衛生新誌」九号を刊行し十二月上旬「医事新論」を創刊し、発刊の辞である「敢て天下の医士に告ぐ」で刊行の目的を「実験的医学の普及」とし、医学界の長老支配への戦闘継続を宣言した。僅か四頁の瓦版に近い評論誌が、ぼくの根城になった。

十月、政界に激震が走る。英国との条約改正の交渉内容が漏れると十八日、愛国者を名乗る暴漢が大隈外相を爆弾で襲撃したのだ。偶然その場に居合わせた高木兼寛が佐藤進を呼んで治療した。橋本綱常軍医総監も駆けつけ、西洋医家総動員の様相となった。大隈外相は高木が創設した慈恵会病院で治療を受け、一命は取り留めたが右足を失う。その余波で黒田内閣は総辞職し、条約改正は白紙に戻った。襲撃事件直前の十月二日に欧州視察から帰国した反政党派の山県公は、内相を務めていた。

明治天皇は山県公を首相に任じ、組閣を命じた。

明治二二年十二月二四日、ライバルの伊藤公に後れること四年、山県内閣が成立した。陸軍に勢威を誇る山県公は五年半の内相時代、官界に山県閥を築いていた。山県公は民党に粘り強く対応し予算を成立させたが、民党主導の議会運営に嫌気が差し、一年半後の明治二四年五月、辞任した。山県公の欧州の視察旅行に同行した賀古鶴所も、一年ぶりに帰国した。賀古はぼくの結婚をエリスに直接伝えていた。

「どうしてそんなことを……」とぼくが絶句すると、賀古は「どうせいつかは言わねばならないことだ」とあっさり言い、エリスの狼狽ぶりを、平然と伝えた。

「リンタロは裏切ったのね」というエリスの慟哭は、肺腑を抉った。

思いもよらない話を聞いて、ぼくは数日、臥せった。起き上がると粉々にされた想いを拾い集め、迸る激情と共に筆に乗せ、一気に物語を書き上げた。

その作品を弟の篤次郎が家族の前で朗読すると、森家のおんなたちは紅涙を絞った。なぜ彼らが泣くのだろう。その涙は誰のためのものなのか、理解できなかった。ぼくを縛り付けた森家の軛が音を立てて壊れ、虚空に放り出された心地がした。

賀古は万感の想いを込めた一文、「されど我脳裡に一点の彼を憎むこころ今日までも残れりけり」をあっさり読み飛ばした。ぼくは賀古に当て書きした人物の名を変えた。

国会開設で世が沸き立つ中で迎えた明治二三年の新年。

ぼくは乾坤一擲《けんこんいってき》の一作を発表した。

「舞姫」だ。

文学界は騒然となり、鷗外漁史の素性もばれた。妊娠していた妻は、物語を読んで体調を崩し、家の中は通夜のように陰気になった。エリスの悲憤慷慨はぼくの言霊に乗ってわが家を吹き荒れた。それはぼくと森家に対する、エリスの復讐にも思われた。

なぜこんな作品を書いてしまったのかという悔恨と、どうしても書かねばならなかったのだという確信の間で揺れ動く中、ぼくの快進撃の勢いは次第に弱まっていった。

16章　ツベルクリン、世界を惑わす

明治二三年（一八九〇）～明治二五年（一八九二）

一八九〇年八月。第十回万国医学会（ベルリン）は、北里の「抗血清発見」の発表もあったが、コッホの結核治療薬ツベルクリンの発表が席巻した学会として記憶される。結核は富者も貧者も襲い、世界人口の七分の一を亡ぼす死病だ。パスツールは狂犬病ワクチンを開発したが病原のウイルスは発見されていない。原因菌を同定するコッホ学派は、パスツール学派と相容れなかった。「細菌学」は治療面では無力だったが、北里が血清療法と免疫学の方向性を示し、コッホは結核菌に応用したのだ。

ツベルクリン・フィーバーは凄まじく、後世、ある識者はこう述べている。

――コッホの新発見は電信で世界の津々浦々に伝わり、稲妻のように煌めき、世界中の新聞を埋め尽くした。望みのない病者の眼には、コッホの姿は救世主に見えた。

九〇年秋から冬にかけて、世界中の治療医と結核患者がベルリンに殺到した。市中の病院に収容しきれずホテルや下宿に滞在し、溢れた人々は野宿し「霊液」を望んだ。

ベルリン市当局は臨時相談所を八ヵ所設け、多数の患者に臨床試験を兼ねた治療が行なわれた。だがすぐにツベルクリンの評価は失墜する。ツベルクリンは「コッホ現象」と呼ばれるアレルギー反応で、罹患歴の診断価値はあるが治療効果はなかったのだ。

コッホに未熟な段階での発表を強いたゴスラー教育相の背後には、ヴィルヘルム二世の強い要請があった。追い詰められたコッホは発表の三ヵ月後、自身にツベルクリンの最大量を超える五〇mgを接種するという無謀な人体実験を強行した。

「ツベルクリン〇・二五ccを皮下注射すると三時間後に関節痛、倦怠感があり咳が出て、五時間後に呼吸困難と悪寒、嘔吐し四〇℃近い高熱が出た。症状は十二時間後に治まり翌日平熱に戻る。関節痛と倦怠感は数日続き、注射した上腕に疼痛と発赤が残った」

これはツベルクリンの強陽性反応で、彼は結核に罹患していたのだろう。法律で禁じた秘薬扱いで非難されたが、成分を非公表にしたのは贋薬の出現を避けるためだった。とかく凡人は自分の視座から物事を解釈する。天才コッホは俗人に貶められたのだ。

コッホは赤鷲十字章を授与され、鉄血宰相ビスマルク、帝国守護神の参謀総長モルトケ、トロイ遺跡の発見者シュリーマンに次ぐ四人目のベルリン名誉市民の称号を得た。

一八八八年十月、パリにパスツール研究所が完成したのを見たコッホは、自分も新研究所が与えられるべきだと訴えた。ドイツ帝国議会はコッホ研究所の設立のため五十万マルクを計上した。一八九〇年、コッホはドイツ帝国の英雄に祭り上げられた。

だが皮肉にもその栄光はたちまち反転し、晩年の悲劇へと導かれて行く。

ツベルクリン騒動は日本にも波及した。

明治二三年九月の「大日本私立衛生会雑誌」は「コッホがモルモットの結核を全治させる無害物質を発見」という第一報を掲載した。

ドイツ留学中の入沢達吉が十一月十四日の「ドイツ医事週報」の号外を森に送ると、森は直ちに翻訳し十二月二八日「結核療法の急報」を「衛生療病志」号外として印刷し、三〇日の読売新聞に「コッホ氏の肺労新療法の急報」の一文を掲載した。

文部省は翌年二月、帝国大学より三名の医学士を派遣する一万円の増額案を計上した。

文部省はコッホ直伝の伝染病研究所を設立しようとしたのだが、欧州留学中の三名の教授と面談したコッホは困惑し、かつ激怒した。

「シバの留学延長は拒否したのに、素人同然の人物を三名も派遣してくるとは日本政府は何を考えているのかね」

「内務省と文部省の縄張り争いですたい。おいは文部省に嫌われとるとです」

「医学を政治が利用し、邪魔するのはいずこも同じか」と言い、三名を門前払いにした。

衛生試験所所長の中浜東一郎は「コッホ薬液製造法を述べ、新結核療法を誤解なきを望む」という私立衛生会の二月講演で、原理、適応、副作用による死亡例を解説した。

三月二七日、ツベルクリンは「不評と共に日本に到着」し「病理大家ウィルヒョウが反対派の旗頭。細菌学的知識を持つ医師が試用すれば有効」という北里の手紙を添えた。

政府は官立病院と内務省の許可を得た者のみ使用可とした。

八月、長与専斎が衛生局長を辞した。ただし私立衛生会の委員には残留した。

一八九一年一月、コッホはツベルクリンの成分を公表した。正体はモルモットに感染させ培養した強毒結核菌を煮出して濾過した、結核菌体と毒素の混合液だった。診断薬としての有効性は証明されたが、治療薬としては無効とされ、巨匠コッホの凋落が始まった。ここでツベルクリン研究は、二つの道に分かれる。

アレルギーや細胞性免疫という新たな学術領域の創設は黄金の道、治療適用は茨の道だ。北里は黄金の道を歩むべきだが、コッホは茨の道の同伴者に指名した。北里の特例の留学延長が始まった途端、コッホは治療研究から撤退を始めた。研究が縮小した矢先、北里はケンブリッジ大のヘンケン博士から新設する細菌学研究所の所長に招聘された。

謝絶したのは下賜金で留学延長を叶えてくれた天皇や、応援してくれた同僚に恩返ししたいという気持ちの発露だった。だがコッホという羅針盤が壊れ、無明の海原に投げ出された時、難破船の船長を務める自信がなかったということもあったのである。

一八九一年七月、コッホ伝染病研究所が完成した。シューマン通りの三階建ての三角ビルで、北里がそこで過ごしたのは半年と少々だけだ。九一年前半、北里はツベルクリンの実験に没頭したが成果は出ず、ツベルクリンの株は暴落した。

八月、北里はロンドンの第七回万国衛生会議に招待された。内務省は「帰国の途次、仏、英、米を巡視し衛生状態を取り調べるべし」と命じた。帰国を急がせたい内務省と、一刻も早く帰国したい北里の思惑が一致し、北里の帰国が決定した。

北里は会議前にオランダに立ち寄り、恩師マンスフェルトと再会した。

駅舎で顔を合わせた瞬間、十八年の歳月を越えて師弟は抱き合った。

「明日は一緒に大学を訪問してほしい。医学を学ぶ若者の刺激になる」と頼まれた北里は喜んで引き受けた。その晩はホテルで、夜更けまで思い出を語り合った。

翌日のハーグ大学訪問は急遽講演会になり、医師や職員が大講堂に集まった。壇上に立った北里は流暢なオランダ語で、マンスフェルトの薫陶について語った。

「私がここでみなさんにお伝えしたいのは、マンスフェルト先生が、熊本医学校で教えてくださった言葉であります。先生の手引き書にある最後の一文を、私は今も諳んじているのであります」

隣で耳を傾けている恩師に視線を投げた北里は、天井を見上げて目を閉じた。

――多くを学ぶより少しを十分に学ぶべし。基礎ができて初めて広く勉強できる。その時こそ、生涯続く研究が始まる。教師は、学生を医者に仕立てるに非ず、将来の行くべき道を示し、単独にて研究すべき方法を教えるもの也。

北里の演説への拍手は、彼を育てた教育者への賞賛でもあった。それ以上滞在を延ばせないことを詫び、北里はロンドンで万国衛生会議に列席した。大会会長は外科学の父ジョセフ・リスター卿で、一九〇八年にエルリッヒと共にノーベル賞を受賞するパスツール研究所のイリヤ・メチニコフなど細菌学の名士二二人が顔を揃えた。その細菌学部会で北里は、東洋人としてただひとり記念写真に収まった。それは北里の留学生活の集大成だった。会議後の日本人の懇親会では北里節が炸裂した。「政府の非を鳴らし、大学の無能を罵倒し、満座を無視して余すところなき」と帝大の宇野朗は日記に記した。

会議には内務省衛生局の政府委員として後藤新平も参加した。顔を合わせるなり北里は「どげんしたと、そん髭は」と声を上げた。

後藤のトレードマークだった関羽髭は、流行の尖《とん》り髭《が》《ひげ》に変わっていた。

「岩佐新のせいだ。ミュンヘンに到着早々、床屋で居眠りしてたら剃られちまった」

野放図な関羽髭を目障りに思う連中の反感を察した岩佐新が、居眠りをした後藤を見て、床屋の親父に勝手にスピーツバルト（尖り髭）にするようオーダーしたのだ。

以後、後藤は生涯、尖り髭で通した。実は意外に気に入ったらしい。

「それで、ミュンヘンの密命は果たせたと？」と北里は声を潜めて訊ねた。

後藤は上司の長与専斎局長に、長男称吉をドイツ人女性と離縁させ帰国させてほしいと頼まれていた。北里は後藤の語学力で繊細な交渉ができるかと心配していた。

「筆談なら司馬凌海先生仕込みでお手の物よ。称吉先生は綺麗身になって帰国したよ。それよりツベルクリンは大丈夫なのか？　コッホ嫌いのペッテンは大はしゃぎだが」

「ウワサのまんまばい。おいは、こん学会が終わったら帰国するたい」

「撤収するのか。長与局長はお前が帰国したらパスツール研究所やコッホ研究所に比肩する研究所を作り、所長に据えるつもりでいたんだが、今の悪評に尻込みしているよ」

北里は、急に不安になった。二度の留学延長で、帰国時に内務省の籍はない。もはや北里の受け入れ口はないかもしれない。

だが北里は決然と言う。

「そん時は、裸一貫で出直すたい。不肖柴三郎、いざ参るったい」

「吾輩は来年四月、ローマの第五回赤十字国際会議に出席後に帰国する。お前の少し後だが、帰国したら衛生局の局長として徹底的にバックアップしてやるから心配するな」

北里がベルリンに戻ると医学博士の学位授与の報が届いていた。日本人で十九人目の栄誉で、森にも授与されたらしい。「おいはチビスケと同格かい」と北里は呟いた。

北里はその年の前半の研究結果を論文にまとめ始めた。コッホはスキャンダルから逃がれるように、エジプトに長期休暇旅行に出掛けた。そんな中、古城医学校の二年後輩の石神亨《いしがみとおる》と再会した。彼は北里の上京後も熊本に残り、西南戦争に従軍していた。石神良策の遺児・八重子と結婚して石神姓を継ぎ、東京の共立病院で高木兼寛に指導を受け海軍軍医として欧州の衛生状況の視察のため渡欧していた。「日本は島国だから海軍さんに頑張ってもらわんといけん」という北里の開けっぴろげな言動に魅了された石神は帰国後、海軍を待命にして伝研に移籍し、北里門下生第一号になるのだった。


一八九二年、帰国を三日後に控えた春の宵、北里はモニカに言った。

「明日はなんも予定がなか。よければ一日、モニカと二人で過ごしたいと」

「シバはお忙しいでしょうから、無理なさらなくていいのよ」

「無理じゃなか。ばってんモニカに予定があるなら諦めると」

「シバの誘いを断るような予定なんて、私にあるわけがないでしょう」

「ならば明日のおいは、モニカの召使いばい」

「嬉しい。明日の朝までに考えておくわね」とモニカは微笑した。

翌朝。軽装のモニカは、バスケットをテーブルの上に置いた。

「行きたい所は決めたわ。今日一日、シバはわたしのパートナーよ」

外に出るとモニカは北里の腕を取った。ふたりはカフェの店先を覗き、獣苑を散策し、池のボートに乗った。モニカはバスケットからサンドイッチを取り出す。

オールを漕ぐ手を止めた北里は、サンドイッチにかぶりつき、「旨か」と言う。

「私の料理は食べ納めよ。淋しい？」と言われ、北里は咳き込んだ。

「日本に帰っても、モニカの料理の味は忘れんばい」と北里が言うと、モニカは目を伏せた。風もなく、鏡のように湖面が二人の姿を映し出す。

穏やかな時はあっという間に過ぎ、陽は傾きかけていた。

「最後に行きたい場所があるの。もう少しだけ、つきあって」

獣苑を出てしばらく歩いた帝国議事堂前の広場に、凱旋塔が立っている。

それはドイツ帝国の栄光を象徴する建造物だ。六二メートルの頂上に立つ勝利の女神ビクトリアが、ベルリンの市街を見守っている。一八六四年の対デンマーク戦の勝利を記念して建設が始まり、完成した七二年には更に二つの大戦、普墺戦争と普仏戦争の勝利を重ねていた。そのため三つの対外戦争の勝利を記念する塔になった。

モニカが塔に入り、北里が続いた。モニカの声が反響し、塔と共鳴する。

「塔の螺旋階段は二八五段あって、天辺まで登れるの。壁に名前を書くとずっと一緒にいられて、それが叶わなくてもいつか再会できるんですって。エリスはリンタロさんと一緒に名前を書いたそうよ。それを見つけて、私もシバと並べて名前を書きたいの」

森を追いかけて日本に行ったエリスは三ヵ月後、ドイツに戻ってきた。

モニカは姪を慰めていたようだが、北里に詳しい話はしなかった。

塔の内部は薄暮でうす暗く、落書きは重ね書きされ、判読できないものも多い。

モニカは小声で名前を読み上げながら、階段をゆっくりと登っていく。

展望台に出ると、沈みゆく夕陽に照らされたベルリンの街が、眼下に一望できた。

帝都は、至るところに普請中の建物があり、夕餉の煙が立ち上っている。

北里に向かい合ったモニカは風の中、両手を広げた。

「ここは凱旋将軍の特等席よ。シバは勝ったの。だから胸を張って日本に帰って。私はシバの名前が、海を渡って鳴り響いてくるのを待っているわ」

北里はモニカを抱きしめ、肩越しに夕陽に染まるベルリンを瞼に焼き付けた。

北里は、ふいにモニカから身体を離した。そして「あったばい」と呟いた。

手すりの下の壁に「ＲＩＮＴＡＲＯ」と「ＥＬＬＩＳ」と並んで書かれていた。

北里はポケットから鉛筆を取り出すと、その上に大きく「ＳＨＩＢＡ」と書いた。

モニカは隣に寄り添うように「ＭＯＮＩＫＡ」と記した。

並んだ署名を眺めたモニカは、明るい声で言った。

「これで思い残すことはないわ。何だか疲れちゃった。そろそろ帰りましょう」

二人は塔を降りた。登るときは大変だったが、降りるのはあっという間だった。

帰途、無言の二人を、大きな満月が静かに照らしていた。


ベルリン最後の日、コッホ研究所で、遣り手のエルリッヒが陽気な声で出迎えた。

「シバが去るのは残念だ。いいヤツはいなくなり、イヤなヤツが残るんだよなあ。ジフテリアの血清療法を見つけられたのもシバの研究あってこそなのに、ベーリングの野郎は自分の業績だと吹聴しまくってる。ジフテリア血清の製品化で、コッホ所長に製薬企業を斡旋してもらいながら、軌道に乗ると自分の利益にしやがった。コッホ研にそぐわないエゴイスト野郎だぜ。シバはアイツにガツンと一発、食らわせてやるべきだよ」

「おいには無理たい。ばってんエルリッヒはいい手ば、考えとるんやろう?」

「まあね。治療血清で重要な力価は、国家検定で出荷の可否を決定するという法律を王立保健庁に作らせた。検定はコッホ研で俺が担当する。ベーリングが血清を市場に出せるかどうかは、俺様の胸三寸というわけだ」

「さすがエルリッヒ博士たい。おいが日本ば帰って研究所ば作ったら、研究員をばんばん留学さするけん、そん時はエルリッヒに面倒ば見てもらうと」

「シバの弟子なら喜んで引き受けるよ。ただし、こき使わせてもらうけどね」

エルリッヒは北里の肩をぽんぽん、と二つ叩いて、部屋を出て行った。

所長室で北里を出迎えたコッホはソファを勧めた。

「初めて先生にお目に掛かった時も、こんな風にソファで向かい合わせでしたと」

「そうだったね。寒い日でストーブが燃えていた。ドイツ語が流暢な日本人だなと思ったよ。レフレルが子守のように寄り添っていたな。レフレルには挨拶したのか？」

「昨日、済ませたとです。脚気論争の時、学問に師弟の義理はなく、真理のみを追うべきだ、と叱られたことは、今もおいの戒めになっとります」

ふう、と吐息をついたコッホは、力ない声で言った。

「シバ、私は疲れたよ。人々は順風の時は笑顔で寄ってくるが、落ち目になると罵り、後足で砂を掛ける。人間とは、なんと酷薄で非情なものなのだろう」

三十も年下の舞台女優との交際はスキャンダルとして、巷間の噂になって、純真な師の心を切り刻んでいたのだ。

「私はこの研究所に馴染めない。今日はシバが去るから仕方なく来た。ツベルクリンは打ち上げ花火で終わった。私の研究心が燃え上がることはもうないかもしれない」

崩れ落ちそうな北里は、両の拳で、どん、とテーブルを叩いて立ち上がる。

「なんば言いよっとですか。コッホ先生の研究ば、世界中の結核患者が待っとるとです。おいも日本で研究所ば立ち上げ、ツベルクリンでばんばん治療するったい」

灰色の硝子玉のようなコッホの目が、北里の細い目とかちりとぶつかる。

コッホの顔にみるみる赤みが差す。やがて顔を上げると、明るい声で言った。

「ありがとう。もう少しで挫けてしまうところだった。シバは私にとって一番の愛弟子だった。だがこれからは、一番の同志だ」

「もったいなかお言葉ですたい。いつか先生を日本にお招きして、おいの研究所ば見てもらいます。そん時は国賓待遇の歓迎ば、するとです」

「ああ、是非、日本に行きたい、いや、絶対に行くよ」

旅人コッホは立ち上がり、右手を差し出す。北里はその手を固く握り返した。

二人が過ごした年月の記憶の欠片が、部屋の中を漂う。やがて二人の手は離れた。

北里は深々と一礼し、部屋を出て行った。

翌日、北里はひとり駅舎に立った。ベルリンの街並みに朝靄が掛かっている。

万感の思いを胸に抱いて、北里は単身、列車に乗り込んだ。

列車が出た後のホームには、北里が細菌学と奮闘した六年半の月日が残されていた。

17章　説難の季節

明治二三年（一八九〇）～明治二五年（一八九二）

夏の昼下がり、ぼくは長野の須坂の臥龍公園で、人力車の車夫と言い争っていた。

「ここから先、山田温泉までなんて、とても行けませんや」

「そんなはずはないだろう。昔、人力車で行ったことがあるんだ」

「昔は道がちゃんとしてたかもしれませんがね、最近は無理でさ」

ぼくが不満げな目で見ていると、そこに牛を引いた農夫が通りかかった。

「山田温泉なら、帰り道です。牛の背でよろしければお乗せしますよ」

ぼくは車夫に代金を払いながら、「山田温泉までの約束だったんだが」と言うと、車夫は、ふん、と言って立ち去った。なぜかぼくは、車夫と相性が悪い。

翁は、ぼくの荷物を受け取ると、牛の首にぶら下げた。

「道はぬかるんでいますから、人力車は大変でさ。山の上まで四時間くらいなんで、ごゆるりとしてください」と飄々とした声で言う。

ぼくが牛の背に跨がると「乗り方が手慣れてますな。ご同業ですかな？」と言う。

「同業ではないが、馬には時々乗るよ」と答えた。牛の背に揺られながら細い山道を登り、とっぷり日が暮れた頃、温泉宿が現れた。牛から降りて代金を払おうとしたが、翁は受け取らず、夕闇の中悠然と姿を消した。

信州の奥座敷、山田温泉には陸軍軍医部に入局した年、出張中の休暇で一度訪れたことがある。その時と同じ一番電車で上野を発し、横川より鉄道馬車で碓氷峠を越え軽井沢で下車して一泊し、翌日、汽車で長野に行き、人力車で須坂に行ったのだ。

山田温泉は湯温が高く、身体を浸すと凝り固まった疲労が溶け出した。

その晩はぐっすり眠り、翌朝、小鳥の鳴き声で目が覚めた。裏の渓流で顔を洗う。明礬《みょうばん》が強い流れは、清いが魚は棲まない。朝食後、散策に出た。裏山の四阿屋《あずまや》に座り「第一回日本医学会」の顚末を思う。渾身の筆で批判した学会は多数の参加者を見て、成功裡に終わった。驚いたことにぼくにも四月四日の講演依頼が来た。さすが、へちま妖怪・石黒閣下、断られると知りつつ平然と依頼をしてくる鉄面皮に苛立ったものだ。

だがぼくも、やられっぱなしではない。三月三一日、前年実施の「兵食検査」の成績略報を石黒軍医学校校長に報告し、四月二日、閣下は橋本医務局長に提出した。

翌三日、講演を断った。講演予定の前日だった。学会後の九日の「医事新論」五号で「真成の学会を望み、第一回日本医学会の継続は望まず」と断じた。ぼくは五月三日に「兵食検査成績略報」の「解説」を提出し、九日の「医事新論」六号に「第一回日本医学会余波の論」を発表した。石黒閣下は「兵食検査」の責任者のぼくを叱責できない。

翌月、ぼくは二等軍医正・陸軍軍医学校教官に昇進し、二週間後、中浜、賀古、青山などドイツ帰りの連中と「日本公衆医事会」を結成した。これで「日本医学会」騒動は一段落した。結局は大山鳴動して鼠一匹だった。虚しく思いつつ宿に戻る。

翌日、山の中腹の薬師堂に行く。山を越えて六里で草津だ。川魚を売っていたので大きい岩魚を購うと、宿の主人に笑われた。岩魚は小ぶりな方が上等なのだという。

六月、長崎でコレラが発生すると、全国で患者四万六千、死者三万五千の大流行となった。ぼくは七月の「衛生新誌」二五号で「独逸北派の防疫意見」「独逸南派の防疫意見」「国際衛生会と国際防疫法」など伝染病防疫に関して、留学時代に見聞した最新の衛生学の国際的動向を紹介した。衛生対応は底なし沼だ。下水道整備など地道な衛生行政に取り組まなければならないのに、政府は弥縫《びほう》策に終始している。

そんなことに苛立っているうちに、とろとろと眠りに落ちた。

翌日は忌々しい北里のことを思い浮かべてしまう。「第十回万国医学会」ではコッホの結核の治療新薬の開発発表と北里の破傷風菌の純培養成功という華々しい成果が発表された。ぼくと入れ違いで私費留学した親友、緒方収二郎が速報してくれた。

北里が浮かべばぼくは沈む。翌朝、悪夢を見て寝汗をかいた。

頭を空っぽにして渓谷をぽくぽく歩く。渓流のせせらぎに心が安らぐ。

本業の軍陣医学は順調で兵食検査の仕上がりも上々、陸軍の米食主義は揺るぎない。

来月、石黒閣下が第五代陸軍省医務局長になれば、ぼくの地位は安泰だ。

全てがうまく回っているのに全て放り出そうだなんて、ぼくは大馬鹿者だ。

六日目は朝から雨が降りしきり、平野は大雨らしい。一日中、執筆する。篤次郎に託した「うたかたの記」が「しがらみ草紙」十一号で刷り上がる頃だ。

頭の中で反芻していたのか、悲恋物語はすらすら進んだ。女中が行灯《あんどん》に灯を入れに来て初めて、一日中執筆していたのだと気がついた。あたりは暗くなっている。

夕餉も食べず湯浴みだけして、ぐっすり眠る。

翌朝も雨が降り続いた。昨日書いた分を推敲し残りを書く。雨だと筆が進む。夕刻、物語を書き上げ「文づかひ」と題をつけた。床に就き夢も見ずに眠った。

八日目、雨は強いが目覚めは爽やかだ。

明朝、この宿を発つ。帰国して二年、いつも何かに急き立てられていた。「舞姫」に対する悪評、直属の上司の石黒閣下との折り合いの悪さなど、ストレスだらけだ。

いくつかは温泉の湯が解きほぐしてくれた。最後まで残ったのが身重の妻、登志子とのことだった。お嬢さま育ちの登志子は切り盛りができず、花園町の家には弟二人に登志子の妹二人、赤松家から連れてきた老女のお手伝いが同居していた。「新声社」の連中と文学談義をしていると大奥女中が散会を促した。そんな全てが煩わしい。

権門の家のお嬢さまを離縁したらどうなるだろう。編集長のぼくをあっさり解任した松本翁の瓢簞顔が浮かぶ。忠臣で軍医総監に昇進目前の石黒閣下のご機嫌も損ねるに違いない。それはぼくを庇護してくれた、順天堂閥の傘から離脱することを意味した。

陸軍をクビになるだろうか。いや、石黒閣下は米食支持の理論的根拠を樹立したぼくは切れないはずだ。だが森家のおんなたちが閣下に泣きつくかもしれない。

ぼくには、小説で生計を立てる道もある。慶応義塾大学から審美学の講師をしないか、という打診もある。「しがらみ草紙」に書いたハルトマンの美学についての評論が目に止まったらしい。気持ちは固まった。最悪の事態に備えて身辺整理をしておこう。

旅行中にドイツ三部作を仕上げられたのは幸いだ。

そこまで考えた時、石黒閣下に対する最終兵器が、手の内にあることに気がついた。

二六日、宿を発つ。数日の水害で道が分断されていたので人力車を雇う。

北斎が四年過ごしたという小布施でひと休みし、軽井沢に投宿した。

翌二七日、十日ぶりに帰宅した。これでぼくの生涯ただ一度の一人旅は終わった。

九月十三日、登志子は長男於菟《おと》を出産した。十月四日、小雨の中ぼくは生後間もない長男と出産直後の妻を置いて、弟二人を連れて千駄木町の仮住まいに引っ越した。

数日後、石黒閣下がぼくを呼び出して恫喝した。

「森よ、とんでもないことをしてくれたな。お前が離縁しようとしているお嬢さまは、松本の殿さまの遠縁だぞ。これでは貴様を軍医部に置いておけなくなるかもしれん」

「ぼくをクビになさりたいなら、お好きなように。そうしたらぼくは評論と小説で身を立てます。ついでに、ドイツで見聞したことも公表しようと思います」

ぼくは手帳を差し出した。ドイツでの備忘録「在徳記」には石黒閣下とスザンヌ嬢の放縦な交情ぶりが記録されている。石黒閣下は、顔を真っ赤にして怒鳴った。

「貴様、よくもそんな……そんなことをしたらどうなるか、わかっておるだろうな」

「ええ。陸軍をクビになるのでしょう？」

石黒閣下は、ぐむ、と言って黙り込んだ。ぼくは閣下に通告した。

「ぼくは陸軍のために働きます。ぼくは『医療の軍隊』を創設したいのです」

閣下は西周小父の家に行き、離婚の線で取りまとめるしかなかった。それは腸が煮えくりかえるようなタイミングだったに違いない。十月十六日、高木兼寛が天皇に三度目の上奏をし「兵食改善で海軍脚気は消滅」と報告した。その一週間後、第五代陸軍省医務局長に就任した石黒閣下は、前年ぼくが実施した「兵食検査報告」の最終報告をまとめ「呈兵食試験報告表」を大山巌陸相に提出した。以後、陸軍兵食の基本を米食にすると決定され、ぼくは石黒閣下と一蓮托生の「米食至上主義者」になった。

離婚する前、登志子と差し向かいで話し合った。

「やはり、ベルリンのお嬢さまが忘れられないのですね」

「正直、ないとは言えない。でもあの恋は終わった。ぼくが選んだ決着だ」

「ならばなぜ、わたくしと離縁なさるのですか。それほどわたくしがお嫌いですか」

登志子に言われるまで、そんなことは思いもしなかった。しばらく考えて答えた。

「お前のことは嫌いではない。一緒にいられないのはぼくが、お前の背後にぼくを不条理に縛り付ける、得体の知れない幻影を見てしまうからだ」

「それが本当なら離縁した後、他の方と再婚しないでください。それが、於菟を森の家に置いていく条件です」

「わかった」と、深く考えず、ぼくは答えた。

それは嘘だった、のかもしれない。でも言い続ければ、嘘は嘘でなくなる。

於菟は母上が引き取った。十一月末、正式に登志子は除籍となった。

ぼくは西周小父に出禁を食らった。名門閨閥から離脱し逆風が吹き荒れる中、軍医部に残留できたのは、陸軍軍医部に衛生行政という根城を築いていたからだろう。

離婚騒動中も、衛生学の新しい情報を発信し続けた。八月の「第十回万国医学会」はツベルクリンが世界を席巻した。十二月二八日には「ベルリン医事週報」号外を訳して「衛生療病志」号外で出し、三十日と翌年一月二日の読売新聞に記事を書いた。

ツベルクリン開発は北里も関わっていた上、「破傷風の血清療法」という画期的な研究も発表していた。だがこの時は北里が沈んだ。ツベルクリンの化けの皮が剝がれた上に、北里の血清療法の成果は同僚のベーリングに強奪された。

一月末、雑誌「新著百種」十二号に「文づかひ」を発表し、「舞姫」「うたかたの記」「文づかひ」のドイツ三部作を書き上げたぼくは、文壇に確固たる地歩を築いた。

まとわりついた蜘蛛の糸を引きちぎり、胡蝶は傷ついた翅でふわりと飛び立つ。

空へ。

エリスのいない、大空へ。

明治二四年は「説難の年」で、文学界の連中が絡んできた。文学や評論に集中している連中には軍医業の片手間に執筆するぼくは目障りだったのだ。「舞姫三評」なる論説を書いた石橋忍月は、ハルトマンの「美の哲学」の生かじりの知識をひけらかした。なので「芸術での狂乱描写は必要不可欠な限度を超えてはならぬが狂乱を性格的な美に高める場合に限って、利用が正当化される」と引用して煙に巻いた。忍月と批評の応酬を「国会新聞」と「国民新聞」で重ねたぼくは忍月を叩きのめした。すると五月、尾崎紅葉が「焼つぎ茶碗」という小説連載を読売新聞で始めた。一読してぼくの離婚がモデルの小説だとわかったが、手を打てなかった。紅葉はまったく忌々しい。

八月には留学から帰国した小池兄と連名で「壁湿検定」を実施し、十月から「東京医事新誌」で「壁湿検定報告」を六回掲載した。ぼくは排除された敵地で「兵食検査」と「壁湿検定」という陸軍御用達の業績を相次いで掲載し、鬱憤を晴らした。

文学にかまけるぼくが気に入らない一本気な小池兄は、衛生学書の共著を持ちかけて懐柔した。八月末、医学博士の学位を受けると、以後は実験的研究から遠ざかった。

九月の「しがらみ草紙」二四号で坪内逍遥を批判した。「理想なくとも文学は書ける」という逍遥に、ぼくは「理想なくして文学は存在せず」というスタンスで対抗した。

客観的写実主義を「没理想」とした逍遥は、ぼくには「無理想」にしか見えなかった。この「没理想論争」は逍遥が一方的に論争を打ち切ったので、ぼくの判定勝ちだろう。

ぼくは常に多面的かつ全方位的な攻撃態勢を取った。帰国後は「第一回日本医学会」を企画した天保組を標的に「戦闘的啓蒙活動」なる闘争を始めた。

統計学の内容と名称にクレームをつけ、専門家と激論を交わす。都市計画の論説での成果は、東京市の都市計画委員に任命されたことだ。美術論争にも手を出した。親友の洋画家、原田直次郎の不当な評価に異を唱えた。原田は、古い画壇勢力に冷遇されていた。第三回内国勧業博覧会に出品した「騎龍観音」は世紀の傑作だが、連中は画題の貧困と思想の欠如などといちゃもんをつけたのでぼくは「しがらみ草紙」誌上で批判した。筆に熱が籠もったのは原田の現状が、ぼく自身の構図にそっくりだったからだ。

ぼくはいつも何かに噛みつき、敵に囲まれていた。医療界でも文壇でも、支持してくれる友人や後輩がいたのに無自覚で常に先頭を突っ走る。目の前に壁が立ち塞がり、それを打ち壊すと新たな壁が現れる。壁に突き当たると、批判者が倒れるまで打ちかかり、決して振り返らなかった。荒野にひとり立ちつくすぼくは、闘神・阿修羅だ。

明治二五年一月末、千駄木町二一蕃地に転居し、千住より祖母と両親、千駄木町五七番地の仮住まいから弟二人を呼び寄せ一家団欒の生活になった。団子坂上の裏手の地所も買い取り二階を増築した。団子坂は潮見坂ともいうので「観潮楼《かんちょうろう》」と名付けた。引っ越すと父上は隠居し、ぼくは森家の家長となった。

当時ぼくは、無縁坂に佳人を囲っていた。仕立てが生業の未亡人、児玉せきは、於菟をわが子のように可愛がってくれた。母上に大そう気に入られたが、ぼくは登志子との約束を守り、彼女を娶らなかった。

一月から五月、天然痘が流行し全国で患者が三万三千、死者八千四百という惨状の中、五月二八日、北里柴三郎が六年半の留学を終え、民衆の熱狂に迎えられ凱旋帰国した。直後の六月十二日、ドイツの恩人、ザクセン軍団の軍医監ロオトが腎疾で死去した。ぼくは「衛生療病志」にロオトの弔辞を書いた。

七月、「水沫集」を出版した。この時点のぼくの文筆活動の集大成で、短編から翻訳まで全作品を網羅した。

九月、慶応義塾大学で審美学の講義を開始した。このオファーは、心の支えだった。同月、宿願のアンデルセン「即興詩人」の翻訳にかかった。十一月の「しがらみ草紙」三八号から連載を開始し、九年越しの大仕事になった。

その頃、華々しく多面展開していたぼくに陰りが差した。十月末、軍医学校で講義後に部屋で喀血し、十一月初旬、結核菌の存在を確認した。宿痾、労咳の再燃だ。

文筆活動は「しがらみ草紙」発行と、「即興詩人」の連載に限定され、停滞していく。帰国した北里は冷遇されていたが、持ち前の剛腕で徐々に環境を整えつつあった。そして十一月、北里は福沢翁の支援を得て、私立伝染病研究所を立ち上げた。

北里が上昇気流に乗ると、ぼくの失速が始まった。

不穏な気配を孕みつつ明治二五年は暮れていった。

第三部

白秋

明治二五年（一八九二）〜明治三八年（一九〇五）

18章　凱旋北里、冷遇される

明治二五年（一八九二）

明治二五年三月二八日、六年半を過ごしたベルリンを発った北里は翌日、パリに着いた。公使館を訪れると、出迎えた公使は今朝の新聞を手にして、興奮していた。

「公使館一同、北里博士をお待ちしておりました。先生のご訪問は全フランスの注目の的で、今朝の新聞でも一面のトップ記事です。日本人として誇らしい限りです」

一面の大見出しに「日本の大学者、北里来たる」という大活字が躍っていた。

興奮した公使を置いて、街に向かう。パリで行きたい場所は一ヵ所しかない。

道行く人にたどたどしいフランス語で訊ねると、皆、親切に道を教えてくれた。

パリ十五区のデュトー街に着くと、立派な門構えの建物が現れた。ルイ十三世様式の煉瓦造りの正面玄関を持つ三階建てのパスツール研究所は、三千坪の菜園を買い取り、一八八八年十一月十四日に落成式が執り行なわれた。

「当研究所に御用ですか？」と、門番の青年が尋問するように訊ねる。

「パスツール博士にお目に掛かりたかとです」

「お約束がなければ、所長にお取り次ぎはできません」

「そこを何とか、お願いしたいとです。おいはパリには数日しかおられんのです」

「それはそちらの都合であって、当所と関係ありません」

するとと青年の背後から穏やかな声がした。

「ジョゼフ、いつも言っているだろう。お客さまを門前払いしてはいけないよ」

「は、しかし隊長にお目に掛かりたがる方の全てにお会いしていたら、隊長がくたびれてしまいます。隊長のお身体を大切に考えるのが門番の務めです」

「いつも私の体調を気遣ってくれてありがとう。でも、今日は体調がいいから、そのお客さまはお通ししなさい」

青年が道を空けると、北里は一礼し研究所の敷地に入った。

「日本から来ました。コッホ研究所に勤めていた北里柴三郎と申します」

「ほう、これは素敵なお客様だ。今日はいい日だ。取りあえずこちらへどうぞ」

杖を突きながら歩くパスツールは、小さな池のほとりの小さなベンチに座った。

「こんないい天気の日は、狭苦しい所長室より外の方がいいと思うが、いかがかな」

「は、同感です」

「門番の無礼はお許しを。ジョゼフは、狂犬病ワクチンで救った第一号でしてね。それを恩義に感じて、研究所の門番に志願してきたのです」

「だけんパスツール所長のことば、誰よりも大切に思っておられるとですね」

「本人がやりたいというものでね。ところでドクトル・キタサト、あなたの破傷風の研究は、私の血清学と通ずるところがありますね。お目に掛かれて嬉しいですよ」

「は、光栄です」と答えた北里は、柄にもなく緊張していた。

二人が出会ったこの時、北里は三九歳、パスツールは七十歳だった。


ルイ・パスツールは一八二二年十二月二七日、フランスの田舎町ドールに生まれた。学生時代に結晶学の研究を始め、分子不整を発見する。二七歳でストラスブルク大学総長の娘、マリー・ローランと結婚し、生涯添い遂げた。

三三歳の時、ストラスブルク大の化学教授になり、三九歳で「空気中に浮遊する有機性粒子について、自然発生説の検討」で自然発生論の大権威リービッヒに異を唱えた。

その後、壊疽、敗血症、産褥熱の研究をした。リスター卿が確立した滅菌消毒法も、パスツールの研究を基礎にした。ブドウ酒の「パストゥリゼーション」（低温消毒法）を開発したパスツールは、ソルボンヌの化学教授に就任して「ペブリーヌ」（蚕病）や「ビール発酵」を研究する。やがて医師ルウが門下に加わり、伝染病予防に取り組む。

一八七七年、五五歳の時に炭疽の研究を始め一八八一年、炭疽菌を高温培養で弱毒化したものを羊に接種すると強毒菌感染を防げることを発見し、ワクチンと命名した。

一八八一年四月、「ピュイリー・ル・フォール」で羊を使い炭疽菌ワクチンの大規模野外公開実験をした。一群はコントロール、二群に炭疽ワクチンを二回接種。三群は接種ナシ。二群と三群に炭疽菌を注射すると第三群は全滅し、ワクチン接種した二群は生き残った。死んだ羊を埋めて一年後、柵内に入れると羊は発病した。芽胞のせいだ。

四ヵ月後の一八八一年八月、ロンドンの「第七回万国医学会」で会長の滅菌消毒法の開発者リスター卿、パスツール、コッホという英独仏の医学者の三巨頭が一堂に会した。

だがコッホはパスツールを拒絶した。それは戦争がもたらした悲劇だった。

普仏戦争（一八七〇年〜七一年）が、ふたりの愛国研究者の間を隔ててしまったのだ。

前年の一八八〇年、狂犬病の研究を始めたパスツールは、コッホ三原則をあっさり捨てた。パスツールには学説も技術も、役立つ場合だけ使う、便利な道具にすぎなかった。

一八八五年、狂犬病ワクチン作製に成功した直後の七月、牧童ジョゼフ・メステールが狂犬に噛まれて搬送されてきた。受傷後六十時間、救命ギリギリのタイミングだったが、乾燥ウサギの弱毒脊髄を十二回注射した結果、ジョゼフを救うことができた。

彼はパスツール研究所の門衛になり一九四〇年、ナチス兵がパリに侵入し、パスツール廟が荒らされるのを忌避するため自殺して、尊厳を守った。

パスツールの偉大さは、ルイーズ・ピュルチェという少女に対応した際に現れた。

狂犬に噛まれて三七日後、両親に懇願されたパスツールはワクチン施療した。二週間後、ルイーズは発症し死亡、パスツールは糾弾された。「フランスの虎」ジョルジュ・クレマンソーが急先鋒だ。若き医師はワクチン絡みの訴訟事件を新聞に書き立てた。

そこでパスツールは医療行為の適否の判断を、英国の狂犬病委員会に委ねた。

委員会はパスツールの臨床記録を精査し、患者九十人の家庭を訪問した結果、次のように報告した。

――接種しなければ死んでいたであろう人々を救命した、ワクチンの意義は大きい。

「パスツール博士は愛する娘のため、名声を失う危険を冒してまで、治療を引き受けてくださったのです」とルイーズの両親は感謝している。

そんな医学の巨人パスツールが、北里に親しげに話しかけてくる。

「コッホ博士とは同じ細菌学研究者同士、一度きちんと話をしてみたいのだよ」

そして十二月に、ソルボンヌでパスツールの生誕七十年記念式典が行なわれるので、コッホ所長も出席してほしいから、ひと言、申し添えてほしい、と頼まれた。

だが北里は「おいは日本に帰りますけん、できんとです」と断った。

「それなら機会があれば伝えてほしい。医学の真理を世に伝える者には、有象無象の邪魔が入るが、その先に真理の桃源郷が待っている、そこでお目に掛かろう、とね」

それは、北里へのはなむけの言葉のようにも感じられた。

「ジョゼフ、私の写真を持っているかね」とパスツールは門番の青年に言った。

「もちろんです、隊長の写真はいつも肌身離さず持っております」

「では、それを私にくれないか。お前には新しい写真をあげるから」

ジョゼフが写真を手渡すと、「北里博士の偉大なる業績を祝す　ルイ・パスツール」と走り書きをして北里に手渡し、北里の身体をふわり、と抱いた。

立ち去る医学の巨人の後ろ姿に、北里は深々と一礼した。

その後、北里はロンドンでケンブリッジ大の細菌学研究所所長職の再度のオファーを断り、ニューヨークでガス壊疽菌の発見者ウエルシュからのペンシルバニア大の研究所長職の依頼も峻拒した。ニューヨーク滞在中の五月一日にはヴィルヘルム二世からの、プロイセンのプロフェソルの称号を頂戴した。それは外国人初の栄誉で、北里に対する、日本政府の冷たい扱いを見て心配したコッホの親心だった。

明治二五年五月二八日夜九時、北里柴三郎は新橋駅に到着した。六年半ぶりに帰朝した彼を、駅舎で群衆が日の丸の旗を振って熱狂的に出迎えた。

「日本に偉人二人。学勲輝く北里先生とシベリア大陸単騎横断の雄将、福島少佐なり」と新聞が書き立てた。外国の研究所から破格の好条件で懇請されながら、天皇の御恩に報ずるために断ったという愛国心溢れるエピソードが、北里人気に拍車を掛けた。

乕《とら》が「お帰りなさいませ」と三つ指をついて出迎えた。北里は旅装を解き、久しぶりに和食を味わった。早々に床に入ると、身を忍ばせてきた若妻を抱きしめた。

世界的な学術成果を挙げた北里だったが、日本政府の扱いは酷かった。

天皇陛下の下賜金で留学を延長したのに、帰国後に上奏させなかった。

おまけに内務省の休職期限が切れ無職になっていた。北里の復職は、二週間後に帰国する盟友・後藤新平が手がける案件となる。

七月一日、中浜東一郎が衛生試験所所長を辞した。後藤が衛生局長に就任するので、内務省を去る決断をしたのだ。

内務省では帰国した北里をもてあまし、大学も北里を招聘しない。

それは留学時代、国際学会の懇親会で、大学や政府を容赦なく非難した北里の自業自得だった。

しかし、伝染病研究所の創設はツベルクリンの凋落で凍結されていたが、北里の帰国で再始動する。六月一日、中央衛生会の臨時会議で、伝染病研究所設立が建議され七月、北里は内務省の中央衛生会委員に任じられた。だが今の日本には北里が本格的に活動できる場がなく、北里は帰国したことを後悔し始めていた。

そんなある日、北里は長与専斎に呼ばれた。衛生局長に就任予定の後藤新平も一緒だ。三人を乗せた人力車は、三田界隈を通り立派な門構えの中に入る。

鬱蒼とした木立の中に和風の邸宅が現れ、勝手知ったる様子の長与と共に居間に通された。

やがて扉が開き和装の男性が現れ、「ま、固くならずに」と言い、向かいに座る。

これが北里が、天下に名高い福沢諭吉と、初めて出会った瞬間だった。

「北里さんてのはどっちだい？」と福沢が尋ねた。北里が手を挙げると、額が広い福沢は目を大きく開き、北里の顔を覗き込む。やがて、くしゃっと破顔した。

「いい面構えだねえ。大事をやろうって男子は、こうでなくちゃいけねえよ。ご足労願ったのは、ちょいと相談があってね。お前さん、自分の研究所が欲しくないかい？」

北里が戸惑っていると、隣の長与前局長が補足する。

「福沢諭吉先生は北里君のために研究所を進呈しよう、とおっしゃってくれたんだ」

理解を超えた突然の出来事に呆然とする北里を見て、福沢は、にっと笑う。

「長与が妙な言い方をするもんだから、この大将はすっかり固まっちまったじゃないか。俺は芝公園に小さな地所を持っているんだが、当座使うあてがないから博士にお貸ししようか、と思ってね」

「ありがたいお話ですが現在、内務省が中心となり伝染病研究所を設立するため動いております。それに民間の狭い土地では、研究所をするのは無理だと思います」

後藤新平が隣から口を挟むと、長与前局長があわてて言う。

「こちらは近々、衛生局局長になる予定の後藤新平という男でして」

「ははあ、ウワサの智恵袋殿下か。長与から聞いたが、関羽髭じゃないんだな」

後藤は尖り髭を撫で「はあ、ドイツでモデルチェンジしまして」と小声で言う。

裏事情を知る北里は、懸命に笑いをこらえる。福沢は続けた。

「ご高説はごもっともだが、それだと早くて二年後になっちまう。それまでこの高名な大先生を遊ばせておくつもりかい？　聞けば文部省も議会に、伝染病研究所設立の提案を始めたそうだ。ぐずぐずしてたらトンビに油揚をかっさらわれちまうぜ」

文部省の割り込みは、長与も初耳だったらしく、驚いた顔をした。

「ツベルクリンの評判は悪いが、それは学問の進歩を生む陣痛さ。空威張りの役人なんざ当てにせず民で実体を作り、梃子《てこ》にするんだ。カネは旗をおっ立てた後で集めるのさ。区々たる俗論に拘泥して、国家の面目を損じてはいけねえよ。それにこれは俺の酔狂さ。馬券を買った馬が勝てば気持ちいい。お前さんは万民を幸せにすればいいのさ」

「『天は人の上に人を作らず、人の下に人を作らず』ですね」とすかさず後藤が言う。

「後藤さんは人誑《たら》しだねえ。これはジジイの道楽だから何でもねだるがいいよ」

歯切れよい福沢の啖呵に、北里は深々と頭を下げる。そして顔を上げ、福沢を見た。

「では早速、お願いがあるとです。実験器具や設備を整える費用がほしかとです」

「それは同じ酔狂者の森村市左衛門《もりむらいちざえもん》に話をつけてある。施設建設費千円を寄付してくれるが、森村が寄付すれば財界の気取った連中が雪崩を打って寄付してくるだろうよ」

福沢は、隣で話を聞いている長与前衛生局長の顔をちらりと見た。

「文久二年、遣欧使節団に潜り込み俺は、ベルリンで病院や大学を見た。長与が俺に、日本をドイツみたいな衛生大国にしたいと繰り返した。それはいつの間にか俺の夢になった。小さな研究所を建てた先に、どでかい計画もあるから楽しみにしてな」

そう言うと、福沢は「お客さまがお帰りだよ」と手を叩いた。


芝公園五号三番地の福沢の私有地に建坪十余坪、二階建てで六室の小ぶりな「福沢研究所」が完成したのは十一月十九日だ。

開所式の招待状を福沢邸に持参すると、福沢はわがことのように喜んだ。

だが二日前の十一月十七日、衛生局局長に就任した後藤新平は、個人の寄付では長続きしないと考え、ゆくゆくは内務省の下に国立伝染病研究所を設置する構想を描いた。その前段階として、大日本私立衛生会に伝研設立案を起案させた。

創設メンバーは長与専斎、石黒忠悳、高木兼寛、金杉英五郎など北里シンパで固め、委員長に長谷川泰を任命した。

第一回総選挙で議員になっていた長谷川は、文部省案を撤回させるため精力的に動き、私立衛生会が伝研経営に三千六百円の支出を決した。だがそれには現在の建屋と土地を大日本私立衛生会の所有とする必要がある。福沢は「北里が所長ならば構わんよ」とあっさり言い、土地建物をさらりと寄付した。だが、ひと言つけ加えた。

「ひとつ忠告しておく。政府と役所は信じるな。連中に寝首を搔かれないよう注意し、いつでも卓袱《ちゃぶ》台《だい》返しに対応できるよう、常日頃から力と資材を蓄えておくことだ」

明治十年の西南戦争後、慶応義塾は経営難に陥り、政府に支援を打診した。福沢は教育を通じ国家に貢献していると自負していた。だが役人は斟酌せず、福沢は廃塾を覚悟した。この時は卒業生の寄付で急場は凌いだが、「明治十四年の政変」で、役所に送り込んだ精鋭が尽く排斥された時、福沢の役人嫌いは決定的になった。

そんな福沢を懐柔しようと井上馨が官報の刊行を持ちかけたが断固拒否し、一年後に満を持して天下の公報たるべく「時事新報」を創刊したのだった。

十二月三日、大日本私立衛生会・伝染病研究所の開所式が行なわれた。所長に就任した北里は、内務省の内務技師に復し、伝研内で自由に研究することを許された。

考えてみれば北里が研究成果以外、徒手空拳で帰国したのは五月末だ。それから半年での急転は、北里がドイツ留学を決めた七年前の出来事を彷彿とさせた。

そんな北里に、更に追い風が吹く。

十二月十五日、陸奥宗光外相は、新任のドイツ公使から、皇帝ヴィルヘルム二世が北里を絶賛した言葉を聞き、天皇に伝えた。もちろんコッホの気遣いだ。

二九日、政府は北里の学術上の功績に対し、勲三等瑞宝章を授与した。

そんな世俗的な栄誉に加え、北里を心底勇気づけてくれる援軍も現れた。

ベルリンで会った石神亨が、伝研へ移籍し、北里門下の一番槍になった。石神を皮切りに、北里の磁場に引き寄せられるかのように、俊英が陸続と蝟集することになる。


明治二五年十一月二九日開会の第四議会も、民党が政府の予算案を拒否し、停会は三度に及んだ。

伊藤に泣きつかれた明治大帝は内閣及び議会両院に異例の「和衷協同《わちゅうきょうどう》」の詔勅を降し「内閣は善政し行政整理、経費節減せよ、議院は予算審議にあたり内閣の手足を縛るな」とした。内閣も議会も畏れ入り、譲歩した。北里も「和衷協同」に救われた。

翌明治二六年は北里の飛躍の年だった。後年の北里の土台は全てこの年に完成された。

福沢が用意した芝公園の研究所はすぐに手狭になり一月末、拡張移転が決議された。芝区愛宕町二丁目、東京医術開業試験所構内の内務省用地五百坪余を、研究所付属病室建設用地として十年間の無料借用を願い出た。このため近隣住民の伝研移転反対運動が起こるが、そうした難局を乗り越え新たな私立伝研が棟上げした時、母国日本における北里の快進撃が始まった。この時、文部省は帝大に伝染病研究室新設を目論んだが、既に私立伝研が開所していたため、長谷川泰議員が文部省案を叩き潰した。

「玉がなく大黒柱もおらず芝居にならん大学に金をくれてやるなぞ冗費の極み。コッホと一心同体の北里には独力で力を発揮できる舞台を作る、特別建議案を用意してある」

かくして文部省案は粉砕され「大日本私立衛生会伝染病研究所補助費」が通り、創設補助費二万円、研究補助費の三年間拠出という満額回答を得た。

伝研は内務省管轄となった。

敗れた帝大の恨みは深く、「北里博士は帝大医科が生んだ鬼子だ」という怨嗟の声が上がる。だが帝大は北里を他の帰国者と同格に扱い、彼の自尊心を傷つけたのだ。

こうして北里は後藤新平局長と長谷川泰と結びつき、二人は終生北里の強力な支持者となる。これ以降、「北里＝後藤＝長谷川」という内務省・開業医を司る「三頭連合」は文部省・帝大閥の宿敵となっていくのである。

19章　亀清楼の闇鍋

明治二十六年（一八九三）

四月頭の一週間、「第二回日本医学会」が開催されたが、会頭は北里だった。

三年前の「第一回」を「反動者の祭り」と喝破し「学問権は学問上の業績を成し、欧米と交流できる真の学者が手にすべし」と批判したぼくだが、今の日本に北里ほど、その条件に合致する人物は他にはいない。論拠が粉々に打ち砕かれてしまった。

なので六月、「衛生療病志」の「傍観機関」欄で、ぼくは北里を徹底批判した。

「北里は未曾有の業績を挙げたのではなく、未曾有の評価を得ただけだ。反動祭りに担ぎ出され反動の波間に漂う北里は贋学者に落魄する。御神輿となる北里を不憫に思う」

破れかぶれの放言だったけれど、それは北里の未来を予見したものになった。

この時「大日本医会」を設立した。会員は医業開業免状を持つ者とし、理事長は海軍医総監の高木兼寛、理事に長与専斎、長谷川泰、高松凌雲、佐藤進、鈴木万次郎といった蘭学出身者、所謂「天保組」が名を連ねた。ここに石黒閣下の名がないのは、仇敵の高木兼寛が理事長に就任したせいだろう。

七月、「傍観機関」欄でぼくは、「反動祭」と「反動機関」という論説を展開した。「反動祭＝日本医学会」で「反動機関」は「医海時報」を指していた。

「医海時報」は北里に心酔する若き医師、山谷徳治郎が二月に創刊したタブロイド判の週刊新聞だ。北里が雑誌まで手に入れたら面倒だと思い、半年後の「九たび反動機関を論ず」まで批判し続けた。すると「医海時報」から、ぼくの主張は過剰な自信とエリート意識が問題だと反撃された。正論が通らず苛立ち、誰彼構わず嚙みついたぼくに対し、陸軍から報復はなかった。それはぼくの発言を公論と認めた老害連中の、健全な度量を示していた。

そんなことも考えもしなかったぼくは、黄口の書生だった。

＊

九月、東京府知事から伝研の建設許可が降りると、福沢翁はあっと驚く奇手を打つ。九月十六日、広尾に結核養生所の土筆《つくし》ヶ岡《おか》養生園を開園させたのだ。門構えは大名屋敷の如く、園内に茶室の「八角堂」や百畳の演芸場を設置するなど、福沢の風雅を世に示した。園内に浄水場を設置し、病室に水道を供給、小さな牧場を併設して馬や牛を飼い、搾りたての牛乳を患者に供した。建築費は福沢と森村市左衛門が折半し、無償提供した。各々一万円という巨額の拠出に恐縮する北里に、福沢はさらりと言う。

「土地は貸すだけで、賃料はいただくよ。芝公園の狭い地所を謹呈したのはこの大魚を釣り上げんための撒き餌だったのさ。どうだい、恐れ入ったかい？」

北里には二つ気がかりがあった。一つは応援団の後藤新平と金杉英五郎が反対したことだ。研究者としては一流だが、臨床医としては未熟だから、細菌学研究に専念せよ、と彼らは言う。もう一つの問題は更に切実だった。

コッホに門前払いされた宇野、佐々木、山極の三名が帰国し四月、「中外医事新報」誌上で帰朝報告を公表したのだ。「ツベルクリン療法は病理学的には結核組織周囲に炎症を起こすだけで壊死させない。つまり病巣中の結核菌を殺さず病巣の拡大や転移も防げない」という病理所見は、「ツベルクリンによる結核治療」というコンセプトが瓦解したことを示していた。そのことを伝えると福沢はからからと大笑した。

「コッホ博士は今もツベルクリンの改良に励んでいるんだろ。お前さんがコッホ博士をとことん信じるように、俺は北里博士に賭けた。この博打に民草が乗るかどうか、さ」

博打か、と北里は呟く。自分に張る賭け手がいるなら、馬は走るしかないと肚を決めた。だが開院すると、直後から患者が門前市をなし、キタサトの名声を慕い海外からも入院希望者が殺到した。六十ある病室は常に満床で、病棟は増築を重ね、たちまち百八十床に増床となった。

福沢翁は博打に勝った。しかし北里は医学者の道を次第に踏み外していく。

病院経営のため、福沢は切り札を投入した。慶応の卒業生で北海道炭礦鉄道会社で経理を勤めていた田端重晟《たばたしげあき》を事務長に引き抜いたのだ。角張った体の頑健な田端は番頭として土筆ヶ岡養生園の管理、運営に専念した。福沢はこの病院を大層お気に召し、毎日顔を出した。医療面でも強力な助っ人が現れた。東大医学部で北里の二年後輩の高木友《とも》枝《え》が参画したのだ。福井県立病院長、鹿児島病院長を歴任した高木は、北里の「細菌学」に魅せられ、病院長の地位を投げ捨て伝研に入所したのだった。

＊

十月、ぼくは賀古に宴席に招かれた。九月に義弟の小金井良精が帝国大学医科大学の学長に就任した祝宴だという。「森の祝賀会でもあるんだぞ」と言われた。来月ぼくが一等軍医正に昇進し、陸軍軍医学校長に就くことが内定したのだという。

「来週木曜、場所は『亀清楼』だ」と聞いて、卒業謝恩会を思い出す。

一週間後、隅田川の川面に灯りが映り、妓女の嬌声が響く中、亀清楼に着いた。

義弟の小金井良精と会うのも久しぶりだ。だが襖を開けた途端、ぼくは固まった。賀古鶴所《つるど》、青山胤通、小金井良精という馴染の他に二人いた。男爵芋のような北里柴三郎と、初顔のロイド眼鏡で尖り髭の洒落者だ。

「これはどういうことだ？」

ぼくが詰ると、賀古は短髪を撫でながら言う。

「北里は俺とは東京試験所で緒方門下の同期、森とはコッホ研究所の同僚だ。小金井の学長就任、森の軍医学校長就任、北里の土筆ヶ岡養生園の院長就任と、ドイツ留学組の慶事が重なったので、まとめて祝ってしまおうと思ってな」

賀古の雑さに、不機嫌になったぼくを無視して、賀古は続ける。

「ここに集まった面々はみんな、ベルリンに滞在している。初顔の衛生局長、後藤氏以外は帝大出身で、学年は小金井が一番上で森と俺、青山と続き北里が一番下だ。留学は小金井が最初で青山、森、北里と続き私費留学の後藤氏が殿軍《しんがり》だ。俺は変り種で、山県公の欧州視察に通訳をした合間に耳鼻科を修学した。まあ、言うなればごった煮の闇鍋のような会だな」

大雑把な賀古が、手際よく要約すると、北里がぼそりと言う。

「せやな、チビスケと呑むのも、たまにはよかね」

北里にこう言われては席に着くしかない。

乾杯の音頭を取るため、賀古が立ち上がる。

「日本の衛生行政を担うのは私立伝研、帝大、陸軍軍医部の三本柱だ。帝大と陸軍軍医部は意思疎通しているので、私立伝研から北里所長と衛生局の後藤局長にお越し願った。北里所長は仇敵『日本医学会』の会頭で、索敵の機会とさせていただく。では乾杯」

乾杯が済むとすかさず北里が言う。

「おいが『日本医学会』の会頭ば引き受けたことが気に入らんのはよくわかったばい。

けどよくも、あげにちまちまと、重箱の隅つつきを続けられるもんたい」

「重箱の隅ではない。学問の王道だ」と、ぼくは言い返す。

「ばってん七度はうんざりたい。『医海時報』の編集長の山谷もげんなりしとる」

やはり北里は「医海時報」を仕切っていたのか。「衛生療病志」を展開するぼくが貧者のゲリラなら、北里はお大尽の官軍、はるかに格上だ。

料理が運ばれて、会食が始まった。口火を切ったのは賀古だった。

「大将、私立伝研の移転は大変だったようだな」と言われ、北里はうなずいた。

「住民の反対運動で宙に浮いたと。末松謙澄《すえまつけんちょう》の反対演説会を、福沢先生が『天下の愚説』と一蹴してくれて、ようやっと収まったばい」

伊藤博文伯爵の女婿の末松謙澄や山県前総理秘書官の都筑馨六《つづきけいろく》を焚きつけて、ぼくは裏で伝研建設反対運動に肩入れした。帝大が画策した大学伝研設立の援護射撃にもなる。

北里が帝大の軍門に降るならよし、ヤツが沈むもよし。王手飛車取りを決めた気分で盤面を眺めていたら、大学案が潰れて北里の前に道が拓けてしまった。

尖り髭の後藤新平が含み笑いをする。

「東京府知事が伝染病の名称を省いて再出願せよ、などとたわけた命令を出したから、長谷川の親父に『伝研は市内に置くも妨なし』という演説をやらせた。吾輩も伝研建設地の看板に墨を塗らせ反対運動を擬装したら狙い通り、反感が醸成されたよ」

唖然とした。反対運動が頓挫したのはコイツの差し金だったのか。

「だが、その点では吾輩も、福沢先生の深慮には遠く及ばん。北里に伝研所長を辞するとして『国家の眼を以てわが医事の大勢を視察し、その消長如何を思えば無限の感に耐えず』という『辞任陳情書』を書かせ、『時事新報』に掲載したのはすごい反響だった」

「あれはぼくも読んだ。不調法な北里にしては出来すぎの素晴らしい名文だった」

　文章に関しては厳正なぼくは素直に、感心したと伝えると後藤はにっと笑う。

「そりゃそうだろう。あの名文は福沢先生の代筆だもの。更に米国のウエルシュ博士の『ドクトル・キタサトの希望通りの病院を建築する』という破格のオファーを追い風に、福沢先生が『国内が反対するなら北里博士は外国の招聘を受ける』と恫喝した。だが北里が反対運動の矢面に立つのは無意味だから、ツツガムシ病調査のため新潟に出張させた。あの視野の広さは敬服する。それで思い出したが小金井学長は学生時代、ベルツ教授のツツガムシ病の研究を手伝ったことがあるそうだな」

「ええ。明治十一年の新潟の調査に同行しました。ツツガムシ病は別名『洪水熱』とも呼ばれる、厄介な病気です。ダニに刺された後に高熱と発疹が出てリンパ節が腫れ、死亡率は四〜六割と高いものです」

「ベルツ先生の『洪水熱論』は、『東京医事新誌』に日本語訳で連載された。訳者は小池兄になってるけど、本当はぼくが訳してるんだぜ」とぼくが言う。

「おお、その論文は、おいも読んだと。ばってんベルツ教授は原因を瘴気としとるが、間違いたい。おいが八月の調査で発見した『プラスモジウム』が原因たい」

自信たっぷりに北里が言う。ただしそれも後日、誤謬と判明するのだが。

「私立伝研は、細菌学の研究と衛生行政を仕切ることになるったい。チビスケもおいに従えばよか」

「お前の伝研は建設中で、船出もできない手漕ぎボートだが、ぼくが率いる陸軍の軍陣衛生学が巨大戦艦ですでに大海原に漕ぎ出している。お前がぼくに従えよ」

ぼくがむっとして言い返すと、尖り髭の後藤が言う。

「そう熱くなるなよ。貴様がウィーン万国衛生会議での検疫論争について書いた論文、『独逸北派の防疫意見』と『独逸南派の防疫意見』は、なかなか出来がよかった。だが貴様はどちらの論で日本の衛生行政をやろうとしているのかが不明瞭だな」

「衛生局長殿はいいところを突いとるな。森は『学のため物を識る』奴なんだよ」

賀古がにやにやしながら余計なことを説明し、ぼくは顔をしかめた。

「なんだ、衒学の輩だったのか。コッホよりペッテンがお好きなようだが、ドイツ衛生学の二大巨頭、ペッテン翁と若武者コッホの月旦をお聞きかせ願おうか」

「いいとも。ペッテン翁は、万物を包容する心と哲学的頭脳を持ち合わせ、立て板に水の講話は客を呼び寄せるサーカスの前口上のようで、劇団を率いる団長そのものだ」

「ほほう、さすが文豪、文学的に来たか。ではコッホはどうだ？」

「コッホは熱意にあふれ謙虚で、自信のないことは語らない。講義は堅牢な学問の要塞を建設するため、礎石を集める石工だよ」

「なるほど、よくわかったが、貴様の論には重要な視点が欠けている。ペッテンとコッホは快楽主義の唯物論と観念的な唯心論の象徴的存在で硬貨の裏表の如く、統合も分離もできん。片方だけ選んだら世界は歪み、崩れ落ちてしまうぞ。北派と南派の対応は真逆だが、一方しか採用できん。ペッテンの南派は検疫は無用とし、コッホの北派は隔離と消毒の徹底を必要とする。貴様は、ペッテンの支持者なのか？」

「いや、『医療の軍隊』を創設する時は、北派の論を採用せざるを得ない」

思いもよらぬ天空の視座からの見解に、ぼくが思わず本音を漏らすと、北里の細い目が、ぎらりと光った。

「『医療の軍隊』は、おいのアイディアばい。チビスケが手を出すのは迷惑千万たい」

「ぼくは『軍隊の医療』を展開し、『医療の軍隊』を軍医学校で構築しているんだ」

「わかったわかった。『医療の軍隊』を作りたいなら、二人とも吾輩の指揮下に入れ。吾輩は明治十五年『衛生警察』構想を長与元局長に進言している。平時は『衛生警察』が人民を指導し、緊急時や非常事態時に『医療の軍隊』を発動する。二人が些細な齟齬を投げ捨て、吾輩の指揮下に入れば、すぐに完璧な行政システムができるさ」

後藤が能天気に豪語すると、北里がにやにやして言う。

「ぼやぼやしとっと、チビスケも後藤殿下のロシアこけしの腹ん中に入れらるるぞ」

ひょっとしてマトリョーシカのことか？　だとしても意味不明すぎる。

ぼくが脱力すると北里はいきなり、ぼくの逆鱗を土足で踏みつけてきた。

「『医療の軍隊』総帥にお聞きする。海軍で成果が出た麦食を陸軍はなぜ採用せん？」

「蛋白・炭水化物比が一対十六なら起こらず、一対二八だと脚気になるという高木説は学理がおかしい。だからぼくは『陸軍兵食調査』で蛋白と炭水化物比率を米食、麦食、パン食で比較し、栄養学的に差がないことを証明したんだ」

「ばってん海軍では脚気は撲滅されとる。伝研に入所した元海軍軍医の石神亨が、陸軍の無策を懸念しとる。そもそもチビスケが土台にした緒方の脚気菌研究は破綻しとる」

ぼくは黙り込む。その件は四年前の医事論争の場で決着がついていた。医学的に問題点を指摘した北里に、緒方支持者は感情論でしか反論できなかった。

やむなく論点を変えた。攻撃は最大の防御なりとは、クラウゼヴィッツ閣下の教えだ。

「ならばぼくも聞く。ウィルヒョウ教授が病理学的に治療効果がないと断じたツベルクリンを、養生園で治療薬として使うなんて、どういうつもりだ」

今度は一瞬、北里が黙り込んだが、すぐにきっぱりと言う。

「これからはコッホ先生が新しく開発した無蛋白ツベルクリンば、使うつもりたい」

「それは効果があるのかよ」

「当たり前たい。おいの神さまのコッホ先生が開発した薬剤やぞ」

ふ・ざ・け・る・な。

心の中で怒鳴りつける。ぼくは労咳なので、北里の言い草が許せなかった。

北里も学理を重んじない点では海軍の高木と同類だ。

するとと後藤が口を挟んだ。

「まあ、二人は互いに切磋琢磨するがいい。森軍医監殿は現実的な判断もできそうだが、するとあのペッテン翁の暴挙を賞賛したのは解せんな。まあ総括すると細菌学は伝研の専権事項、衛生行政は内務省と陸軍で協調して作り上げていく、ということかな」

昨年十月、コッホに押される一方のペッテンは、コレラ生菌を自ら呑むという無茶な生体実験を行なった。ぼくは「ペッテンコオフエル痧菌《コレラ》を食ふ」と題し「衛生療病志」号外を刊行した。あれは北里に追い込まれたぼくの共感の発露だった。

その点を的確に把握し、適切なタイミングで突いてくる後藤は手強い。

「ちょっと待て、帝大を蔑ろにするな」と声を上げたのは硬骨漢の青山だ。

後藤は、ふん、と鼻先で笑いロイド眼鏡を指先で持ち上げた。

「半端者集団の帝大に何ができるのかね。貴様たちは内輪のおままごと戦争で、北里の足を引っ張っているだけじゃないか」

「それは……違う。帝大は北里を迎え入れる準備はしていたが断られたのだ」

「当然ばい。宇野や山極なんぞと一緒にされたら、やっとられん」と北里が言う。

「それは上層部の考え違いだ。ここで謝罪しておく。改めて頼む、帝大に来てくれ」

目の前で始まった北里勧誘劇を見て、ぼくは仰天して言う。

「青山、軽率なことを言うな。帝大には緒方正規という優秀な衛生学者がいる。そもそも北里は緒方の弟子だ。ならば北里が頭を下げ、師のために馳せ参じるのが筋だろう」

「緒方は衛生学と細菌学の二つの教室分の業務を抱え込んでいるが、実際に傾注しているのは衛生行政だ。ならば細菌学は北里に譲っても差し支えなかろう」

青山の言葉を聞いて、それまで黙っていた小金井良精が口を開いた。

「学長として訂正する。緒方は細菌学でも尽力し、ツツガムシ病研究は帝大の業績だ」

小金井は緒方と親友で、その年の次席と三席で一緒にドイツ留学もした仲だったな、と思い出す。すると賀古がのんびりした口調で言う。

「今夜は同じ志を持つ者が胸襟を開き、闇鍋をつつきながら日本の将来を語り合った。我々の相互理解は確実に進んだ。なので本会を『亀清会』と命名する。次は一ヵ月後、場所は同じくここで開催する。青山はできれば緒方を連れてきてくれ。以上、散会」

誰も納得していないのに、落ち着くべきところに落ち着いた、という妙な安堵感が漂う。

賀古の企画はしばしば、宴会を開くための口実にすぎなかったけれど、そんないい加減な賀古の宴会がもたらす実利は不思議と多かった。

翌十一月始めの第二回『亀清会』は、後藤の衝撃の報告から始まった。

「来月、森軍医殿を『中央衛生会委員』に任命する。吾輩の『衛生警察』のために尽力してくれ」

「ちょっと待て。ぼくはあんたの手下になるつもりはないぞ」

「つまらんことを言うなあ。手下になるのが嫌なら、吾輩を子分にすればいいだろう。議論の場に出てくるのを渋るようでは、日本の衛生行政は任せられんぞ。あの引っ込み思案の緒方ですら、この会議には顔を出すんだぞ。吾輩は中央集権的な衛生行政を目指している。ドイツ式の開業医の権益集団を作り、衛生業務をやらせるんだ」

「公衆衛生は、今は英国の方が優れていると思うが」とぼくは反駁する。

「ドイツでは中央集権国家の成立後に衛生制度が作られ、自治の方向へ進んだ。英国は自治制度が衛生上の中央集権を疎外している。現状はビスマルク方式の方が優れている。軍医正殿はご立派な見識をお持ちだが、吾輩に遠く及ばん。貴様の構想は吾輩が衛生局で、北里を指導しながら実現してやるから、安心しろ」

鎧袖一触、ぼくは黙り込む。北里は黙って杯を干している。

「政治の経綸は後藤に及ばぬから従うことにした」と以前、言っていたのを思い出す。

ぼくは力を振り絞り、後藤に挑みかかる。

「それなら当然、国家から応分の経済的補償を拠出するのだろうね」

「そんなまどろっこしいことはせんよ。開業医の業務権を保証する代わり、公衆衛生業務、例えば法定伝染病以外の伝染病や脚気に関する統計作成に協力させる」

「それは傲慢だ。そんなだから政府は民権派の連中に非難されるんだ」

「貴様の論は黄口の書生の空論だ。吾輩は国家の官吏、同意できん。ところでこの間の衛生検疫論議の時に聞きそびれたんだが、英国の学者はどんな提言をしてたんだ？」

「海港検疫を重視し、スエズ運河に観察所を置くべきだと主張していた」

「同じ島国として参考にすべきだな。ドイツの衛生学者はどんな主張だ？」

「ペスト、チフス、痘瘡、コレラの四種は、国際衛生機関を政治圧力を受けない小国に設置し、中立国に国際報道所を設け、直ちに諸国政府に通知すべきと強調していた」

「それはビスマルクの外交政策に沿った発想だろうな。だが新帝ヴィルヘルム二世はビスマルクを遠ざけているから、今後ドイツは衰退するだろう。鉄血宰相の意志は吾輩が引き継ぐ。社会保護政策については昨年末、吾輩は私立衛生会の月次総会で『労工疾病保険法』で講演している」

その論文はぼくも読んでいた。ぼくの心の琴線に響いた社会主義について、後藤がどう考えているのか聞く代わりに、医薬分業問題について質問をぶつけてみた。

「そう言えば後藤さん、あんたはバリバリの皇漢医排斥派だそうだな」

「皇漢医は非科学的だからな。昨年末、皇漢医の連中が第四議会に『医師免許規則改正法律案』を提出し復権を目指した。吾輩は衆議院に『審査特別委員会』を設置し長谷川の親父を委員長にし、吾輩が政府委員になって、へちまにも参加を要請するという総力戦で、皇漢医の野望を打ち砕いたよ。吾輩の宿敵は皇漢医と帝大の連中なのだ」

そう嘯く後藤に、青山は憮然とするが何も言えない。隣で小金井は平然としている。

ぼくは、利あれば委細構わず相手を呑み込もうとする後藤に、とても敵わないと自覚した。するといきなり、賀古の胴間声が響いた。

「話はがらりと変わるが、この中で最後にベルリンに行ったのは小生だ。ここに集った者でみなが思う、ベルリンで一番の場所はどこか、語り合おうではないか」

たちまち六人は思い思いに思い出の場所を語り始め、喧々諤々の議論になった。

ぼくと北里の意見が一致したのは驚いた。ヤツは「凱旋塔の展望台だ」と答えたのだ。

エリスと並んで眺めた、ベルリンの夕景を思い出す。

沸騰した議論が一段落しそうな頃合いを見計らって、賀古が言う。

「ベルリンは石畳の上を鉄道馬車が走るが、日本は雨が降れば銀座も泥濘、風が吹けば日比谷は埃で目が開けられん。そんな日本で偉そうにドイツを論評するなんて滑稽だ」

賀古には、こんな風にすべてをうやむやにして丸く収めてしまう、妙な才がある。

後藤との論争も、ぼくが一方的に押し込まれたところを後藤が話題を変えて、白黒をつけないようにしたと思える節があり、賀古と似たところを感じた。

要するに議論の勝敗に拘泥してしまうぼくはガキで、二人は大人なのだろう。

散会して店を出る時、尖り髭の後藤がぼくに寄ってきて、声を潜めて言う。

「この前から気になっていたんだが、軍医殿はカフスが片方しかないぞ」

ぼくは一瞬言葉を失った。そしてあわてて取り繕う。

「お気に入りなんだけど、片方なくしてしまったんだ。気づかれたのは初めてだよ」

「変わった趣味だな」と言い、それ以上追及されなかったので、ほっとした。

登志子と離婚した後、ぼくはエリスに手紙を出した。ぼくなりのけじめだった。すると驚いたことに返事が来た。エリスはまだぼくのことを想ってくれていたのだ。その頃からぼくは、片方だけのカフスを着けるようになった。淡々とした文通は次第に間遠になり、エリスが結婚するという便りを最後に、やりとりは途絶えた。

彼女から、結婚を報告する手紙をもらったぼくは、「普請中」という短編を書いた。築地精養軒での最後の日々と、現在の別れを同じ舞台で展開した物語の真意を理解できるのは、この世でエリスだけだろう。でも日本語で書いたので、エリスにも届かない物語となった。なぜ、ぼくはあんな物語を書いてしまったのだろう。

明治二六年、結核治療院を創設した北里は隆運にあり、医事評論で外部批判に傾注したぼくは衰運に入った。だが二人の間の隆運と衰運の天秤はこの時、揺れ動き続けた。第二回「亀清会」の翌週の十一月十六日、後藤新平衛生局長は、相馬事件の誣告《ぶこく》教唆で神田錦町で逮捕、拘引され、衛生局長を解任された。後藤は冤罪で半年後に復権するが、大切な時期に参謀役を失った北里は相当の痛手だったことは間違いない。

相馬事件は旧相馬藩のお家騒動だ。幽閉された相馬誠胤《ともたね》を座敷牢から救出した旧相馬藩士・錦織剛清《にしごりたけきよ》は、留学前の後藤に助けを求めた。藩主が突然死したため、錦織は主治医を毒殺で告訴し、遺体を墓地から掘り出し解剖させた。時間が経ちすぎ、毒物が検出される可能性は低いから、止めるようにと後藤は反対したという。

案の定、毒物の痕跡は出ず錦織は誣告罪、後藤は共犯とされてしまった。

相馬事件は、後藤の友人の岩佐新の父、宮内省侍医の岩佐純が診察もせずに死亡診断書を書き、遺体を解剖したのは二等軍医の江口襄、帝大教授の片山国嘉が鑑定するという、ドイツ留学帰りのエリートが一堂に会する、派手な展開になった。

後藤の保釈歎願は十二回も却下されたが、めげずに獄中から監獄の改善を図った。

そしてついに、外部から医師を呼ぶ権利を確立してしまった。

耳鼻科の大家の金杉英五郎は治療をしつつ、監視人にわからないようドイツ語で外部情報を伝えたという。

相馬事件は、単純な誣告事件ではなく、形を変えた政争の顔も持ち合わせていた。

相馬家の代理人の星亨は、被告の錦織と面会して情報を得ておきながら原告側の代理人になり、弁護士会と自由党の双方から糾弾された。

星亨の追い落としには、後藤の岳父の安場保和も一枚嚙んでいた。

その頃ぼくは、前総理秘書官の都筑馨六に呼ばれ、内務省の参事官室勤務を勧められた。聞けばその後で衛生局長に任命するという。

同期トップの小池兄が石黒閣下の後任で、医務局長になると噂されていた。そうなるとぼくの出世の道は閉ざされるので、そんな話が持ちかけられたのだろう。

後藤の留守を窺うコソ泥みたいな真似は御免だけれど、北里の上役になれる、ということには心が動いた。話は自然に立ち消えになったが、伝研の一件で帝大を一敗地に塗れさせた豪傑気取りの尖り髭が、伝馬町の牢で鬱々としている様を思うと、少しだけ溜飲が下がった。

後藤は明治二七年五月三日に無罪判決を得たが、五月二五日の保釈まで獄を抱いた。

そんな多事多難の中で、「亀清会」が数回の短命に終わったのは惜しまれた。

ただし後藤の逮捕がなくても「亀清会」は中断する運命にあった。

翌明治二七年六月、北里と青山は香港ペスト騒動に巻き込まれた。彼らが帰国した八月、入れ替わりでぼくと賀古は日清戦争に出征することになった。

ぼくは文芸評論誌「しがらみ草紙」を廃し、医事評論の「衛生療病志」は結果的に廃刊となった。ぼくがこつこつ積み上げてきた衛生学、評論、文学の全ては、一瞬で雲散霧消してしまった。

ぼくが築いてきたのは、砂上の楼閣だったのだ。

20章　黒死病

明治二七年（一八九四）

福沢諭吉が私財を投じた小さな研究所が「大日本私立衛生会・伝染病研究所」に成り変わり、明治二七年二月、芝区愛宕町に移転した。

所長北里、助手に石神亨、高木友枝、済生学舎を卒業した浅川範彦《あさかわのりひこ》の三名という、小さいながらも戦闘力の高い研究所が立ち上がった。憎きベーリングが軌道に乗せたジフテリア抗血清による治療が、九〇パーセントの治癒率を誇り伝研を経済的に支えた。

三月には三ヵ月単位の伝染病講習を始め、二年後に地方長官が選抜した医師を受け入れ、十七回開講し受講生は四五〇名に達した。彼らは「医療の軍隊」ならぬ「衛生軍」の地方部隊になった。

北里は地に潜り、大風が吹くのを虎視眈々と待ち構えていた。

明治二七年四月、恐怖の疫病が突如、出現した。ペストという名の災厄だ。

ペストは十四世紀、欧州の全人口一億人の四分の一を殺した疫病だ。全身が黒ずんで死亡するので「黒死病」と呼ばれた。

　ネズミに寄生したノミに嚙まれて感染する「腺ペスト」は、近傍のリンパ節が腫れ、高熱で精神錯乱、意識障害を来す。飛沫吸入で伝染する「肺ペスト」は、発症後数日で死亡する。菌が全身に回れば「敗血症ペスト」となり死亡率は六割に達する。

　だが十九世紀、欧州でペストは発生せず、教科書に載っていなかった。ペストは細菌学の洗礼を受けず、闇に潜んでいた。四月、英領香港の公使から「疫病で数百人死亡」と打電があった。内務省衛生局保健課長の柳下士興が「コレラの流行か？」と問うと、「非ず、『ビュボニック・プラーグ』也」との回答で、伝研の高木友枝に相談した。

　高木が図書館で調べてみると、ペストの英語名と判明する。

「これは旗揚げした伝染病研究所にとって、千載一遇のチャンスばい。柳下に言って政府から調査団を出させると。団長はおいがやる」と北里は高木に言った。

　井上馨内相は直ちにペスト調査団の派遣を決した。五月二一日付「時事新報」では、「ペスト侵入を抑えるため多額の国費を投入する意義あり」と援護射撃をした。文部省も井上毅《こわし》文相が小金井良精・帝大医科大学長と相談し、青山教授の派遣を決定した。

　ここでも内務省と文部省の縄張り争いが起こった。伝研創設の件で苦杯を喫した文部省の意気込みは凄かった。五月二八日、四一歳の内務技師、北里柴三郎と三五歳の帝大教授・青山胤通の両名に、同じ文言の調査命令が出た。

　曰く「香港ニ於テ流行スル伝染病調査ノ為メ派遣被仰付」。

北里は石神亭を帯同し細菌学を、青山は助手の宮本叔と医学生の木下正中を同行し病理解剖と臨床を分担する。

かくして明治初の海外派遣調査隊は、伝研と帝大の呉越同舟となった。「亀清会」以来、久々に顔を合わせた二人は六月五日、米国船で横浜港を出発した。同日、伊藤内閣は、東学党の乱が勃発した朝鮮に混成旅団の派兵を決し大本営を設置した。

一週間後、香港に到着した調査隊の派遣期間は、六月二八日までの二週間だ。

入港直前の午前九時、調査団のトップ二人が、初めて甲板で顔を合わせた。

「『大腿骨』は顔色が悪かね。具合が悪いと?」と北里が言う。

すると「日の当たり加減でそう見えるだけだ。お前の方が参っているように見えるが」と、負けず嫌いの青山が言い返した。

実はふたりとも酷い船酔いで船室に籠もっていたが、北里は笑って受け流した。

「もうすぐ香港に到着する。ここから先は人類の敵、黒死病との戦いたい。大腿骨との共闘は気が進まんばってん、お国の命令やからやむをえんばい」

「それはこちらの台詞だ」と青山は言い捨てる。出発前に帝国ホテルで開催された三百名を超える名士による盛大な壮行会を思い出す。

ペストは致死率九五パーセント、出発前に妻に、生きて戻れないかもしれない、と言い残して来た青山の視線の先には、黒い病魔に犯された大陸が見えてきた。

到着翌日の六月十三日、調査隊一行は現地の中川領事に市街を案内してもらった。スラム街で毎日、七十名前後の新規患者が発生していた。行き倒れの路上の死体を見つつ香港政庁を訪問し、英医ラウソンに港に係留した病院船ハイジア号や公立病院の他、市中の病院を案内してもらう。

北里は、警察署と硝子工場を併せて改築したケネディ・タウン病院を拠点に選んだ。翌日、荷を解き顕微鏡を机に設置した途端、一例目の遺体が運び込まれてきて、青山は直ちに解剖した。現地人は解剖を極度に嫌うので、死体置場の隣の物置で執刀し、助手の一方が解剖助手を務め、他方が記録を取りつつ通行人が通ると窓を閉め、解剖していることを隠した。

閉め切った部屋に次々に遺体が運び込まれてくる。悪臭をタールでごまかし、保護材のコロジウムを塗り手袋代わりにした。解剖用具を一式しか持ってこなかったのは大失敗だった。

青山は二週間で十九体を解剖し、四五名の患者を診察した。北里は消毒釜や硝子器具、培地など全て持参し準備万端だった。

六月十五日、日本隊に遅れること三日、仏のパスツール研究所のエルサン調査隊が香港入りした。北里は事務員に、エルサンに解剖許可を与えないよう病院責任者を買収させた。だがエルサンは香港島政府に訴えこの妨害を退けた。

こうした仁義なき前哨戦を経て、ペスト菌発見の先陣争いが始まった。

ペストは人畜共通病の炭疽病と鼻疽に症状が似ていたので、北里は検索部位を脾臓と血液、リンパ腺腫に絞ると案の定、多数の短桿菌《たんかん》が発見された。六月十八日、北里は同一菌の純粋培養に成功した。調査開始後五日間で解剖五体と重症患者三十名の血液を調べ、全例から同様の短桿菌を検出した。

北里は内務省に「黒死病の病原を発見せり」と打電した。エルサンも二十日に発見し、ペスト菌発見の栄誉はコッホの弟子の北里とパスツール門下生のエルサンで分け合う。

六月二六日午後、青山は調査団で最後の解剖を実施した。二八日に香港政庁や領事館の人々を香港ホテルに招き晩餐会を開いた後、青山と石神は三九度の高熱を出した。

英国病院船ハイジアに入院した二人は二週間、死線を彷徨う。調査団を手伝った香港在住の中原富三郎医師が死亡したが、民間人で公式の記録は残されていない。

六月三十日、青山と石神は人事不省になった。福沢諭吉は北里を帰国させるよう内務省に要請し、「時事新報」でも報じた。だが高木友枝は「そんなことをしたら命は助かっても、北里の名が死にます。北里は絶対に応じないでしょう」と答えた。

事実、北里は香港に残り、延長期間に重病人の看病、論文執筆や衛生状態の改善に勤んだ。七月八日に右腕の高木友枝が香港に到着し、衛生学的調査に集中した。

北里は患者の家を調べ、ネズミの死骸が多いことに気づいて、ネズミの血液からペスト菌を検出した。同時に乾燥、日光暴露、高温など、ペスト菌の抵抗性検査に着手した。

それはかつてコッホの下で、コレラ菌とチフス菌の抵抗性を調べた手法を踏襲したものだ。その間に独語論文を執筆し、塗抹標本と菌株を添えてコッホ研究所に送った。

七月七日、ラウソン医師に論文を英訳してもらい、英国の医学誌に速報を送った。「ランセット」八月二五日号に北里の論文が掲載され、七月十五日、邦文の「ペスト病の原因調査第一報告」と調査復命書を井上馨内相に送付した。

――患者血中に細菌を得たり。該菌はペスト患者の血液、腺腫、内臓に存する。細菌を動物に接種するに同一の症候を呈す。以上より該菌はペストの原因なりと確証せり。

北里はランセット論文にグラム染色の記載をせず、予報で時にグラム陽性、時にグラム陰性とした。だが本論文は執筆せず、邦文の報告書にはなぜかグラム陽性と明記してしまう。

グラム染色は細菌の基本染色で、ゲンチアナ紫で染色し純アルコールで脱色し、最後にフクシンで染色する。アルコールで脱色されなければ濃紫色のグラム陽性、脱色されればフクシンで赤く染まるグラム陰性だ。北里はグラム陽性とグラム陰性の二種の細菌を確認し、北里菌はグラム陽性で、グラム陰性のエルサン菌とは違うと主張した。

だがコッホ研究所に送った標本には真性ペスト菌と雑菌が混在していた。北里はグラム陽性菌を北里菌と言い張り続け、世紀の大発見を台無しにしてしまった。

青山が快方に向かったのを確認し、七月三十日、北里は帰国した。

八月一日、森、小金井、賀古、入沢達吉が青山の容体を聞くため、上野「伊予紋」で北里と会合を持った。

森は、重体の青山を置き去りにして帰国した北里を詰ったが、それは本意でなく一緒に帰国したかったと北里が切々と述べると、誤解は氷解した。

その日、日清戦争が開戦した。店の外では民衆が提灯行列を繰り出していた。

八月八日、中央医学会でペスト調査報告と検疫建議をした北里は午後、医科大学生理学教室で東京医学会主催の講演をした。

この時、熊本弁で満堂を圧した北里を見て、後の北里四天王となる北島多一《きたじまたいち》と志賀潔《しがきよし》が伝研入りを決意した。八月十二日、石神亨は帰国すると伝研を辞し海軍に復した。

八月三一日に青山、宮本ら帝大調査隊一行が帰国した。新橋駅で歓迎を受けた青山は、腫大したリンパ節の摘出手術や皮膚膿瘍の切開術を二九回も受け、憔悴しきっていた。

森は八月二九日に東京を発ち、広島から出征していたため、すれ違いになった。

十一月十一日、近衛篤麿公爵が会頭となり全国医師一千名参加の香港ペスト調査隊の帰還祝賀会が開かれた。当初、東大歓迎会は北里を除き、福沢の交詢社の歓迎会は青山を排し、別々の実施とされたが、丸く収めたのが伝研の高木友枝だ。彼は「北里博士歓迎会事務所」という交詢社の看板に青山の名も入れるべきだと主張した。「青山は関係ない」と一蹴した福沢と粘り強く説得し、「北里・青山歓迎会事務所」と改めさせた。

二人には近衛篤麿公から銅像が贈られた。

北里の銅像は後の北里研究所に、青山の銅像は文部省伝研に保管された。北里の銅像の台座にはペスト菌発見の経緯が漢文で彫られ、青山の台座には病理研究の功績を称えた銘文が刻まれていた。

翌明治二八年、青山は「一八九四年香港におけるペスト流行について」というドイツ語の一二三ページに及ぶ大著論文を帝大医科大紀要に掲載した。それは香港のペストの流行状況、症状、合併症、解剖所見をまとめた、青山の学問的業績の中で最も重要なもので、いかにも青山らしく頑迷で強固な、難攻不落の城砦のような論文になった。

ペスト菌発見に関する、北里への逆風は続く。明治二八年十一月、日清戦争で得た新領土・台湾でペストが発生した。八月に台湾総督府陸軍局軍医部長に任命された森林太郎は九月に解任され、ペストの流行前に帰国した。

翌明治二九年十二月、緒方正規と山極勝三郎両教授が、ペスト調査で台湾に赴いた。台湾総督府は伝研に調査を依頼したが内務省は応じず、文部省にお鉢が回ってきたのだ。この調査で緒方は、ノミ体内のペスト菌の存在を動物実験で証明し、ネズミのノミがペスト伝播に重要な役割を果たしていると「ペスト研究復命書」で報告した。

翌明治三十年三月の緒方のドイツ語論文は、画期的だった。

だが伝研では長い間、緒方のペスト菌のノミ媒介説を認めなかった。明治二九年、横浜に上陸した中国人のペスト罹患が判明、北里は高木を派遣し、大事に至らずに済んだ。

北里はペスト菌発見の名誉より、ペスト感染予防の実利を重んじたのだ。

国内でペスト菌発見問題の決着がついたのは明治三二年だ。

十一月二日、台湾から入国した船客が広島で死亡し本土初のペスト流行が始まった。十八日、緒方、中浜の両名が神戸に着くと、先行調査していた北里は現在の流行はエルサン菌だと認め、翌年一月の官報でペスト菌の原因菌はグラム陰性エルサン菌だと正式に認めた。この時、森は「北里は調子に乗っていたので、いいへこみだ」と私信に書き、読売新聞の紙上では「北里は緒方の赤痢菌が贋物だと吹聴し、自分は贋物のペスト菌を本物だと言い続けた。ようやくその非を認めたようだ」と辛辣に批判した。

北里は、感染対策でネズミ駆除を推進した。東京市では市長に、ネズミ買い取りの仕組みを提案させ、抜群の効果を上げた。この時、最初の感染者を発見したのは伝研を不祥事で追われ横浜検疫所で燻っていた野口《のぐち》英世《ひでよ》だった。この件で評価され、清国の牛荘でのペスト流行時、派遣医師団に加えられた。野口は帰国後、米国のフレクスナー博士に師事したいと直訴し翌年、フレクスナー博士の下で研究を始める。

このような経緯があって、日本の学会では北里をペスト菌発見者とせず、エルサンのみとしている。エルサンの母国フランスでも同様だ。

明治三十年の第十回万国衛生会議（イタリア・ベニス）でペスト菌発見問題が再討議され、北里がコッホ研究所に送った検体を調べた結果、北里とエルサンが発見したのは同じ菌だと判明した。以後、日本と仏以外の欧米諸国では、ペスト菌発見者は北里柴三郎とアレキサンドル・エルサン両名とし、「キタサト＝エルサン菌」と呼ばれた。だが一九六七年の国際病原菌分類変更の際、パスツール研究所主導で分類名が変更され、再び北里の名前は消え、今日に至っている。

黒死病・ペストはその後も世界中で猛威を振るい、二十世紀前半の半世紀で全世界で千五百万人の死者を出したのだった。

21章　日清戦役と衛生戦争

明治二七年（一八九四）～明治二八年（一八九五）

明治二七年八月一日、日本は清に宣戦布告した。九月十六日、第五師団が平壌を陥落させ翌日、「黄海の海戦」で連合艦隊の伊東祐亨司令長官が北洋艦隊を撃破、制海権を奪う。その後、第二軍司令官・大山巌大将は遼東半島に上陸し旅順を一日で陥とした。この時の陸軍軍医部は第五代陸軍省医務局長・石黒忠悳閣下がトップで、軍医総監は閣下と石阪惟《いしざかい》寛《かん》、土岐頼徳のトロイカ体制だった。

小池兄が第一軍兵站軍医部長で、ぼくは中路兵站軍医部長から第二軍兵站軍医部長に転じた。翌明治二八年一月、第二軍と共に大連を発したぼくは「第二軍兵站軍医部別報」で厳寒対策を記述した。第一師団第二野戦病院長・賀古鶴所は「握り飯は凍結し岩のようで、凍らない現地食の黍《きび》飯に劣る」と報告した。ここでとんでもないことが起こる。二月、軍医部ナンバー3で第二軍軍医部長の土岐頼徳が、第二軍の大山司令官に、兵食で麦食採用を直訴したのだ。だが、兵食の責任者だったぼくは、麦食を拒否した。北里門下の海軍軍医、石神亨は「時事新報」に「陸軍兵士の脚気病に就いて」という論説を掲載し、海軍では麦飯を採用し脚気患者は三四名、死者一名だが、米食主体の陸軍の脚気患者は三万五千名、死者は三千九百名余と、戦闘による死者の四倍強に達したと公表した。だが石黒閣下は平然としていたので、ぼくも倣った。

明治二八年二月十二日、北洋艦隊提督・丁汝昌は降伏し、服毒自殺したため北洋艦隊は全滅した。

三月九日に最大の陸戦、田圧台の戦闘で敵は壊滅し第一期作戦は終了した。

四月十七日締結の下関講和条約で、清は朝鮮独立、遼東半島、台湾、澎湖島の割譲、弁償金二億両の支払いを認めた。だが一週間後、露独仏の三国の公使が遼東半島の還付を求めてきた。世に言う三国干渉である。

疲弊しきった日本は、勧告を受け入れた。

五月十日、大帝は平和克服の勅語を発し五月二九日、東京へ還幸された。この時、慣例の伊勢神宮への奉告参拝はしなかった。

「この戦争は朕の志ではないので、奉告は控える」と御心をお側に漏らされたという。

大本営野戦衛生長官・石黒閣下は、四月に旅順へ進発、五月に帰京し男爵位を賜る。

大陸ではコレラが流行し、六月には帰還兵の大規模な検疫が必要な様相を呈した。

そろそろ帰国かな、と思ったぼくに新たな辞令が下りた。それは青天の霹靂だった。

新領土、台湾への異動を命じられたのだ。

明治二七年十二月、大本営が置かれた軍港の街広島は、相次ぐ戦勝に沸き立っていた。

そんな中、野戦衛生長官の石黒忠悳は迫り来る危機を感じつつ、当座やることがないので、旅館の一室で寛いでいた。そこに将官付きの兵卒がやってきた。

「長官、『石黒に会いに来てやった、さっさと部屋に通せ』と言っている、薄汚い風体の方が来ております。いかがいたしましょう」

寝そべり鼻毛を抜いていた石黒は身体を起こし、「来たか。通せ」と言った。

部屋にずかずかと入ってきた男は、石黒の向かいに、どかり、と胡座をかいた。

「へちまが呼んだからわざわざ来てやったのに、あの兵卒の無礼な応対はなんだ」

「兵卒は貴様と初対面だから仕方がなかろう。だがこのたびは難儀をしたな、後藤」

元衛生局長の後藤新平は、ふん、と鼻を鳴らし、窓際の壁に寄りかかる。岡惚れした弱みで石黒は後藤の無礼や無作法を咎めることができない。

「いくらへちまの頼みでも、宮仕えは二度と御免蒙る」と後藤はきっぱり言う。

「まあ、ゆるゆる考えてみてくれ。部屋を取るから、まずは旨いものを腹いっぱい食べ、ゆっくり休んで英気を養うといい。儂は、これはお前にしかできない大事業だと思っているのだ」

後藤は立ち上がると「女中、部屋はどこだ」と吠えながら階下に降りて行った。

獄に入っても、せっかちなのは変わらなかったか、と石黒忠悳は苦笑した。

明治二五年十一月、ドイツ留学から帰国した後藤新平は、衛生局局長に就任した。

後藤は北里を支援して私立伝研設立のため奔走する傍ら、帰国後一年は地方視察に明け暮れた。さてこれから、という時に「相馬事件」で躓いた。今年五月、無罪判決を得て保釈出獄、先日検察の控訴が退けられ、晴れて無罪となったが衛生局局長は失職した。

その頃、大陸にいる小池正直と森林太郎から石黒に、前線でコレラ患者が発生したとの報があった。西南の役の時、コレラ検疫をやり損ねた失態は繰り返したくない。

石黒は年明けの明治二八年一月、凱旋兵二四万人の検疫を内相に建言した。児玉源太郎・陸軍次官は、検疫の責任は陸軍に在りと即決し、石黒に軍隊検疫を任せた。

石黒は後藤を推挙し、児玉は石黒の提案を容れた。宮仕えは御免だ、とごねる後藤に石黒は小技を使い、相良知安の元へ衛生会の書状を届けさせた。相良は芝新銭座の裏店で占い師の真似事で、糊口を凌いでいた。広島に戻った後藤は石黒に言う。

「へちまの言いたいことはわかった。相良さんは正しかったが、今は落魄し筮竹《ぜいちく》占いで身を立てている。吾輩は相良さんの性質に近い。あまりに頑なだと身を滅ぼすのだな」

後藤がとりあえず児玉次官と面談すると、必要な予算額を問われ、「百万かな」と大風呂敷を広げた。当時の国家予算は八千万円でその額は現在の一兆円に相当する。

「ならば百五十万を用意しよう」と児玉次官は即答した。後藤は驚き「軍人はイヤだ」と駄々をこねる。児玉は「臨時陸軍検疫部を創設し、貴殿を文官事務長に任命し、自分が部長に就任して全責任を負う」と断言した。

そこまでされたら断りようがない。

後藤は児玉次官を訪問後、愛宕町の私立伝研の北里所長を訪れた。

「へちまは吾輩に難役を押しつけ、うまくいったら自分の手柄にするつもりだ。そんな道化役は御免蒙りたい。吾輩は断ろうと思う」

するとむ腕組みをした北里は、断固とした口調で言い放つ。

「それは悪手たい。後藤は天下に使われるんじゃなか、後藤が天下をぶん回せばよか」

北里の言葉を聞いて、入獄で萎縮していた後藤の背骨が真っ直ぐに伸びた。

「蒼蠅に言われるまでもないが、ぶん回す天下が腐っていたら、どうもならん」

「腐っとるのは天下じゃなか。役所たい。大学の連中たい。ぬしが尻尾を巻いて逃げ出したら、連中の思う壺、笑い者たい」

「そうかもしれんが、吾輩は感染症対策をやったことがない。吾輩に出来るだろうか」

「ぬしには無理ばってん、ぬしには感染症の専門家が部下におるたい」

「そうか、蒼蠅を使えばいいのか。ならばいっそ、お前がやったらどうだ？　その方が世間も納得するし、大学連中も一層悔しがるだろう」

腕組みをしてしばらく考えていた北里は、顔を上げた。

「やっぱりこれは後藤の復帰戦にした方がよか。大仕事ばやり遂げ衛生局に返り咲き、ぬしの不在中に滞ったことを一気にやるったい。ばってん、ぬしの師匠のペッテンコーフェルは、ドイツ衛生学の南派で検疫不要という考えだけん、検疫の設計はできんよ」

「確かに蒼蠅の言う通りだ。では、吾輩はどうすればいい？」

北里が呼び鈴を鳴らすと、背の高いすらりとした青年がやってきた。

「おいの懐刀の高木友枝ば、貸しちゃる。高木が同行すれば盤石たい」

「恩に着る。高木さんとやら、初めまして。よろしく頼むよ」

「初めてでなく、東大三年の時、長与総長のところで後藤さんをお見掛けしてます」

「ほう、後藤の鼻っ柱の強か頃だな。どげん印象やった？」と北里が訊ねる。

「よく喋るお方だなあ、と思いました。それと、時計の銀鎖につけた象牙の髑髏が印象的でしたね」

苦笑した後藤は、右手を差し出し、高木と固く握手をした。

「過去の印象はともかく、これからはよろしく頼む」

後藤が広島に戻ると、臨時陸軍検疫部が創設された。部長は陸軍少将の児玉源太郎、事務官長は後藤が務めた。事務官に森の親友の一等軍医正・賀古鶴所の名もあった。

「『亀清会』の番頭殿に、吾輩の実力を見せてやろう」と言い後藤は、にっと笑う。

「森が内地にいたら、殿下の出番はなかったんだぞ」と賀古は切り返す。

「終わった時には、そんなたわ言は言えなくなっているさ」と後藤は嘯く。

その後、似島《にのしま》（広島・宇品）、彦島（下関）、桜島（大阪）に検疫所を設置し、海を埋め立て家屋を建てた。北里が開発した消毒ボイラーは、消毒時間を三十分に半減した。

後藤は似島に腰を据え、部下六人と家を借り共同生活をした。

検疫従事者の給与を戦地と同じにさせ、検疫兵に自ら感染防止の手法を講義し、「臨時検疫所消毒場案内」という手引き書を二五万枚、大阪朝日新聞に刷らせた。

トラブルに直面すると、抜け道や解決策をすらりと見出す才が後藤にはあった。

資金は不足し、検疫の実施期限が迫り対岸の住民に反対運動が起きた。

後藤は陳情を聞き終えると、さらさら筆を走らせる。

――最先端の検疫所、来たれ似島へ。今は病人もなく、見学料五銭で甘酒飲み放題！

その文言を口に出した後藤は、立て板に水で続ける。

「検疫人受け入れの予行演習をしなくてはならんが時間も金もない。だから客を集めて見物料を取る。対岸の店に甘酒の寄付をしてもらえ。寄付したことを検疫所に張り出すからいい宣伝になるぞ、と言え」

「それは住民理解にもつながり、反対運動も抑えられますね。さすが事務官長殿」と部下は感心する。ところがそんな後藤を次々にトラブルが襲う。まず講和交渉が順調に進みすぎ、検疫開始が一ヵ月早まってしまった。

検疫日数が長すぎると寺内正毅少将は文句たらたらで、激しい電報の応酬になった。

沖合の輸送船に検疫官が乗り込み伝染病患者や死者を臨検し、患者は運搬船で避病院に、遺体は死体室に送り船内の消毒を行なう。臨検後、乗員ははしけで検疫所に送られ、風呂に入り身体を消毒する。船内に感染者がいれば滞留舎に入り、五日の間に発病者が出れば更に四日滞留を延長する。煩雑で時間が掛かり短気な軍人から文句が出た。

六月一日に検疫が始まると、次々に問題が発生した。

電気工事が終わらずボイラーに不良箇所が出る。「一日五千と言ったくせに二千ではないか」と文句を垂れる寺内に、「『ボイラー修繕が終わるまで一週間我慢しろ、クソ食らえ』と打電しろ」と怒鳴る。

コレラ患者を抱えた船はどんどん増えていく。中でも白山丸は特に酷く、コレラ患者七二名、十二名が死亡した。

検疫が軌道に乗り始めた七月二四日、西日本を巨大台風が襲う。検疫所の被害は甚大で翌日、後藤は陣頭指揮を執り修繕に当たった。二日後、「検疫所は使えないだろうから港に回航する」と打電してきた寺内に後藤は「修理済み、何ら問題なし」と返信した。

臨時検疫所がフル稼働したのは六、七月の二ヵ月間で、検疫は八月半ばに終了した。

検疫船舶六八七隻、消毒船舶三百艘、検疫人数二三万、消毒人員十五万、停留人数五万。前代未聞の大検疫を成し遂げた後藤は十月二一日、大本営で明治天皇に奏上した。

臨時検疫部は十月末日に廃止され、帰京した後藤は一時、廃人のようになった。

ようやく落ち着いた頃、改めて児玉部長の元に挨拶に行くと、木箱を渡された。

「この箱は貴君の月桂冠だよ」

中には様々な部署から届いた、後藤の悪口を書いた数百通の電報が詰まっていた。

自分は、これほど憎まれていたのか、と思い、そうした不平不満を呑み込んだ児玉部長の大度量に心服した。七月、後藤は伊藤首相に「明治恤救基金案」を直訴する。

富裕層の寄付と国と自治体の負担、及び国民への賦課を財源とし戦傷兵の援助をする案は、ビスマルクの政策に倣ったものだ。

日清戦争は戦費二億円、二四万人の兵力、戦死者一万三千の犠牲で終わった。講和後、台湾に五万の陸兵が派遣され、抗日ゲリラとの戦闘が続いた。初代台湾総督府軍医部長に任命された森林太郎は、感染症や脚気の蔓延を前に為す術もなく茫然としていた。

明治二八年九月七日、後藤新平は内務省衛生局長に復職した。

この時、後援会といいながら、その内実は後藤をこき下ろす「悪友会」が結成された。メンバーは児玉源太郎や金杉英五郎の他、裏街道の黒幕と呼ばれた杉山茂丸も参加し、後の台湾経営で大いに協力する。

後藤新平が衛生局長として辣腕を振るった期間は二年半と短かい。明治三一年三月、新任の台湾総督・児玉源太郎が、「台湾統治救急案」を提出し文明化で民心を引きつける、英国型の特別統治策を提案した後藤を、台湾総督府民政局長に招請したからだ。

後藤は科学施設、鉄道、水道、汽船、病院などで民心を一新し、総督に全権を与え本国政府は干渉せず、旧来の自治制を回復し国庫の行政費を減らすべし、と主張した。

明治三五年、後藤の次の衛生局長を務めた長谷川泰が失脚し、北里の懐刀だった高木友枝が血清薬院長を罷免された際、後藤は高木を台湾に招聘した。

鉄道部長も兼任した後藤は、鉄道敷設の調査中に意味深な句を詠んでいる。

○　遠眼鏡　一人で持てば　罪作り

大風呂敷と呼ばれた風雲児、気宇壮大な後藤の孤独な一面を現している歌である。後藤は明治三九年に初代南満州鉄道総裁、明治四一年から逓相、内相、外相を歴任し、東京市長の時に関東大震災に遭遇、「大風呂敷」の壮大な復興計画を立てた。だが例の如く、後藤がぶち上げた壮大な計画は、たちまち縮小されてしまったのだった。

22章　亜熱帯の迷宮

明治二八年（一八九五）〜明治二九年（一八九六）

遠くに砲声が聞こえる。
湿気をたっぷり含んだ空気が、身体を包み込む。
天険の断崖に立ち、暗い海原を見遣る。
見上げた天蓋には、無数の星が煌めいている。
目の前をすい、と一匹の蛍がよぎる。
その光を目で追いながら、考える。
ぼくはなぜ、こんなところにいるのだろう。

明治二八年五月十五日、野戦衛生長官・石黒閣下から台湾赴任を命じられた。閣下は「南方の珍しい風物をゆるりと見学してこい」と呑気なことを言っていた。ぼくは第二軍兵站軍医部長だったので命令者は陸軍省であるべきだ。大戦を終え陸軍は混乱していた。五月二八日、台湾総督に任命された樺山資紀・海軍大将と共に台湾・淡水に到着後、近衛師団は平定作戦の主力となる。

ぼくは近衛師団を率いる北白川宮能久親王と行動を共にした。ドイツに留学した時、貴族の未亡人と恋に落ちたが結婚を許されなかった親王を近しく感じた。だが親王は五ヵ月後、マラリアで病没してしまう。

五月三十日、物見遊山で三貂角に上陸し、近衛師団の第一旅団と共に前進した。

六月一日、うだるような暑さの中、絹糸のように細い雨が煙るように降り続けた。

標高二千メートルの切り立った山頂から下を見ると、大海原が青々と広がっている。

だがそこは、敵地のど真ん中で、夜になっても焚き火もできない。

見上げれば満天の星。視線を下に転じれば、蛍が一匹、闇をかすめる。

ぼくはノオトを取り出して、一句を記した。

○　一匹の　蛍嬉き　野宿かな

上陸地でいきなり小戦闘に巻き込まれた。山間の村落での白兵戦は小一時間で終わり、後には敵と味方の遺体が転がっていた。六月二日、樺山大将が横浜丸の船上で清国全権大臣と会し台湾授受の儀を行なった。これで台湾は正式に日本の領土になり十四日、台湾総督府が開設された。二手に分かれ敵を追う近衛師団は七月上旬、片方が敵兵三千に包囲され全滅する。八月六日、樺山総督は軍政統治とした。

ぼくは総督府診療所と大日本台湾病院の責任者に任命された。

瘴癘《しょうれい》の地、台湾ではあらゆる感染症や風土病が蔓延し、加えて脚気まで出現した。

樺山総督が兵隊に麦飯を給したいと申し出たが、ぼくは軍則で麦飯の供給を拒否した。部屋に籠もり、現地で入手した書物を日がな一日眺めて過ごしたぼくに刺々しい非難の視線がまとわりつく。八月八日付軍令でようやく第二軍兵站軍医部長を免じられ、台湾総督府陸軍局軍医部長に任命されたが辞令が届いたのは十一日後。兵站軍医部長の二等軍医正が着任し、やっと態勢が整った。コレラが流行し上陸以来千五百人が死んだ。

台湾戦役の戦死者は一六四人だが病死は四千六百人、内地送還者は二万一千人に達した。

九月一日、第二軍兵站軍医部が解散すると翌九月二日、拝命したばかりの台湾総督府陸軍局軍医部長の任を解かれ、軍医学校長事務取扱を命じられた。

九月十一日、大雨の中、新任の高島鞆之助副総督を北門外に迎えた。こころなしか、ぼくを見る目が険しく思えたが、初対面なので気のせいだろう。

翌九月十二日、後任の石阪惟寛・軍医総監が着任した。

石黒閣下より年上で、ドイツ留学時はぼくの直接の上司だった人格者だ。引継が終わると、現場の兵卒に衛生状態や病気の様子を直接訊ねたいと言う。

呼び出しに応じた警備中隊の石光真清《いしみつまきよ》隊長は、迸るように話し始めた。

「酷いもんで、二百人の中隊の半分はコロリで、元気なもんは半分以下の八十人です。

下痢が続いて入院しても治療せず、消毒薬を撒いた上に蓆《むしろ》を敷いて寝かせるだけ。私もコロリになりましたが、熱い湯を入れたビール壜を腹に当て下痢を出さず我慢して治しました。警備に差し支えるので、下痢したヤツも元気なヤツと一緒に警備させました。それと、銀シャリは脚気になるんで、海軍の水兵と同じ麦飯にしてほしいです」

「そうだね。いずれ、ご希望に添えるようにするよ」

そのやりとりに驚いたぼくは、あわてて言う。

「白米六合を支給するのは陸軍の規則で、変えられません。白米はカロリーがあって、兵隊さんの食事には一番いいことが、医学研究で明らかにされているんです」

石光隊長は「そちらの将校さんは、どこの連隊の方ですか？」と不思議そうに尋ねた。ぼくは赤面した。ぼくは軍医部長だと認識されていなかったのだ。

石光隊長が辞去すると、「本当に麦飯を採用するおつもりですか？」と尋ねた。

すると石阪軍医部長は、ぽりぽりと頭を掻きながら言った。

「やむを得ないでしょう。陸軍でも明治二十年頃から平時には麦飯で脚気が減ったのに、戦争で兵食が元の米食に戻った途端、また増えてしまいましたからね」

「そうなんですか。ぼくはその頃、ドイツ留学中で詳しい事情は知りませんでした」

「石黒君は米食に並々ならぬ固執をしていますが、西南戦争以来の付き合いですから、なんとかなるでしょう。へちま顔を真っ赤にして怒り出すかもしれませんが」

ぼくはびっくりした。

さすが歴戦の軍医部ナンバー2、肝の据わり方が違う。

「内地では帰国兵の検疫を内務省の後藤事務官がやり遂げたので、うかうかしていられません。森さんはお休みください。台湾は風光明媚で見るべき所は多いと言います」

尖り髭の不遜な男が、懐手でにやにやしている姿が脳裏に浮かび、不快になった。

だがお言葉に甘えて、残りの滞在は休暇のつもりで過ごした。けれども暴風雨の中、部屋に籠り現地で入手した本を耽読したので、やったことは変わらなかった。


ぼくは十月四日、東京に凱旋した。帰国後、石黒閣下は開口一番、吠えた。

「後任の石阪が、麦飯を支給したいと要請してきた。森、お前は彼奴《きやつ》に申し送りをしてこなかったのか」

「話は、コレラのことばかりでした」とぼくは、さらりと嘘をつく。

「まったく、どいつもこいつも儂に逆らいおって。石阪には厳しく垂訓し、思い違いを糺しておく」

石黒閣下は、激怒の訓示を台湾総督府陸軍軍医部長・石阪惟寛に送りつけた。しかもその内容を翌年の「陸軍軍医学会誌」七二号に掲載するという念の入れようだ。

手足を縛られた石阪さんは衛生対応ができず、台湾の感染症の流行は猖獗を極めた。

ぼくは十月十四日、大本営で台湾の衛生の現況を奏上し、功四級金鵄勲章と単光旭日章を授与された。勲章の輝きが煩わしい。ぼくは名誉に見合う働きをしただろうか。

ぼくが台湾に蔓延する疫病になすすべもなく、現地の古書を渉猟して憂さを晴らしていた頃、内地では北里と後藤の内務省コンビが着々と力を蓄えていた。

後藤新平は、帰還兵の大規模検疫を成功させたが、東京ではコレラが蔓延した。

北里は免疫血清を使用し、官製ワクチン生産を目指した。長与専斎・元衛生局長が臨時検疫局長に就任し、内務省内に臨時検疫局を設置した。四月には土筆ヶ岡養生園に隣接した芝区白金三光町に、千七百坪の伝研支所を開所した。

目障りだが、ぼくは北里に感謝もした。怪我や病気で後送した軍夫や役夫が解雇され、悲惨を極めているということを耳にしたぼくは、賀古鶴所に民間医師の決起を促すように依頼した。賀古は知り合いの医師に相談し、軍夫救護会を作った。北里は森村市左衛門翁に頼んで四万円の基金を集め、広島大本営で野戦衛生長官・石黒閣下と面談、宇品上陸と同時に解雇される傷痍軍人の救護に任ずる規則を作るよう要請してくれたのだ。

石黒閣下は「解傭軍夫救護会」を設立し、広島の寺院を「解傭軍夫救護病院」とした。

この「民間の義俠熱誠」による軍夫救護事業の発案者はぼくだったが、北里の助力がなければ、実現しなかっただろう。

だがこの頃、大規模検疫を成功させ衛生局長に復帰した後藤は、ぼくの上を行った。

彼は伊藤博文首相に直談判して、賠償金から三千万円を天皇の御料に入れ、慈恵の思し召しとして貧民救済に使うべし、という「恤救基金案」を進言したのだ。

明治二八年の日本の人口は四千万人なのに福祉予算はたった十一万円だった。

日本の国家予算は年八千万円で、日清戦争の戦費は二億円に達した。これでは貧富の差は広がるばかりだ。後藤の建言は国家の財力で貧民を下支えするという点で、ぼくの発想と似ていたけれども、より大規模でシステマティックで、徹底していた。

後藤が提案した制度は帝国の福音になるはずだった。だが伊藤公が政権を投げ出すと、後継の松方内閣は殖産興業の歪みを是正せず、軍拡一点張りで突っ走った。

こうして貧富の格差は解消されないどころか、むしろ増大していく。そしてやがてそうした歪みは、明治天皇の身心を痛めつける「大逆事件」として噴出するのだった。

日清戦争の翌年、ぼくは陸軍大学校の教官に任命され、百名の学生に一ヵ月の速成教育をした。軍医不足は深刻で、補充は一刻の猶予もならなかった。

一月には文筆業を再開、文芸評論誌「めさまし草」を創刊した。幸田露伴、斎藤緑雨と文学を論じた「三人冗語」では樋口一葉の「たけくらべ」を褒めた。労咳の一葉を青山に診せたが、彼女の夭折は防げなかった。だが十歳下の歌人、佐佐木信綱を発掘できた。「めさまし草」で彼の歌を取り上げた。彼は「竹柏社」を立ち上げ「心の花」を主宰し、歌壇の重要人物になり、後にぼくもその恩恵に浴する。

四月、陸軍大学校の修学期限を四ヵ月に戻した。軍医学校では学校衛生学や欧米の選兵制度を論じ、生意気な学生と宴席を持ち、青臭い討論にも応じた。

ぼくは軍医学生課程に「熱帯衛生学、台湾について」の一項を加えた。日本は台湾の経営に本腰を入れ新年、台湾総督府陸軍軍医部長に土岐頼徳軍医総監が着任する。

日清戦争で麦食を直言した人物は、台湾でも麦飯を給与すると言い出し、石黒閣下を慌てさせた。閣下は米麦混食を徹底的に糾弾し、中央の定めに違反しているとしつつ、学問的に比較統計を取ることは差し支えないという逃げ道も作った。なかなか狡猾だ。

その後も台湾総督府と陸軍軍医部の間では、すったもんだが続いたらしい。でもぼくには、その辺りの詳しい事情は伝わってこなかった。

その春、父上が尿毒症で亡くなった。六一歳だった。

「花のころ　仏とならせ給ひけり」という一句を、高浜虚子が悔やみ状に添えてくれた。風流子だった父上は、空の上でさぞ喜んでいるに違いない。

森家の楔がずしり、と重くなる。文鳥と盆栽だけを愛しんだ好々爺でも、父上は森家を支えてくれていたんだな、と改めて思う。父上が臨床家として優れていたことを実感したぼくは、「カズイスチカ」（臨床レポート）という短編に記した。ただしそれは、ずっと後の明治四四年のことになる。

23章　胡蝶、闇に沈む

明治三十年（一八九七）〜明治三二年（一八九九）

明治二九年十月、北里は芝公園に「国立血清薬院」を設立し、官営事業を開始した。それは北里が伝研で確立したワクチン事業の収益を、国家に献じたに等しかった。その裏に私立伝研を国立にするという目論見があった。北里が創刊した「細菌学雑誌」で「細菌学大意」の連載を始めた。細菌学の総説で現在判明した細菌を網羅していた。ぼくは小池兄と共著で「衛生新篇」を上梓していて、カブるところが多かった。

北里はいろいろと目障りだ。明治二七年暮れ、俊才・北島多一が伝研に入所した経緯もそうだ。日清戦争で日本にいなかったぼくはそれを知り、青山胤通を面罵した。

「どうしてお前の秘蔵っ子を、むざむざ北里に渡してしまうんだよ」

「俺も慰留したんだが、北島の意志が固くて、どうもならなかったんだ」

北島が伝研入りを決意したのは、東京医学会主催の香港調査団歓迎会で北里の演説を聞いてだと言う。

そこで窮余の一策で小池兄に、娘を嫁がせて北島を取り込めと勧めた。北島の父親は陸軍省の事務官だった。小池兄も乗り気で軍医総監の石黒閣下まで引っ張り出して縁談を進めた。婚姻は成立したものの結局、北島奪還はならなかった。

明治三十年。一月末、ぼくの庇護者の西周小父が亡くなった。登志子と離縁したぼくを出禁にした後、身体を壊し大磯の別荘に引っ込んでいた。西洋の心理学と東洋の儒教思想を統合し、新しい学問体系を作ろうとした夢見る哲学者は死の直前、男爵を賜った。「リンや」という声が聞けなくなるのは淋しいが、気軽さも感じた。

またひとつ、津和野の軛から自由になれたからだ。

七月。医務局第一課長の小池兄が、半年間の予定で渡欧した。

ウィーンの「第六回赤十字国際会議」に日本代表の政府委員として出席するためだ。

小池兄の海外出張は、次期医務局長就任の箔付けだと言われた。それは同期の小池兄が陸軍軍医の最高位に就くということだ。同期がトップになると他は官界を離れるのが通例だが、ぼくは小池兄より八歳も下なので、慣例に従う必要はなさそうだと知り、少し落ち着いた。おまけに小池兄の代理を、ぼくが務めることになった。

そこで七月、久しぶりに短編を書いた。「そめちがへ」は夭折した樋口一葉に献じたものだ。でも恋愛物語では、ぼくは一葉に遠く及ばないと思い知らされた。

なので創作と少し距離を取り、軍医の業務に重心を置こう、と思った。ところが直後、陸軍軍医部に激震が走る。九月、石黒閣下が唐突に辞職してしまったのだ。

三月の陸軍衛生部の階級制度改変で、石黒閣下は少将相当官から中将相当官・軍医総監に格上げされたばかりだった。体調不良で自発的辞職だと強調したが、日清戦争時の脚気蔓延への譴責だという噂が流れた。でも閣下は謀略・知略を尽くしその噂を打ち消した。後継は石黒閣下の五歳上の同期・石阪惟寛軍医総監で、小池兄は第一課長で止め置きとなった。ぼくは陸軍大学校教官の兼職を解かれた。閣下の解任と連動したのか、とふと思ったが、小池兄の代理の第一課長はそのままだったので処分には思えない。

ぼくは教育現場から離れ、慣れない行政業務に勤しんだ。

その年の後半は、「めさまし草」に評論を書き散らし、平穏な日々を過ごした。

明治三一年の元旦は雨後、晴れてうららかな正月となったが、心をざわつかせることがあった。二月末、賀古に宴会に誘われ上野の精養軒に出掛けると胡乱な先客がいた。北里と後藤、青山と小金井もが顔を揃えていた。よりによって賀古はこのタイミングで「亀清会」を開いたのだ。ぼくは小金井に「お前が酒席に出るなんて、どういう風の吹き回しだ？」と小声で訊ねた。小金井は「まあ、いろいろあって……」と言葉を濁す。

「身内でこそこそするな。義理の兄弟なんだからここでなくても話せるだろう」

景気のよさそうな声で、後藤がぼくたち兄弟の会話に割り込んで来た。

「やけに機嫌がいいな、後藤さん。なにかいいことでもあったのか？」

ぼくが訊ねると、後藤の代わりに賀古が、四角張った口調で答えた。

「われらが亀清会の後藤殿下は、台湾総督府民政局長となり台湾に栄転されます。本日はその祝賀会と送別会だ。日清戦争後の大検疫は恐れ入った。脱帽だ。というわけで敬意も表し、二重の意味での祝賀会を設定させていただいた」と、最後は言った。

「ぼくたちが後藤さんの昇進のお祝いをやるのは筋が通らないだろう」

「馳走して後藤の腹をかっさばいて中を見てやろう、くらいに考えろ。それにわれらが天敵が退散するんだから、俺たちも祝杯を上げていいだろう」

それは一理あるな、と納得すると、すかさず後藤が反駁する。

「それは甘いな。確かに吾輩の戦線離脱は戦力低下だが、後釜には最適の人物を選んだ。吾輩の後任の衛生局長は、長谷川のダルマ親父だ」

「げえ、『ドクトル・ベランメエ』とはまた厄介な親父を引っ張りだしやがったもんだな。ダルマ坊主の特技は、延々と演説を続ける持久力で、相手が根負けしてしまうんだ。家の軒先で延々と法華経を唱えられるのは、相当鬱陶しいからな」と青山が言う。

ぼくは伝研反対運動の時の長谷川泰の様子を思い出す。すると後藤が言う。

「諸君は長谷川の親父を見くびっている。親父の故郷では『腐り水』が伝染病の温床で、四歳の時に赤痢で死にかけたから衛生局長として『下水道法案』だけは絶対通す、と鼻息が荒い。こうなるとダルマ親父は手強いぞ。あと森軍医正殿は気をつけた方がいい。貴様は『日本医育論』なる評論で親父のご自慢の『済生学舎』をコキ下ろしたからな」

それは官立医科大の正当性を強調し、私学を先制攻撃したもので、帝大を目の敵にする創立者の長谷川泰を攻撃するという意味合いもあった。賀古が言う。

「心配するな、森。内務省の役人上がりの議員は、軍属には手を出せんよ」

「その認識は甘い。明治の始め、相良知安の大学改革に関わった実働部隊は、長谷川の親父と、陸軍軍医部のへちまだ。二人は越後出身で肝胆相照らす親友だぞ」

後藤は尖り髭を撫でながら、首を横に振る。石黒閣下が絡むと、ろくなことがない。

「今日は、長谷川の親父は急用で来られなくなった。小金井元学長には無駄足を踏ませ、申し訳ない」と、後藤が小金井に頭を下げた。小金井は小声でぼくに言う。

「昔、長谷川先生にいろいろ相談に乗ってもらった。今も感謝しているんだ」

学術の権化の堅物が今も恩義を感じているとは、見くびらない方がよさそうだ。

「長谷川の親父は、はりぼて役もできるんだ。入れ子細工のこけしの内側にこちらの北里所長が入る。これで『後藤＝北里＝長谷川』という内務省三角同盟が、『長谷川＝北里こけし連合』になる、という寸法さ」と後藤は得々と続けた。

「外国に行くヤツに指図されるのは御免たい」と北里はぶすっとした口調で答えた。

「蒼蠅はご機嫌斜めだな。ところで軍医正殿は台湾では口先だけの穀潰しだったらしいな。桂総督、伊藤総理、西郷海相と台湾を視察した時、初代台湾総督府軍医部長は何もせず部屋に籠もり古書三昧だったと苦情を聞かされたよ。神兵を脚気とコレラで戦闘以上に失ったのでは救いようがないな。児玉新総督は前任の乃木総督の失政の尻ぬぐいだ。貴様の衛生行政が優れていたら、吾輩と一緒に台湾総督府に請われただろう」

いきなりぶっとい棍棒で、頭をぶん殴られた気分になった。台湾での出来事は、ぼくにとっては今も癒えていない生傷だった。

「陸軍軍医部の人事は、一筋縄ではいかないんだ」とぼくは震え声で言う。

「まあ、いいさ。だが貴様の陸軍軍医部での地位も決して安泰ではなさそうだな」

後藤のたわ言に付き合うつもりはなかった。けれどもぼくの地位が安泰ではない、というのは図星だ。二月九日、小池兄が海外視察から帰国し、ぼくは医務局第一課長事務取扱の職を免ぜられた。同期の小池兄が医務局長になれば、ぼくの行き場はなくなる。

内向的になったぼくは備忘録に庭に咲く花を記した。三月に椿、レンギョウ、木蘭、桃、木瓜、早桜、四月は秋の花の種を庭に蒔き山吹、海棠、ツツジ、五月には桐、藤、卯の花、菖蒲、紫蘭、カンゾウ、わすれ草、ヒナゲシ、矢車草、小桜草、鉄線花が咲いた。六月の庭に葵、沢桔梗、せんのう、石竹、ギボウシ、鉄砲百合、七月はみそはぎ、花魁草、孔雀草、シャガ、女郎花、百日紅、白粉花、朝顔、そして沙羅が咲き乱れた。

ぼくの備忘録は花畑になった。津和野の家で薬篁笥の抽斗に書かれた漢方薬の名を読み上げた、幼い日を思い出す。

八月、小池兄は軍医監に昇進し医務局長になった。石阪軍医総監の任期は十ヵ月と異例の短期だ。医務局第一課長、第二課長は落合泰蔵が兼務し、ぼくは昇進しなかった。

その頃から、小池兄の態度は冷たくなった。軍医の人事は公平無私に選び、石黒閣下の情実的運営で緩んだ陸軍衛生部を筋の通った組織に改めるために引き締め、情実を廃し、軍紀粛正をするという宣言は、いかにも蘭心竹生の小池兄らしい。

「学識ありても、内臓に書物を詰め込んだ死人は役立たずだ」という発言は、ぼくへの当てつけに思われた。小池兄が医務局長に就任した三日後、「時事新報」に「智恵袋」の連載を始め、当てこすりを書き連ねた。ぼくは鬱々と、日記に夏の花を綴った。

九月、軍医学校開講式に出席した小池兄は、ぼくの近衛軍医部長の昇進を内示した。半信半疑だったが十月三日、近衛師団軍医部長兼陸軍軍医学校長を拝命した。

それは軍医総監に次ぐ最重要の地位だ。ぼくの備忘録から花の名が消え、「時事新報」の「智恵袋」の連載も止めた。我ながら現金なものだ。

日露大戦に備え、桂陸相は旧来の七師団に加え新たな六師団を創設した。小池兄も古株の軍医を淘汰し、ぼくを近衛師団に栄転させた。それでもぼくは小池兄を信用しなかった。表向きの対応と二人きりで会う時の態度が乖離していたからだ。ぼくは小池兄が主宰する軍医学会をしばしば欠席した。軍医学校の校長としてあるまじき態度だ。

十一月、突如「医師会法案」が「第六回大日本医会」総会に諮られ、第十三議会に提出された。「医師会に加入しない医師は、患者を診ることができない」という第三条が眼目だった。成立したら帝大の教授が開業医の風下に立たされかねない。

衆議院では賛成一六九、反対六一の大差で修正案が可決された。伝研国立化の研究所費三万九千円も成立したのは後藤の画策だ。これでは尖り髭にやられっぱなしだ。

だが翌年二月四日、貴族院での「医師会法案」の採決は思いもよらぬ結果になった。

賛成三八、反対一五九票と衆議院と真逆の結果で否決されたのだ。高木理事長は責任を取って辞任し、「大日本医会」は解散した。長与元局長が貴族院で医師会設立の賛成演説をしてひとり気を吐いた。反響は大きく「医師会法」反対派は、大学教授や軍医の内職ができなくなることを恐れたのだと非難された。だがその非難は的外れだ。

それは支配層が現在の利権を固定する道を選んだだけだった。ぼくは民衆の利を考える立場に足場を移し、アカデミズムを司る帝大閥で傍流に押しやられてしまった。

でもぼくはあの時、どうすればよかったのか。ぼくは未だに答えを出せずにいる。

「医師会法」が、圧倒的大差で衆議院で可決された後、貴族院で完全に入れ替わった票数で否決されたのは不思議だった。青山はぼくの筆の力が貴族院を動かしたのだなどと言うが、そんなお目出度いヤツは、青山くらいだ。

真相は、日本に一時帰国した後藤が教えてくれた。

「法案が否決された内幕を知りたいだろう。だから台湾に戻る前の超忙しい中、わざわざ立ち寄ったんだ。ヒントをやろう。法案が可決されたら誰の名誉になる？」

「後藤さん、あんただ」と言うと、「吾輩以外で、だ」と後藤は首を横に振る。

「わかった。高木理事長だ」

「ご名答。では次。これも易しいぞ。高木理事長の面目が潰れて喜ぶ人物は誰か」

「石黒閣下だ」と即答する。麦飯推進運動のせいで高木博士と石黒閣下は犬猿の仲だ。

「その通り。次も簡単だ。貴族院の評決を意のままにできる人物がいる。それは誰か」

「山県公と伊藤公だ。あ、まさか、石黒閣下が山県公に頼み込んだのか？」

「正解だ。な、真相は単純だろ？」と後藤はにやりとした。

「でもおかしいぞ。石黒閣下は『内務省＝開業医』連合の重鎮だぜ」

「高木博士への反感と嫉妬心が勝ったんだ。へちまはプライドは高く感情的だからな」

あまりにも素っ頓狂な考えだが、すとんと納得させられてしまった。

「吾輩は法律で開業医の業務権を保証する代わりに公衆衛生業務に協力させたいんだ」

「だが医師をただ働きさせる方針だと、利益団体の医師会は拒否するだろう」

「おっしゃる通り。そこをうやむやにするのが新衛生局長のダルマ親父のお役目さ」

後藤はしゃあしゃあと宣う。なるほど、ならばダルマ坊主はいかにも適任だ。

後藤は現実から論を立てるから、社会認識の点で常にぼくの一歩先を行く。後藤がわざわざぼくの所に立ち寄ったのは、それを思い知らせるためだったのかもしれない。

ぼくの予想を裏付けるように、後藤は締結された独清条約について滔々と語り始めた。

「山県公は反ロシアで北進しロシアと一戦を交えるつもりらしいが、さすがに無理筋だ。桂陸相と児玉総督は南進戦略を採る。すると台湾の重要性、台湾総督府民政局長である吾輩の価値はいよいよ高まる、という寸法だ。ドイツが清の青島を中心とする膠州湾を九九年租借し、三国干渉で日本が返還した土地を横取りした形になるため、日本は猛反発し、日本のドイツ崇拝の時代は終わりを告げることになるだろうな」

まるで政府高官のような口を利く後藤に、ぼくは敗北感を覚えた。

四月、「医師会法案」の策定に入った。「明治医会医師法私案」で「医師資格を医学校卒業生に限定し、医師の身分引き上げのため内務省医術開業試験を五年後に廃止する」とした。ぼくは「明治医会」を結成し、わが観潮楼で機関誌を発行した。

かくしてぼくは帝大の隠れ司令官になった。

快進撃は続き、五月には北里柴三郎、長井長義、高木兼寛、山根正次、中浜東一郎、三宅秀といった衛生学分野の錚々たるメンバーと共に中央衛生会委員に任命された。

まさに敵陣のど真ん中に橋頭堡を築いた気分だった。

文学でも敬愛するハルトマンの美学を翻訳し「審美綱領」を刊行した。帝大がハルトマンを教授に招聘しようとしたが叶わなかったのが惜しまれた。

帝大医科大の司令官気取りで、衛生学分野でも拠点を築き、文壇でも特異な存在として一目置かれた。三面の阿修羅として八面六臂の活躍で、ぼくの前途は洋々だった。

そう、そのはずだった。けれども……。

小池新医務局長は「医師会法案」での議論での批判を受け、軍医の兼職を禁止する通達を発し、同期の反感を買った。強引な人事に反発し、同期で序列二位の菊池常三郎は軍医を辞した。労せずしてぼくの席次はひとつ上がり、ナンバー2になった。

その直後、ぼくは「第十二師団軍医部長」に任命された。

新たな赴任地は、同期の江口襄が辞任したため空席になった九州・小倉だった。

それが左遷人事だということは、誰の目にも明らかだった。

24章　内務省伝研、船出す

明治二九年（一八九六）〜明治三二年（一八九九）

日清戦争の前後で私立伝研には俊才が蝟集し、黄金期を迎えた。第一世代の石神亨はペスト調査団に参加後、海軍に復帰し退役後は大阪で病院を開業した。高木友枝は明治三五年、後藤に請われ台湾総督府に異動し、第一世代の二人は伝研から姿を消す。

第二世代は明治二七年に北島多一と浅川範彦、明治二九年に志賀潔、守屋伍造が入所する。第三世代の秦佐八郎、柴山五郎作《しばやまごろさく》、野口英世等の入所は、もう少し後になる。

明治二七年、北島多一が入所した。

北里の右腕となる北島は陸軍会計監督官の父の転勤で東京に出て明治二三年、帝大医学部に首席で入学し、首席で卒業した超秀才だ。

その年、駿馬を手に入れた北里は「細菌学雑誌」を創刊した。コッホの「衛生学雑誌」を模し、九十頁の月刊誌は研究所の活動報告も兼ねた。「黴菌」に代わり「細菌」という用語が一般的になったのもこの時からである。十二月末、内務省を依願免官した北里は、「大日本私立衛生会伝染病研究所」の所長に就任した。

　だが黄金期とは、陰りが見え始める時期でもある。

　明治二八年のコレラ大流行の時、東京で五万五千のコレラ患者が発生し死者は四万人に達した。けれども私立伝研の免疫血清は奏効率三割に終わる。

「土筆ヶ岡で賄いの利は福沢、席料は長与、薬価は北里の利としている」と批判した元東京試験所所長の中浜東一郎は、ジフテリア、コレラの血清治療データは捏造だと手厳しく断じた。

　中立的な学者は「流石の北里も顔色なかりき」と中浜に軍配を挙げた。

　事実、北里の治療成績には再現性がなかった。日清戦争後の検疫時に、高木友枝が使用した治療血清も期待外れに終わった。

　以後北里は、コレラ血清療法の有効性を主張しなくなった。

　明治二九年十月、「国立血清薬院」を設立した頃、「不潔牛乳瓶事件」が福沢諭吉を激怒させた。福沢は毎朝、養生園の牛乳を供されたが、髪の毛が混入していたのだ。

　毎日養生園に顔を出した福沢は「生活に緩みがあるから不祥事が起こるのだ」と田端事務長に叱責の手紙を書いた。それは北里に向けられたものだった。半年前の「北里による新橋トンコの身請け」という記事が遠因だ。艶福家の北里は、「半玉泣かせの三傑」と新橋界隈で呼ばれ、芸妓とん子を伊藤公と競った。とん子は「オッペケペー節」の川《かわ》上音二郎《かみおとじろう》に入れ上げたが、名妓・マダム貞奴も彼を支え、後に福沢の娘婿の福沢桃介が彼女に惚れ込んだ。桃介は事務長の田端の親友で、桃介は結核を患い養生園に入院した。

当時の北里はそんな複雑怪奇なしがらみの中にあった。それは師コッホが若い女優に熱を入れたスキャンダルと似ていた。そんなところまで似なくてもよかろうにと思うが、師弟の恋愛模様の顚末は真逆だ。コッホは糟糠の妻と別れ若い女優と結婚し、北里は芸妓と別れ本妻と添い遂げたのだった。この件で森は読売新聞に小文を書いた。

だが北里は強運だった。

明治三十年、伝研にまたも神風が吹く。私立伝研の最も輝かしい業績、志賀潔による赤痢菌発見だ。発見した志賀潔は明治二九年に伝研入りし、最初に実験の基礎を北里に叩き込まれた。北里の指導は厳格で、何度もやり直しをさせられた。

軽い気持ちでデータを改竄したのが発覚した時は最大級のドンネルを被弾している。

明治三十年六月、赤痢が大流行した。明治十三年から三十年までの赤痢患者は九一万人で死者も多かった。明治三十年、志賀が病原菌を発見した際の流行は患者八万人で死者二万人だった。当時の農家の肥料は糞便だったので流行して当然だった。

赤痢は北島多一の担当だったが、ドイツ留学直前で新人の志賀にお鉢が回ってきた。

志賀は「ヴィダール現象」という診断法の論文を見つけた。それはコッホ三原則を補強する最新の検査法で「患者血清に菌を入れると凝集し、他の血清では凝集しない」というものだ。

北里はその手法での探索を命じ、志賀が赤痢菌を発見するとすぐ論文を書かせた。

大学を出たばかりの志賀が日本語の論文を書き上げると、北里は添削し次にドイツ語で書くよう指示した。それも必死で書き上げると北里が手を入れた。そしてようやく完成した論文を投稿する際、志賀の単名の論文にするようにと指示した。

驚いた志賀に北里はからりと笑う。

「志賀が見つけた病原菌やけん、志賀の功績たい。おいにはもう、業績は必要なか」

志賀は赤痢菌発見者の栄冠を得、北里は弟子の業績を横取りしないとの評判を得た。

明治三十年十二月二五日、「細菌学雑誌」に志賀の赤痢菌発見の論文が掲載され翌月、ドイツ語の論文が通った。それはコッホが樹立した、初期細菌学の発見の殿軍となった。以後は光学顕微鏡で細菌を発見するという図式は無力化する。

北里の脳裏には師コッホの姿があった。コッホは結核とコレラ以外の業績は担当者に帰し、レフレル、ガフキー、プファイフェル、北里という「コッホ四天王」が生まれた。

北里の願いは叶い、北島多一、志賀潔、秦佐八郎、宮島《みやじま》幹之《みきの》助《すけ》は「北里四天王」と称され、彼自身もついに「東洋のコッホ」と呼ばれるようになる。

北里は部下を海外留学に派遣した。留学第一号の北島はベーリングの下で結核治療の血清研究をしたが成果は出なかった。後に蛇毒血清の開発で第一回浅川賞を受賞し慶応大学医学部長、北里研究所所長、日本医師会会長を歴任、北里の正統な後継者となる。

志賀潔と秦佐八郎はノーベル賞受賞者のパウル・エルリッヒが設立したフランクフルトのエルリッヒ研究所に留学し、志賀は一九〇四年に原虫トリパノソーマに作用する色素を、秦は梅毒スピロヘータの特効薬サルバルサン六〇六号を発見した。

志賀は「エールリッヒ伝」で「Geld, Geduld, Glück, Geschick（金、忍耐、幸運、器用）」なる「四つのG」が学問で重要だと述べたが、それはコッホから北里へ伝えられた金科玉条でもあった。

後藤新平・衛生局長が描いた「衛生行政組織は一頭両脚で、内務省衛生局は事務局、中央衛生会は諮詢機関、衛生試験場と私立伝研は審事機関に位置づける」という衛生局の設計図は、明治三十年の彼の献策に基づいていた。

明治三一年三月、伝研国有化は後任の「ドクトル・ベランメエ」こと長谷川泰局長に託された。「衛生局長は北里の傀儡」とか「衛生局は内務省にあり、而して局長は愛宕下にあり」などと揶揄された長谷川だが、飄々と「医師法成立」と「伝研国有化」という二つの大事業をやり遂げた。

明治三二年、伝研を国立機関とすると議会が承認した時、伝研の無償譲渡に異を唱えたのが最古参の防疫課長、柳下士興だ。内情に通暁する柳下は「公益団体の私立衛生会の事業である伝研を、政府に無償寄付させるのは強奪に等しい圧政だ」と猛反対した。後の伝研移管騒動の際、金杉英五郎理事長はしみじみと、「当時、柳下君は一番馬鹿者だと言われたが一番先見の明があった」と述懐したものだ。

伝研の国有化の際、北里は後藤と福沢邸に出向き福沢の内諾を得ていた。

北里は三つの理由で国有化に賛成した。国庫補助だけでは研究が進まないこと、ジフテリア血清製造を国家事業にしたので伝研の収入が減少したこと、研究所も国家のものにしないと利己主義と攻撃されてしまうことというものだ。

　福沢の返事は次のようなものだった。

「私立伝研は北里君のものだから好きにすればいい。だがひとつ聞いておく。後年、北里君を免じ他の者がやる、ということが起こるかもしれん。その時はどうする？」

「そんなことが起こるはずありません。国立になれば、伝研は更に発展します」

　そう答えた後藤を、福沢翁は、大きな目でぎょろりと見た。

「国の方針なんぞ、風向きひとつで簡単に変わる。昔、大隈と連携し英米流憲法を日本の根幹にしようとしたら、ドイツに岡惚れした伊藤がつむじを曲げた。大隈は伊藤と井上馨を説得してわだかまりを解いたが、俺はその時、二人が裏切ったらお前さんはお陀仏だよ、と忠告した。そして明治十四年の政変で、大隈は政府を追い出されちまった。政府なんてご都合主義で、民の幸せなんぞ微塵も考えちゃいない。だからいつ梯子を外されてもいいように、備えだけはしておくことだ」

「天下の北里博士の梯子を外そうなどという豪傑が、上役の顔色を窺い、戦々恐々としている。小役人の中にいるとは思えません」

　後藤は一笑に付したが、彼は後年、福沢の慧眼に恐れ入ることになる。

　北里のもうひとりのパトロン、森村市左衛門も福沢翁と同意見だった。市井メセナの先駆者の二人に共通していたのは、「官」に対する徹底した不信だった。

明治二九年十月、国立「血清薬院」が事業を開始した。伝研国有化はその延長線上にあり、痘苗製造所と血清薬院が伝研に統合された。

明治三二年四月一日、「大日本私立衛生会伝染病研究所」は六年四ヵ月の歴史を閉じ、内務省「国立伝染病研究所」になりフランスのパスツール研究所、ドイツのコッホ研究所と並び称される、世界の三大伝染病研究所になった。後に「国立伝研」は内務省から文部省に移管されるので、本書では「内務省伝研」とする。

文部省移管後は「帝大伝研」とするが、どちらも「国立伝染病研究所」である。

「内務省伝研」の開所日には第一回伝研同窓会が開かれ、懇親会に百五十名が参加し、所長挨拶、国歌斉唱、両陛下万歳、伝研万歳三唱で閉会となった。

だが長谷川と柳下の遺恨は残り、八月、長谷川は柳下と取っ組み合いの喧嘩をした。翌日の新聞は「総会も開かず公共団体の共有財産の私立伝研を政府のものとした」と長谷川衛生局長の行為を非難した。

北里の本業の学術領域で陰りが見え始めた。ペスト菌発見問題に始まり明治三五年六月、芝区のコレラ発生の件が続いだ。父の死去で中央衛生会を欠席した北里は、「コレラ菌ではない」という帝大の緒方教授の発表を「同定を間違えた」と非難した。だが二木謙三は、馬血清では区別がつかないが、兎の免疫血清で区別がつく「コレラ菌多種説」を唱えた。「一病一病原菌」というコッホ原則に修正が必要になったのだ。

二木は赤痢でも「志賀菌」と異なる「駒込A、B菌」を発見した。これで北里が細菌学の潮流から取り残されている現状が浮き彫りになった。

世は、光学顕微鏡で見える「巨大な」細菌から、素焼きの濾過器を通り抜け顕微鏡で見えない「極小の」濾過菌の時代に入った。従来の細菌学で対応できたのは「分泌毒」の破傷風とジフテリアの二菌のみで、「菌体毒」の細菌に対する試みは尽く失敗した。

北里のコレラ血清、赤痢アメーバなど私立伝研時代の業績はほぼ全て誤りだ。

明治二六年夏のツツガムシ病の「プラスモジウム」発見は、伝染病研究所一覧でペスト菌発見と並ぶ大発見と自画自賛したが、それも誤謬で病原はリケッチアと判明した。

ツツガムシ病は関心の的で、帝大の緒方正規も研究した。後年、長与専斎の三男の長与又郎と、緒方正規の長男の緒方規雄が、病原体の命名権を争うことになる。

血清学の始祖・北里は、血清療法に対し学理よりも実用性を重視した。

「衛生の実験を集め、実際できることを世に示すのが我々学者の義務であり、学理の講究は必要ない」とする北里の考え方は、師コッホの金科玉条とは異なっていた。

明治二二年に北里が発見した破傷風菌の「抗毒素」は血清学の出発点になり、その肥沃な大地に意欲溢れる新鋭が次々に名乗りを上げた。

明治二七年、コッホ研究所の同僚プファイフェルが、免疫血清を注射したモルモット腹腔内にコレラ生菌を入れると溶菌反応が生じるという、「プファイフェル現象」を発見した。明治二九年にはヴィダールが患者血清を用いた診断法を発見した。この二つの新発見は翌年の志賀による赤痢菌発見・同定につながっていく。

これらの新発見は北里の破傷風毒素に対する「抗毒素」の発見が端緒になった。

だが、北里自身は血清学に無関心で十年間、惰眠の上で過ごした。

果たして北里に研究センスはあったのだろうか。コッホに命じられた実験は徹底的にやり遂げたが、彼自身が研究方針を立て新たな領域に乗り出したケースは多くない。

結核治療院から上がる莫大な利を手にした北里は、学術世界から遠ざかった。それが治療効果がないと判明したツベルクリン療法の継続になったのなら、患者や社会に対する背信だろう。北里は伝研を確立し、衛生行政と医療制度を安定させるため全力を傾注した。衛生行政を司る医政家となり、結核に対するツベルクリン治療を旗印に集客するサーカスの座長になった。北里は自分が慕った学究肌のコッホより、理念や行政政策の口上を謳い聴衆を煙にまく衛生学の聖人、ペッテンコーフェルに似てきた。

医学者の間で北里への不信感が鬱積したが、門下生の派手な活躍が悪評を払拭した。北里と伝研は大衆人気を博した。学術的な土台が崩れていくのと反比例して、北里の影響力が増大していったのは歴史の皮肉である。

白金台の内務省用地に本格的な社屋が竣工したのは明治三九年。内務省伝研成立の七年後、日露戦争終結の直後となる。

政府は日露戦争に備え軍備拡大を図り、冗費削減で「伝研不要論」を俎上に載せた。明治三六年、伝研整理の動きを察知した北里は先手を打ち、桂内閣の児玉源太郎陸相に面会し「伝染病研究所廃止説の不可」「伝研を文部省に所管換え説の不可」を説明し、解決策として「伝研、血清薬院、痘苗製造所」の三所合併を具申した。その結果、廃止が一転、新建屋の建築となった。北里の豪腕、恐るべしである。だが、三所に分かれた関連施設をひとつにまとめたため、帝大派は却って攻撃しやすくなった。

かくの如く、魔王・北里といえども、その足場は決して盤石ではなかったのである。

25章　貴公子、西へ

明治三二年（一八九九）～明治三三年（一九〇〇）

明治三二年六月八日、ぼくは九州小倉の第十二師団への赴任を命じられた。

太宰府に都落ちした菅原道真のようだ。東京美術学校の解剖学や慶応義塾大学の審美学の講師も辞めなければならない。こんなことなら、陸軍を辞めてやろうかとも考えた。

ぼくには医学部か文学部の教授の選択肢もあったし、親友の青山は大学教授にしようと画策した。緒方が衛生学と細菌学を合わせた講座を持っていたので、片方をぼくにしようという構想だ。だが賀古に止められた。

「軍陣衛生学では森に代わる者はいないから僻地に飛ばし、嫌気を誘おうとしてるんだ。ここは隠忍自重し、西国の風物を楽しむ心持ちでいろよ」

ぼくは気を取り直し、新しい任に就く時に行なう儀式、新しいノオトに題を付け、日記を書き始めた。今回の題は「小倉日記」しか考えられなかった。

おりしも二ヵ月前の四月一日、「私立伝染病研究所」は六年四ヵ月の歴史を閉じ官立の「内務省伝染病研究所」になり、北里が所長に就任した。

ヤツは得意の絶頂だった。北里が浮かべば、ぼくは沈む……。

ぼくは西下し、六月十九日、小倉の第十二師団の軍医部に着任した。

到着早々、土砂降りの中、駅前の安宿に山根武亮参謀長が訪ねてきた。ベルリンでクラウゼヴィッツの講義をした、山根大佐とビールの杯を重ねると、留学時代の気持ちが蘇ってきた。ぼくは、生活を改め文筆活動を止め、孤高の風も変えた。

陸軍では孤食だったが、小倉では同僚と食卓を囲んだ。周囲に溶け込む保護色で、擬態しようとしたのだ。ある日、昼食時に山根参謀長と、新顔の青年が同席した。

どこかで見覚えがある顔だ。山根参謀長が訊ねた。

「小倉には馴れましたか？」

「ええ、まあ。気晴らしに狆《ちん》を飼ってみました」

「ほう、狆とは珍しい。可愛いですか？」

「コロと名付けましたが、面倒になったので人にやってしまいました」

話の接ぎ穂に困ったのか、山根参謀長は共通の知人を話題に上げる。

「ベルリンでご一緒された北里先生は、国立伝研の所長になられたとか。武張った方でしたが一層拍車が掛かったでしょうな。実は師団長も私も北里博士と同年代でして」

よりによって北里の話題か、とうんざりしていると隣の青年が口を開いた。

「管理部長の石光です。台湾で話を聞いていただいた者です。あの後、後藤民政局長がお見えになり、麦食にして脚気も激減したところに小倉に転属しました」

北里の次は後藤かよ、とげんなりした。山根参謀長が声を潜めて言う。

「最近、森さんは小説を発表されていませんが、なにか不都合でもありましたか？」

「実は小池軍医総監から、余技は控えるように、と言われまして」

「それは残念です。森さんの『舞姫』を読むと、ベルリンの風景が浮かんできます。人はあなたが文筆業に余力を割いていると非難しますが、義務をこなし余暇で執筆されているので筋違いです。森さんは語学の才を活かし、たとえばクラウゼヴィッツの兵書を講義し、講義録を翻訳本として出版するとかすべきです」

その言葉は天啓のように一条の道を差し示した。更に十一月、内地初のペスト流行で北里が誤りを認め、ゴシップ紙の「万朝報」でご乱行が報じられた。

ぼくは読売新聞で思う存分、北里を叩いた。

——勲三等医学博士北里柴三郎が新橋の近江屋とん子こと、二二歳の小川かつを大金で身受けしたのは一昨年春。北里は在欧中の功績が僥倖で、今の不手際が真価なり。

北里が沈めば、ぼくが浮かぶ、というジンクスはこの時も成立した。

十二月、ぼくは偕行社で師団将校にクラウゼヴィッツの「戦論」の講義を始めた。

クラウゼヴィッツの真髄は守備にある。強者ナポレオンに対抗するため防御せよ、と弱者の哲学を説く思想は、陸軍中枢の川上操六、田村怡与造両中将に浸透した。

あの時ぼくは確かに、陸軍の精神的支柱を築いたのだ。それは昔、西周小父や林紀軍医総監と交わした約束だった。ぼくが訳した「兵書」の第一、第二篇を製本した「戦論」は明治三四年六月、参謀本部と各師団に非売品として配布された。

明治三三年、世紀末の新年早々、訃報が入った。前妻の登志子が病没したのだ。和文をすらすら読み、初見の漢文を諳んじる才女だった。教養が深く文才もあった。

二月、「二六新報」に、「心頭語」を発表し、翌年一月まで不定期に連載した。三月、西下後、初めて上京した。全国の師団の軍医部長が東京に集まる軍医部長会議に出席するためだ。春雨に烟る中、登志子の菩提寺に立ち寄り、墓前に花を手向けた。

軍医部医務局長の小池兄が、堂々と訓示する姿が眩しかった。ぼくはいたたまれなかったが、それは自意識過剰だろう。軍医は異動が常で、誰もそんなことは気にしやしない。留学以外ずっと東京にいたぼくのようなケースはむしろ稀だったのだから。

賀古が「明朝、大事な用がある。観潮楼に迎えを出す」と使いを寄越した。

翌朝。小糠雨の中、人力車に乗って出発した。やがて豪壮なお屋敷に着くと、玄関先に立った賀古鶴所が、番傘を差し掛けながら言う。

「今日は森の人生が掛かっている大一番だから、心しろよ」

「何だよ、もったいぶって。ここはどこなんだ？」

「椿山荘《ちんざんそう》だ」と聞いて仰天した。山県首相のお屋敷ではないか。

座敷で賀古と並んで座っていると、金箔で雉が描かれた襖が開いた。山県首相の後ろの人物を見て驚いた。掛け軸を背に山県首相が座り、隣に石黒閣下が着座した。

「本日は軍医部長殿にご足労いただき、恐縮です」と言う山県首相の声は意外に甲高い。

「この森という男は、西周閣下の親族でして、二代目軍医総監の林紀の遠い姻戚でもあり、陸軍軍医部の輝ける星なのです。あ、姻戚関係は解消したんだったかな」

石黒閣下の言葉を聞いて脳裏に、登志子の、雨に濡れた黒い墓石が浮かんで、消えた。

「私はドイツ語が不調法で、通訳がいないと何も出来ません。賀古君にお世話になりまして、以来お付き合いをさせていただいているのです」

賀古が頭を下げると、石黒閣下が申し添える。

「御前から相談を受けた時、真っ先に浮かんだ賀古を推薦させていただきました」

「ありがたい人選でした。感謝しています」

ふたりのやりとりを聞きながら、ここに後藤がいなくてよかったとしみじみ思う。

後藤は、伊藤公、長与元局長、児玉台湾総督の三人以外はあだ名で呼んだ。

因みに石黒閣下は「へちま」、山県公は「出っ歯」だ。もしもこの場に奴がいたら、「へちまと出っ歯が偉そうに」などと茶々を入れたかもしれない。

不謹慎な想像に吹き出しそうになるのをこらえて、ぼくは次の言葉を待つ。

山県首相は懐から薄い小冊子を取り出し、机上に置いた。ぼくの「戦論」だ。

「これは森殿が書かれたものとお聞きしましたが、とてもわかりやすいですな。森殿は、文才もおありなのですね」と山県公が言うと、賀古が補足してくれた。

「森が書いた『於母影』と『舞姫』は、当代の女学生で知らぬ者はいません」

「こんな才子が九州に埋もれているのは惜しい。森殿、そろそろ東京に戻りませんか？」

何を言うのだろう。戻りたいと言って戻れるものでもない。だが一応素直に答えた。

「ええ、できれば戻りたいです。実家の祖母も高齢ですので」

山県首相は腕組みをして目を閉じた。ぼくは背後の掛け軸に目を遣る。曹植の七歩詩、王羲之の書だ。雄渾な書に魂を持って行かれそうになった時、甲高い声が響いた。

「森殿、ご結婚されてはいかがですか。よろしければお相手をご紹介します。文も得意とする才媛です。ただひとつ、出戻りという疵があるのですが」

「それは気になりません。ぼくも同じく、脛に傷を持つ身ですから」

ぼくも離縁したということをジョークにしたが、反応はなく空振りした。

「東京に戻られたら、和歌を指南してほしいのです。幼い頃から和歌に親しんできましたが、なにぶん田舎者の我流でして。和歌の正道のご教導をお願いしたいのです。私は敷島の道を嗜まれる陛下の御心に、できるだけ近づきたいのです」

「ぼくはご指導するほど和歌には通じておりませんが、知り合いの名人を紹介します。お許しいただければ閣下と共に学ぶ機会が得られれば光栄です」

ぼくの答え方が気に入ったのか、山県首相はうなずいて立ち上がる。

「今日は、いいお話が伺えました。いずれ、近いうちに」

賀古は山県首相のお宅に残り、ぼくは石黒閣下と人力車に乗り込んだ。

大粒の雨が庇を打つ音が車内に響く。来た時より雨足は強まっていた。

「驚いたか、森。今日の会見は、儂が仕込んだのだよ」

うすうす感づいてはいたけれど、ぼくは大仰に驚いて見せる。

「思いもよりませんでした。閣下の人脈の広さには、本当に驚かされます」

「世辞などいらん。儂は来月、予備役に入る。その前に、お前に話しておかなければならんことがある。お前の小倉左遷の真相だ」

刃のような言葉が一閃した。左遷と思っていたが正面切って言われたのは初めてだ。

「小倉行きは、小池医務局長の不興を買ったせいだと思っていました。近衛師団の軍医部長に昇進して半年、不始末をした覚えはありませんが」と言うぼくの声は掠れた。

「それはそうだろう。小倉左遷は台湾の脚気対応に対する懲戒だからな」

「そんな昔のことが、なぜ今頃になって……」

「それは陸軍と森、お前を守るためだ」

身体中の細胞が「ウソだ」と叫んだ。でも、声にならなかった。

「元はと言えば、お前の失態のせいなのだ。脚気やコレラが蔓延していたのに部屋に籠もり古書に埋もれたお前を、樺山総督に直々に非難されて更迭するしかなかったのだ」

「あの頃は身分が確定しておらず、何をすればいいかわからなくて……」

「戦場でそんな言い訳は通用せんよ。だが儂は丸く収めようとした。ところが後任の石阪も土岐も麦飯の支給を要請してきた。土岐など明白な軍律違反で、再検討を要請したらとんでもない爆弾を送りつけてきた。所謂『土岐文書』だ。これがその現物だ」

手渡された文書に目を通す。それは明らかにぼくを糾弾していた。

——小人、自家の陋見に執着して、他人の偉勲を嫉妬するあまり……。

人力車が停まり、車の庇を強い雨が打つ。石黒閣下の声が、雨音と入り交じる。

「この問題は金輪際、他言無用。お前は今日、山県公に気に入られた。近いうち東京に戻してもらえるだろう。その代わり、この秘密は守り通せ」

ぼくを降ろし、人力車は走り去った。雨足が一層強くなった。

激しい雨に打たれながら、ぼくは観潮楼の庭先に立ち尽くした。

翌朝、目が覚めた。雨は降り続いていたが、出掛ける支度をした。

閣下の闇を知る人物はひとりしかいない。台湾総督府の第二代軍医部長、石阪惟寛さんだ。石阪さんは小池兄に医務局長の座を譲ると引退し、軍医界と接触を断っていた。

訪問すると石阪さんは体調を崩し、伏せっていたが、ぼくを部屋に入れてくれた。

ご無沙汰しております、と形式的に挨拶をすると、石阪さんは微笑した。

「石黒君の退役にあたり、森さんに言った、その真偽を確かめたいのですね」

ぼくはうなずいて昨日、人力車の車中で石黒閣下から聞いたことを話した。

話を聞き終えた石阪さんは身体を起こすと、小さく咳き込んだ。

「今、おっしゃったことは、概ね事実です」

「ぼくが更迭されたなら、引継の時、なぜ言わなかったのですか」

「水に落ちた犬を打ちたくなかったのです。森さんは忠実に業務を遂行しただけです」

ぼくは黙った。石阪さんの優しさが胸に染みた。

「石黒君が言ったことは『概ね』事実です。でも鵜呑みにしてはいけませんよ」

そうして石阪さんは、驚愕の真相を教えてくれた。


明治二八年八月、大陸からの帰還兵の大検疫が山を超え、特別職に抜擢した後藤の働きに満足していたところに、台湾から電報が届いた。近衛師団で脚気が流行し、総督府軍医部長のぼくが何もせずにいるという非難だった。石黒閣下はぼくに全幅の信頼を置いていた。だが七月、台湾で脚気と伝染病が大流行と新聞が報じた。麦食給与を求めた台湾当局にぼくは応じず、樺山総督の堪忍袋の緒が切れた。

更迭は避けられず、ぼくは九月二日付けで台湾総督府陸軍局軍医部長を罷免された。だが石黒閣下はぼくの責任を追及しなかった。そうしたら石黒閣下も責任を問われる。勲章と男爵位を拝受した当時の石黒閣下は、名誉を失うことを何より怖れていた。

そこで後任に序列二位の第一軍医部長、石阪惟寛軍医総監を選んだ。石阪さんが明治二十年、大阪師団で高島鞆之助中将と共に働いた時、高島司令官は堀内利国軍医が麦飯を用い、軍隊の脚気病を根絶したと天皇に奏上した。しかも高島新副総督は樺山総督や寺内長官と薩摩の同郷だ。役者が揃い台湾総督府は改めて陸軍中枢に麦食採用を具申し、軍中枢は兵食変更の権限を持つ石黒閣下に諮問した。だが石黒閣下は「麦食不可」と答えた。台湾当局は立腹したが、軍は栄養補充に努めて脚気は下火になった。

十一月十八日、台湾全島は平定された。翌年一月、石阪さんは陸軍省医務局付となり五月四日休職する。石黒閣下は石阪さんに脚気蔓延の責任を押しつけたのだ。ぼくはお咎めなく、陸軍軍医学校長になり出世コースに乗った。

ところが翌年一月、土岐軍医部長は、全台湾軍に麦食給与を指示した。

保身の達人、石黒閣下は即座に訓示した。

——麦飯を用いるなら、学問的に比較試験を行なうことが必要である。訓示しなおせ。

部内の問題として処理できれば問題は消滅すると考えた閣下の読みは甘かった。土岐軍医部長は「麦食不実施における脚気大流行」という憤激文を送りつけてきた。

この劇薬が、軍中枢部に漏れた。そこで閣下は強力な手を打つ。「台湾総督府軍医部長の口封じ」と「脚気の実情の隠蔽」の二手だ。近衛師団の正式報告書から「脚気」の項を外し、伝染病の項の備考欄に「伝染病其の他区画中に記する者は脚気とす」として、わざとわかりにくくした。その上で土岐軍医部長の台湾勤務自体を抹消した。土岐部長が台湾にいなければ騒動もないという理屈だ。土岐部長の後任の藤田嗣章軍医部長は、七年もの長期間、台湾に留め置かれた。こうして脚気の現状の隠蔽と、台湾赴任の軍医の口封じは完成し閣下は窮地を脱した。それは閣下には朗報、陸軍には悲報となった。

その後、陸軍の兵食白米主義は北清事変や日露戦争で脚気蔓延へつながっていく。

ぼくは、その惨事の片棒を担がされたのだ。

石阪さんの長い話を聞き終えたぼくは、「許せない」と呟いた。

石阪さんは続けた。

「高島さんが陸軍大臣になり、異例の台湾巡視を石黒君に命じ、さすがの彼も観念しました。でも円満辞任と思わせるため、あらゆる工作をした。事情を知る寺内中将などは『なに、閻魔退職だと』と軽口を叩いたので、石黒君も気が気ではなかったでしょう。私が彼の後任で医務局長になったのも、小池君を後任に、と考えていた石黒君に対する懲罰だったのです。すると石黒君は私にイヤな仕事を押しつけました。あなたへの懲戒です。なので私はトップの座をさっさと小池君に譲り、小池君に気の重い役を渡したのです」

そうか。小池兄はぼくを「軍医部長に昇進させながら、悪意があって小倉に左遷した」のではなく「処分をしなければならないから、せめてもの償いで軍医部長に昇進させた」のだ。その重圧で、ぼくに対する態度がぎくしゃくしてしまったのだ。

ぼくの表情の変化を見て取った石阪さんは、静かに言った。

「人間至る所に青山あり、森さんには前途洋々たる未来があるんですから、些事に囚われずに生きることをお勧めします。石黒君に囚われ続けたら、世界が狭くなりますよ」

「でも、悔しいです」

「それなら私はもっと悔しい思いをしてますし、土岐は台湾に在任していた事実まで抹殺されました。それは人殺しと同じです。石黒君はそういうことが出来る人なのです。彼を退治しようとしてもムダです。彼は一生、自分の悪口を言われないよう、気にし続けるでしょう。いずれは死ぬ宿命なのにねえ。彼は永遠に生きるつもりなんでしょう」

「憎まれっ子世にはばかる、と言いますね」とぼくが言うと、石阪さんは微笑した。

「その調子です。森さんは石黒君に取り憑かれていました。でもそろそろ離れてもいい頃合いなのではないでしょうか」

　ぼくは石阪さんの元を辞した。

　次に行く場所は、もう決めていた。


　医務局長室の扉を開けると、書類を読んでいた小池兄は立ち上がり、ぼくを迎えた。

「久しぶりですね、リン坊ちゃん。あ、この呼び方はいけませんでしたね」

「構わないよ。ぼくは、世間知らずの坊ちゃんだった。これまでの態度を許してくれ。昨日石黒閣下に小倉行きの真相を聞いた。そして石阪さんに事実を教えてもらった」

　ぼくを見つめていた小池兄は、小さく吐息をついた。

「石黒閣下はリン坊ちゃんの処罰を先延ばししたのです。自分の辞職と坊ちゃんの処分をできるだけ離し、無関係に見えるようにしたかったんです。それは閣下の保身のためでしたが、自分が他言しないのはリン坊ちゃんを守るためだったのです」

　それが全てではないだろう。

出世争いをしていた頃はお互いに敵愾心もあり、疎ましく思ったこともあったはずだ。ぼくが新聞に当てこすりを書いた時はむっとしてもいただろう。けれども今となっては、全て些細なことだった。

「ひとつだけ確認しておきたい。小池兄は、米食が脚気の原因だと考えているのか？」

「まさか。兵食は米食が一番優れていることはリン坊ちゃんの『兵食比較調査』が証明しています。自分はリン坊ちゃんの研究を信じています」

不覚にも目頭が熱くなる。ぼくはそっぽを向いて、言った。

「都落ちだと思っていたけど、住めば都で小倉もそんなに悪くないな」

医務局長室を辞去した時、ぼくの胸は一片の雲もなく晴れ渡っていた。

その夕、小倉に戻るぼくを、賀古鶴所が駅舎まで見送ってくれた。

「賀古、悪いけど小倉に行ってから今日まで、お前に出した手紙は全部燃やしてくれ」

「おう、わかった」とあっさり答え、理由は聞こうとしない。

ぼくは、コイツのこういうところが大好きだった。

「ぼくも小池兄も、石黒さんの本心を知りながら、結局は閣下の思い通り、この秘密には口を閉ざさざるを得ない。それは忸怩たる思いがあるけどね」

ぼそりと言うと、賀古鶴所はぼくの肩をぽん、と叩いた。

「石黒さんは退役するが、隠居するつもりはさらさらなさそうだ。厄介な御仁だが、森と石黒さんは腐れ縁、『毒を食らわば皿まで』でいくしかなかろう」
その時、警笛が鳴った。汽車の発車時刻だ。ぼくは汽車に乗り込んだ。
ここ数日、降り続いた雨は止んで、見上げた夕空には大きな虹が架かっていた。

26章　世紀末と新世紀

明治三三年（一九〇〇）〜明治三六年（一九〇三）

明治三三年五月、東京の落合軍医部長から、ぼくを第一師団に転属させるという私信が来た。だが一ヵ月後、その落合軍医監が第一師団の軍医部長になると新聞が報じた。大陸出兵の前線基地になる小倉の人事をいじっている暇はなかったのだ。大陸で「義和団の乱」が起き、日英米露仏独墺伊の八ヵ国で連合軍を組織し、八月の総攻撃で西太后と光緒帝が逃亡した。北京籠城戦の二ヵ月半を「北清事変」という。渦中の七月、小池兄は台湾全島の衛生状況を巡視した。北清事変に乗じ厦門に軍艦を派遣し中国南部を占拠する、所謂「北守南進」戦略を実行しようとしたのだ。

この時、台湾総督府の後藤新平は対岸の台湾の淡水で待機する軍艦高千穂の艦上にいた。だが北京陥落の当日、計画漏洩が発覚、山県内閣は作戦を中止した。怒り心頭の児玉総督は、陸兵の不戦帰還という作戦失敗の責任を取り辞意を伝えた。大帝が勅使を送り慰留したため辞意は撤回したが、陸軍の守護神の憤怒の衝撃で山県内閣は倒れ、ぼくの東帰は反古になった。

悪い流れが続く。

北清事変で陸軍兵に脚気が激増し、新聞で兵食を批判されたのだ。

事変後、北京の前田一等軍医監が大陸の陸軍の脚気対策の批判を始めた。「土岐文書」そっくりの論調で、小池兄の意見書は石黒閣下の返書と瓜二つだった。

ぼくは小池兄を援護し、脚気減少と麦食の因果関係はないと発言、「東京医事新誌」に学術的に質の低い文章を書いた。

ぼくが自説に拘泥し、多くの兵が死んだ。博多での講演会で「戦場では洋食の方が便利だ」という声が出た。兵役経験者の発言に対し、ぼくは居丈高に出て質問を封じた。「兵食調査研究で日本食と洋食の諸成分を比較した結果、温熱量は同じだと証明できました。私のその報告が現在の陸軍糧食決定の基礎になっているのです」

その時ぼくは、自分が実施した「兵食調査研究」を心底、信じ切っていた。

二十世紀の幕が開けた明治三四年六月、桂太郎政権が発足した。大正二年二月まで、二十世紀の明治時代は桂太郎と西園寺公望公が交互に政権を担当する桂園時代になる。

一見、清新な政治に見えたが内実は西園寺公は文官の領袖・伊藤博文の代理人で、桂陸軍大将は陸軍と内務官僚の首魁・山県有朋の傀儡だった。

一月、アンデルセンの「即興詩人」を訳了した。この作品は青春の総決算だった。レクラム本は明治十九年春ミュンヘンで入手し、執筆開始は明治二五年九月で訳了まで九年。その間、日清戦争に従軍したり小倉へ異動するなど、多事多難な日々だった。

三月、軍医部長会議のため上京し四月五日、小倉に帰る前の晩、浅草に向かった。

四六歳で退役した賀古鶴所と、常盤屋で呑む約束をしたのだ。春雨がそぼ降る中、花屋敷の隣の常盤屋に入ると、青山が玄関先に迎えに出てきた。

「遅いぞ、森。もうみんな集まっている。お前が最後だ」

なんと、今日は久々の『亀清会』らしい。奥座敷の上座に大岩のように胡座をかいていた北里に目礼すると、賀古に言う。

「『亀清会』なんて言うが、場所も違うしメンバーも欠けているじゃないか」

「後藤殿下は台湾だから仕方なかろう。小金井は一年近い洋行から戻ったばかりで、仕事が山ほど溜まっておるんだと。欧米の大学の設計図と毎日にらめっこだ。義理の兄貴なんだから、こういう時くらい融通を利かせろと命令しろよ」と青山が応じる。

後藤がいないのに「亀清会」と呼べるのかな、などと思いつつ、ぼくは答えた。

「小金井は、ぼくの言うことなんか聞かないよ。それより退役したご気分はいかがかな、賀古院長？」

「気楽なもんさ。欧州仕込みの耳鼻科医院は珍しいから、評判は上々さ。おまけに病院では俺が大将で、誰からも指図されないと来てる。まあ、極楽だな」

「だけんて、こげん早か時間に宴席ば設定されたら困るばい」

北里がぼそりと呟いたので、ぼくは賀古に言う。

「なんか機嫌が悪そうだな」

「喪に服しているんだと。ほら、福沢先生が亡くなったばかりだから」

日本の知性として明治を飄々と生き抜いた巨人、福沢諭吉は二月三日の節分に脳出血を再発し亡くなった。享年六六。北里も福沢翁には頭が上がらないらしい。

ぼくならそんな重石みたいな人が亡くなったらせいせいするんだが、どうやらコイツはぼくとは人種が違うようだ。

「悲しむこともなかろう。塾生が主催した大晦日の『世紀送迎会』に顔を出し、新世紀をちょいと覗いてから冥土に行くなんて、小粋じゃないか」

「理屈じゃなか。これは感情ばい」と北里はむすっとして言う。

コイツの口から「感情」なんて言葉を聞いたのは初めてだな、と、ふと思う。

「それにしてもチビスケは、酷かことば、新聞に書くね」

「ああ、ペストの件か」と言った。実は北里が参っていたのは新橋芸者との艶聞の件だろうと思ったが、ぼくも「万朝報」に暴露記事を書かれた身なので、とぼけたのだ。

だが北里が文句を言ったのは、当てずっぽうで言ったペストの記事だった。

「そうたい。あげん悪し様に書かんでもよかやないか。緒方も中浜も、青山もチビスケも、みんな御典医の出身たい。そげん連中が寄ってたかって、百姓の出のおいを叩くとは酷かもんたい。明治政府の四民平等なんて嘘っぱちたい」

大学で雄弁会を立ち上げ「医道論」を声高に説諭していた時、コイツはこんな劣等感を抱えていたのか。虚を衝かれたぼくはうろたえ、しどろもどろになった。

その後も杯を重ねたが、あまり盛り上がらなかった。誰も「小倉はどうだ？」と聞こうとしない。後藤がいたら真っ先に聞いただろうな、と思いつつ宴席は終わった。

「ここは羽振りがいい俺が持つ」と言う賀古に謝して、散会した。

この年、緒方正規は衛生学教室でペスト斃死ネズミを出し、赤長屋を焼却した責任を取り、明治三一年から職にあった医科大学長を辞任した。

後任には青山胤通が就任し、以後十六年に及ぶ帝大医科の「青山時代」が始まった。

十一月十七日、ぼくは八幡製鉄所の第一号溶鉱炉の始動式に臨場した。

大日本帝国が軍備拡大に邁進する様を目の当たりにして、感動と恐怖で身体が震えた。

十二月、ベーリングが第一回ノーベル生理学医学賞を受賞した。師匠のコッホより先でしかも共著の研究なのに北里は無視された。二十世紀最初の年はこうして暮れた。

翌明治三五年一月、ぼくの人生は一変した。大審院判事・荒木《あらき》博臣《ひろおみ》の長女、志《し》げと結婚したのだ。見栄えのいい二二歳、四十歳のぼくと年の差は十八だ。相手も再婚だ。

正月、東京の観潮楼で親族だけのささやかな結婚式を挙げた。小倉に戻り新婚生活を始めた直後、日本に大慶事が起きた。一月三十日、日英同盟が成立したのだ。

民衆は提灯行列で言祝《ことほ》いだ。ぼくの周囲は雪が溶け、一斉に花開く津和野の春のように華やいだ。

けれども新妻とふたりきりの心浮き立つ時間は、短い春で終わった。

新婚二ヵ月の三月、第一師団軍医部長に転属となり、東京に戻ることになったのだ。

小倉に来た頃は一刻も早く東京に帰りたいと願ったのに、小倉に骨を埋めるのも悪くない、と思い始めたら帰京命令が出るとは皮肉なものだ。ドイツ留学を思い出す。軍隊の衛生実務を学ぼうとしたら衛生学に集中せよと言われ、コッホに細菌学を学ぶことに専心しようとしたら隊付業務を命じられてしまう。ぼくの人生はいつもちぐはぐだ。

帰京後、母上はぼくの変化を喜んだ。小倉で圭角が取れ胆が練れ、過剰な自信と甘えが消えたと言う。

母上にそんな風に思われていたのは意外で、少しショックだった。

東京に戻ると全てが順調に流れ始めた。この時期、文芸方面の活動に傾注した。

四月、帰京の一週間後、盟友の佐佐木信綱に講演を依頼された。その講演録は、彼が主宰する「心の花」に掲載され、弟の篤次郎が仕切っている雑誌に転載された。

幼い頃から歌舞伎に惚れ込んでいた篤次郎は、「歌舞伎」という雑誌を主宰し、ぼくが帰京すると、海外の戯曲翻訳を立て続けに掲載してくれた。

篤次郎は演芸協会にも関与していたので、ぼくも演劇界に関わることになった。

篤次郎はぼくの分身だ。留学中は軍内部情報を得て、ぼくの代理人となり陸軍中枢に働きかけてくれた。不本意な隊付勤務を命じられた時は陸軍を辞めて勉学に励め、と涙が出そうなありがたい手紙を送ってきた。あの手紙にどれほど勇気づけられたことか。

学業一途で融通が利かず、堅苦しくて社交下手なぼくと違い、篤次郎は洒脱で、軽やかに世を渡っていった。その点は友人の賀古に相通じるものがあった。

帝国医大を卒業した篤次郎は帝大の脚気病室に就職して、文芸方面だけでなく、医学面でもぼくの副官役を務めてくれた。

思えば森家には、母上の強情でエリスとの仲を裂かれた恨みはあるけれど、篤次郎と喜美子の弟妹は、ぼくを大切に守ってくれた。

九月、九年越しで完訳したアンデルセンの「即興詩人」を、上下巻で刊行した。「めさまし草」は「即興詩人」の掲載と文芸評論が主目的だったので発展的に解消し、文学方面の盟友、翻訳詩人の上田敏の「芸苑」と合同した「芸文」を創刊した。十月に「万年艸」と改称し、二年間続けた。年末、篤次郎の大仕掛けの仕込みが炸裂する。十二月末に号外で刊行した創作戯曲「玉匣両浦嶋《たまくしげふたりうらしま》」は、翌明治三六年一月二日から市村座で新春上演された。一月十一日の観劇会には賀古鶴所、井上哲次郎、柳田国男や「万年艸」同人、与謝野鉄幹の「明星」同人や心腹の友、永井荷風を招いた。

こうして文壇復帰を高らかに宣言したぼくは、独自の地位を確固たるものにした。本業の軍医勤務も順調で、クラウゼヴィッツの「戦論」の翻訳を仕上げた。複雑で堅苦しい難物だが、ぼくの筆だとわかりやすいと評判になった。

「戦論」は軍事教育会刊の「大戦学理」にも収録され、陸軍内で声望が高まった。

この頃、石黒閣下は貴族院議員に勅選され、以後は日本赤十字の推進運動に邁進する。

人生経験を無駄なく実益に結びつける閣下の貪欲さは、賛嘆に値する。これで脚気の失策で放逐されたという風評は払拭され、閣下の保身は完成した。

「東京医会」と「関西連合医会」が合同し「帝国連合医会」が結成され四月、第一回総会が開催された。会が開催された。かつてぼくが叩き潰した「日本医学会」は北里主導で、ぼくの意見まで取り入れ執念深く蘇る。

北里は着々と医学会の中心に城砦を築き上げていく。

でもぼくが上昇気流に乗っていたので、北里の盛運に影が差した。

長谷川衛生局長が失脚し、「長谷川＝北里同盟」は崩壊したのだ。

「薬律改正運動」に対し、長谷川は時期尚早だと反対し、法案を出し渋り廃案とした。

これに抗議した薬局方委員が辞任した。

明治三五年七月、内相は長谷川泰を薬局方調査会長から外し、血清薬院長の高木友枝や技官の柳下士興など北里シンパも一掃された。

明治三五年十月、長谷川は無念の衛生局長辞任となった。水に落ちた朝敵・長谷川を、文部省は徹底的に叩き始める。

ぼくも「済生学舎批判」を発表し、そこで「官立大学と医学専門校の二階建てとし、粗悪な私立医学校の撲滅を図る」という「医学教育方針」改革案を提示し「ダルマ坊主」の本丸「済生学舎」を容赦なく叩いた。

ぼくの論の骨子を文部省は丸呑みにした。

こうして長谷川の懐中の玉、「済生学舎」は「専門学校令」で廃校に追い込まれた。

彼は刎頸の友、石黒閣下に泣きついたが「文部省の標的にされた以上、存続は無理だ」と諄々と諭され、ついに断念した。

明治三六年八月三十日、主要新聞に「廃校宣言」を掲載し、八月三一日に廃校とした。

ダルマ坊主の悲憤慷慨が聞こえてくる一文だった。明治九年創設の日本初の私立医学校「済生学舎」は、ドイツの大学制度を模し入学時期、資格を問わない自由修学制だが、内実は地方医学校出身者が医術開業試験に合格するテクニックを学ぶための学校だ。

いかにも「ドクトル・ベランメエ」の場当たり的な学校だが二八年間で入学者二万余、医術開業試験合格者一万人弱を送り出し、野口英世、吉岡弥生、浅川範彦等の俊英を輩出した名門医学予備校は姿を消した。後藤が築き上げた堅城・衛生局は、彼の不在の間に崩れ落ちていき、北里の足下は、少しずつ揺らぎ始めた。

一方、ぼくも盛運に水を差す事態になっていた。気が強い新妻・志げは「森家大切」の母上に逆らい、先妻の子、於菟につくづく当たった。

注意すると志げは荒れた。なさぬ仲の於菟を我が子のように慈しんだ無縁坂の佳人、児玉せきの、薄幸な面影が浮かぶ。志げとの祝言の日、せきが物陰からその様子をひっそり見つめていたという話を人づてに聞く。気難しい母上も、せきは気に入っていた。

明治三六年一月、長女茉莉《まり》が生まれると嫁姑戦争は激化し翌年、ぼくが日露戦争に出征すると、志げは茉莉を連れて観潮楼を出て、明舟町の実家に帰る事態になった。

その頃、大陸では日露間が風雲急を告げていた。戦争は、ぼくが築き上げたものを一瞬で崩壊させてしまう災厄だ。だが同時に、本業の軍医での腕の見せ所でもある。

　こんな風にぼくはいつも、ふたつの世界に引き裂かれていた。ぼくはそうした状況をアウフヘーベン（止揚）し、猥雑な世界を三面の阿修羅として生き抜くしかなかった。

27章　旅順の凍土

明治三七年（一九〇四）〜明治三八年（一九〇五）

明治三七年の元旦、宮中に参内したぼくは、穏やかな正月を迎えた。

年末、ぼくは精力的に活動した。当時の文芸誌は毎月一日刊行が多く、元旦はさながら「鷗外祭」の様相を呈していた。一月一日に「万年艸」に「妄語」、「歌舞伎」に「脚本『公平新聞』の筋書」、「心の花」の詩「小犬」と「明星」の短歌二首は、「ゆめみるひと」の筆名で掲載した。更に、岩野泡鳴が創刊した雑誌「白百合」に「近世独逸文学一夕話」を寄稿した。二六新報には、ある評論家の「鷗外先生は梗概先生なり」という雑文が掲載された。海外の戯曲を翻訳し、粗筋を紹介することが多かったから、そういう雑駁な評価もされたのだろう。そんな中、一月十七日には観潮楼に親友や弟妹を招き、四二歳の誕生日祝いをした。篤次郎が企画してくれたが、照れくさかった。

この時、祖母清子は八五歳、母峰子は五八歳、若妻の志げは二四歳、長男於菟は十四歳、長女茉莉は一歳、弟の篤次郎は三七歳でその妻で美貌の久子は二六歳、妹の喜美子は三四歳、末弟の潤三郎は二五歳と、森家は賑やかだった。

だが妻の志げは、母上、前妻の子於菟との折り合いが悪かった。観潮楼は建て増しして二棟にわかれたので、以前の建屋には森家のおんなたちと於菟、末弟の潤三郎が住み、新しい棟に志げが住むという棲み分けがされた。

ぼくは私生活でも、ふたつの世界の狭間にいたのだった。


明治三七年一月、ロシアは朝鮮に手を伸ばし、日本政府は忍耐の限度を超えた。だがロシアは百年不敗の陸軍大国、日本は近代化が始まって四半世紀も経たない小国、とても勝ち目があるとは思えない。加えてロシアが恐れていた川上操六大将は明治三二年、過労で五一歳で没し、ロシア参謀本部はウォッカで祝杯を上げていた。

後継者の「今信玄」田村怡与造参謀次長も昨年十月、過労で不帰の人となっていた。戦略的支柱を相次いで失った軍部は、窮余の一策で児玉源太郎中将を抜擢した。

第一次桂内閣で内相、文相を兼任した児玉中将は参謀業務は素人だった。

そして二月四日の御前会議で、ついに開戦の宸裁が下された。その夜、陛下は皇后に、「ロシアとの国交断絶は、朕の志ではないがやむを得ぬ」と嘆かれたという。

日清戦争同様、緒戦は上出来で、黄海戦で敵主力艦を撃滅、残艦は旅順に逃げ込む。陸ではロシア総司令・クロパトキンは日本軍を内地に引きつける作戦を採用し、遼陽でロシア兵二二万、日本兵十三万の大兵が対峙した。九月三日、日本軍は激戦を制するが兵力不足で追撃できず、敗残兵を奉天に逃げ込ませてしまう。

一方、第三軍の乃木は旅順攻略に苦しんだ。日清戦争で一日で陥落した旅順だが、要塞構築世界一のロシアが租借十年で軍備を固め、日本軍の三度の総攻撃を退けた。

山県参謀総長が乃木交替のお伺いを立てたが「そんなことをしたら、乃木は生きておらんよ」と陛下はおっしゃり沙汰止みとなった。

代わりに援軍の児玉総参謀長が指揮を執り、二〇三高地を攻撃目標とした。

十二月五日、二〇三高地を手中に収めると港内の敵艦を砲撃、三日で全艦を沈めた。

乃木大将の第三軍は大晦日に全ての堡塁を占領した。

明けて元旦、各砲兵陣地から百一発の実弾の祝砲を撃ち市街を威嚇すると午後四時、白旗軍使が投降を告げた。

日露開戦の初年は、旅順陥落というビッグニュースで幕を閉じたのだった。

日露戦争が開戦した直後の三月六日、ぼくは第二軍軍医部長に任命された。

だが第一軍軍医部長が谷口謙で、ヤツが脚気予防のため米麦混食の給与を具申したことが苛立たしい。今回は日記はつけなかったが、歌で心象を描写した。

五月二五日の「南山の激戦」では死屍累々の激戦後、夜七時に日章旗が掲げられた。

○　誰かいふ　万骨枯れて　功成ると　将帥の　目にも涙は　あるものを
　侯伯は　よしや富貴に　老いんとも　南山の　唇の血を　忘れめや

「昏の血」は庶民の間の戦争感情を歌ったもので、民草に対する、軍人の返歌だ。けれどもぼく個人の真情は、「扣鈕《ぼたん》」という詩にあった。

○　南山の　たたかひの日に　袖口の　こがねのぼたん　ひとつおとしつ
　その扣鈕惜し　べるりんの　都大路の　ぱつさあじゅ
　電燈あをき　店にて買ひぬ　はたとせまへに

エリスが見立ててくれた、かけがえのないカフスボタンだったが、多数の兵が戦死した激戦の中でこんな詩想が浮かぶなんて、ぼくはどこか真っ当ではないのだろう。

陸軍は米食主義を貫き続けたが、陸軍の死者四万七千のうち脚気の死者は二万八千と戦死者より多かった。海軍の脚気患者はわずか百名余で「海軍は脚気なく、陸軍では大流行」と従軍記者は容赦なく記事にした。

翌年三月、寺内陸相が「出征軍人には脚気予防上麦食を喫食しむる必要あり」という訓令を下知した。これには小池兄も抵抗できず麦食を奨励した。

そんな中、胸がすく話が聞こえてきた。

九月、米国セントルイスの「世界学芸会議」に日本代表として北里が出席した時、各国代表が祝辞を述べたがジャパンが飛ばされロシアになった。

戦時中では決して許されないことだと北里は決然と席を立った。

結局、大統領招宴の席で特別待遇で日本が挨拶することになった。国威を上げる行為に、天敵であるぼくも拍手喝采した。

明治三八年二月二七日、天下分け目の奉天戦が始まった。

日本陸軍四軍二五万、ロシア軍三七万、併せて六二万の兵が会戦した世界史上空前絶後、二十世紀初頭の最大の戦闘で日本軍は見事勝利を収めた。

日本政府は有利なうちに講和を急いだが、仲介した米大統領セオドア・ルーズベルトは、もう一勝必要だ、などと無理を言う。

この時、神風が吹いた。連合艦隊がバルチック艦隊を殲滅したのだ。

ロシアでは革命騒ぎも起こり、ニコライ二世も講和を急がざるを得なくなった。

ルーズベルトはロシアから割譲地や賠償金を取るつもりはなく、調印を終えたロシアの全権特使ウイッテは賠償金額を聞かれ、「パ・ド・スウ！」と答えた。「一銭もなし」という言葉はその年の流行語になった。その功績でセオドア・ルーズベルトは翌一九〇六年、ノーベル平和賞を受賞した。

だがこれでは、日本国民はとうてい収まりがつかない。

戦死遺族は「夫を帰せ、息子を戻せ」と声を上げた。

「君死にたまふこと勿れ」という与謝野晶子の反戦歌が、庶民の気持ちに寄り添った。

日比谷で暴動が起こり、警官は無辜の民を射殺した。銃声がするたびに大帝はか細い声で「あ、撃った、また撃った」と言って身を震わせた。

以後、大帝の神色は衰えた。

戦地に残ったぼくは、現地の古書を渉猟した。土蔵で見つけた書物は異国の胡蝶の翅のようだ。司令部の家の土間に寝棺を並べ机にし、古唐紙の支那本を紐解き文章を抜粋しつつ、ロシア軍の衛生部員と傷病兵の帰国に奔走した。

そんな中で作った歌は、大陸を彷徨う、ぼく自身の姿を投影したものだ。

○　馬上十里　黄なるてふてふ　一つ見し

日露戦争は動員総兵力百九万、戦費二十億円、八万七千の戦死者を出して終わった。日本兵はビタミンB1不足の脚気で、ロシア兵はビタミンC不足の壊血病で、多数が死んだ。日露戦争は、ビタミン不足の疾病が最大の脅威となった戦争でもあった。

明治三九年一月十二日、帰国した第二軍司令部は宮中に参内した。ぼくは午後三時に帰宅し観潮楼で祝宴を張った。宴が果てた深夜、妻志げと娘茉莉が待つ明舟町まで徒歩で帰った。

通常ならば直ちに前職に復帰するのだが、ぼくは宙ぶらりんの状態に置かれた。

四月、「第二回日本連合医学会」が開催された。

北里が会頭を務め、大会名から「連合」の二文字を削る決議が成され、ぼくが葬り去ったはずの「日本医学会」が蘇ってしまった。

名誉会頭に長与専斎、石黒忠悳、長谷川泰、高木兼寛、松本順、三宅秀等の所謂天保組がずらりと並んだ。

おまけにあろうことか、分科会では小池兄が「日露戦争に於ける衛生業務の大要」なる演題で講演し「陸軍でも平時同様の混食を励行し、脚気患者は減少し一定の成果を認めた」と発表した。

すると直ちに石黒閣下が「陸軍衛生部旧事談」という談話を出した。まったく、自己防衛の反射神経は相変わらずで、大したものだ。

日露戦争終結後、「医師法案」が議会に提出された。「明治医会」と「帝国連合医会」の間で妥協がつかず双方から提出された結果、議会委員会が策定した折衷案が通過した。「医師団の内紛を議会に反映せしむるに至ったことは遺憾」と酷評された。

主な争点は二点。医術開業試験の廃止と、医師会加入を強制するか否か、だ。

医術開業試験は前時代の遺物で、今では医師は充足されていた。結局、帝大閥と開業医集団の係争は痛み分けに終わり「医師法」では医師会への参加は任意で義務化されず、医学教育は医科大学と専門学校の専任とされた。

教育面は文部省・帝大閥の「明治医会」が主張する大学主体の中央集権制が確立し、

医療面は内務省・開業医グループの「帝国連合医会」の私学出身者が主体となった。

この時、北里は官吏ながら私財を投じ地方医師会を発足させ医師の団結を図った。

その頃、賀古とぼくが発起人になり、浜町の酒楼「常磐」で「常磐会」発足準備会を開いた。ぼくは文壇人脈を駆使して御歌所寄人《よりうど》の大口鯛二や腹心で後輩の佐佐木信綱など歌壇のオールスターを揃えた。山県公のための歌会だが月一回、第三日曜午後四時の開催に几帳面な山県公は逝去する大正十一年二月まで十六年間、一八五回を皆勤した。

陸軍最大の実力者、山県公の知遇を得て、ぼくの軍医生活は好転していく。

七月、祖母・清子が亡くなった。祖母は父上亡き後の、森家の精神的支柱だった。

その十日後、日露戦争の最大の功労者、児玉源太郎陸軍大将が急逝した。日露戦争での心労が祟ったことは間違いない。五四歳、あまりにも早すぎる死だった。

八月十日、ぼくは第一師団軍医部長に復職を命じられ、陸軍軍医学校長となり平時勤務に復した。九月二三日、第一回常磐会が賀古邸で開かれた。山県公の歌は上手くはないが、動乱の時代を乗り切った胆力が現れ、ぼくには作れない歌だと興趣を覚えた。

文学の世界ではどんな小石も自分を磨く縁になる、と言ったら山県公に失礼だろうか。

明治四十年三月、医界の大老・松本順が没した。享年七五。多数の医学関係者が大磯邸を弔問したが、ぼくは行かなかった。同月、新詩社の与謝野寛、根岸派の伊藤左千夫、竹柏会の佐佐木信綱を招いて「観潮楼歌会」を始めた。反目する「アララギ」と「明星」歌人の和合を願い、四角四面の堅苦しい常磐会の反動でもある。

山県公は古式ゆかしき敷島の道を求道したが、反逆の遺伝子を持つぼくは、古臭い世界に安住できなかった。

そんな中、小池兄は三月の軍医部長会議で突然、「麦食では脚気予防はできず」と発言した。その一方、「以前から麦食を支持してきた」という、前回の軍医部長会議で行なった訓示を「陸軍軍医学会誌」の付録に掲載した。

ふたつの発言は明らかに矛盾する。一体、どちらが本音なのか。

真意を確認するため、陸軍省の医務局長室に足を運んだ。

小池兄は突然訪問したぼくに、ソファを勧めた。

「例の麦食の記事の件ですね、リン坊ちゃん」

「ああ、軍医学会誌を読んだら小池兄が米食派か、麦食派か、わからなくなったんだ」

「そう思われたくて、あれを書いたんです。陸軍軍医部の軍律として兵食を米食から替える気はありませんが、陸軍に大量の脚気死者が出て非難囂々です。自分は間もなく医務局長を辞めます。なのでリン坊ちゃんに後任を引き受けていただきたいのです」

ぼくは思わず息を呑んだ。夢見ていたトップの座が、いざ目の前に見えた途端、急に怖じ気づいた。

そんなぼくを見て、小池兄は吐息をついた。

「もしもリン坊ちゃんに断わられたら、谷口を推そうと思います」

しゃくれ顎を突き出し嘲笑する、蛇のような目つき。谷口は陸軍軍医部の麦食派の首領を気取っている。これではぼくが築き上げてきたものが根こそぎ壊されてしまう。

「少し考えさせてくれ」とぼくは掠れ声で言った。

その頃、母上の差配で、房総の日在海岸に別荘を建て「鷗荘」と名付けた。それを知った賀古が、隣の土地を欲しいと母上にせがみ、「鶴荘」を建てた。二間の小屋の壁一面にぎっしり本を収納し、砂浜を散歩しハマナスなどの植物を観察した。自然科学者の顔を取り戻し、執筆に励んだ。ここで「妄想」という短編を書いた。

八月、次男の不律が生まれた。

志げが産んだ初めての男の子で志げは誇らしげだ。

九月、日露戦争従軍時のスケッチに手を入れた「うた日記」を、出版した。従軍中、佐佐木信綱が餞別にくれた「万葉集」を繰り返し読んだ。異郷で漢籍を渉猟しながら、そこで触れたやまとことばは、不思議なほどこころに染みた。

文芸評論家はぼくの新境地だと大絶賛した。以前の小池兄なら、文学に深入りしたことを非難し、現役軍医が文学作品を書くなど言語道断と詰ったはずだ。

でも今回は何も言わなかった。

九月、小池兄は男爵に叙された。それは予備役入りが近いことを意味した。

ある日、ぼくを医務局長室に呼び出した小池兄は、本題を切り出した。

「先日もお尋ねしましたが、自分の後任を引き受けてくださいませんか」

ぼくは小池兄を見つめ、小さくうなずいた。小池兄は、深々と吐息をついた。

「これで安心しました。坊ちゃんの味方だといいながら、小倉左遷を止められなかったことを、自分はずっと気に病んでいたんです」

なんと律儀な男だろう、と感銘を受けた。ところがぼくは、そんな小池兄の最後の頼みを、引っくり返してしまう。

十月二六日、小池兄宅で職務の引き継ぎをした。

二日後、寺内大臣に小池兄が求めた人事を拒否すると伝え、承諾を得た。

夕刻、小池兄に、要求を拒否すると伝え、その後、石黒閣下にも伝えた。

閣下は「そこまで意固地にならなくともよかろうに」と言ったが、それだけだった。

翌三一日、小池兄は事務の引き継ぎを中止すると通告してきた。脅せば折れるだろうと高をくくったのだろう。けれどもぼくの怨念は深く、決意は固かった。

小池兄は、よりにもよって谷口謙を形式的に軍医総監に任命したいと言ってきたのだ。軍医部長クラスが退役する際、形式的に一階級特進させる名誉特進はよくあることだ。でもぼくは絶対に認めたくなかった。

「『きんされえ』は今日はお休みか？」と、しゃくれ顎を突き出し、にやつきながら父上を侮蔑したあばた面が脳裏にまざまざと蘇る。軍医になってからも、ことあるごとにぼくをバカにした。高潔な武島務を讒言で貶め、客死させた張本人でもある。

ぼくは武島が大好きだったので、谷口を絶対に許せなかった。

ぼくが昇進した日、谷口謙は名誉進級に浴さずに除隊し以後、冴えない生涯を終えた。

谷口謙は、ぼくの陰画のような存在だった。医学部卒業も軍医任官も同期。当初の軍医部の序列は三位でぼくより上だが、留学時に逆転して以後変わらなかった。その後、谷口は一年遅れでドイツに留学し、赤十字国際会議では正式な通訳に任じられながらも、その大役をぼくに奪われた。

常にぼくに影のようにつきまとったが、最後にぼくは大空に舞い、谷口は地に墜ちた。でも運命のさじ加減がほんの少し違っていたら、結果は逆だったかもしれない。

こうしてぼくは、谷口との積年の確執に、ようやく終止符を打った。

明治四十年十一月十三日、第八代軍医総監に就任したぼくは、同時に陸軍医務局長に補せられた。任官して二六年、ついにぼくは軍医部の最高位にまで上り詰めた。

以後、ぼくはこの地位に八年半、留まることになる。

第四部

玄冬

明治四一年（一九〇八）～大正十一年（一九二二）

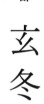

28章　旧師報恩

明治四一年（一九〇八）〜明治四三年（一九一〇）

その日、足音も高く帰宅した北里は、出迎えた妻に興奮した声で言った。

「乕、ついにコッホ先生が、日本にお見えになるばい」

「それはようございました。先生が日本におられる間は、あなたがお世話するのですね」

「当たり前たい。国家元首以上の大歓迎をしてみせるばい」

三年前、悲願のノーベル賞を受賞したコッホは、今や世界の名士だった。

北里は三月、留学時代の同胞に招集を掛けた。歓迎委員会委員長は石黒忠悳、委員に青山胤通（帝大医科大学長）、森林太郎（陸軍軍医総監）、長与称吉（日本消化器病学会会長）、中浜東一郎（回生病院院長）などで医学関連三十諸団体から協賛を求めた。

北里は明治三四年四月、有志十数名と共に「日本医師会」の前身となる「日本連合医学会」を創設し、翌年四月二日「第一回日本連合医学会」を開催した。会頭に東大解剖学教授田口和美を推し、設立総会で名誉会頭にベルツ、長与専斎、石黒忠悳、池田謙斎、長谷川泰、高木兼寛、松本順、三宅秀など、所謂天保組の面々が、ずらりと名を連ねた。
北里は、自分が復活させた「日本医学会」で培った人脈、社会的影響力を全投入し、コッホ来日歓迎会の準備を始めた。

北里去りし後、コッホがたどった道は平坦ではなかった。明治二六年（一八九三）、五十歳のコッホは二十歳の女優と再婚し、要職を投げ捨て、熱帯医学研究を始めた。明治二九年、世紀末のアフリカを熱帯病の病原菌を求め逍遥した。船医志望だったコッホの「アフリカ時代」の始まりである。だが熱帯病分野では常に遅れを取る。バタビアでマラリアを研究したがロナルド・ロスの業績の追認に終わった。アフリカ睡眠病の原因菌トリパノソーマは外科医ロバート・フォルドが発見し、ツェツェバエが媒介する伝染経路解明はデヴィッド・ブルースの後塵を拝した。

明治三四年、ロンドンの結核会議で「ウシ結核菌は小児感染しない」と発表したが、これは誤りだった。結核菌を発見したコッホだが治療面では苦杯を舐め続けた。ノーベル医学賞の第一回受賞者が弟子ベーリングだったことにも苛立った。伝染病研究所長を辞任した翌年の明治三八年、ようやく第五回ノーベル賞を受賞する。

明治四十年三月、コッホ不在のドイツで結核菌発見二五周年祝賀会が開かれ、コッホ財団にアメリカの大富豪カーネギーが五十万マルクの巨額寄付を申し出た。これで渡米を決意したコッホは北里と約した訪日を絡め世界一周の旅にする計画を思いつく。

こうしてコッホの世界一周旅行が幕を開けた。明治四一年三月、ロンドンで「アフリカ睡眠病に関する国際会議」に出席後、米国に向かった。訪米は四月八日、ニューヨークでの熱狂的歓迎で始まった。十一日間の盛大な歓迎祝宴の主宰者はカーネギーだ。ベルリン衛生研究所の研修コースを履修した、ジョンズ・ホプキンス大学病理学教授ウィリアム・ウェルチの演説が花を添えた。その後大陸を横断しホノルルへ。ハワイに滞在後、六月十二日に横浜に到着し、二ヵ月余に及ぶコッホ大歓迎祭の幕が上がる。

明治四一年六月十二日朝、サイベリア丸が横浜に入港すると、北里と部下の北島、志賀がコッホ夫妻を花束で迎えた。数十発の花火が上がり、海上に花輪が撒かれた。

新橋駅で石黒忠悳男爵、高木兼寛男爵、佐藤三吉教授が出迎え、陸軍軍医総監の森林太郎が挨拶した。北里と長与専斎男爵が馬車に同乗して帝国ホテルに向かった。

十六日、上野音楽学校大講堂でのコッホの大歓迎会に千五百名の観衆が集まった。

コッホは「ツェツェバエが媒介する睡眠病について」という演題で講演した。結核やコレラなどの業績を講演しなかったのは、細菌学という新しい学問領域を打ち立てたパイオニアの面目躍如、常に新しい領域へ挑む心意気の現れだ。

講演会のプログラムには「君は微小の世界より　君が偉大を成就し　以て世界を略取したり」という、ベルリン医師会が贈った格調高い詩句が鷗外の対訳で掲載された。

二二日朝には北里、森、青山の三名と帝国ホテルで脚気調査の方針について意見交換した。これに先立つ六月一日、「臨時脚気病調査会」が設置され、森が会長を務め、北里と青山も委員に任命された。脚気は細菌感染症で多発の土地に細菌がいる可能性が高いというコッホの見解は、委員長の森を満足させた。コッホは、ベリベリが多発するバタビアに調査団を派遣すべきだ、とアドバイスした。

「ペーケルハーリングのところですね」と言って北里は微笑した。かつて実験法を批判した相手は、今では北里の親友だった。後に彼の弟子のエイクマンがビタミンB1を発見して脚気の治療法を確立、ノーベル医学賞を受賞することになる。

二年前の明治三九年、伝研は白金台に新屋舎を建設し血清薬院、痘苗研究所、伝染病研究所の三施設を合併して開所した。そこにコッホを案内できて北里は誇らしかった。

二五日、明治天皇に謁見した。勅任の伝研所長の北里は宮城の正殿に参上したことはあるが、今回は自慢の師コッホと鳳凰の間での拝謁だったので、思いは格別だ。

奏上を終えると「陛下より直々にお言葉があるのでしばし、お残りください」と声が掛かった。諸官が退出すると、軍服姿の明治大帝は玉座を降り、二人の前に立った。

「朕はかつて、北里博士の留学期間が終わりなんとした時、皇室費から留学費用を下賜しました。そのことを、国民は誇りに思ってくれました」

「ドイツへは多くの学徒が留学に参りますが、ドクトル・キタサトは別格です。博士が、祖国で成し遂げた業績を拝見し、私の予見が正しかったことがわかり嬉しく思います」

陛下は、北里に微笑みかけた。

「昔、そちと角力を取ったが、あの時の負け分は払ったぞ。しかと受け取ったか？」

北里は深々と頭を下げ「は、御意」と答えると、恐る恐る顔を上げた。

「あの時、朕は角力で負けた。だが西郷が言った通り、あの勝負は朕の勝ちじゃ。北里、そちは衛生学でこの国を守ってくれ。よいな、あの時に勝った朕の命令じゃ」

大帝の笑顔を拝した北里は、身内から湧き上がる喜びに包まれながら宮中を退出した。その夜は北里邸で心づくしの晩餐を持ち、師弟は夜遅くまで水入らずで語り合った。

七月は鎌倉のホテルに長逗留し、北里の別荘でも過ごした。八月は全国の一流ホテルに滞在し、北里に加え志賀潔など伝研上層部が入れ替わり立ち替わり鞄持ち兼通訳で付き従った。通過地の駅頭で知事や市長がホームでコッホを待ち受けていた。長良川では皇太子の行啓に備え新調した御座船を「ローベルト丸」と名付けて進水させた。

離日直前、広島の厳島神社で、コッホと北里は初めて、二人だけで記念写真を撮った。

「シバの生まれた村をひと目見たかったね」とコッホは残念そうに言う。本当はこの後に北里村に向かう予定だった。十月中旬まで日本滞在の予定を急遽変更して米国に逆戻りするのは、ワシントンでの「国際結核会議」にドイツ代表として出席せよ、という皇帝の命のためだ。「国際結核会議」でのウシ結核に対するコッホの発言が会議の議題なので、やむを得ないことだ。ウシ結核はヒトに感染しないという間違った主張をコッホは言い張り続けた。ベーリングは「動物からも結核感染する」とし、動物の結核予防ワクチンの提供を始めた。このためコッホはベーリングと絶縁していた。

「コッホ博士は結核菌を分離したが今日、科学はコッホ博士を結核から分離した」と手酷く非難され、二度目の訪米は痛烈な洗礼となった。

十月、ベルリンに帰還したコッホは結核の研究を再開するが、「無蛋白ツベルクリン」の激烈な副反応に手を焼いた。ドイツに帰国したコッホの健康は徐々に衰えていった。


翌明治四二年夏、欧州の諸学会に出席するため、北里は半年間の長旅に出た。

シベリア鉄道でノルウェーのベンゲンに行き、八月「第二回万国癩会議」で癩病について話し、九月にハンガリーのブダペストの「第十六回万国医学会」で結核について講演した。その後ベルリンに足を伸ばした。皇帝ヴィルヘルム二世が北里に星章赤鷲第二勲章を授与したためだ。留学した頃はヴィルヘルム一世の治世で、ビスマルク宰相は緻密で平和的な外交をし、日本はドイツを範とし陸軍と医学の両分野で多数の留学生を派遣した。だが二九歳のヴィルヘルム二世が即位すると、ドイツ帝国はがらりと変貌した。

鼻っ柱の強い青年皇帝は海軍を拡大増強し、労働者保護法に関する勅令を連発した。未確定だったツベルクリンの公表を急がせたのもカイザーのわがままだ。

いっぱしの兵法家気取りで、日清戦争では黄海戦レポートを明治天皇に送りつけ、日露戦争で乃木・ステッセル会談を称え勲章を授与するなど高踏的に振る舞った。

ドイツ外交は積極的に武力進出しロシアを偏重し、従兄弟のニコライ二世と親密な関係を築いた。その帰結が日清戦争後の仏独露の三国干渉と、遼東半島の租借となった。

カイザーは日本を「東洋のプロイセン」と呼び親近感を持っていたが、日清戦争後に突如「ゲルベ・ゲファール（黄禍）」の脅威を抱いた。その後はニコライ二世に背後の安全を保証することで、ロシアの極東進出を後押しした。明治三十年には、清に出兵し膠州湾を九九年租借し山東省の鉱山、鉄道敷設権を獲得した。

「ベルリン＝ビザンチン＝バグダッド」を鉄路で結ぶドイツの「3B政策」の東方政策は「カイロ＝ケープタウン＝カルカッタ」を鉄路で結ぶ英国の「3C政策」と衝突した。

カイザーは世界の制海権を握ろうとして、ここでも世界帝国・大英帝国と衝突した。ロシアを支持したドイツは、欧州で孤絶した。おまけに明治三八年七月の会心の一手、独露軍事同盟ビヨルケ密約は十月、ロシアに一方的に破棄されてしまう。

それが北里が十七年ぶりにベルリンを訪問した頃の、ドイツの状況だった。

コッホは未だに北里を弟子と思い、研究費節約のためホテル滞在ではなく下宿を勧めた。北里は師の教えに従い、宿泊していたホテルを後にした。満月が煌々と街路を照らしていた夜、とある民家の扉を叩いた。戸口に姿を見せた女性は目を瞠った。

「凱旋塔の誓いば、果たしに来たと」という北里の言葉に、佳人の目に涙が溢れた。抱き合う二人の背後で扉が閉まった。

コッホ研究所で開発中の新薬を分与された北里は帰朝後「無蛋白ツベルクリン療法」を標榜したが、盟友エルリッヒからツベルクリンの有効性検定の難しさを聞かされた。だが北里はツベルクリンの治療効果の評価法を自ら確立しようとは考えなかった。北里はベルリンに一ヵ月滞在し、十一月に帰国した。

その一ヵ月前の十月、伊藤博文がハルビン駅頭で韓国の愛国者に暗殺された。

お調子者の伊藤に苛立ちつつ、大帝はその天真爛漫な明るさを愛した。明治二一年、枢密院の憲法草案の百回近い審議に、明治天皇はほぼ毎回出席し伊藤を辟易させた。大君にうんざりした顔ができるのも、お気に入りの伊藤の特権だった。そんな忠臣の非業の死は痛手だった。明治天皇は次第に気力を失っていった。

明治四三年五月二七日、コッホはドイツのバーデンバーデンで死去した。享年六七。葬儀には留学中の秦佐八郎が出席した。北里は未亡人にコッホの遺髪を所望し、御神体として祀り「コッホ神社」として、毎年、命日の五月二七日に例祭を催した。

その年ドイツ帝国は、国内の公共用水の細菌学的検査を義務化する法律を制定した。コッホは、ドイツでは衛生行政の礎石になり、日本では医神になった。

コッホが没した明治四三年、北里はもうひとりの恩師の祝賀会に出席した。帝大の緒方正規教授の、衛生学教室教授在職二五周年祝賀会である。

この時、北里への対応が問題になった。北里は緒方の門弟第一号だが帝大と確執があり、北里を呼ぶべきか、呼べるのか、呼ぶとしたら誰が猫の首に鈴をつけるのか、などと議論が百出した。結局、恐れを知らぬ若手が打診し、北里は快諾した。

北里は門弟総代として挨拶することになった。それどころか準備委員会に出席し、座長まで務めた。

北里の座右の銘は「任人勿疑、疑勿任人」（人を任ずるに疑う勿れ、疑いて人を任ずる勿れ）だ。藩校に修学した時に世話になった栃原家の零落を知り、看護婦の娘を養生園で雇った。

医学教育をドイツ医学に切り替える大仕事を成した相良知安が落魄し、八卦見で暮らしていると聞けば、口汚く罵られるのも厭わず慰問し、金品を置いて助けたりもした。その相良も四年前に没したが、落ちぶれた彼を誰も一顧だにしなかった中、北里の至誠はきっと伝わっていたに違いない。「至誠報恩」と「報仇雪恨」は北里の人生を貫く背骨だ。そんな北里が、恩師である緒方正規の祝賀会に出席するのは、至極当然だった。

四月十六日、満開の桜の下、小石川植物園に四百余名を集め盛大な祝賀会が開かれた。門弟総代で北里柴三郎、友人代表で陸軍軍医の小池正直、医科大学長青山胤通の祝辞が続き、緒方の謝辞で閉幕した。

演題に立った北里は、威風堂々と周囲を威圧しつつ、祝辞を述べた。

「緒方先生とは熊本の古城医学校の頃から勉学を競い合い、内務省では先生から細菌学を学びました。学術上では意見の衝突もありましたが、雅量海の如く広い緒方先生は、いかなる時も学者としての態度を崩さない、尊敬すべき方でした。当時、多くの医学者がドイツに留学しましたが、実験医学の要諦を理解し、日本に根付かせた先覚者は緒方先生だけでした。緒方先生は研究一筋で、ご自分に厳しく自らを誇らず、他人には春風の如く、弟子に温かく叱責も後に残らず、他人の悪口を決して言わない、高潔な人格者です。私は先生の一番弟子であることを誇りに思います」

挨拶が終わると北里は、緒方の三人の子を呼んで、激励した。

「お父さんは立派な学者だから、君たちも負けずに頑張りなさい」

北里の言葉通り、長男の規雄は父親と同職に就き千葉大学の細菌学教室の教授になり、長与専斎の三男の又郎と、ツツガムシ病の病原菌の命名権をめぐり争うことになる。

緒方正規は食道癌で亡くなる直前まで、内務省の中央衛生会の委員として衛生行政の諮問に応じ、「緒方の出席なくば会は成立せず」とまで言われた。

国の衛生行政の重鎮として抜群の存在感を示し続けた北里と緒方は、日本の衛生行政を支えた車の両輪だった。

脚気病原説などで、学術上での争いはあったものの、二人は心情的に和合していた。

緒方が死去した大正八年、北里は中央衛生会の会長に就任した。

北里は伝研が主宰する衛生講習会で、地方の衛生役員と開業医を掌握していた。

それは全国に北里配下の部隊を配備したようなもので、まさに「医療の軍隊」の元帥と呼ぶに相応しい存在になっていた。

この時、魔王・北里は日本の衛生行政に君臨していた。

29章　軍医総監・森鷗外

明治四一年（一九〇八）〜明治四二年（一九〇九）

明治四十年十一月十三日、軍医総監・陸軍医務局長に補せられたぼくは、諸改革に取りかかろうと意気込んでいた。明舟の実家に帰っていた志げも、観潮楼に戻った。

ところが明治四一年、新年を迎えた森家は次々に悲劇に襲われた。

一月、最愛の弟、篤次郎が病没した。四一歳だった。ぼくは軍医総監就任後の初視察で四国へ出張中で死に目に遭えなかった。解剖に立ち会おうとしたが、弟の亡骸を見て気が遠くなった。口さがない連中は、森は解剖が苦手だと吹聴した。

二月、生後六ヵ月の次男、不律が百日咳で死んだ。この時、長女の茉莉も罹り、あまりの苦しみぶりに安楽死させようかと考えたが一命をとりとめた。観潮楼は、陰鬱な空気に包まれた。悲しみを忘れようと、仕事に打ち込んだ。陸軍軍医学校教育綱領を定め、伝染病予防訓令を出し、細菌学検査法、腸チフス予防接種に関する通達を出し、赤十字条約解釈を発布した。

そしてぼくはついに、脚気と正面から向き合うことになった。

実は当時、陸軍も平時は米八分麦二分の兵食に替え、脚気は激減していた。だが戦時は米食に戻り日清、日露の二度の大戦、その間の台湾戦役と北清事変では陸軍で脚気患者が多発し、病死者は戦闘死の十倍、発生した。

明治三八年一月、日露戦争の真っ最中に帝大病理の山極勝三郎教授が物議を醸す論説を発表した。『脚気病調査会』を国家事業として設置すべし」という提言だ。

これを受け二月、山根正次議員が脚気病調査会設立の建議を議会に提出、賛成多数で通過した。大蔵省が同意し、鉱毒調査会と同様の内閣直属の組織ができた。寺内陸相が麦食提供の軍令を出したのはこの時期だ。だがこの動きは自然消滅してしまった。

明治四十年、宿敵の官報的医学誌「医海時報」が、陸軍の脚気流行問題を取り上げた。「脚気病調査会」を創設すべしと提案すると、ある陸軍軍医が「医海時報」紙上で根拠なく「海軍は脚気を別の病名にして統計をごまかしている」と誹謗した。それを読んで激怒した海軍軍医の論客「半白翁」が、陸軍の内情を暴露した。

「寺内陸相が麦食供給を命じたのは海軍中将が山県参謀総長に惨状を進言したためで、陸軍が赤痢を大腸カタルと擬装するような病名改竄は、海軍は絶対しない」

新聞が陸軍の米食主義を叩き、医務局長の小池兄は非難された。これを受け小池兄は「現局長ノ脚気ニ関スル訓示」という一文を軍医学会雑誌に掲載し「医海時報」に転載した。「陸軍は以前から麦食を採用していた」という内容だ。すると「医海時報」は奇手を打つ。脚気病調査会の設立に関する懸賞論文を公募したのだ。

審査員は北里を筆頭に荒木寅三郎、窪田静太郎《くぼたせいたろう》、山根正次、山極勝三郎が名を連ねた。窪田は長谷川の後任の衛生局長で後藤の懐刀。山極以外は「北里＝後藤」の旧内務省ラインだ。

「医海時報」は北里の広報部隊なので「脚気病調査会」は北里の発案だと悟った。

北里は正面切って、ぼくの城に攻め込んできたのだ。ぼくが陸軍医務局長の最高位に就任した二ヵ月後の明治四十一年一月、懸賞論文が発表された。出来のいい論文だった。

二月、山根議員が脚気病調査会建議案の進捗状況を政府に質すと、閣議で寺内陸相は「陸軍が経費を絞り出してやる」と吠えた。寺内陸相は台湾で麦の搬送を安請け合いし、日露戦争では麦食供給の達を出すなど、麦食推進の筆頭だ。

部下の大西亀次郎・衛生課長が、戦時食に麦食の新規定を作るため脚気病調査会を作ったらどうかと進言したのは寺内陸相の差し金かもしれない。堀内利国、緒方惟準、石阪惟寛、土岐頼徳、鶴田禎次郎といった麦食派の陸軍軍医の系譜に、大西が名を連ねていてもおかしくはない。

寺内陸相は大学、伝研、民間の学者を網羅して大々的な組織を作れ、と命じた。

陸軍の白米信仰を一掃するためには、ここで米食至上主義の生き残りであるぼくを折ればいいと考えたのだろう。ならばぼくは受けて立つしかない。

中央機関の設置は官界最大の事業で、この調査会の創設は軍医総監として、ぼくの最大の仕事になった。ところが発議した途端、内務省と文部省が横槍を入れてきた。

文部省は帝大の所管、内務省は内閣直属の機関だと言い張り、互いに譲らない。仕方なく「臨時」の二文字をつけ、何とか双方を納得させた。ところがここで想定外の事態が起こった。なんと宮内省を通じて大帝からお言葉を賜ったのだ。「明治二十年、高島鞆之助・大阪鎮台司令官から、堀内利国軍医が麦飯を用い予防効果を挙げ、軍隊の脚気病はなくなったと聞く。この上なお調査会を設ける必要があるか」

驚愕したぼくは石黒男爵に対応を御教示願った。閣下の答えは一見明瞭に見えるがその実、何も語らないに等しい文言だったが、それ以上の下問はなかった。

六月一日、「臨時脚気病調査会」が創設された。滑り出しは上々だった。コッホ博士が来日し、ぼくの方針に太鼓判を押してくれたのだ。

「臨時脚気病調査会」は微生物学、医化学、病理学、病理解剖学、臨床医学の観点から病論調査、原因、病理、予防、療法を行なう。分担は第一班（＝細菌）：北里柴三郎、北島多一、柴山五郎作、宮本叔、都築甚之助など、第二班（＝医化学）：荒木寅三郎ほか三名。青山胤通は第三班（＝病理解剖）と第四班（＝臨床医学）を兼任し、第五班は歴史・統計で富士川游ほか二名を班員とした。これは「医海時報」の懸賞論文の骨格をそのまま拝借したものだ。北里の掌の上で転がされているようで癪に障る。

七月四日の発会式では寺内陸相がいきなり挨拶で「日清戦争時に戦地に麦を送ろうとしたが、石黒と森の反対で中止させられた。日清戦争の陸軍衛生部の脚気に関する統計情報は不明瞭である」と厳しい指摘をした。

場が静まり返り、ぼくは能面のように表情を殺した。寺内陸相は途中退席し、晩餐会の料理の味もわからないまま会が終わると、北里が近寄ってきて言った。

「よお、チビスケ、ずいぶん気張っとるのお」

「『チビスケ』はよせ。ぼくは『臨時脚気病調査会会長』だぞ」

「肩書きなどどうでもよか。それより寺内大臣にあそこまで言われておるのに、なしてチビスケは米食に拘り続けると？」

「お前もコッホと同じで、脚気は細菌が原因だと考えているんだろ？　それなら米食は問題ない。栄養面で米食は麦食より優れていることは兵食調査試験で証明済みだ」

「その理屈がわからんたい。おいも脚気菌が原因だと思うとるばってん、海軍は麦食で脚気は激減し、陸軍も平時は麦の混食たい。ならば麦食を採用すればよかではなかか」

「学理を解明し応用せよ、がドイツ学派の根本精神だから、調査会を設立したんだ」

「チビスケは、学理より、兵隊に脚気がなくなることの方が大切だと思わんのか」

「思わない。会長のぼくの方針に従えないのなら、委員を辞めてくれ」

馬鈴薯のような顔に、すっと一筋、剣呑な光が走る。北里は黙って部屋を出て行った。


ぼくは陸軍軍医部の研究部の改革も断行した。「陸軍軍医団規則」を制定し「陸軍軍医学会」を「陸軍軍医団」と改称し、団長に就任した。現役は「衛生部教育団」と「軍医学校」の二本立てで現役、予備、後備を結びつけ、「陸軍軍医団雑誌」を活用した。

文壇方面にも目を配った。日露戦後は第二次「早稲田文学」が創刊し自然主義の本拠地となった。一月、与謝野鉄幹主宰の「明星」廃刊後に木下杢太郎、石川啄木、吉井勇が「スバル」を創刊し、新浪漫主義の拠点とした時、顧問格で合流した。

文壇に完全復帰したぼくは短編量産時代に入り、「豊穣の時代」と呼ばれた。

ぼくは全世界に遍くアンテナを張り、百科全書的な啓蒙精神で、海外文化情報の提供者にならんとした。西欧の新聞雑誌から話題を引用し、「椋鳥通信」欄や「番紅花《さふらん》」等で紹介もした。例えばイタリアの詩人マリネッティがパリの「フィガロ」紙に「未来派宣言」を公表した時は全訳し、同年五月の「スバル」の「椋鳥通信」に掲載した。

未来主義宣言十一箇条には、反体制の気概が迸る言葉が並んでいた。

一、吾等の歌はんと欲する所は危険を愛する情、威力と冒険を常とする俗に他ならず。
一、吾等の詩の主なる要素は、胆力、無畏、反抗なり。
一、吾等の詩は労働若しくは遊戯若しくは反抗の為に活動せる大多数に献ぜんと欲す。

「こいつを赤インクの大字で印刷した幅一米、長さ三米の広告がミラノの辻々に張り出されたのである。スバルの連中なんぞは大人しいもんだね。はゝゝ」と挑発的な一文を添えた。社会主義翼賛と見做される文章を、体制ど真ん中の軍医総監が発信するのは大問題だ。

やむなく、世間は作家・森鷗外と軍医総監・森林太郎を、別人格と認識した。

そうしないと、どちらの世界も破綻してしまいかねないからだ。

三面の眷属・阿修羅となったぼくは、そんな風にしてふたつの世界を行き来した。

でもそれは、双方の世界から排斥される行為でもある。日清戦争で、負傷兵に補償と治療をする組織の設立を提案したぼくは、社会主義に傾倒しクラウゼヴィッツの兵書の影響で「純抗抵」という弱者の戦略を獲得し、マルキストやアナキストに共感した。

知らぬ間にぼくは共産主義の赤、無政府主義の黒に染まっていた。国軍の医療を司るトップが無政府主義者だなんて、洒落にもならない。明治四二年七月、「スバル」が発禁を食らったのは「ヰタ・セクスアリス」を掲載したためだったが、それは左傾化したぼくの文学活動に対する警告でもあった。これに懲りて、思想的に直截的な小説に注意を払った。その頃連載を始めた「雁」は、放埒な学生生活に無縁坂の愛人、児玉せきとの愛憎劇を仮託した純文学的な作品で好評を博した。軍上層部はぼくの文筆活動を見て見ぬ振りをした。軍医部にぼくを諌める者はいなかった。上層部は困り果てていた。

一方、本丸の臨時脚気病調査会では次々に、思わしくない報告が上がって来た。

明治四二年二月には帝大の宮本叔、伝研の柴山五郎作、陸軍軍医の都築甚之助の三委員が「バタビア付近ベリベリ病の調査」を行なった。調査隊の報告書で脚気の原因として、米食が黒に近いグレーと結論づけた。都築甚之助は、ぼくが軍医学校の校長だった時の学生で目を掛けていたが、米糠の中に脚気予防成分が含まれていると発表した。

それは白米が予防成分を欠くことを意味したので、陸軍の兵食に対する間接的な批判になる。学理の裏付けがないので麦食を否定してきたが、ぼくが設立した臨時脚気病調査会の研究によって麦食の学術的裏付けがなされたのは皮肉なことだった。

この時、ぼくの妄念は、学理によって報復されようとしていたのかもしれない。

十二月、全軍にチフス予防接種を実施した。明治四十年に罹患が一万人中八十人、死者十二人だったのを、大正三年にはそれぞれ五・八人と〇・六人に激減させた。それは衛生学的な快挙のはずだった。なのに、脚気の失態の前ではどんな功も霞んでしまう。

行き場のない袋小路のような状況を前に、ぼくの苛立ちは日増しに強まっていった。

30章　聖上薨去

明治四三年（一九一〇）～明治四五年（一九一二）

七六年に一度のハレー彗星が天空に現れた中、禍々しい事件に世情はざわついた。

長野の明科で発覚した爆弾製造事件は、天皇暗殺計画となり六月一日、幸徳秋水等の社会主義者、無政府主義者二六名が検挙された。世を揺るがす「大逆事件」である。

八月、「明星」同人で歌人の平出修が事件の弁護人を引き受け、成り行きでぼくはこの大事件に巻き込まれた。平出はぼくが盟主を務める同人「スバル」の出資者でもあり、「観潮楼歌会」にも出席していた。社会主義の動静や、社会主義と無政府主義の思想について当時の日本で誰より知悉していたぼくは、平出に社会主義に関し講義をした。

十月二七日に予審が終了し、被告全員の起訴が決定した。二日後、「常磐会」が開催された。その場で「忠君愛国、法律、経済、文学」がテーマの総合雑誌刊行を目指す、山県公を盟主とする「永錫会」も開かれ、「大逆事件」への対応が話し合われた。

こうしてぼくが主宰する「常磐会」と「観潮楼歌会」は、「大逆事件」の原告・被告の両陣営の対策本部となった。ぼくは「三田文学」十一月号に「沈黙の塔」を発表した。

ゾロアスター教の弾圧の物語だが、その中の「危険な書物」とは自然主義と社会主義の本で、「沈黙の塔」は大逆事件の暗喩だ。ジャーナリズムは「大逆事件」の中身は報道せず、政府の尻馬に乗り社会主義、共産主義、無政府主義、虚無主義を攻撃した。

朝日新聞に連載された「危険なる洋書」なる無署名記事ではモーパッサン、イプセン、フローベル、ニーチェ、ワイルドなどぼくが紹介した作家が列挙された。そこに前年の「スバル」の発禁処分を重ね見ると、自分の危うさが見えてくる。当時のぼくは政府にマークされていたのだ。そこで「沈黙の塔」とそれに続く「食堂」で、背後で糸を引く山県公に、過度な弾圧は殉教の英雄を作り、逆効果だと伝えたつもりだった。

十二月十日、大審院の第一回公判廷が開かれ、十二月二四日まで十二回公判が行なわれた。ぼくは身分を活かし傍聴を続け「獄中消息」や秋水の「陳弁書」も入手した。「困窮の時に富豪の物を収用するのは、政治的迫害に対し暗殺者を出すが如き正当防衛である。政府の迫害や富豪の横暴が極点に達した時、之を救うのは将来の革命に利あり」と秋水は記した。ぼくは感銘を受け、後に「大塩平八郎」という作品を書いた。

「大逆事件」は冤罪だと判じたぼくは山県公に、無罪の人間を断罪しないよう懇請した。山県公は渋い顔をしたが、桂太郎首相と相談し、何人かに恩赦を与える妥協策を講じた。秋水は「一人の証人すら調べず判決を下す、暗黒な公判を恥じよ」と審理で吠えた。

明治四四年一月十八日、死刑二四名、有期刑二名の判決が下り一週間後に幸徳秋水、管野スガ等十二名の死刑が執行された。明治政府の暗黒面が露呈した瞬間だった。

「大逆事件」は維新以来、窮民を顧みなかった明治政府に対する痛烈な一撃となった。

数日後、賀古鶴所が「観潮楼」を訪れた。何も言わずにぼくを人力車に押し込み、隣に乗り込んだ。外の景色を眺めていると浜町の「常磐」が目的地のようだとわかった。怪訝に思っているうちに店に着いた。「常磐」にいたのは後藤、北里、青山の「亀清会」の面々だった。後藤が立ち上がり、ぼくを上座に導いた。

「『亀清会』のメンバーが各々の任所で錚々たる地位に就いたことは、誠にめでたい。森軍医総監、北里伝研所長、青山帝大医学長、そして賀古医院院長は元勲で最大の権力者、山県公の懐刀ときたもんだ」

「だが一番の出世頭は、桂内閣の逓信大臣に任命された殿下だな」と賀古が言う。

「『亀清会』の番頭ならきっと言ってくれると思ったよ。他の連中は気が利かんからな。今回は生臭い謀議なので、学聖の小金井殿にはご遠慮願った。しかし軍医総監殿は相変わらず尖っとるな。幸徳秋水の弁護人に助言したり、立場を利用して非公開の裁判を傍聴するなんて、ひとつ間違えたら警察にしょっぴかれるぞ。少しは用心せい」

尖り髭を撫でながら破顔した後藤は、いきなり核心に踏み込んできた。

ぼくは青ざめた。ぼくを安心させようと賀古が冷静に応じる。

「なるほど、閣僚ともなると、そんな捜査情報も得られるのか」

「その通り。本日『亀清会』の面々にお集まり願ったのは、吾輩に下った大命を委託するためだ。大逆事件に御心を痛めた大君は、窮民施薬救療事業の『済生勅語』を発し、皇室金百五十万円を下付された。そこで吾輩はこれを原資とし『恩賜財団済生会』を創設し民衆救済の医療設備を整えるべし、と提案したところ、桂首相は吾輩に一任した。本来内相の平田が扱うべき案件なのだが、人民弾圧に傾注しているアレには荷が重い。だから吾輩が仕切ることになったのだが、平田の顔を立てるため吾輩が表立って指揮するわけにいかん。よってこの新組織の司令官を森軍医総監殿にお願いしたい」

ぼくは仰天し、同時に武者震いした。日清戦争の際、負傷兵に補償と治療をする組織の設立を提案したぼくにうってつけの仕事だ。だが後藤の軍門に降るのは癪に障る。

そんなぼくの逡巡を見透かしたかのように、後藤が言う。

「まさか軍医総監殿は、吾輩に指図されるのがイヤだなどと、ケツの穴の小さなことは言うまいな。貴様は日清戦争後、帰還傷病兵の保護を考え、番頭の賀古や北里をコキ使い、へちまを動かして新しい仕組みをこしらえた。あれと同じ要領でやればいいのだ」

ぼくは後藤を見、それから北里を見た。とても断れそうにない雰囲気だった。

「仕方ない、民草のためだ。やらせてもらおう」

「内務省関連は北里、帝大方面は青山学長、陸軍は森軍医総監殿と、それぞれの組織のトップが顔を揃えた。その上、賀古の大将は陸軍と内務省を牛耳る山県公と連携し、吾輩が桂首相とのパイプ役となり調整する。どうだ、完璧な布陣だろ？」

「異論者会」なのに、後藤のご高説に異論を唱える者はいない。

日露戦争のせいで、先年ぼくが叩き潰したはずの長谷川泰の構想まで蘇生していた。

軍医不足で、文部省は専門学校令に沿わない私立医学校も認可したのだ。済生学舎の石川清忠は「私立東京医学校」、山根正次は「日本医学校」を興して今年、専門学校になるために合併し、医学校に昇格した。明治三九年五月の医師法制定で、地方各地に医師会が設置されたが幹部の大半は済生学舎出身者が占めた。

結局、長谷川泰の主張が通り、ダルマ坊主は「試合に負けて勝負に勝った」わけだ。

その後、宴会は手短に済ませ早々に解散した。参加者は皆多忙だった。

この頃、北里は満州ペスト調査団を主宰していた。明治四三年に南満州鉄道沿線で四万四千人のペスト患者が発生すると、元満鉄総裁の後藤に依頼されて奉天・長春を巡視し、奉天で独・仏・伊・墺・蘭・西・露・墨の八ヵ国の医学者が参加する疫病研究会議の議長役を務めた。それはアジア初の国際会議だった。

五月、本格的に設立活動を始めた。北里への書簡の冒頭に「祝奉天会議御成功奉祝候」と書いたら、北里は「チビスケも世辞が言えるようになったか」と笑ったらしい。北里は大倉喜八郎や森村市左衛門から寄付をもらい、ぼくは衛生局や赤十字病院に部下を派遣した。「亀清会」で決めた内務省、伝研、帝大、陸軍、政府の連携は円滑だった。

ぼくと北里が恩賜財団済生会評議員に任命された一週間後、八月三十日に桂内閣は総辞職したが桂は済生会会長職は継続した。後藤はこうした事態まで予見し、陸軍のぼくに指揮権を委ねたのかもしれない、とふと思う。九月、「済生会救療事業実施案」を、評議員・医学博士・文学博士・森林太郎名で起草し、評議員に配布し「済生会救療事業」は船出した。その頃ぼくは、陸軍軍医の補充条例の改正問題に直面していた。医務局長の手にある衛生部員の人事権を、陸軍省が一般軍人と同じ系列に移そうとし、ぼくは辞意を伝え捨て身で抵抗した。補充条例問題は二年以上続き、最終的にぼくが押し切った。

明治四五年、明治最後の新年早々ゲーテの大作「ファウスト」の翻訳を終えた。「不朽」を目指し世の万書を読もうと決意した学生時代、ファウスト博士の存在は常に念頭にあった。哲学者、井上哲次郎と漢語訳も面白かろう、とミュンヘンの酒場で語ったこともある。「文藝院」設立に意見を述べたら文芸委員に任じられ、外国の名作を翻訳する事業が発足し、ぼくが「ファウスト」を、上田敏が「神曲」の翻訳を委託された。

ぼくは昨年十月に第一部、今年の正月に第二部を訳了した。半年少々で訳了するとは、誰も思いもしなかったようだ。だがぼくにすれば、留学時代から何度も読み返した作品で、頭の中の原稿を書き下ろすだけだった。出版は一年後だったが、大きな宿題を終え、清々しい気分で新年を迎えることができた。近代劇協会の顧問を務めるぼくは上演台本を求められ、翻訳中だった本作を勧めたところ大正二年三月末、帝劇で上演された。

興行的に大成功し、協会幹部や俳優、女優たちは有頂天になり、堕落した。まさしくメフィストフェレスの呪いだ。その大当たりは偉大なる文豪ゲーテの物語が素晴らしいためだが、格調高く華麗なぼくの訳文が人々の心を捉えたのも大きな要因だろう。

三月、北里の応援団「ドクトル・ベランメエ」こと長谷川泰が六九歳で病没した。同じ月、議会で山根正次議員が「伝研は結核治療に関する成績を公表せず」という結核病予防に批判的な質問をした。北里応援団の山根がこんな質問をしたことで、北里の堕落ぶりが露わになった。北里は論文で「無蛋白ツベルクリンを一三四名に投与した成果は治癒四割、軽快五割、無効一割」とした。だが科学的とは言い難い評価手法だった。

魔王・北里は伝研に君臨し、王侯貴族のように振る舞った。部長クラスも北里のドンネル（雷）に身をすくませた。「許可なくして中に入るべからず」という制札を所長室の前廊下に立てた北里は、ツベルクリンや血清を売りさばく事業家になった。彼の努力で衛生行政は整備されたが、皮肉にもそのために伝研の必要性は低下した。

北里は衛生局、民間医師会、地方衛生関係者に強大な影響力を有した。土筆ヶ岡養生園と伝研を私物化し、養生園との間で物品を右に左に行き来させ、乱脈が生じた。

七月、大帝の体調が悪化した。十五日に帝大の卒業式に臨幸したが階段でふらつき、式典途中で居眠りをした。陛下が醜態を人々の面前で晒したのは初めてだ。その日から病臥した。民衆は皇居の二重橋前の広場に集まり、土下座して平癒を祈念した。

だがその甲斐なく七月三十日未明、明治大帝は崩御された。行年五九歳。

即日、皇太子が践祚し大正と改元。八月二七日、明治天皇と追号が勅定された。

大帝は明治十年の西南戦争、明治二七～二八年の日清戦争、明治三七～三八年の日露戦争と生涯に三度、大戦に臨み勝利を収めた。だが実は大帝は、戦争を嫌悪していた。

明治十四年、文部省が小学校の教則綱領を定めた時に、次のように指摘している。

――神武天皇東征から始まり維新の役まで、日本が戦争ばかりしているような印象を受け、子弟が戦争好きになりかねない。王政時代には平和繁栄の治績も書き加えよ。

明治天皇は国学派のこころねには共感したが、頑なな排外主義は「固陋」だと退けた。また、東京帝大が洋学一辺倒の学風に染まりつつあるのを、深く憂えた。

私生活は質素で精進し、生涯を克己で貫いた。

九月十三日、青山練兵場の葬場殿で斂葬が行なわれた。

ぼくも葬列に従い、宮城から青山に到着した。深夜二時、葬場殿を出て帰宅途上、乃木希典大将の自刃の報を聞いた。

九月十八日午後、青山斎場で乃木大将の葬儀が執り行なわれた。参列前にぼくは、乃木大将の殉死に触発された短編「興津弥五右衛門の遺書」を書き、「中央公論」に渡した。その作品はぼくの「史伝小説」の嚆矢となった。

第一二二代天皇睦仁は伏見桃山の御陵に埋葬され、のちに明治神宮が建設された。

その年、北里は静岡県の伊東に別荘を建設し、豪壮な「北里の百畳敷温泉プール」を作った。派手な散財は北里なりの、大帝への哀悼の意の表し方だったのかもしれない。

翌大正二年二月、恩賜財団済生会の麴町診療所が開設し、窮民救護と臨床学科教育機関として陸軍軍医学校の診療部と教官研学上の便益を得た。

それはぼくが描いた絵図だった。

大帝薨去は、桂園時代の終焉と重なる。大正元年十二月二一日、陸軍二個師団増師を拒否した西園寺首相は、山県公が陸相辞任カードを切り総辞職。次の第三次桂内閣は護憲派の挑発に乗って自滅、五三日の短命で終わる。

第一次護憲運動による「大正政変」で大正二年二月、山本権兵衛海軍大将の内閣が成立した。原敬内相、高橋是清蔵相、奥田義人文相と立憲政友会で固め、海軍大臣に斎藤実を登用した本格内閣だ。山本首相は政権運営の弊害となる、軍部大臣現役武官制を一部廃止した。

気に入らない政策があると軍大臣を出さず組閣を阻む現役武官制は、軍部の政治介入を容認した。その撤廃には陸軍や参謀本部は反対したが、山本首相は押し切った。

それは桂内閣からの陸相・木越安綱中将が手がけた案件だった。清廉ながら剛毅な木越中将とは、ドレスデンでお会いして以来、旧知の仲だった。

ぼくは軍医総監として、木越陸相を密かに後押しした。だがそのことで元老・元帥で陸軍の最高位、山県公の不興を買ってしまう。

年が明け大正三年一月、海軍を巡る大疑獄「シーメンス事件」が山本内閣を直撃した。緊縮財政を強いた首相のお膝元、海軍での不祥事に庶民の怒りが爆発した。

事件発覚直前の一月十二日には、首相の出身地・鹿児島で桜島が大噴火し、マグニチュード七、震度六の地震と共に小津波が錦江湾沿岸を襲った。溶岩が大量に流出し、桜島は大隅半島と地続きになり、「島」ではなくなった。

大災害に疑獄事件が重なった上、貴族院から実現不可能な予算削減を強要された山本内閣は三月二四日、議会の混乱の責任を取って総辞職した。

事態収束のため、井上馨が大隈重信首相という奇手を捻り出し、山県公も同意した。

大隈首相は同志会を中心に非政友会三派の内閣を作ろうとしたが、国民党の犬養毅が入閣を拒んだため、大隈総理兼内相、加藤高明外相、八代六郎海相、一木喜徳郎文相、尾崎行雄法相、警視庁上がりの大浦兼武農商務相というつぎはぎ内閣となる。

清廉な八代六郎海相が組閣翌日に山本権兵衛、斎藤実の両海軍大将を予備役に編入し、人心一新を図った。「薩の海軍」に君臨していた山本、斎藤両大将を更迭したことは、「長の陸軍」総帥・山県公のお気に召したようだ。

危うい船出の内閣を率いる隻脚首相は、陸軍二個師団増師と緊縮財政の実現という、相容れない政策を堂々と掲げ、成立させるべく様々な奇策を打ち出した。

そんな七月、大隈内閣に神風が吹いた。第一次大戦が勃発したのだ。

ドイツ皇帝ヴィルヘルム二世は破滅へ地獄の行軍を始めた。

そして三ヵ月後の十月、突如として伝研移管騒動が勃発したのである。

31章　北里伝研、陥落す

大正三年（一九一四）

ぼくは、山県有朋公が提出した和歌に、しみじみと感心していた。

「御前はずいぶん上達されましたね。いや、もともと伸びやかにご自分の心情を歌われる方でしたので、その心根に技巧が追いついた、というべきでしょうか」

「それを上達というのではないですかな、鷗外先生」と山県公は微笑した。

「常磐会」の世話役を買って出た賀古鶴所が言う。

「鷗外先生はこと文学に関しては非常に辛口でして、逍遥や漱石クラスですら滅多に褒めません。そんな鷗外先生に褒められたのは、自慢していいと思いますよ」

「そうだとしたらそれは、鷗外先生のご指南のおかげでしょう」

「常磐会」を始めて八年、山県公はどんなに忙しい時も月一度の例会は欠席しない。

伊藤公は何かあるとやたら議会を解散したが、山県公は一度も解散したことがない。

無骨者との世評だが、元勲や政治家の中では学術に対し誰よりも礼を尽くしている。

佐佐木信綱が辞去し、ぼくと賀古が残った。山県公は声を潜めて言った。

「先生のお耳に入れておきたいことがあります。次の政権は大隈公が担当します」

驚いた。山県公は反民権の政党嫌いで、大隈公は政党政治の開祖、合うはずがない。でも考えたら徴兵制や廃刀令など、明治初期の大改革は山県公と大隈公が二人三脚で成し遂げたようなものだから、二人の共闘は案外、原点回帰なのかもしれない。

「できれば、先生のお知恵を拝借したいのです。何しろ先生は文壇の寵児にして陸軍軍医の最高位の軍医総監であり、将校に兵書を講義する兵法家でもあらせられる、わが大日本帝国男子の理想を体現された、文武両道の傑物ですから」

言われてぎょっとした。いつの間にぼくは、そんな高みに登ってしまったのだろう。

ぼくはただ、胡蝶のようにひらひらと生きたかっただけなのに……。

「最後の一花を咲かせたいとは、大隈公も意外に凡人でした。とりあえず陸軍の悲願、二個師団増師の実現は確約させました。他はようよう、好きにさせようと思います」

山県公に依頼され二個師団増師の建言の文案を書いたのは、超短命の第三次桂政権の直前、二年前だ。陸軍医学大学校創設の建言や、それに伴う詔勅案とか、ぼくは政権の代書屋の役を果たした。それは山県公とお付き合いがあったからだ。

「民権派が緊縮財政で予算削減を求めている上に、シーメンス事件で風当たりが強くなっています。そこに更に金が掛かる二個師団増師など、できるのでしょうか」

「さて。知恵者の大隈公は、行政改革でもやるしかないか、と呟いておりましたが」

その足で帝大へ向かう。青山医学長は授業中だと聞き教室を覗いてみた。

滔々と講義していた青山は、教室の後ろにぼくの姿を認めると、更に声を張り上げた。

「諸君、本日は先輩がお見えになっておられる。陸軍軍医の最高位、陸軍軍医総監の森林太郎博士だ。今は文壇の寵児、森鷗外先生のご尊名の方が通りがよいかもしれんな。わが帝国医大の一柱である諸君は勉学に励み、森軍医総監のように立身出世すべし」

ぼくは一礼し、学生の熱い視線に包まれながら教室を後にした。教授室で青山はハバナの葉巻を勧めた。ドイツ以来、他のものは吸えなくなってしまったのだと言う。

「青山は、大隈公と顔見知りだったよな」と、紫煙を吐きながらぼくが訊ねる。

「まあ、昵懇と言えるかな。大隈公のご母堂を診察して十年近く、毎週金曜にご自宅に伺い脈を拝見している主治医でもある。いや、囲碁の好敵手といった方が正確か」

「ならば朗報だ。大隈公が次の首相になる。確実な筋からの最新情報だ」

「情報の出所は山県公か。山県公と大隈公の二枚看板が揃えば怖いものなしだな。すると今度こそあの件が動くかな？　いや、やっぱり無理だろうな」

「なんだよ、奥歯に物が挟まったような言い方をして。はっきり言えよ。なんだって？　伝研を文部省に移管する、だと？　そんな無茶なことがやれるのか？」

「無茶だから立ち消えになったんだ」と青山は顚末を説明した。明治三五年、戦費による財政悪化を改善する改革で浮上したのが伝研整理案だった。

「第二次西園寺内閣で原敬内相が俎上に載せた、伝研を文部省に移管し帝大の下に置くという案だが北里の直談判でご破算だ。『内務省が伝研を所管してこそ伝染病予防を図れる』と親しい原敬内相に直訴し、『北里の納得なくして移管なし』との言質を与えてしまった。いくら大隈公でもその約を崩すのは難しいだろう」

「お前は帝大が北里の下に見られて悔しくないのか？　香港調査隊の時、瀕死のお前を置きざりにして帰国し、自分だけ英雄になったヤツだぞ」

「そんなにカッカするなよ。あの時、北里は命令を拒否して俺と一緒に帰ると言い張ったんだぜ」

「だが帰国直後に会った時は、青山は足手まといだったと言っていたぞ」

「本当に北里がそう言ったのか？　ちと信じられんな」と青山は疑わしそうに言う。

ひやりとした。それは嘘だった。「青山が足手まといだったという風評もあるが、青山の解剖あってのペスト菌発見なので、おいはそうは思っていない」と言ったのだ。

「感染症は畑違いだから、俺は悔しくないが、同業の緒方は口惜しいかもしれんな」

緒方正規の上品な風貌が浮かぶ。北里と同郷、同門、同い年の緒方は、大学で先輩なのに、北里が相手だとなぜか引っ込み思案になる。今回は緒方は使えないだろう。

だが「臨時脚気病調査会」設置を裏で画策し、ぼくの陣地に手を突っ込んできた無神経さを思い出すと虫酸が走る。何としても北里に一泡吹かせてやりたい、と思った。

「青山、伝研を大学に頂戴しよう。とりあえず山県公に移管を提案してみる」

「でもあそこは北里の牙城だし、伝研の血清絡みの業務は今の大学ではできないしなあ」と青山は弱気な口ぶりだ。

提案してみると御前は裏事情をご存じだった。長谷川泰と懇意の曾禰《そね》荒助蔵相が整理案を新聞に漏らし閣議でひっくり返り、衛生局と水産局が復活したのだという。

「奥田文相が移管を打診した時には、青山医科大学長は引き受け可能と答えたそうで」

山県公にそう聞いて、「アイツめ」と苦笑したぼくは腹案を説明した。

「御前の悲願の陸軍二個師団増師は、ぼくの念願でもあります。民衆を納得させるには伝研移管しかありません。諸方面と相談しつつ、ことを進めたいのですが」

山県公は目を細めた。微笑んでいるようで、目の奥は笑っていない。

「結構です。私は陸軍や政界に多少は通じておりますから、お力になれると思います」

これでこの案件はぼくに全権委任された。念のため、ぼくはひと言つけ加えた。

「この件に関しましては、くれぐれもご内密に。北里所長には議員や衛生局に応援団が大勢おりますので、極秘に進めなければ、ことは成りません」

山県公の話を伝えたら、青山は仰天した顔になった。

「総長に意見を聞かれた時、俺は『技術が伴わないから、人員確保しないと引き受けられません』と保留したんだぞ。いやはや、政治が絡むと恐ろしいものだな」

「それなら今度聞かれたら、大学で引き受け可能だと答えろ。伝研が移管したら北里は所長を辞めるだろうが、帝大出身の北島多一や志賀潔は移籍するだろう」

「どうかなあ。北島の引き抜きには失敗したからな。たぶん志賀も同じだよ」

「何をビビっているんだ。北里は老害『天保組』に担がれた神輿だ。連中をひとまとめに葬り去る絶好のチャンスなんだぞ」と言うと、青山は「そうだな」とうなずいた。

帝大のキーマンは長与又郎・病理学教授になるだろう。北里が頭が上がらない長与専斎・元衛生局長の三男だ。いずれ長与又郎と腹を割って話す必要があるな、と思った。

四月、第二次大隈内閣が成立した。政弊刷新、国防充実、国民負担軽減の三本柱が政綱だ。ここで強運の大隈首相に追い風が吹き七月、第一次世界大戦が勃発した。そして八月四日、英国はドイツに宣戦布告し、日本は日英同盟に基づき対独参戦を決定した。

九月、椿山荘に呼び出された。到着早々、山県公は本題を切り出した。

「伝研移管の件が動きます」

「世界大戦の最中なのに、ですか？」

「大戦の最中だから、です。参戦により陸軍二個師団増師は待ったなしになりました。抱き合わせで伝研移管を実施し世間を納得させます」

「わかりました。こちらは準備万端整っております。今一度申し上げますが、この件は事前に北里所長には伝えず、決定後の事後報告にすることは徹底してください」

「結構ですが、果たしてそれで通りますかな。伝研は北里所長のご尽力で勢威を張っていることは万民が知っています。そんな相手に不義理をしたらどうなることか」

山県公は腕組みをして目を閉じた。ここは正念場だ。ぼくは一気に畳みかける。

「北里所長の政治力は下手な政治家を凌ぎ、事前通告したら前回同様、この件は潰されます。そうなれば御前の悲願、陸軍二個師団の増師も成らないでしょう」

黙然と考えていた山県公は、目を開き厳かな口調で言った。

「わかりました。鷗外先生のおっしゃる通りに、取り計らいましょう」

そこからは一気呵成だった。十月一日、一木文相が伝研の文部省移管を諮問し、青山医科大学長は「お引き受けする確信あり」と答えた。

閣議決定の翌日の五日、大隈首相兼内相は下岡内務次官を呼び、伝研移管を伝えた。仰天した下岡次官は「設立趣旨からすると伝研の衛生行政と衛生局を切り離すことは不可なり」と力説した。やむなく大隈首相は「但し書きの追加で対応する」と回答した。早くも構想の一角が崩れた。その程度は想定内だった。いや、そのはずだった。

だがこの時、ぼくはすでに遅れを取っていたのだ。


十月五日、大隈首相兼内相から突然、伝研の文部省移管の件を聞かされた内務省の下岡内務次官は、「内務省に持ち帰り、午後に再度お目に掛かりたい」と答えた。

もちろん、北里所長の意向を確認するためである。これを聞いた北里は絶句した。

「閣議の決定事項とはつまり、この決定はひっくり返らない、ということですと？」

北里は腕組みをした。誰の入れ知恵だ？　青山の顔が浮かんだが首を横に振る。大腿骨にはこげなねじくれた、ややこしいことはできん。ならばうらなりか？

緒方は小心な学者だから、こんな大それたことは考えないだろう。

手際のよさは手練れの謀略家の匂いがする。だがそれが誰か、思いつかない。

過去には二度、文部省の陰謀を事前に察知し、児玉陸相や原敬内相に働きかけ事なきを得た。それどころか建屋の拡張まで認めさせた。ここまで出し抜かれるとは、と愕然とする。だがすぐに『ここまではお見事と褒めとくばい』と気持ちを切り替えた。

そして「伝研の衛生行政と衛生局の業務の分離は不可だと主張していただきたか。お国のため、そこだけは死守せんといかんとです」と防衛ラインを指示した。

官邸に戻った下岡次官は大隈首相と面談し、その条件を認めさせた。

翌六日。右腕の北島多一を所長室に呼んだ北里は、顔を真っ赤にして吠えた。

「誠意を欠いた、酷いことが起こったばい」と言い、伝研移管の話を一気に語った。

「こげな目に遭わされては、おいはここに留まれん。潔く所長を辞すたい」

我に返った北島多一は、ようやく事の重大さを理解した。

「所長が辞職するのなら、私もご一緒します」

「そんなことを考えたらいかん。伝研業務は天下の大事、副所長として伝研に残り仕事ば続けてほしか」

「先生が辞めたら伝研ではありません。私は先生にお供します」

「北島の気持ちはわかった。ばってん他の者は残るよう、説得してもらえんね」

「ご命令とあればやってみますが、所員は全員、私と同じ気持ちだと思います」

北里は目頭を押さえた。もらい泣きしながら、北島は部屋を出て行った。

北里はほっとした。これで人材は確保した。あとは所員がどれくらい残るか、だ。

革張りの椅子を撫で、ここに座れるのもあとわずかと思うと、さすがに胸が詰まる。だがすぐにそんな感傷を忘れ、北里が向かったのは第二の本拠地、土筆ヶ岡養生園だ。

事務室で黒縁眼鏡の田端重晟が帳簿を見ていた。いつ来ても彼は帳簿を見ている。

「また芸者遊びの費用の無心ですか。先月はお約束分を超過しております。福沢先生がご存命でしたらさぞ大目玉が……」と算盤を弾きながら、顔も上げずに言う。

「その福沢先生の慧眼には恐れ入った。おいは伝研ば追い出されることになったと」

顔を上げた田端は、「左様ですか」と言うと、ぱらぱらと帳簿をめくる。

「現在、手元に三十万円（現在の三億円相当）を蓄財しています。加えて福沢未亡人の許可をいただき、売りに出た養生園の隣地の三光町の千坪の田地を養生園の名義で購入済みです。万が一、養生園の立ち退きが必要になった際に使おうと考えておりました」

「やっぱり田端は最高たい。その土地に新しく北里伝研ば、建てたるばい」

田端は算盤を手に取り、ぱちぱちと弾きながら言う。

「後は人件費ですが、この蓄えがあれば、今の職員を全員雇っても数年は持ちこたえられます」

「心強かね。全員は無理でも、半分くらいはついてきてくれるかもしれんばい」

田端は黒縁眼鏡をずりあげて、上目遣いに北里を見た。

「所長は時々、大きな見込み違いをされますな。所員は全員、ついてきますよ」

「はは、さすが田端ばい。落ち込んどるおいの気持ちば、明るくしてくれるったい」

そう言い残し、北里は帰宅した。いつものように妻の乕が、玄関で三つ指をついて出迎えた。結婚三十年、乕が北里を出迎える態度は、新婚当初と変わらない。

「大事な話がある。居間にお茶ば、持ってきてほしか」

乕はしずしずと居間に入り、茶碗を置くと、一歩控えて卓袱台に着いた。

「伝研が文部省に移管されることになった。おいは所長ば、辞めるたい」

「そうですか」と、動じる様子もなく、乕は言う。

「土筆ヶ岡の隣に新しい伝研ば建てようと思っとる。家の貯金も使うかもしれんが、乕がダメだというなら手を付けんたい。ばってん使わせてもらえたらありがたいと」

乕は小首を傾げて、少し考えて言う。

「あなたが稼いだお金ですから、お好きになさってください。でもひとつ、確めたいことがございます。新橋のお方とは切れてございますか」

首筋がひやり、とした。新橋芸者のとん子を身請けしたことは新聞沙汰になったが、乕は何も言わなかったので、ひょっとして気づいていないか、と安心していたのだ。

「も、もちろんたい。ばってん、なして乕はそのことを知っとうと？」

「読売新聞の記事を読みました。お答え次第では家を出て行こうと思っておりました」

チビスケの記事じゃな、と舌打ちをする。強い視線で見つめられ震え上がる。こんおなごは、おとなしいと思うとったが、名の通り「虎」じゃ、と肝が冷えた。

翌十月七日朝、東京朝日新聞と万朝報に「伝研移管か」という大見出しが躍った。

北里が所長室で二紙を読んでいると荒々しく扉が開き、後藤新平が飛び込んできた。

「北里、読んだか」と言った後藤は、悠然としている北里を見て拍子抜けの顔をした。

「おいも一昨日、聞いたばかりたい。下岡次官も初耳だったと」

「しかし思い切ったな。『一本足』は剛毅で派手だが、さすがに今回はたまげたぜ」

「一本足」とは、暴漢の爆弾襲撃で右脚を失った大隈公に後藤がつけたあだ名だ。

後藤はこの十五年間で目を瞠る立身を遂げた。明治三一年に台湾総督府民政局長、貴族院議員になり明治三九年に男爵位を授爵し満鉄総裁に就任、明治四一年の第二次桂内閣で逓信大臣、大正元年の第三次桂内閣で逓信大臣兼鉄道院総裁兼拓殖局総裁に就任した。だが桂が急逝すると新党から遁走し、現在は浪人の身だ。

「北里、いっそのこと、文部省に移籍したらどうだ？」と後藤は声を潜めて言う。

「そげなこと、文部省嫌いの後藤殿下の言葉とは思えんね。おいには土筆ヶ岡という城があるばい。福沢先生の教えに従い、そこを拠点に再起を図るたい」

「福沢先生はすごいお方だったたな。伝研を国有化しようとした時、反対したのは最古参の防疫課長の柳下士興で、懸念を口にしたのは福沢先生だけだった。だが職員はどうする？　新しい研究所を作っても、一から人を集めるのは難儀だぞ」

「取りあえず女房役の北島はついてきてくれる。アレさえいればなんとかなると」

「自分が育てた人材を帝大に引っこ抜かれて、悔しくないのか」

「あん連中は自力で育ったばい。彼らが新天地で、花を咲かせるなら本望たい」

「お前ってヤツは……」と後藤は絶句する。お人好しにもほどがある、と言おうとして止めた。言わなくて正解だった。そこに息を切らした北島が駆け込んできて、他の所員も全員、辞表を出す決議をした、と告げたからだ。後藤は、にっと笑う。

「これで局面が変わったな。俺はへちまに会ってくる。二個師団増師が目的なら、山県公が絡んでいることは間違いないから、へちまに働きかけてもらおう。搦め手から一本足をひっくり返しに行くぞ」と言い、後藤は大股で部屋を出て行った。

　職員全員辞任と聞いたら、帝大連中は泡を食うだろうな、と北里は笑いをかみ殺す。そして、興奮で頬を紅潮させている北島に言う。

「よく考えた方がよか。新しい文部省伝研で活躍の場を見出すのもまた、人生たい」

「充分考えた上での決断です。それは、北里先生がご自分で、所員に言ってください」

「わかったばい。ならばまず財源を確保せにゃならん。養生園へ行き田端と相談し、北里伝研名義で血清とワクチン販売の認可ば取ってくれ。内密かつ迅速にやってほしか」

　十月八日、田端は警視庁に行き追加認可を申請した。大隈内閣の非道に憤慨した内務省の担当官は早業で、一週間で認可を下ろしてくれた。これで兵糧は確保できた。

あとは潔く古城を明け渡し、新しい本陣から逆襲したるばい、と北里は肚を決めた。

　ぼくが帝大の教授室に出向くと、青山が青ざめていた。

「えらいことになった。伝研の職員が全員辞職し、北里についていくそうだ」

青山が震える手で勧めるハバナの葉巻を受け取りながら、ぼくは言う。

「心配するな、そんなことは想定内だ」

「想定内だと？　ふざけたことを言うな。職員のいない伝研など魂を入れない仏、ただの木っ端だ」

珍しく文学的な表現をするなと思い、人は追い詰められると本性が出るから案外コイツには文才があるのかもしれないと、こんな時にもつい、文学的に考えてしまう。

「連中は一時の感傷に溺れているだけさ。ぼくには三策ある。まず北里の右腕の北島を引き抜く。搦め手で北島の岳父の小池兄に説得させる。二つめは長与又郎教授を使う。北里に技師は伝研に残れ、と命じさせるパイプ役にする。明日、急ぎ彼と会ってくれ」

「わかった。残りの一策は？」

「陸軍の委託制度で伝研に派遣した八木沢正雄と西沢行蔵を呼び戻す。自分たちがいなくても業務が回るとわかったら、食い扶持を失いたくなくて日和る技師も出てくる」

「そこまで考えていたとは……。森がそんな策士だとは思わなかったぞ」

「こう見えてもぼくは陸軍の軍医総監、中将相当官だぞ。しかも陸軍の将校の誰よりも、クラウゼヴィッツの『兵書』を知悉しているんだぜ」と言って、ぼくは、ふ、と笑う。

十月九日、伝研移管問題の全容が明らかになると、世情が騒然とし始めた。

いよいよ地獄の釜の蓋が開いた。ぼくの戦略は完璧だ。いや、そのはずだ。

それなのに、こんなに足下がぐらぐらするのは、なぜだろう。

翌日、気が変わり、長与と青山のやりとりを隣室で盗み聞くことにした。

——相談がある。近日中に伝研の北里所長と面会してもらいたい。

一瞬、間があった。朗々とした声が訊ねる。兄の称吉先生にそっくりの声だ。

——伝研移管の件ですね。それで私に何をしろ、と？

——北里に文部省伝研に来るよう説得してほしい。ダメなら北里以下の技師が大学に移り教授、助教授になり従来通り伝研技師を兼務するよう、なんとか説得してもらえないだろうか。

——何を今さら。それならなぜ、事前に北里所長に相談なさらなかったんです？　あの豪胆な北里所長が面を張られ、おめおめと言うことを聞くはずありません。

「そんな風に考えているのだとしたら、この絵図を描いた方は、相当おめでたいですね」という言葉にひやりとする。隣室で盗み聞きしているのを見透かされた気がした。

——青山先生のご命令ですから、面談は申し入れてみます。私が個人的に申し入れたら、お目に掛かっていただけるかもしれません。でも交渉は望み薄ですよ。

——わかっている。長与君に一任する。というか一任するしかないのだ。

がたり、と椅子を引いた音。ぱたん、と扉が閉まる音。遠ざかっていく足音。

中仕切りの扉を開け、憮然とした表情で立ちすくむ青山を労うように、言った。

「よくやった。今から八木沢と西沢に、因果を含めてくる」

「頼むぞ、森。伝研が開店休業になったら、俺は切腹ものだ」

この期に及んで洒落たジョークを言うものだ、と思って見たら青山は真顔だった。

翌日、北里は一木文部大臣に呼び出され、残留してもらえないかと打診された。

当然、北里は峻拒した。続いて一木は北島に所長就任を依頼しにべもなく断られた。

伝研に戻ると東大の長与又郎教授から面会希望との伝言があった。長与専斎の三男で三六歳。帝大関係者で唯一、北里が面会を拒否できない人物だ。北里は混乱した。

移管実務の手際のよさとその後のあわてぶりが乖離しすぎている。黒幕は帝大の外部の者の可能性が高くソイツは衛生行政の内実を知悉している。

——どこのどいつだ？

その夜、北里宅を訪れた長与又郎教授は、無沙汰を詫び、早速本題に入った。

「北里先生に文部省伝研にお越しいただき、指揮を執っていただけないでしょうか」

「それは無理たい。父上には大恩があるばってん、おいにも譲れない一線があると」

「わかっております。三案考えてきたので、聞くだけでも聞いていただけませんか」

当然、長与の提示した三案はどれも一蹴された。長与も粘らなかった。

「お時間をいただき、ありがとうございました。今後のご活躍を祈念しております」

「ありがとう。北里老いず、と言わるるよう、初心に帰って新天地で頑張るったい」

翌十二日、陸軍から伝研に出向し、血清業務を研修中の八木沢正雄の訪問を受けた。

「こんな状況で、益々意気盛んな先生を尊敬いたします。官命が下り、先生を裏切ることになってしまいました。陸軍から伝研の血清業務にあたるよう命じられたのです」

北里の眉がぴくり、と上がる。その瞬間、すべてが一本の線でつながり謎が解けた。

——そうか、黒幕はアイツだったか。

「よかよ。他の技師はおいについてくると言うとるばってん、それはおいの本意じゃなか。八木沢たちが新しい伝研を手伝うのは、よかこつばい」

「すみません」と言って八木沢は拳で涙をぬぐう。

「悪いんはぬしやなか。ぬしの上役たい。真情をねじ曲げ、不本意な仕事ば押しつけるなら、命じた者が直接頼みに来るのが礼儀というものばい。上役にそう伝えるがよか」

北里は言う。八木沢が退出すると、北里は深々とソファに沈み込んだ。

「完全に一本、取られたばい」

その晩、来客を告げた秘書に、北里は所長室に通すように、と命じた。

しばらくして、軽やかな足音がして、扉が開いた。

そこには、少年の面影を残した、軍服姿の小柄な男性が立っていた。


所長室の扉を開けると、黒い人影がソファに座っていた。

逆光で表情が見えない。黒い人影は、激流の中で寸毫も動かない大岩のようだ。

「チビスケとサシで話すのは、久しぶりたい。コッホ先生の研究所で、細菌学の基礎を教えた時以来か。よく考えたら、チビスケはおいの弟子じゃなかか」

「それよりぼくに礼を言ったらどうだ。破傷風論文を『ファウスト』の一節で締めくくるなんて洒落た真似ができたのは、ぼくが教えてやったおかげだろ」

「そん通りばってん、チビスケがおいの論文に触れんかったで、礼ば言いそびれたと」

闇の中、窓の外では、激しい雨が降り始めた。ぼくは顔を上げた。

「単刀直入に言う。八木沢と西沢の両名を陸軍に返してもらいたい」

「あん二人は、もともと陸軍の者たい」

「だが彼らはぼくの命令に逆らっている。お前が、陸軍に戻すことを許さないからだ」

「それは誤解たい。おいは八木沢に、軍命に従い帝大伝研でしっかり働けと言ったと。ただおいは、理不尽な命令を下した上役に筋ば通させろ、とは言ったばい。頼み事があるなら、頭ば下げて頼むのが礼儀やろ」

ぼくは唇を噛む。こんなはずではなかった。完全勝利のはずだったのに……。

目を瞑り立ち上がり、頭を下げた。

「八木沢、西沢両名に、軍命に従い伝研業務をするよう、所長から命じていただきたい」

「わかった。二人にそのように命じとく」

窓の外に稲妻が走り、部屋を一瞬、煌々と照らし出した。その後を雷鳴が追いかける。

光の中、浮かび上がった北里の姿は不動明王に見えた。

「おいの隙ば衝いて、伝研を奪取したまではお見事。ばってん守城まで算段しなくては本当の勝ちと言えん。おいを甘く見たことを、これから骨の髄まで思い知らせたるわ」

再び稲妻が光る。照らし出された北里は、大口を開けていた。ヤツは……笑っていた。

北里は手元の扇子を取り上げ、すらすらと揮毫した。

「餞別たい。持っていくがよか」とぽん、と投げた扇の面に、墨痕黒々と文字が躍る。

――千鈞弩不放鼠賊（千鈞の弩は鼠賊に放たず）。

雑魚扱いされたぼくの横面を、北里の声が張った。

「西洋の『戦論』を翻訳しても、東洋の兵法の勉強をせんでは何もならんばい。先輩のおいが孫子の極意ば教えちゃる。『生兵法は怪我の元』。せいぜい気張るがよか」

低い笑い声が響く。部屋は闇に沈み、北里は大岩に還った。

ぼくは、部屋を出て行った。

32章　永遠の敗者《ルーザー》

大正三年（一九一四）

十月十四日夜。「観潮楼」を訪れるなり、青山は怒濤の勢いで愚痴をこぼし始めた。

「帝大評議会で伝研移管が了承された。医学部のトップの俺もあそこでは一評議員にすぎない。もうひとりの評議員の片山国嘉が欠席したせいで、この件は俺の独断専行とされた。いざとなると安全なところに身を隠す、小狡い奴め」

「ぼやくな。とりあえず陸軍から八木沢と西沢を出せる。それに勅令も出た」

机上の「勅令二二一号」は、北里の内務省伝研の落城を確定した通知だ。

「伝研業務を陸軍の二名が担当するのなら、当座は森が伝研を引き受けてくれよ」

「承知した」と答えたぼくは、急に息苦しくなる。その直後、北里の反撃の報を聞く。

土筆ヶ岡養生園で申請した血清販売の認可が通ったという。養生園という北里の隠し砦を見落としていた。翌日、石黒閣下が、大学が引き受けなければ北里は伝研に残る、と吹聴し始めた。こうした場面になると必ずしゃしゃり出てくる、困った爺さんだ。

ぼくは小池兄に、娘婿の北島多一を説得するように命じ、そうした細工をしていることを賀古から青山に伝えさせた。今、ぼくが青山と直接会うのは危険だ。

その晩、一木文相に晩餐に招かれた。上野の精養軒に着くと奥座敷に通された。

襖を開けると二人の紳士が座っていた。ひとりは一木文相、そしてもう一人は……。

「こちらが文壇の寵児、鷗外先生ですか。お噂は常々、お聞きしておりました」

丁寧に挨拶した大隈重信総理は、淡々と続けた。

「絵図を描いた鷗外先生に申し上げるのは心苦しいのですが、これほど評判が悪いとは想定外でした。大衆の心を摑むのがお上手なお方だとお聞きしていたのですが……」

剛胆な隻脚宰相の痛烈な一撃に、ぼくはかろうじて言う。

「首相は帝大の青山と毎週会っているそうですね。彼は学生時代からの友人なのです」

大隈公は目を細めた。微笑しているのだ、と後から気がついた。

「青山さんはご立派な先生ですが、政治向きではありません。こうなっては北里さんを慰留せねばなりません。政治は人気商売、大衆にそっぽを向かれたら立ち行きません」

「北里所長が翻意し、伝研に残っていただけるなら要望を呑む方向で対処します。そのことを森軍医総監にご了承いただきたいと思いまして」と一木文部大臣が言う。

がらがらと音を立て、足場が崩れていく。帝大が呑み込もうとした伝研という龍の頭に、北里がふんぞり返って乗ってくるなど、とても容認できる図ではない。

「ぼくも手は打っています。『医海時報』の医事評論家に『北里は研究者ではなく内務省の大官、行政技術長官で何もできないので辞任は当然だ』と書かせました」

「ご苦労さまです。しかし医学言論誌の論説程度では、大衆の気持ちを変えるところまでは至らず、所詮は焼け石に水でしょう」と大隈公は冷ややかだ。

その夜、ぼくは、ふだん飲まない酒を口にして泥酔し、人事不省になった。

十月十九日、北里は大隈首相に辞表を出した。この時初めて北里は大隈と会った。

「後藤男爵が大隈総理を、『一本足』などと失礼な言い方ば、しとりました。本人に代わり謝るとです」と北里が言うと、大隈公はうっすら笑う。

「後藤男爵は裏表のない方ですからね。それより伝研の所員が全員一緒に辞めると聞いて一木は腰を抜かしたようです。まあ、こちらは粛々と遂行するだけですが」

「おいはゴネるつもりはなかです。移管はおいの不徳もありますばってん、先帝がご存命でしたら、かような無体はお許しにならなかったはずたい。明治十四年、大隈公が政府を追われた時、先帝は慰留しなかったとです。福沢翁があなたのことを話される時には、いつも眉間に皺ば寄せとったとです。今回の件で、その理由がわかったとです」

「ほう、どういうことでしょう」

「大隈さんは小賢しすぎるとです。朝に禁酒会で演説をし、夕は酒造協会で飲酒の効用を一席打てる人たい」

「ふふ。それが政治家というものです」と大隈首相は含み笑いをする。

「おいの信条は『至誠報恩』と『報仇雪恨』ですたい。おいは野に下るとですが、必ずや大隈さんをその座から引きずり下ろすとです」

「私も地位に恋々とはしませんよ。私の望みはささやかで、幼少の頃からお仕えした天皇の即位礼をこの手で執り行ないたい、ただそれだけなのです」

北里から「辞職願」を受け取った大隈は、一読して破顔した。

「どうみても五臓六腑は健やかであろうあなたが、どんな辞職理由を用意したかと思えば、神経を病んでいるとは……。担当したお医者さまのご苦労が忍ばれますね」

大隈総理は立ち上がると、「長い間、ご苦労さまでした」と深々と頭を下げた。

北里も一礼を返し、官邸の総理室を出て行く。こうして北里の退所が正式に決まった。

十月二十日。伝研に登庁した北里は職員全員を来賓室に集め、退任の挨拶をした。

「休説人間窮達事　苦辛克耐是男児」と同盟社の演説で詠んだ漢詩を北里は口にした。

「苦難に耐えるのが男子というものだ」という最後の一節を聞いた職員は号泣した。

十月二一日、北里は官邸で一木文相と二度目の会談をした。条件を変え留任を懇請されたが、「学徒の進退は、閣下の想像するが如き俗吏とは同一視すべからざるものなり」と言下に謝絶した。この日、助手一同、北島副所長に辞表を提出した。

一木は志賀潔・伝研部長とも会談し、残留を依頼したが断られ、ますます男を下げた。

二日後、所員全員が辞職した。文部省伝研は所長に福原文部次官を充てる珍妙な陣立てで船出した。北里への申し出も大学に隷属せよ、総長と同待遇にする、文相に直属し独立させるなど二転三転した。

だが「サイエンスは大学に委ねるのが常道であり、研究上も便利と思い断行したのである」と平然と嘯いた大隈総理はさすがに肝が座っている。

痘苗や血清は大学で作製できず二四日、八木沢正雄と西沢行蔵の両名が任用された。

十月二七日、副所長の北島に対し再度、伝研所長への就任要請が出された。

帝大元総長・浜尾新が必死に北島を招聘したが変心させられず、翌日は「観潮楼」で森と小池が説得したが、翻意させられなかった。

十一月三日、後藤の子飼いの元衛生局長の窪田静太郎議員が、血清・痘苗を北里に返し、研究所は大学で引き受けるという妥協案を示した。

一木文相も青山医学長も一時は傾きかけたが「曖昧な妥協案で世人を瞞着し円満決着をするは医学界の恥」と長与又郎、林春雄など帝大の若手新世代が抗議し、話は流れた。

十一月五日、北里の免官辞令が正式に発令された。この日、北里の長女の結婚披露宴があったが、青山は欠席した。同日「北里研究所」が創立された。伝研から北へ蜀江坂を下った養生園手前の白金三光町の空き地に、新研究所を立ち上げることになった。

急場を凌ぐ養生園の病舎の粗末な建物を見て、北里は言った。

「ベルリンから帰国した時、行き場のないおいに、福沢先生が小さな研究所ば寄付してくれて、日本での仕事が始まったばい。あん時の気持ちと一緒たい」

坂の上の昔の居城に向かい、「不肖柴三郎、いざ参るったい」と拳を突き上げた。

六日、技師十名、嘱託十三名の依願免官も正式発令し、北里門下の総辞職が決定、引き継ぎを終えた技師が陸続と蜀江坂を下り、養生園の病舎で業務を開始した。

翌日、日本は慶事で湧き立った。大陸に出兵した日本軍が青島を陥落させたのだ。

三十日、医科大学教授会で伝研事項が初めて議題に上り、異論が噴出した。

「医科大学教授会に相談なく、この重大事案を青山医学長ひとりで決定するとは越権である」と憤激した急先鋒は元医学長の小金井良精だ。入沢達吉、林春雄、長与又郎等の青山の腹心が学内を収めたが、しこりは残った。

伝研移管公表後、大隈内閣は防戦一方となった。衛生行政が内務省と文部省の二頭体制になるのは危険だ、という根源的な問題点を突かれ、内閣は火だるまになった。

国民の憤りは、ある議員の言葉に集約されていた。

「北里博士の威名で伝研はパスツール研究所、コッホ研究所と並ぶ世界三大伝研になった。その博士に相談なく、一片の紙片で組織変更するとは、国士を遇する道ではない」

青山医学長は、他の教授を後任に送り込み自分の地位を安泰にした、と非難された。

魔王・北里が抑え込んでいた妖魔が一斉に噴き出した観がある。予算委員会は伝研移管に関する費目の全削除を決し、伝研は民間払い下げになるという噂が飛び交う。

大隈内閣は第三五回議会の大正四年度予算に、二個師団増設と軍艦建造費を盛り込み十二月二五日、衆議院は予算案を採決し、陸軍二個師団増設は否決、新軍艦建造は可決された。伝研の文部省移管は賛成一七一票、反対一八七票の僅差で否決された。

大隈首相は議会を解散し総選挙に打って出た。

翌年三月の総選挙で大隈は官権や金権を駆使して大勝、二個師団増設案と軍艦建造費を可決した。世を騒がせた伝研移管問題は、大隈首相の目論見通りで幕を閉じた。

文部省伝研は大正四年一月、青山胤通が所長を兼務した。医科大学学長で「明治医会」の会頭の青山と、私立北里研究所の所長に転じ、開業医主体の「東京医会」や「帝国連合医会」の会長を務めた北里の因縁は面白おかしく語られた。だが青山は北里を敵視していない。明治三九年秋、青山、北里、「医海時報」の社長との会食の際、青山の依頼に対し北里は一旦、大学入りを快諾している。移管の三年前に烏森の「浜の家」での金杉英五郎主催の酒席で、青山は北里を大学に呼ぼうとした。大正三年三月、伝研騒動の半年前には帝大医科教授会は北里を名誉教授に推薦したが評議会が見送っている。

伝研移管の首謀者は青山だとする説は根強いが、それに反する情報もある。

翌年の大正四年十一月、北里研究所が竣工した。白金三光町の養生園裏手に設立され、敷地面積二千五百坪、ドイツ国立伝染病研究所（コッホ研究所）に似せて正面にオランダ切妻を配し、玄関の庇に太鼓撥状の破傷風菌二個を交叉させ、月桂樹で囲んだ北里研究所の紋を掲げた。

大正四年十二月十一日、北里が伝研を辞して一年後、新研究所の開所式が行なわれた。コッホ生誕七二年記念日のこの日、北里柴三郎所長、北島多一副所長、部長に志賀潔、秦佐八郎、宮島幹之助、梅野信吉と細菌学の泰斗が名を連ね「北里研究所」が発足した。名称から「伝染病」の文字を削ったのは、医学全体に間口を広げたいという野心を表し、所長の名を冠したパスツール研究所、コッホ研究所を真似た。

開所式は北里所長の挨拶の後、清浦奎吾子爵、政友会総裁原敬、後藤新平男爵、慶応義塾長鎌田栄吉、医学博士三宅秀、門弟を代表し高木友枝が祝辞を述べた。

政府関係者が出席しない不実を後藤の弁舌が斬りまくる。その様子を眺めた北里は、ここにいてほしかった物故者の顔を思い浮かべた。明治三四年二月に福沢諭吉、明治三五年九月に長与専斎、そして明治四五年三月に長谷川泰が鬼籍に入っていた。

開所式の後は、隣接する天現寺橋近くの福沢別邸で祝宴が執り行なわれた。光琳寺前の電車通りの民家には紅白の幔幕が張られ、「祝北里研究所開所式」と書かれた提灯が飾られた。破傷風菌の紋所を掲げた大緑門の奥では、元横綱常陸山が率いる力士が、羽織袴姿で客を接待した。病室敷地用の空き地に張った天幕内の祝宴に参会者千五百名が集い、楽隊の演奏や模擬店、帝劇女優が元禄花見踊りを供し、祭りの縁日のようだった。

その歓声は、闇に沈んだ蜀江坂の上の国立伝研にも達した。

＊

腕組みをして、眼下のバカ騒ぎを眺めている。

さっきまで祝宴に紛れ込んでいたが、政府に反対する気炎を上げる尖り髭の後藤の演説は、政権打倒の決起集会のようで聞き苦しく、退出した。

いかにも北里らしい、ばかばかしいくらいド派手な大宴会だった。

背後に黒々と佇む、伝研の建物を振り返る。本当なら今頃ぼくはここに入城し、北里の居城から「医療の軍隊」の総帥として指揮しているはずだったのに……。

帝大伝研のトップには青山が座った。ぼくはどこで間違えたのだろう。

黙然と考えていると背後の茂みががさがさと鳴り、大岩がごろり、と転がり出てきた。

「なんね、チビスケか。そげなシケた顔ばしとらんで、下の祭りに顔を出せばよかと」

今日の大宴会の興行主は、屈託のない笑顔を浮かべた。

「宴席の主役が、こんなところにいていいのかよ」とぼくは震え声で言う。

「どんちゃん騒ぎになれば、おいはお役御免たい。それよりもおいの旧城ば、こん目に焼き付けておきたかったと。こん景色も今夜で見納めたい」

北里は、下界の夜景を眺めて言う。

その時、ひょろひょろと花火が上がり、破裂した。

ぼくたちは肩を並べて、同じ景色を眺めた。北里がぽつんと言う。

「おいを、こん坂の上から突っ転ばした感想はどげんね？　少しは気が晴れたね？」

「どうということはない。お前がどうなろうと、ぼくはぼくのままで、変わらない」

「そんな素っ気ない答え方は、昔とちっとも変わっとらんね」

大きなお世話だ、と思ったら、北里はいきなり本丸に切り込んできた。

「チビスケは、なして、陸軍で麦食ば採用せんかったと？」

「脚気は米食と無関係というのは、陸軍の伝統だからだ」

「くだらん伝統たい。海軍では麦食で脚気を撲滅しとる。なぜ真似ば、せんかった？」

「お前だって治療効果のないツベルクリンを使い続けているだろ。それと同じだ」

「全く違うたい。結核は他に治療法がなか。脚気は海軍の真似をすればよか」

「臨時脚気病調査会」は熱気も失せ、出席者も激減していた。

　ぼくはぽつりと告げた。

「先日、天皇の即位礼に参列後に、次官に予備役入りを申し出た。ぼくは軍医を辞めることにしたよ」

「ほうか」と言って、北里は黙り込む。やがてぼそぼそと言う。

「これでチビスケが衛生畑に立ち入ることは、なくなるとね。結構なことばい。チビスケとの勝負は一勝一敗や。ばってん、チビスケは勝負事には向いとらん。これからは文字の世界で気張って、言葉でおいを攻撃すればよか。おいは、いつでも受けて立つと」

　その時、尺玉が破裂して、黒々とした影を照らし出した。

　剣を構えた不動明王が、そこにいた。

　北里は、ぼくの返事を聞かずに闇の中、大股で坂を下りて行く。

　勢いよく転げ落ちていく、大岩のような北里の後ろ姿を見ながら、打ちのめされたぼくの目の前で、北里研究所の開所祝賀会の終わりを告げる花火が盛大に上がった。

33章　泥仕合

大正四年（一九一五）～大正九年（一九二〇）

伝染病研究所、略称「伝研」は、その名称の冠を三度、変えている。

最初は福沢諭吉が寄付し、大日本私立衛生会が経営母体となった「私立伝研」である。

二番目は「国立伝研」だが、主管は内務省なので「内務省伝研」と呼ぶ。

このふたつの伝研は、北里が所長を務めた。

三番目は伝研移管騒動後でやはり官立なので「国立伝研」だが、「文部省伝研」、あるいは帝大に属したので「帝大伝研」と呼ばれた。

この時に北里が創設した私立研究所が正式名称「北里研究所」、通称「北研」だ。

伝研移管騒動では世論は同情的だったが、北里にも非はあった。

乱脈経理で移管後、会計上の不正処理が多数発覚した。職員一名、御用商人三名が刑事処分を受け、会計事務職は全員更迭され、小動物購入時の不正の疑いで担当者一名が自殺している。北里は、伝研が行政整理の対象となるのを回避するため政友会と癒着し、大隈盟友・後藤男爵と協調した。すると伝研移管騒動は北里の政治的影響力を削ぐため大隈が仕組んだ謀略劇にも見えてくる。そこに医学界における文部省・帝大閥と内務省・開業医派の覇権争いが重なり、盛大な誘爆を引き起こしてしまったのだ。

　世は日清・日露戦争による財政悪化を解消するため、行財政の整理を必要とした。加えて帝大には北里の成功への嫉視があった。だが帝大に血清の製造担当者がおらず、移管後に陸軍の協力を仰いだというていたらくは、衛生学的な実務能力不足という帝大の構造的な欠陥を浮き彫りにした。

　下野した北里は社会活動にも取り組み大正四年十月、恩賜財団済生会芝病院の初代院長に就任した。翌大正五年には故郷の北里村に書籍を寄付し「北里文庫」を設立した。

　北里は終生結核の治療に執念を燃やし、旧ツベルクリン、新ツベルクリン、無蛋白ツベルクリンと、コッホ研究所の新薬開発に追随して治療を続けた。志賀潔はエルリッヒの下で銅サルバルサンを用い、結核の化学療法を研究したが結実しなかった。

　そんな中、古賀玄三郎のチアノクプロールが突如出現した。大正四年四月、北研同窓会で古賀が結核化学療法として発病初期患者に有効と発表し、新聞は「北研の大発見」と大々的に書き立てた。同年八月、第一回「古賀液」講習会を実施、受講者に古賀液を分与した。だがチアノクプロールの組成を明らかにしなかったため、「明治医会」は政府の取り締まりを求めた。大正五年一月「東京医学会」臨時例会で、全演題をチアノクプロールに限定し、結論として「秘薬、口伝は皇漢医時代の遺物なり」と斬り捨てた。

　古賀液は姿を消し、北里はツベルクリンに続き、結核治療でまたミソをつけた。

北里にとって結核治療は、森の脚気対策と対を成す悪縁だった。

大正十年、結核菌ワクチン・ＢＣＧが開発されたというニュースが駆け巡った。

ＢＣＧは弱毒牛型結核菌の二週間毎の継代を十三年間続けるという、気が遠くなるような地道な作業の果てに、病原性がなく生菌免疫原として予防接種に使用できる菌株を得たものだ。開発者のカルメットとゲランのイニシャルを冠したＢＣＧは大正十三年、志賀潔がパスツール研究所のカルメットから分与を受けた。

北里は「北研で結核ワクチンを開発できなかったのは残念だが人民には朗報で、かくなる上はＢＣＧで結核蔓延を防ぎつつ北研でワクチン開発に励む所存である」と新聞記者に語り、からからと笑った。

大度量の北里の面目躍如だった。結核治療法の開発で独自の成果を上げられなかった北里だが、日本の結核予防や治療において十分に役割を果たしたといえるだろう。


大正五年十一月、全国医師会を統合した「大日本医師会」の設立総会が開催された。北里は会頭に推され、固辞したが会員総起立で再考を請われ、やむなく受諾した。

翌大正六年一月、寺内正毅首相は政略上の理由で議会を解散、総選挙になった。後藤新平内相は、大隈公の「憲政会」の勢力を削ぐため、中立系議員を五十名当選させる戦略を立て、北里は地方医師会の有力者を候補者に立て、応援に奔走した。衛生行政の確立のため、北里は精力的に活動してきた。

だが伝研移管は、衛生行政の根幹を破壊した。それまでの北里は防衛的な意味合いで政治に関与していたが、衛生行政を全うするためには、欲まみれの政治家などあてにせず、自らが政界で力を持ち、医師の力を結集するしかないと考えを改めた。

その結果、十四名の医系議員が誕生し、大隈の「同志会」に壊滅的ダメージを与えた。この時、当選した金杉英五郎、山根正次、土屋清三郎等は北里応援団になった。東大の「同盟社」副将の伊藤重の懐かしい名もあった。

大隈公に「報仇雪恨」を遂げた北里は十二月、貴族院議員に任じられた。

その年の六月から八月にかけて、帝大伝研では病原菌の発見ラッシュだった。六月、二木《ふたき》謙三が発疹チフスの病原菌としてスピロヘータを確認したと報告し、芳我石雄が猩紅熱、麻疹の病原菌を、宮川米次が馬伝染性貧血を、長与又郎がツツガムシ病の病原菌を発見したと続々と報告した。

ところが驚いたことに、なんとそれらは全て誤りだったのである。

帝大伝研は、ジフテリア血清を二割値下げした。血清を資金源とした北研への攻撃の結果、帝大伝研の売り上げも落ち国庫収入は半減した。不毛な消耗戦だった。

大正五年七月には東京でコレラが流行し、北研は三十万人に感作ワクチンを接種した。

この時、帝大伝研の加熱ワクチンの力価は通常の半分だと北研は警告した。こうして、帝大伝研と北研の確執は、ワクチン問題で再び炎上した。そんな中、日本は「スペインかぜ」に襲われた。第一次大戦末期に流行したが、病原菌を同定できなかった。

欧州諸国は交戦中で情報を隠蔽し、中立国スペインの報告だけが報じられ、スペインにとって不名誉な呼称になった。大正七年春から翌年の「スペインかぜ」の死者は全世界で二千万人に達し、四年間の大戦の戦死者よりも多い人々が、この悪疫で死亡した。

大正九年一月、「スペインかぜ」のワクチン接種希望者が殺到したのは北里が、民衆の公衆衛生の理解向上に務めた成果だ。四月の日本衛生学会総会で「スペインかぜ」の原因菌を、帝大伝研は本態不明Xとし、北研はプファイフェル菌と断定した。

七月、議員の質問に内務省衛生局長は「伝研に命令を出し研究に当たらせている」と答え、文部省担当局長は「ワクチン製造に費用を出したので研究のため金を出したと言える」と答え、有効な対応策ができていないことが明らかになった。

文部省主導、内務省補助という二元管理による帝大伝研は、機能不全を起こしていた。まさに北里が危惧していた事態だった。

大正八年から翌年まで「スペインかぜ」用のワクチン製造量は帝大伝研が二四九万人分、北研が二四八万人分と拮抗し、優劣はつかなかった。日本では約五百万人が予防接種を受けたが病原菌を誤認していたのだから効果はなかったはずだ。「スペインかぜ」に関する病原菌決定とワクチンは、帝大伝研も北研も間違っており、泥仕合は痛み分けに終わった。

インフルエンザ・ウイルスの発見は十五年後の昭和八年、英国のスミス等によるウイルス分離まで待たねばならない。

だが両研究所の積年の抗争は、「スペインかぜ」の一件で終結した。大正八年六月、伝研所長に就任した長与又郎は二度、伝染病研究所招待会を開いた。一回目は大学関係者、二回目は北里や北島、志賀等「北研」関係者を招いた。これを「長与は乙なことをする。応じた北里も大きい」と新聞は好意的に報じた。

前年の大正七年十月、北里は「北里研究所」の動産・不動産の一切を寄付し社団法人に改組し、総会で所長に選任され昭和六年、没するまでその座にあった。北里は終生の安全な学庭を確保した。

その後、「帝大伝研」は「東京大学医科学研究所」に、「北研」は「学校法人北里研究所」と名称を変え、現在も蜀江坂を挟んで相対している。

大正八年の医師法改正で、医師会に法人格を与え、医師を強制加入させる組織とした。大正十二年十一月、「改正医師会令」にて医師会全国組織の公法人化が認められ、法人化された「日本医師会」が設立された。すると北里は即日「大日本医師会」を解散し、「日本医師会」の初代会長に就任した。

「医師の役割は病気を防ぎ、国民の保健向上を図ること」という彼の主張は、学生時代から終始一貫し、終生変わらなかった。

翌大正十三年に日本医師会の「医制発布五十年記念式典」を主宰し「医制の歴史」について式辞を述べた。半世紀前の明治六年は、医務局が文部省内に開設され、長与専斎が局長に就任し、医術開業試験に関する医制を編んだ年だった。

医師会のトップについた北里は論説を駆使し、医師会を、自分の意志の元に統一した。医師会でも北研でも君臨した北里は、暴君が愚民に命令するが如き粗雑な説明で、多くの医師を服従させた。「北研」でも「医師会」でも大局を判断し人々に指示した。

だが、新たな学術的な業績は全くなくなった。北里は医師会の会長を辞そうとしたがその都度会員に懇願され、結局四度再選され、死去するまで医師会の会長職にあった。

北里関連の組織が年々隆盛を誇る一方、鷗外が創設した「臨時脚気病調査会」は衰退していく。

脚気は終生、鷗外にまとわりついた悪縁だった。そもそもは祖父の白仙が脚気で死去したのがケチのつき始めだった。明治十一年には年間約百万人もの市民が罹患していたため、大帝の思し召しにて「脚気病院」が設置された。世界初の脚気研究病院では皇漢医・遠田澄庵の「脚気米因説」が成果を上げたけれども、皇漢医に反発する長与専斎と石黒忠悳の手で封印されてしまう。

遠田の説は、ドイツ人医師ショイベが欧州に紹介し、ペーケルハーリングの弟子にあたるエイクマンやフンク等の欧米のビタミン発見者に引き継がれた。

海軍軍医総監の高木兼寛も「脚気病院報告書」を参考にした可能性がある。明治十七年五月の陸海軍軍医上長官協議会では、海軍の高木兼寛は麦飯の有効性を訴えたが、石黒忠悳はこれを無視した。

明治十八年四月、緒方正規が脚気菌を発見したと発表した。

その八ヵ月前にドイツへ出発した鷗外は「日本兵食論大意」を執筆し、翌年一月に石黒が陸軍軍医会で抄訳を朗読した。明治三三年の「戦時の糧食」という講演で「米食に問題なし」と強弁し、海軍の脚気減少の原因は麦食と無関係だと主張した。

そして明治四一年「臨時脚気病調査会」を創設し、鷗外は会長に就任したが、米食が原因だという学理的証拠が積み上がっていく。

明治四三年「東京化学会」で鈴木梅太郎が米糠エキスが脚気に有効と発表し翌年、糠成分から「オリザニン」を抽出した。四月の「第三回日本医学会」（大阪）で会長の青山胤通が「臨時脚気病調査会」委員として「脚気に就て」という講演で米食を擁護する傍ら、第一調査班の都築甚之助は白米で飼育した動物に脚気様の疾患が起こり、米糠が脚気に有効とし、米糠の有効成分を抽出した製剤「アンチベリベリン」を頒布した。

白米が脚気の原因だと示し、陸軍の兵食に対する直接的な批判に結びついた。

都築は陸軍軍医学校の校長の鷗外が認めた秘蔵っ子で、切り札的な存在だった。よりによって愛弟子が、脚気の「白米病因説」を学理的に証明してしまったわけだ。

都築は攻撃の的にされ調査会委員を辞任し、私費でドイツ留学した。

明治四三年年十二月、鷗外は、ドイツに出発する都築を新橋駅で見送った。

大正三年九月、鷗外はライフワークの「衛生新篇」最終版の第五版を出版した。そこで初めて脚気の項を設けたが、内容は各国の呼称と語源等の疾病史や疫学が二割、陸軍統計が六割で、都築委員の栄養説の論文や麦食の是非には全く触れなかった。

だがこの書が衛生学の総説である以上、それは学術的姿勢として容認できないものだろう。

鷗外は医学者の顔を捨て、軍医総監に徹した。この時、衛生学を志した医師・森林太郎は自刃したと言えるだろう。

それは日本の栄養学の芽を摘んだ。北里柴三郎はかつて、脚気菌発見の誤りを科学的に指摘した。相手はバタビアのペーケルハーリングと日本の緒方正規である。

緒方への批判は、帝大の権威が続々と感情的に反駁した。鷗外もその一人だった。

ペーケルハーリングは北里の追試実験を見て自らの誤りを認め、北里に感謝した。

彼の弟子クリスチャン・エイクマンは、米糠成分に脚気改善の成分があることを見出し、その報告を読んだカシミール・フンクが糠からヒト、動物の生命に必須のアミン類を発見、明治四五年「生命アミン」を意味する「ビタミン」と名付けた。

フンクの発表の二年前に鈴木梅太郎が、一年前には都築甚之助が、同様の発見をしている。日本人の学術的偉業を潰したのは帝大と陸軍に脈々と流れる偏狭なエリート意識で、それを補強したのが「自由と美」に至上価値に置く鷗外だったのは皮肉である。

鷗外が「兵食検査」で米食を最良食とし続けた結果、日清、日露戦役で陸軍に大量の脚気患者を発生させ、多数が死亡した。だが陸軍は頑なに米食に固執し続けた。

鷗外本人は観潮楼では粗食を貫き、食事は半搗米にし、副菜は二皿と質素に撤した。

大正五年、鷗外は陸軍省医務局長を辞任し、臨時脚気病調査会の会長も辞した。

臨時委員に任命され生涯、調査会に出席し続けたのは彼なりの意地だったのだろう。

大正十年、帝大の入沢内科から慶応義塾大学医学部に移籍した大森憲太が、脚気の病因をビタミンB1欠乏症と断定し、各大学で人体研究が始まった。翌大正十一年七月、崩壊寸前の「脚気城」を見遣りつつ、鷗外はこの世界と永訣する。鷗外が没した二年後の大正十三年十一月、「臨時脚気病調査会」は勅令第二九〇号にて廃されたのだった。

34章　胡蝶、空に還る

大正五年（一九一六）〜大正十一年（一九二二）

大正五年四月、ぼくは医務局長を辞し、予備役に編入された。

辞職は半年近く認められなかったが、それは母上の執念だったのかもしれない。

直前の三月に亡くなった母は、軍医でないぼくを見たくなかったのだろう。

「軍医団雑誌」には辞令欄と訃報欄がある。六月号の同じ頁に、ぼくの辞令と母上の訃報が、上下に並んで記された。

——陸軍軍医総監医学博士文学博士森林太郎依願予備役。／森軍医総監母森峰子死去。

それは森家のおんなたちがぼくを縛り付けようとした、最後のあがきに見えた。

ぼくが在任した八年半は、明治と大正が半々で、大正三年の第一次大戦に際した青島攻略の時以外は、概ね平和な時期だった。

日清戦役で野戦衛生長官の任に就いた石黒閣下、日露役で同じ役職を務めた小池兄と比べれば、ぼくの任期は地味で見劣りがした。

後任には小池兄が嘱望した、麦食派の鶴田禎次郎が就任した。

退任直後の五月三日、会長を辞した「臨時脚気病調査会」の臨時委員に任じられた。りんりんと、りんの音が重なった肩書きを耳にする度に、自分の名を呼ばれているようで気恥ずかしかった。

退役後、石黒閣下が貴族院議員に推薦してくれたが叶わず、男爵にもなれなかった。石黒閣下も小池兄も男爵になったのだから、ぼくだけがなれないのは不自然だ。思い当たるのは、「大逆事件」での振る舞いだ。普通なら弾圧されてもおかしくない。だからといって、ああしたことをやったのを、悔いているわけではないのだけれど。

予備役に入ったぼくは「東京日日新聞」の客員として執筆に専念し、史伝を手がけた。事績を集め史実を紡いだ。生涯この時期だけ、ぼくは職業作家として筆を執った。その年の暮れ、人気作家となった夏目漱石が四九歳で逝去した。新聞社はぼくに漱石の代役をさせようとしたが、ぼくは書きたいものを書いた。社の幹部は、一般受けしない史伝を書き続けるぼくに冷たい視線を浴びせた。ぼくほどの大家が、新聞社の意向に左右されているのを気の毒に思う人もいた。軍医の仕事をしながら執筆していたので、軍を辞めればもっと書けるだろう、と期待されたし、ぼく自身もそう思っていた。

でもいざ退役してみるとぼくは、純粋に筆で立つよりも仕事の合間に書く方が性に合っている、とわかった。

どうやらぼくには「片手間」の執筆が本道らしい。

三面の阿修羅は六本の腕を持つ。顔がひとつ、腕が二本になったら、それは阿修羅でない。老いさらばえた人間だ。

大正六年冬、青山が病臥した。見舞うと痩せ衰えた青山が言った。

「極上の葉巻を進ぜよう。俺は喫えないから、代わりに森が辞世の葉巻を喫んでくれ」

ぼくが吐いた紫煙の行く末を目で追いながら、青山は一句詠んだ。

○　くゆらするハバナの煙　のどかなり　心の中はくるしかりけり

下手な歌だなあ、と思いながら、煙にむせたぼくは涙をぬぐった。

十二月二三日、五八歳で青山は逝った。

長与又郎が解剖し、胃噴門癌と判明した。

それは生前に青山が自ら下した診断と一致した。亡くなる直前に男爵位を賜った。

二五日、ぼくは宮内省に入り、帝室博物館総長兼図書頭《ずしよのかみ》・高等官一等になり、気に染まぬ新聞社との関係を断った。連載中だった作品は文芸誌で続けることにした。

翌二六日は青山の通夜だったが、終日門を出ず過ごした。

その日、北里が貴族院議員に勅選され、その祝賀会と重なったからだ。北里の盟友の後藤は、寺内内閣の内務大臣になった。

悔しいが「亀清会」の勝敗は、誰の目にも明らかだ。

北里は貴族院で政友会系の交友倶楽部に属した。大隈公にとことん反発する、その執念には恐れ入る。

大正八年七月、緒方正規が食道癌で死んだ。

死の前日、北里は緒方を見舞い、子息の面倒を見ると約した。北里とは心の底ではいがみ合っていなかった。

緒方は北里と和し、青山も死を前にしても北里の悪口は言わなかった。

ぼくは義弟の小金井に頼まれ、緒方の評伝の「赤い骨」と、胸像の銘文を書いた。

十一月、長女の茉莉が結婚した。

妻の志げは相変わらず先妻の子の於菟を嫌ったが、於菟もやり過ごす術を身につけ、ぼくの周囲は平穏だった。

その頃ぼくは月・水・金は博物館総長室に「参館」し、火・木・土は宮内省図書寮の寮頭《りようのかみ》室へ「参寮」した。

博物館の白塗りの木造洋館二階の総長室は、廊下も階段も掃除が行き届き、十二畳の部屋の大きなデスクは整頓されていた。背広は於菟のお古だ。

麴町区三年町の宮内省の図書寮では机に青い羅紗を張り、大きな硯箱と辞書類を置き、筆洗皿に水を貯め糊を盛った。予備台に和綴の古書や独語の書籍、医学雑誌を積んだ。硯箱には直角にすり減った、芳香を放つ墨があり細筆が五、六本、朱墨の硯もある。

博物館総長として「帝謚考」を完成させ、博物館所蔵書の解題や著者略伝を三冊執筆した。博物館の役人は「古物倉庫の番人」と言われた因習を打破し年報、講演集を刊行し、事業を一般に知らせ、学者を保護して専門研究に没頭できるよう環境を整えた。図書寮では欧州の皇室王族から寄贈された書籍の解題を書き、所蔵目録を印刷した。所は変われど、やっていることは軍医総監時代と大して変わらなかった。

大正九年二月、石黒閣下は枢密院顧問官に就任し、九月に子爵になった。直後の四月、元海軍軍医総監で石黒閣下の仇敵、高木兼寛男爵が亡くなった。縁深い人たちが次々に鬼籍に入る一方、暑苦しい石黒閣下や北里は位階栄華を極めていく。

伝研移管騒動の後、北里は開運した。北里研究所を開所し所長に就任し、医師会長の座に就いて貴族院議員に勅選された。結核予防法、トラホーム予防法、花柳病予防法など各疾病予防法の制定に奔走した。世は予防医学の時代で、貴族院議員として衛生学の啓蒙活動に励み、医界の名士になった。まさに「医療の軍隊」の総帥に相応しい姿だ。

四月、大学院を付設した慶応義塾大学医学部が発足し、医学部長に就任した。病院は北里の要望に沿い、徹底した利便性を追求した建物になった。

十一月、慶応義塾大学医学部が正式に開校し、大学病院開院式が執り行なわれた。来賓は二千五百人で、北里の右腕の北島多一が一切を仕切った。北里は栄華を極め、栄光を独り占めしているかのように見えた。

北里が浮かべば、ぼくは沈む。

……ぼくは沈んでいく。

大正十年、脚気の原因がビタミンB1欠乏症と断定されたというニュースが流れた。

翌年、ビタミンB1欠乏症の研究が始まり、臨時脚気病調査会は開店休業状態となった。

秋風が吹き始めた頃、ぼくは肺結核が再燃した。

大正十一年三月、娘の茉莉が夫・山田珠樹のフランス留学に同行し、渡仏することになった。

於菟もドイツ留学が決まり、異母兄妹は奇しくも同じ船で旅立つことになった。

三月十四日、ぼくは東京駅で、ふたりの子どもを見送った。

これが今生の別れになるだろうという覚悟を隠し、ふたりに手を振った。

六月十五日、とうとう出勤できなくなり、以後、自宅での病臥となった。

リンや。

ぼくを呼ぶ声に、目が覚めた。

そよ風が吹き込んで、りんりん、と風鈴が鳴った。志げが軒に下げたらしい。

静謐な空気を破って、胴間声が響く。

「チビスケ、天下の北里が見舞いに来てやったばい。おるんなら、顔を出せや」

ぼくは目を開ける。部屋に入ってきた志げが眉を顰めた。

「北里さまです。あなたのおっしゃる通り、気配りの薄い、はた迷惑な方ですね」

こんな身体になった今、北里と顔を合わせたくない。だからといって志げに追い払わせたりしたら、どんなことになるか想像もつかない。

ぼくは咳き込みながら、上半身を起こす。

「今から尿を持って、賀古のところへ行ってくれないか」

志げは驚いた顔をして、「ただいま、すぐに」と言って姿を消した。

ぼくは検査を拒否していた。検査は診断のためにするものだ。病状はわかっていたぼくに検査は不要だった。でもこうなっては仕方がない。

枕元の尿瓶に用を足し、一部を検査用の小瓶に取り、文を付した。

――これはわが尿にあらず、わが妻の涙なり。

検体を手にした志げは、急ぎ足で部屋を出て行った。ぼくは立ち上がり窓辺に寄った。曇り硝子を通して、玄関先に北里の姿が見えた。家を出た志げが一瞬、立ち止まる。大岩のような北里が、華奢な志げに一礼した。志げは遠ざかり、姿が見えなくなった。

部屋を静寂が包んだ。やがて、大声が響いた。

「チビスケよう、ぬしのちまちました悪口を読まんと、やる気にならん。ちんまいぬしを踏み潰してやったたい。悔しかったら、さっさと書け」

ぼくは、からりと窓を開けた。北里がぼくを見上げた。

「なんや、おったつか。元気そうだな」

ぼくは懐手で背を丸め、「そうでもない」と掠れ声で言い、小さく咳き込んだ。

北里は、打って変わって、穏やかな声で言う。

「先年、ベルリンば行った時、フロイラインにお目に掛かったと。そん時、ぬしに伝言ば、頼まれたばい。よかや？　しかと伝えたけんね」

大岩のような北里が告げた言葉が、ぼくの身体の中で反響した。

……リンタロの、細い指がすき。

北里の姿が消え、窓際の風鈴が、りん、と鳴った。

庭先の、白い沙羅の花が、目に鮮やかに映る。

掌を陽にかざし、エリスの細い指を重ねた。

彼女の指も、ぼくの指のように老いたのだろうか。

雲ひとつない青空が目に染みる。

ぼくは目を閉じた。

そよ、と風が吹いて、りん、と風鈴が鳴った。


六月二九日、病状が悪化し、賀古の姪の夫で、帝大の卒業生の額田晋の往診を受けた。

於菟と中学の同級生の彼は喀痰検査をして、「ガフキーの五号です」と告げた。

ぼくは額田に他言を禁じた。そして日記に「額田晋診予」と記した。

それが絶筆になった。
七月六日、賀古鶴所を家に呼び、遺言を口述した。

死は一切を打ち切る重大事件なり　いかなる官憲威力といえども
これに反抗する事を得ずと信ず
余は石見人森林太郎として　死せんと欲す
宮内省陸軍皆縁故あれども生死の別るる瞬間　あらゆる外形的取扱ひを辞す
森林太郎として死せんとす　墓は森林太郎墓の外　一字もほるべからず
書は中村不折に依託し　宮内省陸軍の栄典は絶対に取りやめを請ふ
手続はそれぞれあるべし
これ唯一の友人に云ひ残すものにして何人の容喙をも許さす
大正十一年七月六日　森林太郎言　賀古鶴所書

これを読んだ人は、ぼくが爵位に拘泥していなかったと思ってくれるだろうか。でもぼくは爵位が欲しかった。それは森家を大切に思う母上が渇仰したことだ。その母上が身罷った今、その願いはぼくの身中には微塵もない。人はきっと、ぼくが津和野に帰りたがっていたと思うに違いない。でもそれは違う。この謎は誰にも永遠に解けはしないだろう。

ぼくのことを誰よりも知っている、賀古鶴所でさえ、騙しおおせたのだから。
石見という字を並べて書けば「硯」になる。石見の国とは硯の国のことだ。
ぼくの故郷は文学の楽園、そこにしかない。
三日後の七月九日朝七時、「観潮楼」の二階で、目を閉じた。
「安らかに行きたまえ」という友の声を聞き、息をひとつ吐く。
内に閉じ込めていた言葉が、花びらのように胸からあふれ出る。
ぼくは黄色い胡蝶となり、ふわりと虚空に舞い上がる。
嗚呼、石見の国は、遠い。

終章　妖怪石黒、最後に嗤う

昭和十六年（一九四一）四月

奥座敷から出てきた馴染《なじみ》の記者に、二十歳過ぎの孫娘が声を掛けた。

「今日も長い時間、大変でしたね」

「とんでもない。閣下の話は面白く、気がつくと時が過ぎているんです」

「祖父は昔話をしている時が一番元気なんです。同じ話ばかり繰り返すので、家族の者はもう聞かず、あなたがお見えになると、それは嬉しそうで」

中年の記者は、差し出された茶碗を受け取り、ぐびりとひと口、飲んだ。

「早いもので北里博士が亡くなった時にお話しさせていただいて、十年が経ちます。あの時から、閣下が経験されたことを後世に残したいと思ってきたのです」

「ありがたいですけど、祖父の話を鵜呑みにしないでくださいね」

「ご心配なく。記事を書く時は鷗外先生の『歴史其儘《そのまま》と歴史離れ』を意識しています。今日はお加減がよさそうなので、もう少しお話を伺っていきます」

記者が障子を開けると、へちまのような顔が相好を崩した。

「おお、戻ったか。今日は北里の家庭の話をするか。北里は謹厳実直な顔をして女癖が悪く火宅になった。芸者と心中した長男が生き残った時、北里は終わった。息子ですら躾けられない男に、慶応で良家の子女の教育をできるわけがない。だから辞任を申し出たのだが、学生に泣きつかれて辞めるのを止めた。あの時、北里は死んだのだ」

石黒翁は滔々と北里の失態を話した。そうした悪口は聞けば不快になるものだが、石黒が話すとむしろ清々しく感じられるのは不思議だった。

石黒翁は北里の悪口は言うが、森には滅多に触れず、記者もあえて聞かなかった。だがその日は珍しく、森のことにも触れた。

「子どもがグレたのは北里の咎だ。北里は家ではひとりで食べた。そりゃあ子どももおかしくなるさ。その点、森は偉かった。できるだけ家族団欒の食事を取った。みんなの顔が揃うことを楽しみにし、粗食で食事の中身は家族の間で差を付けなかった。長男の於菟は東大医学部を卒業後、台北帝国大学医学部の解剖学教授に就任した。森は台湾総督府の初代軍医部長として不本意な評価を受けたから、孝行息子が雪辱したのだ」

そう言って、石黒翁は遠い目をした。

「確か最初の取材で、北里と森はどちらが勝ったのかと聞かれたな。大風呂敷の後藤は昔、『金を残すは下、仕事を残すは中、人を残すは上』などと、洒落たことを言った。今思うと北里は死後に仕事を残し、森は子どもを残した。後藤の判定に従えば森の勝ちになるのかな。まあ、無粋な話だが」

石黒翁は、庭を埋め尽くしている菜の花を眺めやった。

「あらゆる点で森と北里は対照的だった。北里は豪壮な屋敷を建て、森は質素な家に住んだ。北里は贅を尽くした美食家で馴染の料亭は数知れず。森は小食で自宅での粗食を好んだ。北里はどこにいても大岩のような存在感があった。森は、ふわふわ漂うようで、風に吹かれてどこかに飛んで行ってしまいそうだった。儂は、地に足を付けて生きろと森に忠告したが、最後まで他人の言に耳を傾けず、ひとりで逝ってしまったよ」

石黒翁は庭に向け、指先を伸ばす。そこでは黄色い胡蝶が花と戯れていた。

「だがふたりはどこか似ていた。森は房総の海岸に小屋を持ち、隠遁した学者のように浜辺の植物の観察をした。花の名もよく知っていて、庭に花が絶えることがなかった。北里は屋敷の庭に鳥の動物園を作り、死んだ鳥を剝製にした。だがある日全てを上野動物園に寄付してしまった。その時の帝室博物館総長は森で、森名義の感謝状をもらった北里は苦笑したそうな。二人ともその世界では栄達をしたが、本当は花を愛でる青年、鳥を愛する若者にすぎなかったのかもしれん。さて、もうこれくらいでいいだろう。今までの話を原稿をまとめたら、持って来なさい。儂が直々に確認してやろう」

機嫌よく言った石黒翁は珍しく、記者を玄関先まで送った。

そして記者の背に語りかける。

「北里が死んで十年、か。思えば二人は死に様まで対照的だった。医界の位人臣を極めたが如き北里男爵は、ある朝、床の中で誰にも看取られず、ひとりで死んだ。自分が死んだということすら意識しなかっただろう。一方、貴族院議員にも男爵にもなれず、世を拗ねていた森は、親友と家族に見守られ、穏やかに逝った。結論は、森もそこそこ頑張ったし、北里もまずまず世に貢献した、というあたりだな」

記者が姿を消すと石黒翁は、陽射しの中で大きく伸びをした。

生き急いだ若造など、恐るるに足らず。勝ったのは北里でも森でもない。この儂だ。

世の中、生き残った者の勝ちさ。

冷たい風が一陣、吹き抜けた。

雲一つなかった空に、いつの間にか黒雲が垂れ込めている。

稲妻が走り、追って遠雷が響き、大粒の雨が庭先の菜の花を打ち始めた。

やがて土砂降りになり、庭の景色は霞んで見えなくなった。

湿った大気の中、遠くから軍靴の音が響いてきた。

石黒忠悳子爵が自宅で天寿を完うしたのは数日後、昭和十六年四月末だ。享年九六。

八ヵ月後、日本海軍はハワイの真珠湾を奇襲攻撃し、陸軍はマレー半島に上陸する。

そうして国民は泥沼の戦争に引きずり込まれて行った。

だが石黒が逝った卯月のその日は、陽の光が煌めくかの如く穏やかで、庭先に黄色い胡蝶が夢見るように、ひらひらと舞っていた。

あとがき

北里柴三郎と鷗外森林太郎は、日本の衛生行政を樹立した巨人です。

東大医学部出身の二人は、ドイツのベルリンで一年間、コッホ研究室で一緒に過ごしています。留学から帰国すると北里は伝染病研究所の所長を務め、北里研究所を創立しました。鷗外は衛生学の教科書を執筆し陸軍最高位、軍医総監に就任します。

二人が互いに意識していた痕跡は随所にあります。しかし二人の心情的な交流の記録はほとんど見当たりません。北里は自分についてはほぼ何も書き残さず、鷗外は膨大な日記や小説を残しましたが、都合の悪い部分にはあまり触れていません。ですので真実は「藪の中」です。けれども逆に記されていないからこそ、二人の関わりは深かったのではないか、とも思えるのです。

鷗外は晩年、史伝小説に傾倒し、「歴史其儘」と「歴史離れ」について語っています。

その伝でいけば本作は衛生学や医療に関し「歴史其儘」、ふたりの物語は「歴史離れ」と言えます。ただし全てが「歴史離れ」ではないはずだ、と私は確信しています。

明治時代、内務省は欧州から学んだ最先端の医学を基本に優れた対応をして、海軍も疫学的研究を土台にして、脚気を激減させています。ひとり陸軍だけが統計をごまかし誤った対応に固執して多数の兵を損じ、病死者数は戦死者を凌駕しました。

昭和になり陸軍軍医部は、関東軍防疫給水部（七三一部隊）を生み、中国大陸で生物兵器開発、人体実験へ向かいます。それは脚気蔓延の事実を隠蔽した石黒忠悳と、それを支持した森鷗外の対応が源流となったのかもしれません。

その様子はコロナに関し、衛生学の基本をないがしろにし医学統計を発表せず、科学的根拠に基づかない対応をし続けている、現在の政府や厚生労働省の姿と重なります。

これは、決して過去の物語ではないのです。

二〇二四年一月

海堂尊

【参考図書・文献】

「北里男爵追悼号」1931　医政6巻11号
「日本医師会創立七十周年記念誌」日本医師会編……1986　日本医師会
「北里柴三郎　現代伝記全集（3）」高野六郎……1959　日本書房
「北里柴三郎回顧」鹿子木敏範……1978　肥後医育記念館
「北里柴三郎」長木大三……1986　慶應義塾大学出版会
「北里柴三郎と緒方正規　日本近代医学の黎明期」野村茂……2003　熊日出版
「ドンネルの男　北里柴三郎（上・下）」山崎光夫……2003　東洋経済新報社
「北里柴三郎の生涯」砂川幸雄……2003　NTT出版
「北里柴三郎　熱と誠があれば」福田眞人……2008　ミネルヴァ書房
「北里柴三郎博士の医道論を読む」森孝之……2011　学校法人北里研究所　北里柴三郎記念室
「北里柴三郎　伝染病の征圧は私の使命」……2012　学校法人北里研究所
「北里柴三郎博士とふるさと小国町」……2013　制作えふえむ小国
「近代日本医学の先覚者　北里柴三郎」……2020　学校法人北里研究所北里柴三郎記念室
「森鷗外の断層撮影像」長谷川泉編……1984　至文堂
「森鷗外　近代作家研究アルバム」野田宇太郎・吉田精一編……1964　筑摩書房
「鷗外　闘う家長」山崎正和……1972　河出書房新社
「鷗外　その側面」中野重治……1972　筑摩書房
「森鷗外の医学思想」宮本忍……1979　勁草書房

「森鷗外　その若き時代」伊藤敬一……………………………1981　古川書房
「鷗外文学の側溝」長谷川泉…………………………………1981　明治書院
「森鷗外　文業解題　創作篇」小堀桂一郎……………………1982　岩波書店
「森鷗外　文業解題　翻訳篇」小堀桂一郎……………………1982　岩波書店
「鷗外、屈辱に死す」大谷晃一…………………………………1983　人文書院
「森鷗外と衛生学」丸山博………………………………………1984　勁草書房
「軍医鷗外森林太郎の生涯」浅井卓夫………………1986　教育出版センター
「軍医森鷗外　統帥権と文学」松井利彦………………………1989　桜楓社
「独逸日記／小倉日記　森鷗外全集13」森鷗外………………1996　ちくま文庫
「鷗外の坂」森まゆみ……………………………………………1997　新潮社
「森鷗外　明治の文学　第14巻」坪内祐三編………………2000　筑摩書房
「森鷗外　明治人の生き方」山崎一穎………………………2000　ちくま新書
「鷗外研究年表」苦木虎雄……………………………………2006　鷗出版
「鷗外　森林太郎と脚気紛争」山下政三………………………2008　日本評論社
「鷗外の恋人　百二十年後の真実」今野勉……………………2010　NHK出版
「鷗外留学始末」中井義幸………………………………………2010　岩波書店
「明治二十一年六月三日―鷗外『ベルリン写真』の謎を解く」山崎光夫……2012　講談社
「森鷗外　国家と作家の狭間で」山崎一穎……………………2012　新日本出版社
「小説　森鷗外　ヴェネチアの白い鳩」中尾實信……………2012　新人物往来社
「鷗外と脚気　曾祖父の足あとを訪ねて」森千里……………2013　NTT出版
「森鷗外　日本はまだ普請中だ」小堀桂一郎…………………2013　ミネルヴァ書房

「森鷗外　明治知識人の歩んだ道」山崎一穎……2014　森鷗外記念館
「鷗外の恋　舞姫エリスの真実」六草いちか……2020　河出文庫
「鷗外夫人・赤松登志子」森鷗外記念館館報……2015　ミュージアムデータ19
「ドクトル・リンタロウ　医学者としての鷗外」……2015　文京区立森鷗外記念館・特別展図録
「松本順自伝・長与専斎自伝」小川鼎蔵・酒井シヅ校注……1980　平凡社
「陸軍衛生部の草創時代」石黒忠悳……五十年史付録
「懐旧九十年」石黒忠悳……1983　岩波文庫
「祖父小金井良精の記」星新一……1974　河出書房新社
「新装版　白い航跡（上・下）」吉村昭……2009　講談社文庫
「高木兼寛伝　脚気をなくした男」松田誠……1990　講談社
「冥府回廊（上・下）」杉本苑子……1985　文春文庫
「国難来　後藤新平の全仕事」後藤新平……2019　藤原書店
「後藤新平　第一巻」鶴見祐輔……1965　勁草出版
「後藤新平　外交とヴィジョン」北岡伸一……1988　中公新書
「後藤新平　日本の羅針盤となった男」山岡淳一郎……2014　草思社文庫

「明治期における脚気の歴史」山下政三……1988　東京大学出版会
「傳染病研究所　近代医学開拓の道のり」小高健……1992　学会出版センター
「医学の歴史」梶田昭……2003　講談社学術文庫

「感染症学　改訂第四版」谷田憲俊……2009　診断と治療社
「医学思想史Ⅱ」宮本忍……1972　勁草書房
「医学思想史Ⅲ」宮本忍……1975　勁草書房
「東京大学医学部百年史」小川鼎蔵編著……1967　東京大学出版会
「ドキュメント　感染症利権　医療を蝕む闇の構造」山岡淳一郎……2020　ちくま新書
「鹿鳴館の系譜　近代日本文芸史誌」磯田光一……1991　講談社文芸文庫
「ウィルヒョウの生涯」E・H・アッカークネヒト　館野之男他訳……1984　サイエンス社
「ルイ・パストゥール（一〜三）」ルネ・デュボス　竹田美文訳……1979　講談社学術文庫
「パスツール伝」ヴァレリー・ラド　桶谷繁雄訳……1961　白水社
「近代医学の建設者」メチニコフ　宮村定男訳……1968　岩波文庫
「ローベルト・コッホ　医学の原野を切り拓いた忍耐と信念の人」トーマス・D・ブロック
長木大三・添川正夫訳……1991　シュプリンガー・フェアラーク東京
「戦争論」カルル・フォン・クラウゼヴィッツ　淡徳三郎訳……1965　徳間書店

謝辞

学校法人北里研究所北里柴三郎記念室の森孝之さま、大久保美穂子さま、文京区立森鷗外記念館館長の高橋唐子さま、副館長兼学芸員の塚田瑞穂さま、広報担当の上岡恵子さま、両施設のみなさまに貴重な資料の閲覧とご説明をいただきました。

日本医師会医学図書館に貴重な資料のご提供をいただきました。

感謝申し上げます。

北里柴三郎に興味をもたれた方は、以下の施設を訪問することをお勧めします。

○北里柴三郎記念室（東京都港区白金5－9－1）

　一般財団法人学びやの里　北里柴三郎記念館（熊本県阿蘇郡小国町北里３１９９）

　博物館明治村（愛知県犬山市字内山1番地）

森鷗外に興味をもたれた方は、以下の施設を訪問することをお勧めします。

○文京区立森鷗外記念館（東京都文京区千駄木1－23－4）

　森鷗外記念館（島根県鹿足郡津和野町町田イ２３８）

著者

解説

本郷和人

本作品は、ともに「医療の軍隊」を創始しようとした森林太郎（鷗外）と北里柴三郎の、医学での業績と相互の人間的な連関とを、克明にあとづけた大作です。

本書（単行本）のあとがきにおいて、著者は「本作は、衛生学や医療に関しては『歴史其儘《そのまま》』、北里と鷗外の物語は『歴史離れ』と言えます。」また「これは明治の医学、特に衛生学の史伝でもあります。」と記しています。私は歴史研究者ですので、まずは史伝という耳慣れぬものについて解説しましょう。

史伝は、上梓されることが近ごろとみに少なくなっている書き物です。歴史を題材としているわけですが、歴史小説とどこが異なるのでしょうか。それは論述の根拠となる歴史資料（以下、略して史料、とする）との関わり方です。

史料にはそれぞれ確度、どれほど確からしいかのレベル、が存在し、信頼性が異なります。源平の戦いを例とすると、確度の高い順から、①貴族や高僧の日記、②鎌倉幕府の正史である『吾妻鏡』、③ある貴族（信濃前司行長説が有力）が資料を蒐集してまとめた『平家物語』、④『源平盛衰記』などの軍記物語、となります。

私たち歴史研究者は、科学者の端くれとして、検証作業に耐える歴史解釈を示さねばなりません。ですので、なるべく確度の高い史料のみを用いて、歴史像を復元したい。でも史料の残存状況に目配りしながら、①だけでなく②や③、時にはやむなく④までを参考にしてこの作業を行うわけです。

史伝を書くという営為は、基本的には歴史研究と同性格のものです。つまり、史料の確度を吟味し、信頼できる史料を以て歴史像の復元にあたるのです。ですから、史伝の書き手には、史料蒐集の努力と、史料を読み込む力量が要求されます。ところが現代の私たちは、史料を構成する漢文や古文などからどんどん縁遠くなっています。そのため、史伝が生まれにくくなっているのです。

これに対して、戦前の読書人・知識人は、漢文や古文を自在に読みこなしました。中には大学の教授先生などより、スラスラと古文書や典籍を解読する人がいたのです。そのために史伝の書き手も少なくはなかった。具体的には徳富蘇峰、山路愛山、幸田露伴。戦後に活躍した海音寺潮五郎、綱淵謙錠らの名前を挙げることができます。それに、もちろん、「史伝三部作」をもつ森鷗外。

では、歴史小説家は史伝の書き手よりスキル的に劣っているのか。そんなことは絶対にありません。歴史小説家には膨大な構想力、想像力が必要になるからです。史伝は史料の外郭をつなぎ合わせていく。これに対して、歴史小説は史料の内側、人間の意思とか、事件と社会の関係性、とかを深掘りしていく。

有名なエピソードがあります。ある歴史研究者が小説家Aにケチを付けたそうです。

「あんたたちはいいよな。史料を読まないで、好き勝手に書けるんだから。」これに対してAは言い返した。「おまえたちこそ、単純だよ。発想力も想像力もいらないものな。史料さえ読めば、書けちゃうんだから。」これは間違いかもしれませんが、Aは確か、柴田錬三郎先生だったように私は記憶しています。

贅言を費やしましたが、以上のことは、ごく簡単にまとめることができます。当たり前かもしれませんが、史伝も、歴史小説も、すぐれたものを書こうとするならば、途方もなく困難な作業が待ち受けている、ということです。

さてそこで、本書です。私は冒頭で、「大作」という言葉を用いました。これは阿諛追従ではありません。本書は医療の歩みに関しては、紛う方なき史伝です。多くの人命を救う「衛生学」の創成と発展が、緻密に記されています。また、阿修羅のように戦い続ける鷗外と、不動明王に喩えられる柴三郎の関係は、二人の人生の客観的な道程と主観的な心情が響き合う、すばらしい歴史小説として仕上がっています。二つの方法論を併せ用いながら、一つの作品を構築する。ゆえに読者は、だれもが大作であると感得するのです。

二つの方法論と言えば、それを卓越した生き方に落とし込んだ人、つまり複数の分野で傑出した成果を挙げた人をこそ、天才と呼ぶにふさわしい、と私は考えています。たとえばベンジャミン・フランクリン。彼は雷が電気であることを明らかにした物理学者・気象学者であり、印刷業で成功した実業家であり、政治家としてアメリカ独立に多大な貢献をしました。また王陽明。彼は優秀な軍人であり、政治家であり、陽明学を創始した儒学者でもありました。近代日本においては、医術を学んだ後に、すなわち科学的な思考を習得した上で、他の分野で活躍した人が少なくありません。たとえば軍政家となった大村益次郎。政治家として大きな仕事をした、本書にもしばしば登場する後藤新平。それから、全く分野の違う文学の領域を切り拓いた鷗外漁史・森林太郎。

文学者としての鷗外については、研究が多くあります。そこで指摘されていることですが、彼は津和野藩の典医であった森家の名を挙げるために、何としても立身出世を成し遂げねばならなかった。そのために努力に努力を重ねてみごと軍医総監（中将待遇）に登りつめたけれども、彼の本意は文学者として自由に生きることにあった。

医学と文学。この二つの道を全うするために、陸軍での勤務を終えて帰宅した森林太郎は、早めに就寝する。そして深夜に起き出して、鷗外としての文筆活動に従事した。体が頑健ではなかった（結核菌をもっていた）彼にはこの二重生活は辛く、結局は大正一一年（一九二二年）、満六十歳で刻苦勉励の生涯を閉じた。

死にあたっては、親友の賀古鶴所（彼も本書に頻出します）に向けて「余ハ石見人森林太郎トシテ死セント欲ス」と遺言し、人生で獲得してきた一切の栄誉と称号を排して、墓石には「森林太郎墓」とのみ刻ませた。家のため、国のために生きてきた彼は、死によって漸く、自己の人生を自分だけのものにできた……。とりあえずはそうした理解が定まっているのではないかと思います。

こうした解釈を支える貴重な史料の一つに、鷗外の最期の様子を知る女性（看護師さんか）の手記があります。そこには以下の如く書かれています。「意識が不明になって、御危篤に陥る一寸前の夜のことでした。枕元に侍していた私は、突然、博士の大きな声に驚かされました。『馬鹿らしい！　馬鹿らしい！』そのお声は全く突然で、そして大きく太く高く、それが臨終の床にあるお方の声とは思われないほど力のこもった、そして明晰なはっきりとしたお声でした（以下略）」。（『家庭雑誌』第8巻11号　伊藤久子「感激に満ちた二週日　文豪森鷗外先生の臨終に侍するの記」より）。

鷗外にとって、「馬鹿らし」かったのは何か。定説に則すれば、それはあくせく歩んだ「昇進の道」だったでしょう。森家の束縛でしょう。『舞姫』に記された、エリスと暮らす穏やかな日々。それこそが太田豊太郎＝鷗外の願いであり、でも周囲からの熱い期待を裏切ることができず、森林太郎はエリスを捨て、自らを欺き、ひたすらな出世の生涯を生きた。

でも、今、本書を閉じてみて、鷗外の一生に本当にそうした解釈をしてよいのか、私は疑問を抱かずにいられません。文芸の分野に軸足を置いて見れば、林太郎の歩んだ軌跡は「軍医の頂点を目指した。努力の結果としてそれは達成された」とのみ、認識されます。でも本書は林太郎の目標が、また彼を取り巻く環境が、そんなに単純・素朴なものではなかったことを鮮やかに示してくれています。

「医療の軍隊」を創設する。その目的は貫く、達成は困難をきわめました。林太郎は数多くの国家レベルの人材と激しく衝突し、また時に協力しながら、目的の実現のために突き進んでいきます。それは文学の分野で名声を得ることと何ら変わらない、というか、国家権力と隣接した場での切磋琢磨であったために、より一層の難事であったわけです。石黒忠悳をはじめとする妖怪じみた人間たちとの不断の闘争があってこそ、それは現実の課題になり得たのです。

私はなぜ、林太郎が白米論者だったのかが長く不思議でなりませんでした。概容を見渡せば、麦飯を採り入れたら脚気の患者が減ることくらい、彼が分からぬはずがなかった。でも彼は科学者だった。だからこそ、なぜ脚気が引き起こされるのか、納得できる理論が打ち立てられていないから、状況だけからの判断を受容できなかったのですね。阿修羅は敗北を覚悟して、帝釈天に戦いを挑みます。この点でも林太郎は、阿修羅でした。また彼は徹頭徹尾、理論を重んじる科学者だった。だからこそ、文学の分野においても、鷗外は史伝に行き着いたのかもしれません。

私は鷗外についてはもっていて多少の知識はもっていましたが、柴三郎については、ほとんど何も知りませんでした。でもそれがかえって良かったのかもしれません。本書は史伝として、右顧左眄せずにどっしりと構える、不動明王にも似た柴三郎の七十八年の生涯を活写しています。この記述を踏まえて、これから多くの歴史小説が誕生することでしょう。原点にして頂点。それが史伝でもあり、歴史小説でもある、本書の評価としてはふさわしいものと考えます。

（歴史学者）

文春文庫

奏鳴曲《そうめいきょく》　北里《きたさと》と鷗外《おうがい》

定価はカバーに表示してあります

2024年7月10日　第1刷

著　者　海《かい》堂《どう》　尊《たける》

発行者　大沼貴之

発行所　株式会社　文藝春秋

東京都千代田区紀尾井町3-23　〒102-8008
TEL　03・3265・1211㈹
文藝春秋ホームページ　http://www.bunshun.co.jp

落丁、乱丁本は、お手数ですが小社製作部宛お送り下さい。送料小社負担でお取替致します。

印刷製本・TOPPANクロレ

Printed in Japan
ISBN978-4-16-792248-1